學

개념편

논리적인 생각의 힘으로
쉽고 당연하게 여겼던 개념에서
수학적 의미를 발견하고 문제로 확인합니다.

 논리적 접근 > 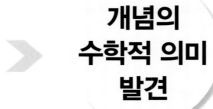 개념의 수학적 의미 발견 > 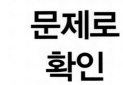 문제로 확인

 習

문제편 으로 개념 끝.

문제를 풀면서
개념을 스스로 발견하고,
발견한 개념을 적용·확장합니다.

 문제 풀기 > 개념 발견 > 개념의 적용·확장

개념

개념

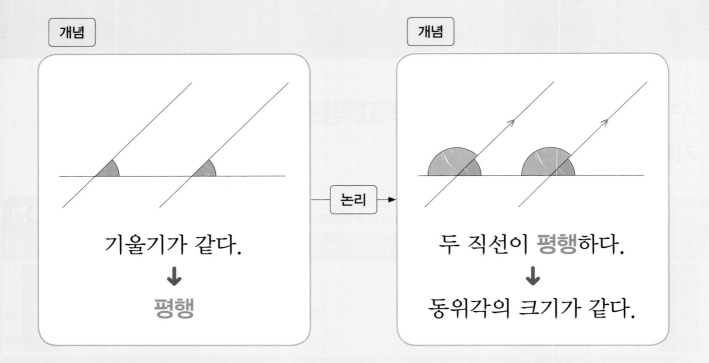

기울기가 같다.
↓
평행

논리 →

두 직선이 **평행**하다.
↓
동위각의 크기가 같다.

문제

기울기가 같은 두 직선이 이루는 같은 쪽 각의 크기를 비교하시오.

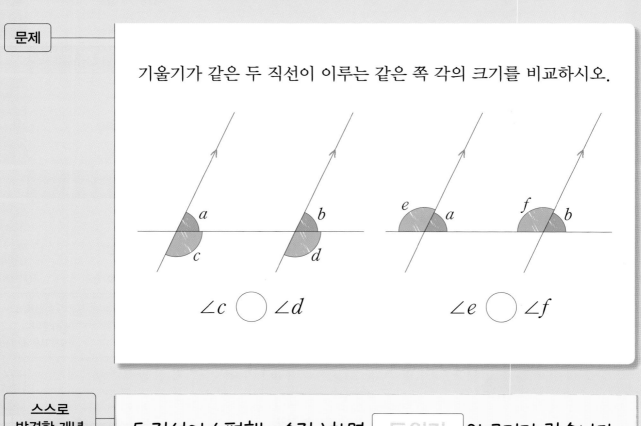

∠c ◯ ∠d

∠e ◯ ∠f

스스로
발견한 개념

두 직선이 (평행 , 수직)하면 동위각 의 크기가 같습니다.

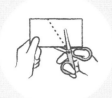

색종이

색종이를 오려 이등변삼각형과 정삼각형을 만들어 보세요.

118쪽 | 2번

120쪽 | 6번

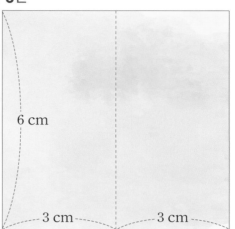

6 cm

3 cm   3 cm

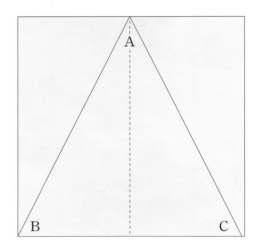

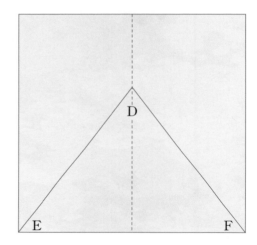

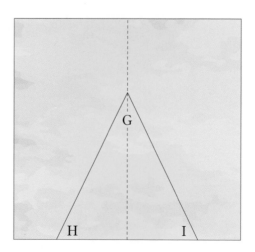

수능까지 이어지는

초등 고학년

이어지는

수학 문제편 으로 개념 끝.

기하 I - ❶

기본 도형 · 삼각형

4 각은 왜 둥근 모양으로 표시할까?

1 반직선으로 각을 만들어 크기를 알아보시오.

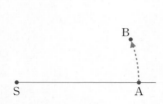
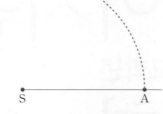

(1) 점 S를 중심으로 $\overrightarrow{SA}$를 점 B, 점 C까지 회전하여 ∠BSA와 ∠CSA를 그리시오.

개념 설명은
하나도 없네?!

角度(뿔 ㉮, 정도 ㉱)
(2) 각의 크기를 **각도**라고 합니다. 알맞은 것에 ◯표 하시오.

$\overrightarrow{SA}$가 더 많이 회전한 것은 점 (B , C)까지이므로
더 큰 각도는 (∠BSA , ∠CSA)입니다.

문제만 풀어도
저절로 찾아질 걸~!

각도는 반직선이 끝점을 중심으로 회전한 양이다.

① 각의 크기를 [　　　]라고 합니다.

② 한 바퀴는 [　　　]°, 일직선이 이루는 각도는 [　　　]°입니다.

③ 각의 크기는 변의 길이와 관계 (없습니다 , 있습니다).

④ 두 (각 , 직선)이 한 점에서 만날 때, 마주 보는 각을 [　　　]이라고 합니다.

⑤ 맞꼭지각의 크기는 서로 (같습니다 , 다릅니다).

적용하고 확장하면

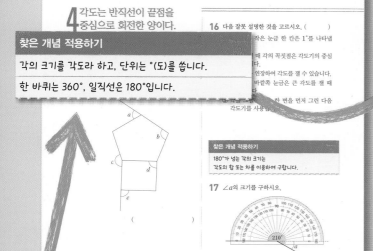

4 각도는 반직선이 끝점을 중심으로 회전한 양이다.

찾은 개념 적용하기

각의 크기를 각도라 하고, 단위는 °(도)를 씁니다.

한 바퀴는 360°, 일직선은 180°입니다.

16 다음 잘못 설명한 것을 고르시오. (　　)

작은 눈금 한 칸은 1°를 나타냅…

…때 각의 꼭짓점은 각도기의 중심…

…연장하여 각도를 잴 수 있습니다.

바깥쪽 눈금은 큰 각도를 잴 때…

… 한 변을 먼저 그린 다음 각도기를 사용…

찾은 개념 적용하기

180°가 넘는 각의 크기는 각도의 합 또는 차를 이용하여 구합니다.

17 ∠a의 크기를 구하시오.

（　　）

2 한 바퀴, 반 바퀴가 이루는 각의 크기를 구하시오.

확장하면

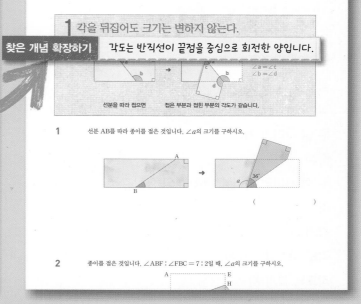

1 각을 뒤집어도 크기는 변하지 않는다.

찾은 개념 확장하기

각도는 반직선이 끝점을 중심으로 회전한 양입니다.

선분을 따라 접으면　　접은 부분과 접힌 부분의 각도가 같습니다.

1 선분 AB를 따라 종이를 접은 것입니다. ∠a의 크기를 구하시오.

（　　）

2 종이를 접은 것입니다. ∠ABF : ∠FBC = 7 : 2일 때, ∠a의 크기를 구하시오.

개념의 관계가 보입니다.

개념을 연결해서 생각해 봐~!

T E S T

B

정답 · 해설 **75**쪽

찾은 개념 설명하기

2 맞꼭지각의 크기가 같은 이유를 설명하시오.

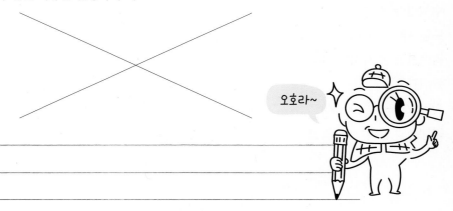

오호라~

contents

3 삼각형

1 기본 도형

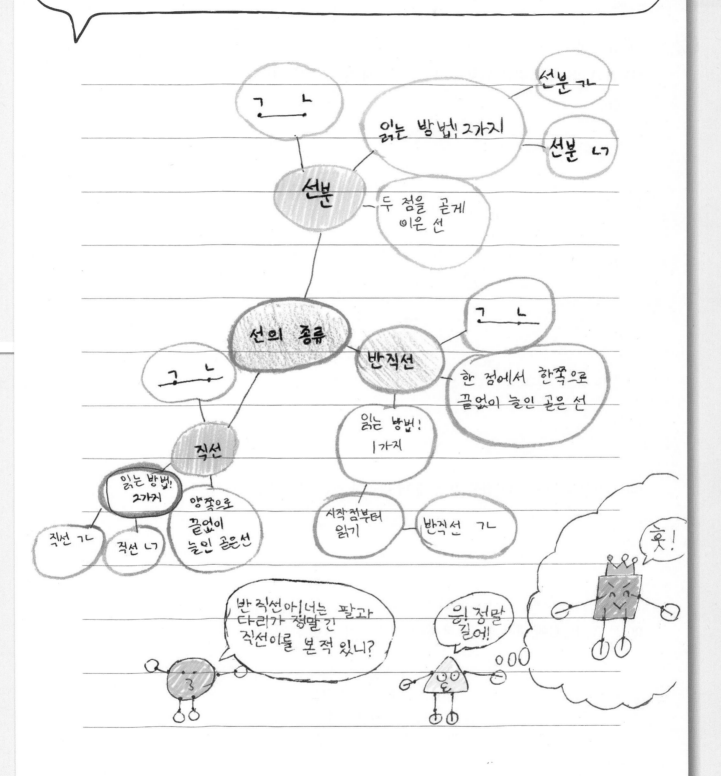

성산초등학교 3학년 이서윤 글 | 그림

1 모양은 뭘로 그리지?

1 세 점을 보고, 물음에 답하시오.

(1) 점 A, B, C와 같은 위치의 점을 오른쪽에 ×로 표시하시오.

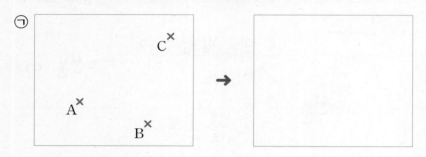

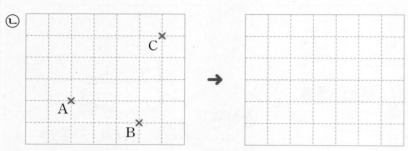

(2) (1)에서 같은 위치의 점을 찾는 데 더 편리한 것은 어느 것입니까?

(   )

(3) 점 A, B, C에 대한 설명으로 옳은 것을 찾아 기호를 쓰시오.

> ㉠ 점 B는 점 A보다 왼쪽에 있습니다.
> ㉡ 점 B는 점 C보다 큽니다.
> ㉢ 점 A는 점 C보다 아래쪽에 있습니다.
> ㉣ 점 C는 점 A보다 가볍습니다.

(   )

점은 (위치 , 크기)만 있고, (위치 , 크기)는 없습니다.

2 세 점을 보고, 물음에 답하시오.

(1) 점 A를 곧게 움직여 점 B와 점 C까지 각각 이동할 때, 지나간 자리를 그으시오.

(2) (1)에서 그린 것 중 더 긴 것은 어느 점까지 이동한 것입니까?

(   )

(3) 점 A를 지나는 다른 곧은 선을 그으시오.

(4) 하나의 곧은 선을 정하려면 최소한 몇 개의 점이 필요합니까?

(   )

· (점 , 선)이 움직인 자리가 (점 , 선)이 됩니다.
· (점 , 선)은 크기가 없지만 (점 , 선)은 길이를 갖습니다.
· 두 (점 , 선)으로 하나의 (점 , 선)이 정해집니다.

3 왼쪽과 같게 선을 그으시오.

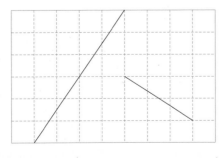 →

선은 (위치 , 길이 , 넓이)를 나타내는 도형입니다.

4 선이 움직인 자리를 나타낸 것입니다. 화살표 끝까지 움직일 때 지나간 자리를 나타내시오.

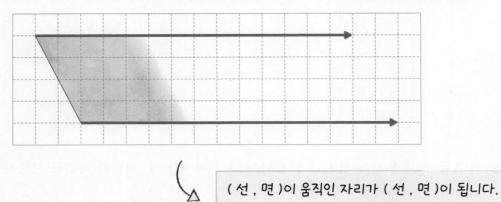

(선 , 면)이 움직인 자리가 (선 , 면)이 됩니다.

5 도형을 보고, 물음에 답하시오.

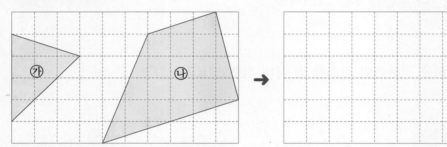

(1) 왼쪽과 같게 면을 그리시오.

(2) 더 넓은 면은 어느 것입니까?

(   )

(3) 가장 적은 개수의 점을 정하여 1개의 면을 그리시오.

· 면은 (위치 , 두께 , 넓이)를 나타내는 도형입니다.

· 최소 ☐ 개의 점으로 하나의 면이 정해집니다.

6 도형을 보고, 점, 선, 면의 개수를 세어 쓰시오.

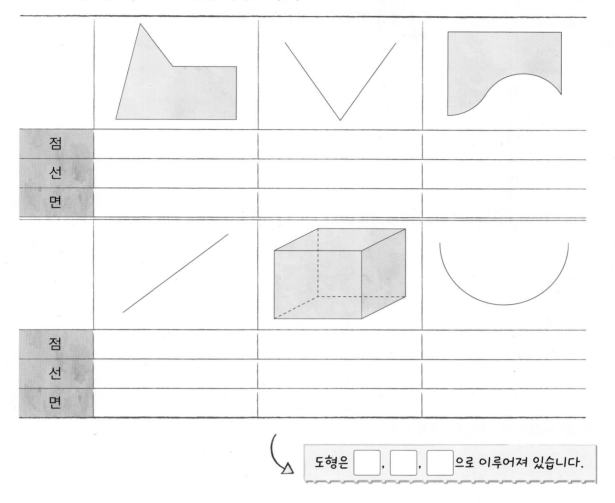

점			
선			
면			

점			
선			
면			

도형은 ☐ , ☐ , ☐ 으로 이루어져 있습니다.

7 다음 중 점의 위치를 가장 정확하게 나타낸 것을 찾아 그 위치를 쓰시오.

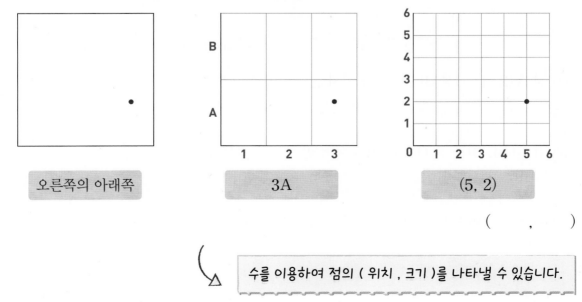

오른쪽의 아래쪽   3A   (5, 2)

(,   )

수를 이용하여 점의 (위치 , 크기)를 나타낼 수 있습니다.

8 점의 위치는 가로축과 세로축의 눈금을 차례로 쓴 순서쌍으로 나타낼 수 있습니다. 오른쪽 모눈에 눈금을 정하여 점의 위치를 순서쌍으로 나타내시오.

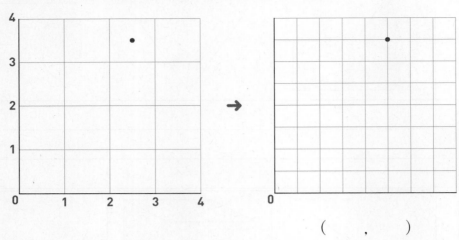

(,   )

9 도형을 그리고, 물음에 답하시오.

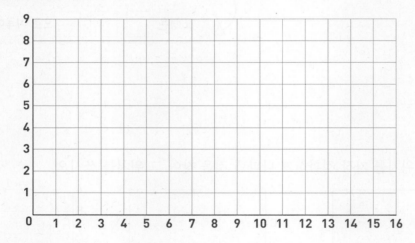

(1) 점 A(2, 1)과 점 B(14, 7)을 이어 곧은 선을 그으시오.

(2) 점 C(14, 0)과 점 D(11, 9)를 이어 곧은 선을 그으시오.

(3) 두 곧은 선이 만나는 점의 위치를 순서쌍으로 나타내시오.

(,   )

문제 속 개념찾기 | **점과 선의 관계**

10 도형을 보고, 물음에 답하시오.

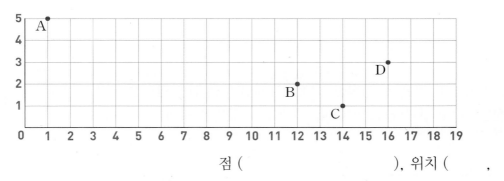

(1) 점 A를 지나는 곧은 선을 5개 그으시오.

(2) 점 A와 점 B를 지나는 곧은 선은 몇 개 그을 수 있습니까?

(   )

· (한 , 두) 점을 지나는 곧은 선은 무수히 많습니다.
· (한 , 두) 점을 지나는 곧은 선은 1개뿐입니다.

11 두 점 (2, 4), (10, 2)를 잇는 곧은 선을 그어 길게 늘였을 때, 만나는 점을 쓰고, 위치를 순서 쌍으로 나타내시오.

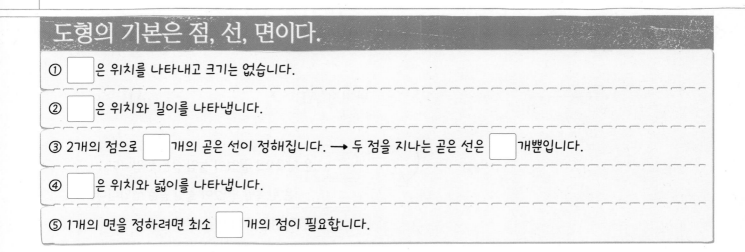

점 (   ), 위치 (,   )

도형의 기본은 점, 선, 면이다.

① ☐ 은 위치를 나타내고 크기는 없습니다.

② ☐ 은 위치와 길이를 나타냅니다.

③ 2개의 점으로 ☐ 개의 곧은 선이 정해집니다. ➜ 두 점을 지나는 곧은 선은 ☐ 개뿐입니다.

④ ☐ 은 위치와 넓이를 나타냅니다.

⑤ 1개의 면을 정하려면 최소 ☐ 개의 점이 필요합니다.

2 곧은 선은 전부 직선 아니야?

1 자를 이용하여 선을 긋고, 물음에 답하시오.

(1) 다음과 같은 선을 긋고, 선이 끝나는 점의 개수를 세어 쓰시오.

㉠ 점 A, B를 이은 곧은 선

A · · B

( )

㉡ ㉠의 오른쪽 끝을 끝없이 늘인 선

A · · B

( )

㉢ ㉠의 양쪽 끝을 끝없이 늘인 선

A · · B

( )

(2) 끝점이 없는 곧은 선을 **직선**, 끝점이 1개인 곧은 선을 **반직선**, 끝점이 2개인 곧은 선을
直 線(곧을 ㉠, 줄 ㉠)   半(절반 ㉠)
선분이라고 합니다. 도형의 이름과 기호로 알맞은 것끼리 이으시오.
線 分(줄 ㉠, 나눌 ㉠)

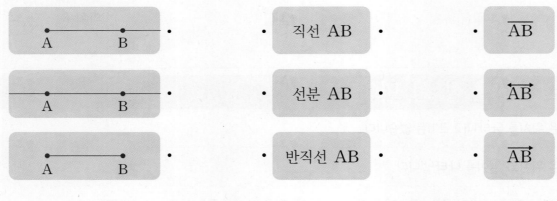

A ——•——•—— B ·	· 직선 AB ·	· $\overline{AB}$
A ——•——•——— B ·	· 선분 AB ·	· $\overleftrightarrow{AB}$
A •——•——• B ·	· 반직선 AB ·	· $\overrightarrow{AB}$

· ☐ 은 양쪽으로 끝없이 늘인 곧은 선입니다.

· ☐ 은 한쪽만 끝없이 늘인 곧은 선입니다.

· ☐ 은 두 점을 곧게 이은 선입니다.

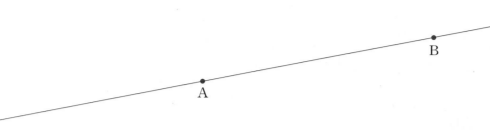

2 $\overleftrightarrow{AB}$를 그린 것입니다. $\overleftrightarrow{AB}$ 위에 주어진 선을 긋고 알맞은 말에 ○표 하시오.

(1) $\overline{AB}$ ➡ ($\overleftrightarrow{AB}$, $\overline{AB}$)는 ($\overleftrightarrow{AB}$, $\overline{AB}$)에 포함됩니다.

(2) $\overrightarrow{AB}$ ➡ ($\overrightarrow{AB}$, $\overrightarrow{AB}$)는 ($\overrightarrow{AB}$, $\overrightarrow{AB}$)에 포함됩니다.

(3) $\overrightarrow{BA}$ ➡ ($\overrightarrow{AB}$, $\overrightarrow{BA}$)는 ($\overrightarrow{AB}$, $\overrightarrow{BA}$)에 포함됩니다.

> · 반직선은 [ ]의 일부입니다.
> · [ ]은 반직선의 일부입니다.
> · 선분은 직선의 [ ]입니다.

3 반직선을 그리고 같은 것을 찾아 쓰시오.

$\overrightarrow{PQ}$

P   Q   R

$\overrightarrow{QR}$

P   Q   R

$\overrightarrow{PR}$

P   Q   R

[ ] = [ ]

반직선의 끝점은 시작점이기도 해.

왜냐면 방향이 있으니까 ~

> 시작점과 (길이 , 방향)이 같은 반직선은 서로 같습니다.

4 선을 그리고, ○ 안에 ＝ 또는 ≠를 써넣으시오.

(1) $\overline{AB}$ $\overline{BA}$

(2) $\overrightarrow{AB}$ $\overrightarrow{BA}$

(3) $\overleftrightarrow{AB}$ $\overleftrightarrow{BA}$

> · (선분 , 반직선 , 직선)은 두 점의 순서를 바꾸어도 같습니다.
> · 시작하는 점이 다른 (선분 , 반직선 , 직선)은 같지 않습니다.

문제 속 개념찾기   **두 점 사이의 거리**

5 점 A와 점 B 사이의 거리를 바르게 구한 것에 ○표 하시오.

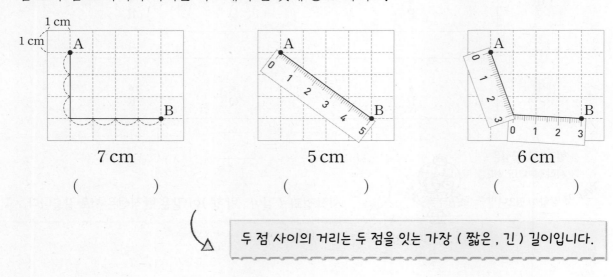

7 cm   5 cm   6 cm

(   )   (   )   (   )

> 두 점 사이의 거리는 두 점을 잇는 가장 (짧은 , 긴) 길이입니다.

6 점 P와 점 Q 사이의 거리를 구하시오.

(1)

(   )

(2)
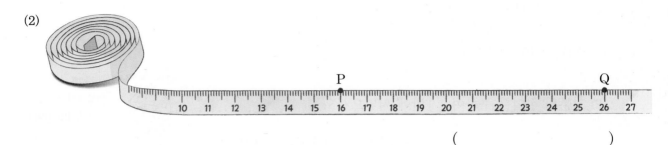

(   )

(3)
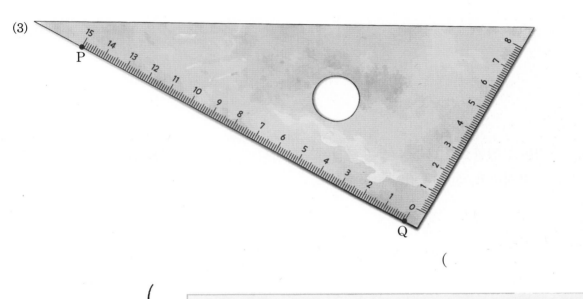

(   )

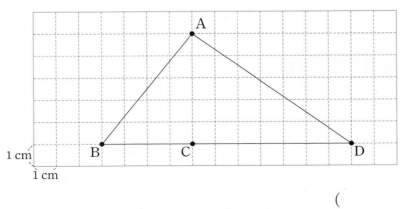

점 P와 점 Q 사이의 거리는 (직선 , 반직선 , 선분) PQ의 길이입니다.

7 점 A와 점 C 사이의 거리는 몇 cm입니까?

(   )

8 AB를 보고, 물음에 답하시오.

(1) AB의 길이를 절반으로 나누는 점 $\overset{Middle}{\text{M}}$을 표시하시오.

(2) 선분의 길이를 구하여 ☐ 안에 써넣으시오.

$$\overline{AM} = \overline{MB} = \boxed{} \text{ cm}$$

9 선분의 길이를 절반으로 나누는 점을 **중점**$\overset{\text{中 點(가운데 중, 점 점)}}{}$이라고 합니다. AB의 중점을 점 M, AM의 중점을 점 N으로 표시하고, 선분의 길이를 구하시오.

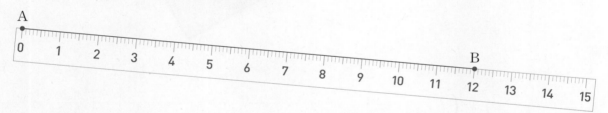

$$\overline{AM} = \boxed{} \text{ cm}, \quad \overline{NM} = \boxed{} \text{ cm}, \quad \overline{NB} = \boxed{} \text{ cm}$$

10 점 M이 AB의 중점일 때, AB를 긋고, 길이를 구하시오.

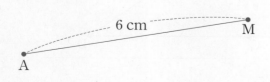

$$\overline{AB} = ()$$

문제 속 개념찾기 **두 점 사이의 거리 ➕ 비례식의 성질**

11 비례식에서 외항의 곱은 내항의 곱과 같습니다.

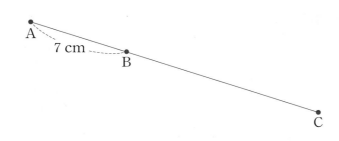

$\overline{AB} : \overline{BC} = 1 : 2$일 때, $\overline{BC}$의 길이를 구하시오.

7 cm

A
B
C

$\overline{AB} : \overline{BC} = 1 : 2$

$7 : \overline{BC} = 1 : 2$

$\overline{BC} \times 1 = 7 \times 2$

$\overline{BC} = \boxed{}$ (cm)

12 $\overline{AB} : \overline{BC} = 3 : 2$일 때, 점 A와 점 B 사이의 거리를 구하시오.

10 cm

A
B
C

(   )

양 끝점의 개수로 선의 이름을 정한다.

① $\boxed{}$ 은 양쪽으로 끝없이 늘인 곧은 선입니다.

② $\boxed{}$ 은 한 점에서 시작하여 다른 한쪽으로 끝없이 늘인 곧은 선입니다.

③ $\boxed{}$ 은 두 점을 이은 곧은 선입니다.

④ 직선 AB는 ($\overline{AB}$, $\overrightarrow{AB}$, $\overleftrightarrow{AB}$)로, 반직선 AB는 ($\overline{AB}$, $\overrightarrow{AB}$, $\overleftrightarrow{AB}$)로, 선분 AB는 ($\overline{AB}$, $\overrightarrow{AB}$, $\overleftrightarrow{AB}$)로 나타냅니다.

⑤ 두 점 A와 B 사이의 거리는 ($\overline{AB}$, $\overrightarrow{AB}$, $\overleftrightarrow{AB}$)의 길이입니다.

⑥ $\overline{AB}$를 절반으로 나누는 점 M을 $\overline{AB}$의 $\boxed{}$ 이라고 합니다. → $\overline{AB}$의 길이는 $\overline{AM}$, $\overline{MB}$의 $\boxed{}$ 배입니다.

1 도형의 기본은 점, 선, 면이다.

찾은 개념 적용하기

점은 크기가 없고 위치를 나타내는 도형입니다.

점의 위치는 순서쌍을 이용하여 수로 나타낼 수 있습니다.

1 점 A, B, C, D를 위치에 맞게 표시하시오.

A(2, 3) B(7, 0) C(8, 8) D(0, 5)

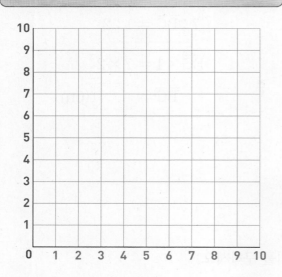

2 점 P, Q, R의 위치를 순서쌍으로 나타내시오.

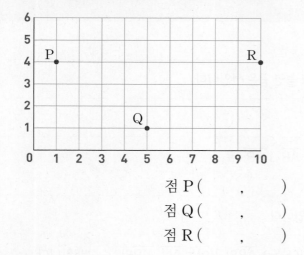

점 P (,   )
점 Q (,   )
점 R (,   )

3 눈금을 그려 점 A, B, C의 위치를 수로 나타내시오.

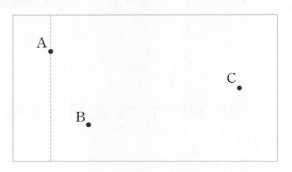

점 A (,   )
점 B (,   )
점 C (,   )

찾은 개념 적용하기

선은 위치와 길이를 나타내는 도형입니다.

점이 움직인 자리가 선이 됩니다.

두 점으로 하나의 곧은 선이 정해집니다.

한 점을 지나는 곧은 선은 무수히 많습니다.

4 점 A(1, 6)을 점 B(8, 2)까지 곧게 움직여 선을 긋고 점 P와 점 Q 중 선 위에 놓이는 것을 쓰시오.

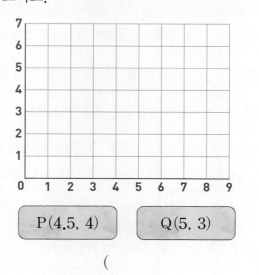

P(4.5, 4)   Q(5, 3)

(   )

5 점과 선을 보고, 물음에 답하시오.

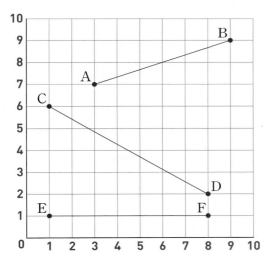

(1) 가장 위쪽에 있는 선의 위치를 나타내시오.

점 A(☐ , ☐)과

점 B(☐ , ☐)를 지납니다.

(2) 길이가 가장 긴 선의 위치를 나타내시오.

점 ☐ (☐ , 6)과

점 ☐ (8, ☐)를 지납니다.

(3) 점 C, D를 지나는 선과 점 E, F를 지나는 선을 연장하면 몇 개의 점에서 만납니까?

(   )

6 다음 중 잘못 설명한 것을 고르시오. (   )

① 두 점을 지나는 곧은 선은 1개뿐입니다.

② 점은 크기가 없지만 점이 움직이면 길이가 생깁니다.

③ 선의 위치와 길이는 각각 수로 나타낼 수 있습니다.

④ 선 위에는 무수히 많은 점이 있습니다.

⑤ 한 점을 지나는 곧은 선은 2개뿐입니다.

7 점 O와 점 T를 지나는 곧은 선에 포함되지 않는 점을 모두 찾아 위치를 순서쌍으로 나타내시오.

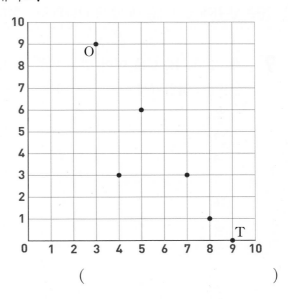

(   )

8 다음 중 2개의 점을 이어 그릴 수 있는 곧은 선의 개수를 모두 구하시오.

(1)

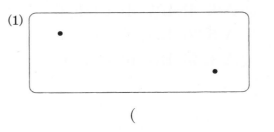

(   )

(2)

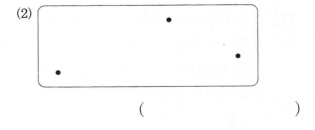

(   )

(3)

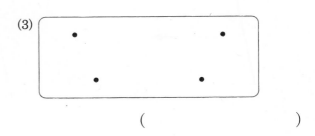

(   )

면은 위치와 넓이를 나타내는 도형입니다.

선이 움직인 자리가 면이 됩니다.

곧은 선 위에 있지 않은 세 점으로 하나의 면이 정해집니다.

9 세 점 A, B, C를 이어 면을 만들 수 없는 것은 어느 것입니까? (   )

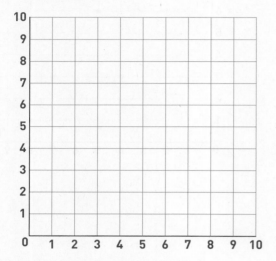

① A(5, 9) B(5, 7) C(10, 8)
② A(2, 5) B(3, 2) C(5, 4)
③ A(6, 4) B(7, 4) C(10, 6)
④ A(5, 2) B(1, 2) C(9, 2)
⑤ A(1, 9) B(1, 6) C(4, 9)

10 직선 위에 놓인 선분 AB를 화살표 방향으로 평행하게 움직였을 때, 선분이 지나간 자리를 그린 것입니다. 그린 도형의 점, 선, 면의 개수를 차례로 쓰시오.

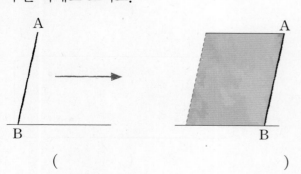

(   )

11 다음 중 옳지 않은 것을 고르시오. (   )

① 면의 가장자리는 선입니다.
② 선의 크기는 길이, 면의 크기는 넓이입니다.
③ 5개의 점을 곧은 선으로 이어 만든 면은 5개의 선으로 둘러싸입니다.
④ 굽은 선과 곧은 선으로 둘러싸인 것은 면이 아닙니다.
⑤ 곧은 선 위에 있지 않은 세 점으로 1개의 면을 만들 수 있습니다.

12 도형을 보고, 물음에 답하시오.

(1) 점, 선, 면의 수를 세어 쓰시오.

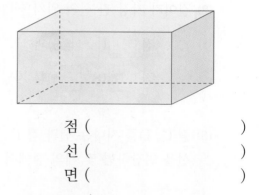

점 (   )
선 (   )
면 (   )

(2) 바르게 설명한 것을 모두 찾아 기호를 쓰시오.

┌─────────────────────────────┐
│ ㉠ 도형의 기본 요소는 점, 선, 면입니다.
│ ㉡ 면과 면이 만나는 곳에 선이 생깁니다.
│ ㉢ 선과 선이 만나는 곳에 점이 생깁니다.
│ ㉣ 세 면이 만나는 곳에 생기는 점은 3개입니다.
└─────────────────────────────┘

(   )

2 양 끝점의 개수로 선의 이름을 정한다.

찾은 개념 적용하기

직선 AB($\overleftrightarrow{AB}$)는 끝점이 없는 곧은 선입니다.

A   B

반직선 AB($\overrightarrow{AB}$)는 끝점이 1개인 곧은 선입니다.

A   B

선분 AB($\overline{AB}$)는 끝점이 2개인 곧은 선입니다.

A   B

1 다음 중 무한히 긴 선을 모두 찾아 기호를 쓰시오.

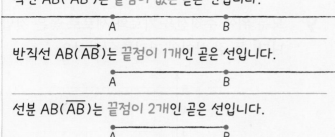

(   )

2 도형을 보고, 같은 것을 찾아 기호를 쓰시오.

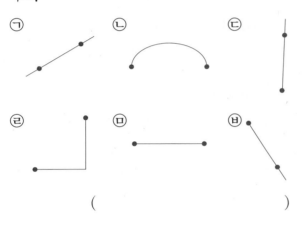

(1) $\overrightarrow{AE}$ = ☐　　(2) $\overleftrightarrow{BC}$ = ☐

(3) $\overline{ED}$ = ☐　　(4) $\overleftrightarrow{DE}$ = ☐

3 직선 l에서 두 점으로 만들 수 있는 선의 개수를 모두 구하시오.

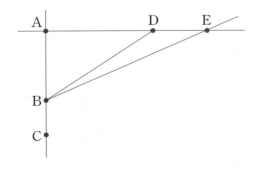

선분	
반직선	
직선	

4 설명에 알맞은 곧은 선의 이름을 모두 쓰시오.

(1) 두 점으로 경계가 정해집니다.

(   )

(2) 시작점도 끝점도 없습니다.

(   )

(3) 직선의 일부입니다.

(   )

(4) 시작점은 있지만 끝점이 없습니다.

(   )

(5) 무한히 깁니다.

(   )

5 다음 중 옳지 않은 것을 고르시오. (   )

① 선분 AB는 선분 BA와 같습니다.

② $\overline{AB}$는 $\overleftrightarrow{AB}$에 포함됩니다.

③ $\overrightarrow{AB} \neq \overrightarrow{BA}$입니다.

④ $\overrightarrow{AB}$는 $\overline{AB}$보다 깁니다.

⑤ 한 점을 지나는 직선의 끝점은 1개입니다.

6 다음 설명을 바르게 고치시오.

> "반직선은 전체 선 중 절반이 직선이고
> 절반이 곡선이라는 뜻이야."

_____

_____

_____

7 직선 l 위에 네 점 A, B, C, D가 있을 때, 다음 중 $\overrightarrow{CD}$를 포함하지 않는 것은 어느 것입니까? (   )

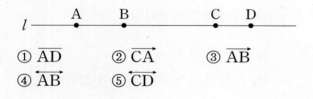

① $\overline{AD}$ ② $\overrightarrow{CA}$ ③ $\overrightarrow{AB}$
④ $\overleftarrow{AB}$ ⑤ $\overleftarrow{CD}$

8 다음 중 도형에 대해 바르게 설명한 것을 모두 고르시오. (   )

① 방향이 같은 두 반직선은 같습니다.
② 선분은 양 끝점을 포함합니다.
③ 시작점이 같은 두 반직선은 같습니다.
④ 시작점이 같은 두 선분은 같습니다.
⑤ 직선은 끝점이 없습니다.

두 점 A와 B 사이의 거리는 선분 AB의 길이입니다.

선분의 길이를 절반으로 나누는 점을 중점이라고 합니다.

9 모눈 위에 수직선을 가로와 세로로 놓은 것입니다. 두 점 사이의 거리를 구하시오.

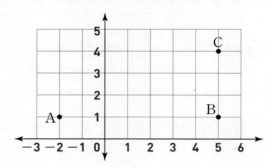

(1) 점 A와 점 B

(   )

(2) 점 B와 점 C

(   )

10 다음 중 길이가 다른 하나는 어느 것입니까?
(   )

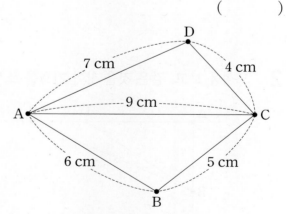

① 점 C와 점 D 사이의 거리
② 6 cm
③ $\overline{AB}$의 길이
④ 점 A에서 점 B까지의 가장 짧은 길이
⑤ 선분 BA의 길이

11 점 A(1, 4)가 점 B(8, 4)까지 곧게 움직였을 때, 점 A가 지나간 길이를 구하시오.

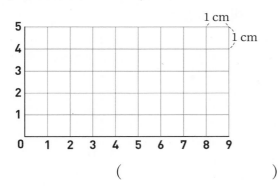

( )

12 두 점 사이의 거리가 같은 것끼리 모두 찾아 쓰시오.

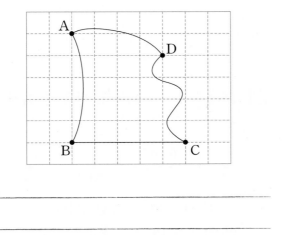

‾‾‾‾‾‾‾‾‾‾‾‾‾‾‾‾‾‾‾‾‾‾‾‾‾‾‾‾‾‾‾‾‾‾‾‾‾‾‾

‾‾‾‾‾‾‾‾‾‾‾‾‾‾‾‾‾‾‾‾‾‾‾‾‾‾‾‾‾‾‾‾‾‾‾‾‾‾‾

13 다음 중 자를 이용하여 길이를 잴 수 있는 것을 모두 고르시오. ( )

A.

C

D

B

① $\overleftrightarrow{AB}$ ② $\overline{BD}$ ③ $\overrightarrow{DC}$

④ 점 A와 점 C 사이의 거리

⑤ 점 D와 점 A를 지나는 직선의 길이

14 점 M이 $\overline{AB}$의 중점일 때, ☐ 안에 알맞은 수를 써넣으시오.

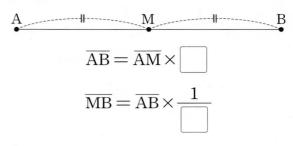

$$\overline{AB} = \overline{AM} \times \boxed{}$$

$$\overline{MB} = \overline{AB} \times \frac{1}{\boxed{}}$$

15 점 O가 $\overline{PQ}$의 중점일 때, 선분의 길이를 구하시오.

(1)

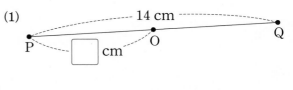

(2)

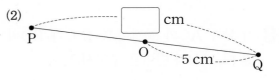

16 점 A(2, 4)와 점 B(8, 2) 사이의 거리를 절반으로 나누는 점 M의 위치를 순서쌍으로 나타내시오.

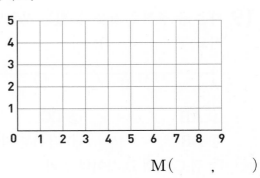

M(,)

17 $\overline{AB}$의 중점이 M, $\overline{AM}$의 중점이 N일 때, 두 점 사이의 거리를 구하시오.

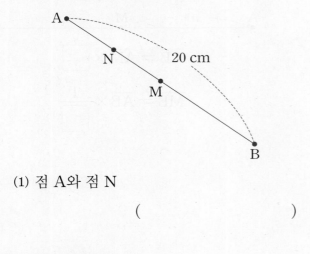

(1) 점 A와 점 N

(　　　　　)

(2) 점 N과 점 B

(　　　　　)

18 점 B가 $\overline{AC}$의 중점이고 점 C가 $\overline{BD}$의 중점일 때, $\overline{AB}$의 길이를 구하시오.

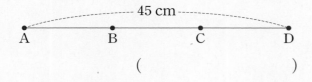

(　　　　　)

19 다음 중 중점을 찾을 수 있는 것을 모두 고르시오. (　　　　)

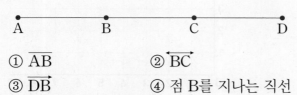

① $\overline{AB}$　　　　② $\overleftrightarrow{BC}$
③ $\overrightarrow{DB}$　　　　④ 점 B를 지나는 직선
⑤ 점 C와 점 D 사이의 거리

20 점 P는 직선 l 위를 움직이는 점입니다. $\overline{AP}+\overline{BP}$가 가장 짧게 되는 점 P의 위치는 어느 것입니까? (　　　　)

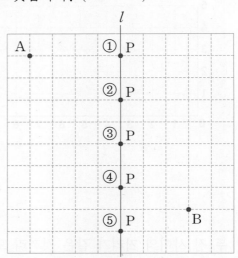

21 $\overline{MQ}=2\times\overline{NQ}$일 때, 다음 중 옳지 않은 것은 어느 것입니까? (　　　　)

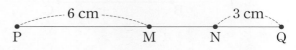

① 점 M은 $\overline{PQ}$의 중점입니다.
② 점 N은 $\overline{PQ}$의 삼등분점입니다.
③ 점 N은 $\overline{MQ}$의 중점입니다.
④ 점 P와 점 Q 사이의 거리는 12 cm입니다.
⑤ $\overline{PN}=9$ cm

22 $\overline{AB}:\overline{BC}=3:1$이고 점 M이 $\overline{BC}$의 중점일 때, $\overline{MC}$의 길이를 구하시오.

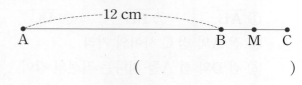

(　　　　　)

3 직선들이 한 점에서 만나면?

1 도형을 보고, 물음에 답하시오.

A
●

B
●

C
●

(1) 세 점을 이용하여 시작점이 같은 두 반직선을 그으시오.

(2) 두 반직선이 만나 기울어진 부분을 **角(뿔 각) 각**이라고 합니다. (1)에서 그린 도형에 각은 몇 개 있습니까?

(   )

2 다음 중 각이 아닌 것을 모두 찾아 기호를 쓰시오.

ㄱ

ㄴ

ㄷ
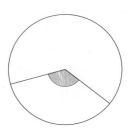

ㄹ
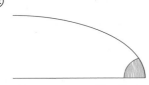

ㅁ
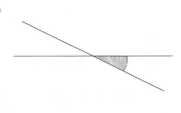

ㅂ

(   )

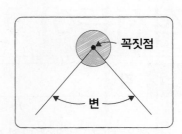
꼭짓점
변

3 각을 이루는 두 반직선을 **변**이라 하고, 邊(가 변)
공통인 시작점을 **꼭짓점**이라고 합니다. 물음에 답하시오.

(1) 두 변이 $\overrightarrow{PQ}$, $\overrightarrow{PR}$인 각을 그리고, 꼭짓점을 쓰시오.

P

R

Q

(   )

(2) 꼭짓점이 점 S인 각을 그리고, 두 변을 쓰시오.

S

U

T

(   )

4 각은 두 반직선이 만나 이루는 도형입니다. 주어진 각을 나타내도록 점의 순서를 생각하여
글과 기호로 쓰시오.

각	읽기	쓰기
A C B	각 ABC	∠ABC
A C B		
	각 BCA	

각의 (꼭짓점 , 변)이 가운데 오도록 나타냅니다.

5 각은 두 변이 벌어진 곳에 기호를 써서 나타낼 수도 있습니다.
A, B, C, D, E 또는 a, b, c, d를 사용하여 같은 각을 나타내시오.

(1)

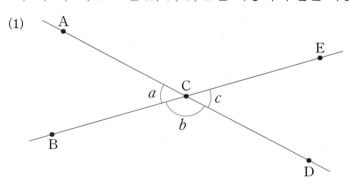

$\angle a = \angle ACB$

$\angle b = \angle \boxed{}$

$\angle c = \angle \boxed{}$

(2)

$\angle ADC = \angle \boxed{}$

$\angle CBA = \angle \boxed{}$

6 $\overleftrightarrow{AC} = \overleftrightarrow{BC}$입니다. $\angle x$를 A가 아닌 점을 이용하여 나타내시오.

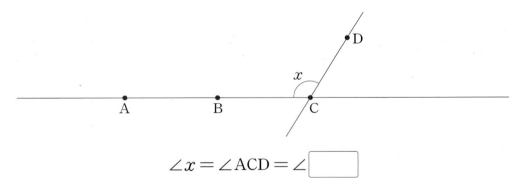

$\angle x = \angle ACD = \angle \boxed{}$

두 반직선이 끝점에서 만나면 각을 이룬다.

① 각을 이루는 두 반직선을 $\boxed{}$이라고 합니다.

② 각에서 두 반직선이 만나는 점을 $\boxed{}$이라고 합니다.

③ 각을 읽고, 쓸 때에는 $\boxed{}$을 가운데에 둡니다.

4 각은 왜 둥근 모양으로 표시할까?

1 반직선으로 각을 만들어 크기를 알아보시오.

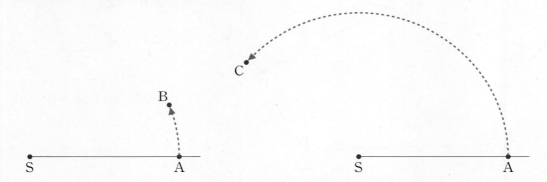

(1) 점 S를 중심으로 $\overrightarrow{SA}$를 점 B, 점 C까지 회전하여 ∠BSA와 ∠CSA를 그리시오.

(2) 각의 크기를 角度(뿔 ㉮, 정도 ㉭) **각도**라고 합니다. 알맞은 것에 ○표 하시오.

　　　$\overrightarrow{SA}$가 더 많이 회전한 것은 점 (B , C)까지이므로
　　　더 큰 각도는 (∠BSA , ∠CSA)입니다.

2 반직선을 회전하여 만든 각을 보고, 물음에 답하시오.

(1) 어느 각을 그린 것인지 ⟨ 또는 ⟨⟨ 로 표시하시오.

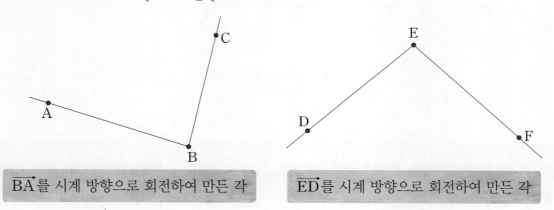

$\overrightarrow{BA}$를 시계 방향으로 회전하여 만든 각　　　$\overrightarrow{ED}$를 시계 방향으로 회전하여 만든 각

(2) (1)의 ∠ABC와 ∠DEF 중 어느 각이 얼만큼 더 큰지 알 수 있습니까?

　　　　　　　　　　　　　　　　　　　(　　　　　　　　　　　)

3 각의 크기는 °(**도**)를 사용하여 수로 나타내고, **한 바퀴는 360°**입니다.
똑같게 나눈 한 바퀴를 이용하여 각의 크기를 구하시오.

(1)

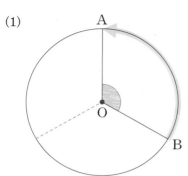 → 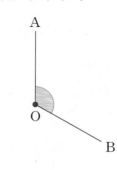 ∠AOB = 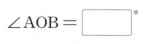°

(2)

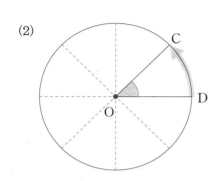 → 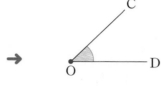 ∠COD = 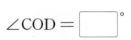°

· 각의 크기를 (수 , 기호)로 나타내면 크고 작은 정도를 정확히 알 수 있습니다.
· 평면에서 반직선이 회전할 수 있는 가장 큰 각도는 ⬚°입니다.

 작은 쪽, 큰 쪽 모두 각이지만
보통은 작은 쪽 각을 말해~

4 한 바퀴를 다음과 같이 나눈 한 각의 크기를 구하시오.

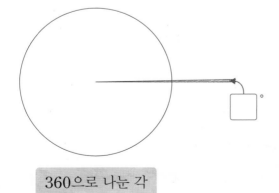

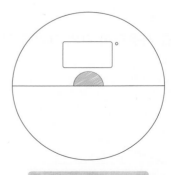

360으로 나눈 각   절반으로 나눈 각

· 각도의 단위는 한 바퀴(360°)를 360으로 나눈 ⬚°입니다.
· 일직선이 이루는 각의 크기는 ⬚°입니다.

5 반직선이 회전한 방향을 생각하여 각도기의 시작 눈금을 정하고 각도를 재어 보시오.

(1)

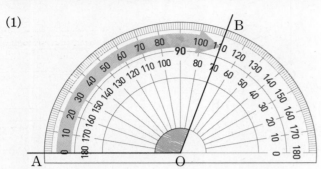

∠AOB = [   ]°

(2)

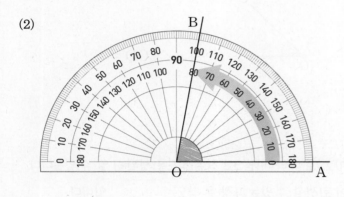

∠AOB = [   ]°

각도기의 중심을 각의 (변 , 꼭짓점)에,
각도기의 밑금을 각의 (변 , 꼭짓점)에 맞추어 잽니다.

6 각도기를 사용하여 각의 크기를 구하시오.

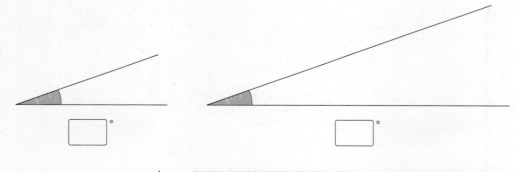

[   ]°   [   ]°

[   ]의 길이를 늘려도 [   ]의 크기는 변하지 않습니다.
→ 각의 크기는 변이 (회전한 , 늘어난) 양이기 때문입니다.

문제 속 개념찾기 **각도의 합과 차**

7 ∠a의 크기를 구하려고 합니다. ☐ 안에 알맞은 수를 써넣으시오.

(1)

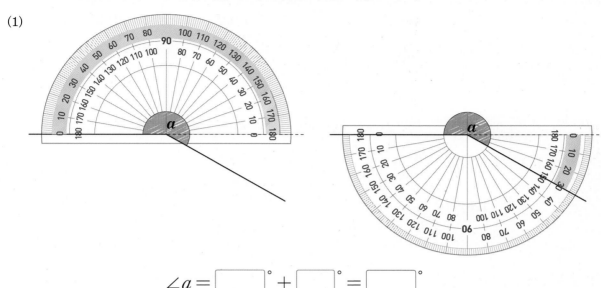

$$\angle a = \boxed{}° + \boxed{}° = \boxed{}°$$

(2)

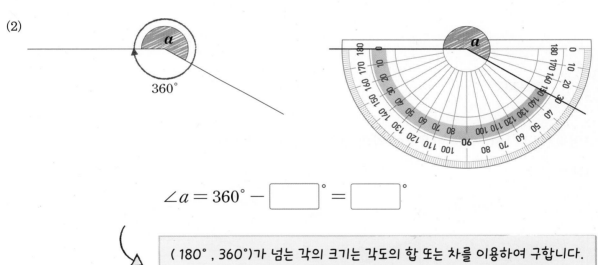

$$\angle a = 360° - \boxed{}° = \boxed{}°$$

(180°, 360°)가 넘는 각의 크기는 각도의 합 또는 차를 이용하여 구합니다.

8 ☐ 안에 알맞은 각도를 써넣으시오.

(1)

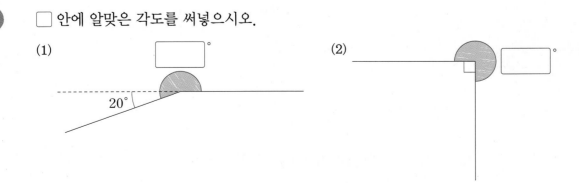

20°

(2)

9 $\angle x$의 크기를 구하시오.

(1)

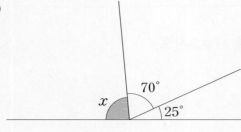

$\angle x = \boxed{}^\circ - (70^\circ + 25^\circ)$

$\quad\ = \boxed{}^\circ$

(2)

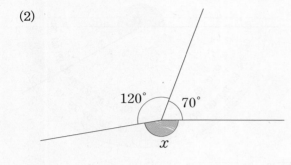

$\angle x = \boxed{}^\circ - (120^\circ + 70^\circ)$

$\quad\ = \boxed{}^\circ$

문제 속 개념찾기 **맞꼭지각**

10 (일직선) $= 180^\circ$임을 이용하여 각의 크기를 차례로 구하시오.

(1)

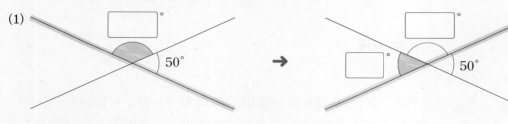

(2)

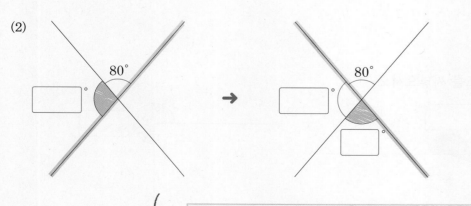

직선이 기울어도 일직선이 이루는 각의 크기는 $\boxed{}^\circ$로 일정합니다.

11 ☐ 안에 각도를 써넣고 크기가 같은 각끼리 같은 색을 칠하시오.

(1)

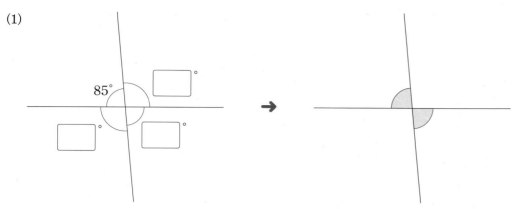

(2)

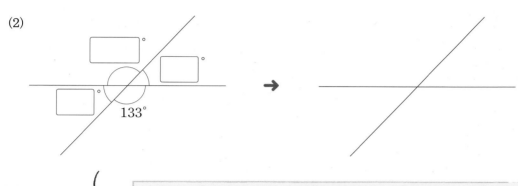

두 직선이 한 점에서 만날 때 (마주 보는 , 나란히 놓인) 각의 크기는 같습니다.

12 두 직선이 한 점에서 만날 때, 마주 보는 두 각을 **맞꼭지각**이라고 합니다. ☐ 안에 알맞게 써넣으시오.

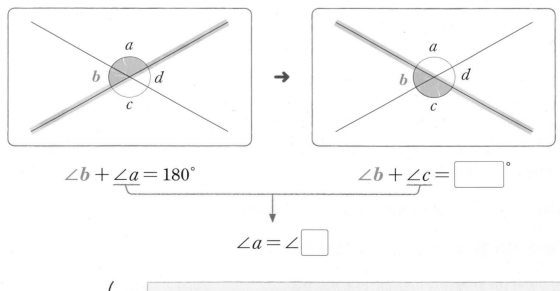

$$\angle b + \angle a = 180°$$ $$\angle b + \angle c = \boxed{}°$$

$$\angle a = \angle \boxed{}$$

맞꼭지각의 크기는 서로 (같습니다 , 다릅니다).
→ 일직선이 이루는 각인 $\boxed{}$°에 공통인 각이 포함되기 때문입니다.

13 맞꼭지각을 바르게 만든 것에 ○표 하시오.

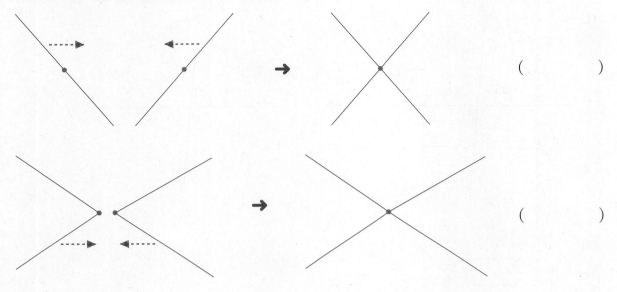

(   )

(   )

14 고정된 직선 *l*과 한 점에서 만나는 직선 *m*을 회전한 것입니다. 크기가 같은 각에 같은 표시를 하시오.

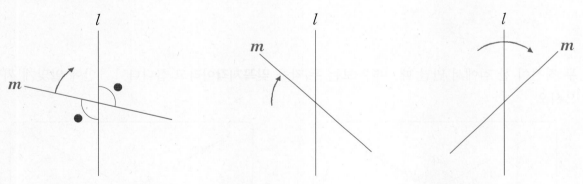

각도는 반직선이 끝점을 중심으로 회전한 양이다.

① 각의 크기를 [   ]라고 합니다.

② 한 바퀴는 [   ]°, 일직선이 이루는 각도는 [   ]°입니다.

③ 각의 크기는 변의 길이와 관계 (없습니다 , 있습니다).

④ 두 (각 , 직선)이 한 점에서 만날 때, 마주 보는 각을 [   ]이라고 합니다.

⑤ 맞꼭지각의 크기는 서로 (같습니다 , 다릅니다).

5 90°와 180°는 특별한 각이야?

1 한 바퀴를 4등분 한 것입니다. ☐ 안에 알맞은 각도를 써넣고, 물음에 답하시오.

(1) 90°인 각을 **직각**이라 하고 └ 로

표시합니다.

直角(곧을 직), 뿔 각)

도형에 직각을 모두 표시하시오.

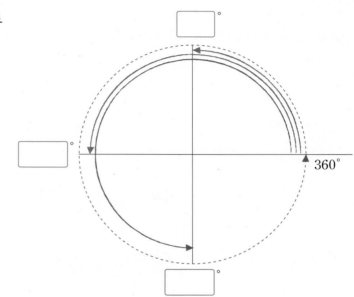

360°

(2) 180°인 각을 **평각**이라고 합니다.

주(평평할 평)

☐ 안에 알맞은 수를 써넣으시오.

(평각) = (직각) × ☐

2 각도기를 이용하여 도형을 그리고, 물음에 답하시오.

A   O   B

(1) $\overleftrightarrow{AB}$와 직각을 이루는 $\overrightarrow{OC}$를 그으시오.

(2) 0°보다 크고 직각보다 작은 각을 **예각**이라고 합니다. $\overrightarrow{OA}$와 예각을 이루는 $\overrightarrow{OD}$를 그으시오.

銳 (날카로울 예)

(3) 직각보다 크고 평각보다 작은 각을 **둔각**이라고 합니다. (2)의 그림에서 둔각을 찾아 쓰시오.

鈍 (무딜 둔)

(   )

일직선 위에 예각을 만들면 다른 쪽 각은 (예각 , 직각 , 둔각)이 됩니다.

3 전체 양을 주어진 비율에 따라 나누는 것을 비례배분이라고 합니다.

$$18을 \; 5:1로 \; 비례배분한 \; 값 \; \rightarrow \; \frac{5}{(5+1)} \times 18 = 15, \quad \frac{1}{(5+1)} \times 18 = 3$$

$\angle a : \angle b = 5:1$일 때, $\angle a$와 $\angle b$의 크기를 구하시오.

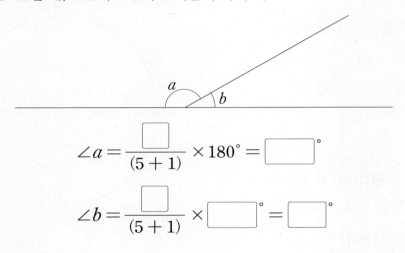

$$\angle a = \frac{\boxed{}}{(5+1)} \times 180° = \boxed{}°$$

$$\angle b = \frac{\boxed{}}{(5+1)} \times \boxed{}° = \boxed{}°$$

4 $\angle a : \angle b = 1:3$일 때, $\angle a$와 $\angle b$의 크기를 구하시오.

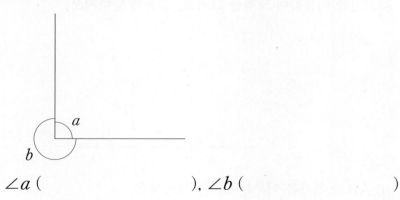

$\angle a \; ($ $), \; \angle b \; ($ $)$

90°, 180°를 기준으로 각의 이름을 정한다.

① 90°인 각을 (예각 , 직각 , 둔각), 180°인 각을 (예각 , 직각 , 둔각 , 평각)이라고 합니다.

② 0° < (예각 , 직각 , 둔각) < 90°입니다.

③ 90° < (예각 , 직각 , 둔각) < 180°입니다.

3 두 반직선이 끝점에서 만나면 각을 이룬다.

찾은 개념 적용하기

각을 이루는 두 반직선을 변,
반직선이 만나는 점을 꼭짓점이라고 합니다.

각을 읽고 쓸 때에는 꼭짓점이 가운데 오도록 나타냅니다.

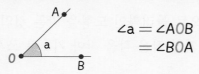

$$\angle a = \angle AOB$$
$$= \angle BOA$$

1 다음 중 각이 있는 도형을 모두 찾아 기호를 쓰시오.

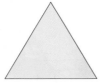

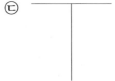

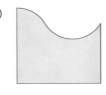
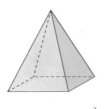

(   )

2 각 PRQ를 그려 보시오.

•Q

•P

•R

3 다음 중 ∠ABC를 나타내지 않는 것을 모두 고르시오. (   )

① ∠CBA   ② ∠BCA

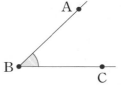
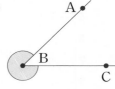

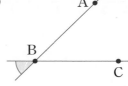

4 점 C를 꼭짓점으로 하는 각을 모두 찾아 쓰시오.

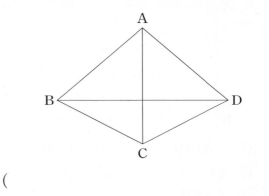

(   )

5 A, B, C, D, E를 사용하여 ∠a와 ∠b를 각각 나타내시오.

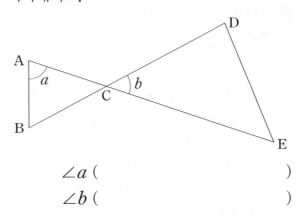

∠a (   )
∠b (   )

6 점 A(10, 4)를 꼭짓점으로 하고 점 B(2, 5)와 점 C(4, 0)을 지나는 각을 그리시오.

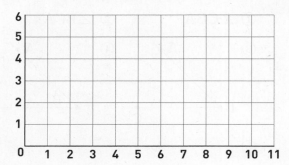

7 도형을 보고 같은 각을 나타내는 것을 모두 고르시오. (   )

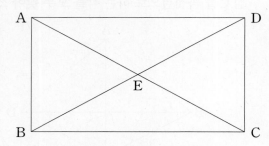

① ∠AEB   ② ∠ECB
③ ∠CED   ④ ∠ACD
⑤ ∠ACB

8 다음 중 각에 대한 설명으로 옳지 않은 것을 모두 고르시오. (   )

① 모든 각의 모양은 뾰족합니다.
② 각의 꼭짓점은 두 반직선의 공통인 시작점입니다.
③ 방향이 반대인 두 반직선이 시작점에서 만나도 각이 됩니다.
④ 변이 길어지면 각의 크기도 커집니다.
⑤ 같은 두 반직선이 시작점에서 만나도 각이 됩니다.

4 각도는 반직선이 끝점을 중심으로 회전한 양이다.

찾은 개념 적용하기

각의 크기를 각도라 하고, 단위는 °(도)를 씁니다.

한 바퀴는 360°, 일직선은 180°입니다.

1 각으로 둘러싸인 도형을 만든 것입니다. 크기가 가장 작은 각을 찾아 기호로 쓰시오.

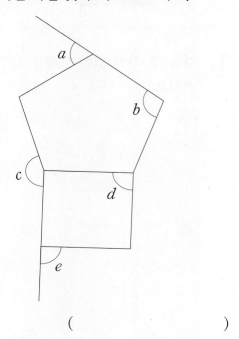

(   )

2 한 바퀴, 반 바퀴가 이루는 각의 크기를 구하시오.

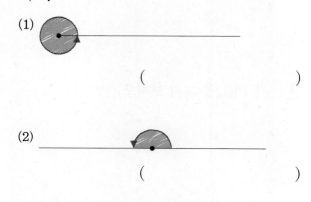

(1)

(   )

(2)

(   )

3 한 바퀴를 똑같게 나누어 각을 만든 것입니다. 크기를 비교하여 ○ 안에 >, =, <를 써넣으시오.

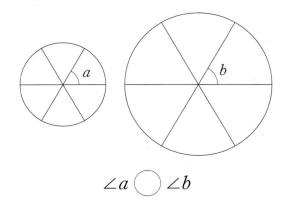

$$\angle a \bigcirc \angle b$$

4 한 바퀴를 36등분 한 것입니다. $\overrightarrow{OA}$, $\overrightarrow{OC}$, $\overrightarrow{OE}$ 가 회전하여 만든 각의 크기를 비교하여 큰 것부터 차례로 쓰시오.

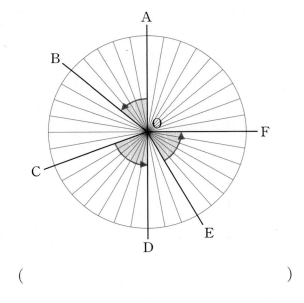

(   )

5 한 바퀴를 똑같게 나눈 것입니다. $\overrightarrow{OA}$가 점 O를 중심으로 회전하여 만든 각의 크기를 구하시오.

(1)

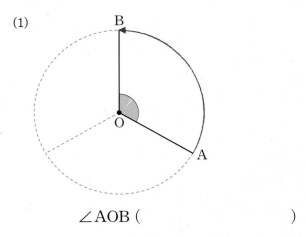

$$\angle AOB \ (\qquad\qquad\qquad)$$

(2)

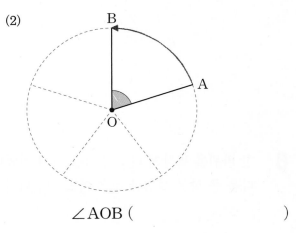

$$\angle AOB \ (\qquad\qquad\qquad)$$

6 각이 아닌 것을 찾아 기호를 쓰고 이유를 설명하시오.

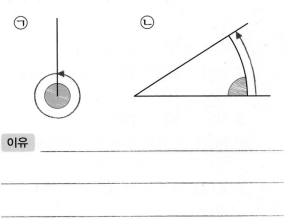

이유 _____

_____

_____

7 시계의 눈금은 한 바퀴를 똑같이 나누어 표시한 것입니다. 시곗바늘이 이루는 작은 쪽 각의 크기를 구하시오.

(1)

( )

(2)

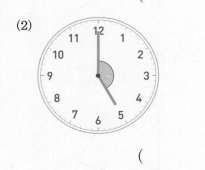

( )

8 한 바퀴를 똑같게 나누어 각을 그린 것입니다. 다음 중 잘못 설명한 것은 어느 것입니까?

( )

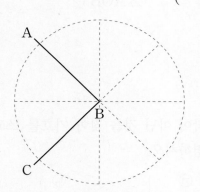

① 각의 크기는 270°입니다.
② 반직선 $\overrightarrow{BA}$와 $\overrightarrow{BC}$가 만나서 이루는 각입니다.
③ 각도는 90°입니다.
④ $\overrightarrow{BC}$가 점 B를 중심으로 회전하여 만든 각입니다.
⑤ $\overrightarrow{AB}$를 점 B를 중심으로 회전하여 만든 각입니다.

9 원의 $\frac{1}{6}$만큼을 잘라낸 것입니다. ∠AOB의 크기를 구하시오.

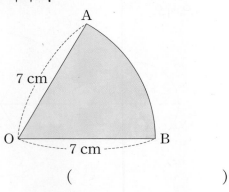

( )

10 점 O를 꼭짓점으로 하는 각에 대한 설명으로 잘못된 것을 모두 고르시오. ( )

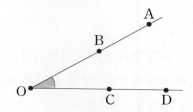

① ∠AOC = ∠BOD입니다.
② ∠AOD의 크기는 2가지입니다.
③ ∠AOD는 360°의 일부입니다.
④ ∠AOD는 ∠BOC보다 큽니다.
⑤ ∠AOD의 크기는 $\overrightarrow{OB}$가 점 O를 중심으로 점 A까지 회전한 양입니다.

11 도형을 몇 도만큼 회전한 것입니까?

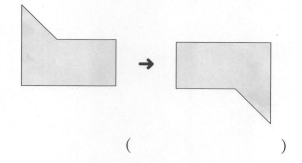

( )

12 $\overrightarrow{OB}$는 ∠AOE를 2등분하고, $\overrightarrow{OC}$와 $\overrightarrow{OD}$는 ∠BOE를 3등분합니다. ∠COD의 크기를 구하시오.

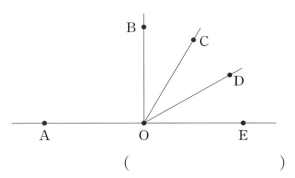

( )

14 주어진 점을 이용하여 70°인 각을 2개 그리고 기호로 나타내시오.

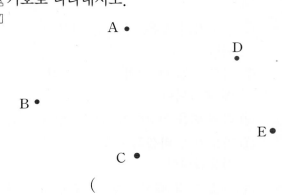

( )

찾은 개념 적용하기

각도기로 각의 크기를 잴 때
① 각도기의 중심을 각의 꼭짓점에 두고
② 각도기의 밑금을 각의 한 변에 맞춥니다.

13 $\overrightarrow{OA}$가 $\overrightarrow{OB}$까지 회전하여 만든 각의 크기를 구하시오.

(1)

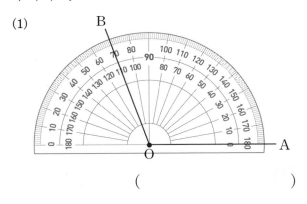

( )

(2)

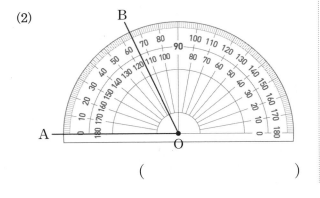

( )

15 각도기를 사용하여 직각삼각자의 나머지 두 각의 크기를 구하시오.

(1)

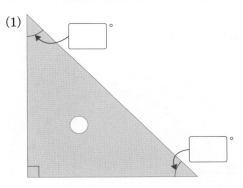

(2)

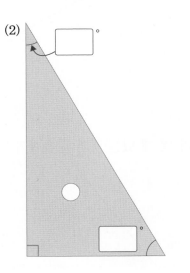

16 다음 중 잘못 설명한 것을 고르시오.

( )

① 각도기의 작은 눈금 한 칸은 1°를 나타냅니다.

② 각도를 잴 때 각의 꼭짓점은 각도기의 중심에 놓습니다.

③ 각의 변을 연장하여 각도를 잴 수 있습니다.

④ 각도기의 바깥쪽 눈금은 큰 각도를 잴 때 사용합니다.

⑤ 각을 그릴 때에는 한 변을 먼저 그린 다음 각도기를 사용합니다.

찾은 개념 적용하기

180°가 넘는 각의 크기는
각도의 합 또는 차를 이용하여 구합니다.

17 $\angle a$의 크기를 구하시오.

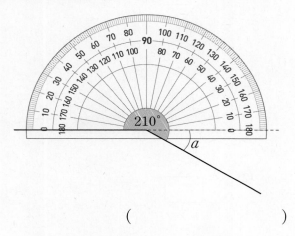

( )

18 $\angle a$는 1°가 몇 개 있는 것과 같습니까?

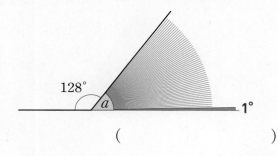

( )

19 $\angle a$와 $\angle b$의 크기를 각각 구하시오.

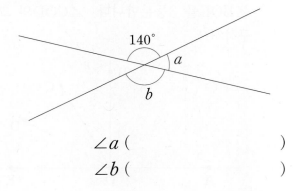

$\angle a$ ( )
$\angle b$ ( )

20 $\overrightarrow{OA}$가 시계 방향으로 회전하여 만든 $\angle AOB$의 크기를 구하시오.

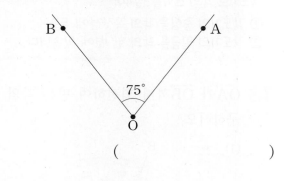

( )

21 $\angle a$의 크기를 두 가지 방법으로 구하시오.

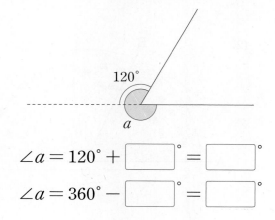

$\angle a = 120° + \boxed{}° = \boxed{}°$

$\angle a = 360° - \boxed{}° = \boxed{}°$

22 두 직각삼각자로 만든 각의 크기를 구하시오.

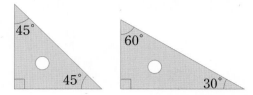

(1)

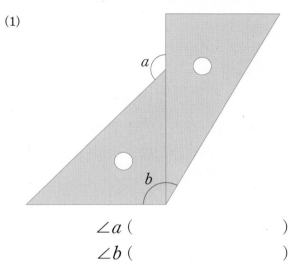

∠a (   )

∠b (   )

(2)

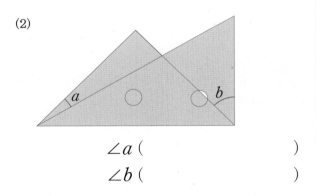

∠a (   )

∠b (   )

(3)

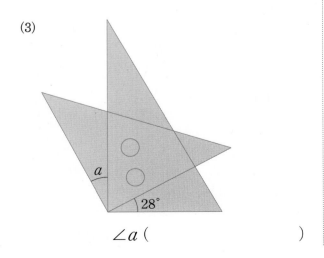

∠a (   )

23 ∠x, ∠y의 크기를 구하시오.

(1)

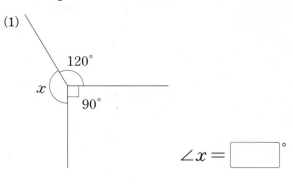

∠x = ☐°

(2)

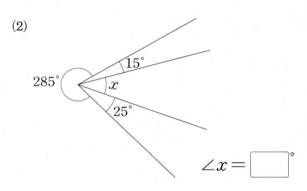

∠x = ☐°

(3)

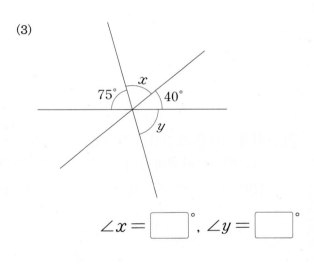

∠x = ☐°, ∠y = ☐°

(4)

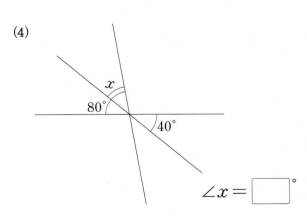

∠x = ☐°

24 ∠a의 크기를 구하시오.

(1)

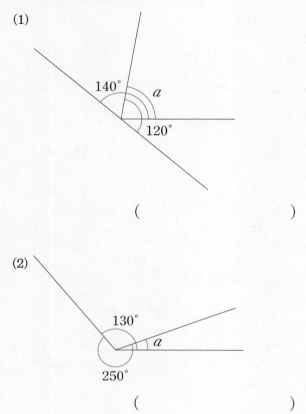

140° a 120°

(   )

(2)

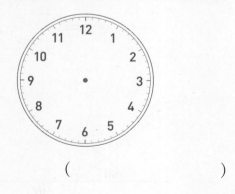

130° a 250°

(   )

25 현재 시각은 오전 9시 정각입니다. 다시 정각을 가리킬 때 시곗바늘이 이루는 작은 쪽 각이 150°가 되려면 최소 몇 시간이 지나야 합니까?

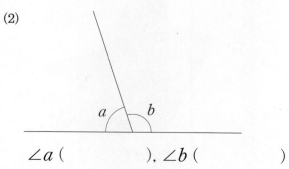

(   )

26 점 O는 $\overline{AB}$의 중점이고 $\overline{OC}$와 $\overline{OD}$는 ∠AOE 를 3등분합니다. 물음에 답하시오.

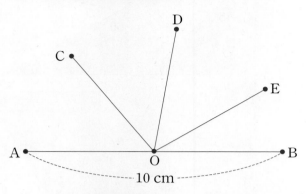

A ·———— O ————· B
10 cm

(1) ∠EOB는 $\overline{OB}$를 점 O를 중심으로 30°만 큼 회전하여 만든 것입니다. $\overline{OE}$의 길이를 구하시오.

(   )

(2) ∠COE의 크기를 구하시오.

(   )

27 ∠a : ∠b = 2 : 3일 때, 각의 크기를 구하시오.

(1)

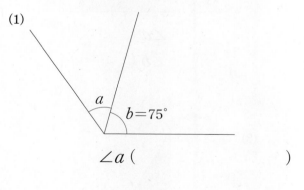

a $b=75°$

∠a (   )

(2)

a b

∠a (   ), ∠b (   )

28 $\overrightarrow{OC}$는 ∠DOB를 이등분하고, $\overrightarrow{OE}$는 ∠AOD 를 이등분합니다. ∠AOE의 크기를 구하시오.

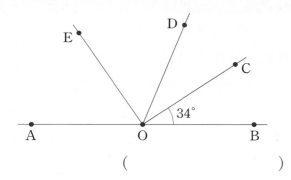

(   )

찾은 개념 적용하기

맞꼭지각은 두 직선이 한 점에서 만날 때 마주 보는 각입니다.

맞꼭지각의 크기는 같습니다.

29 ∠a와 ∠b의 크기를 구하시오.

(1)

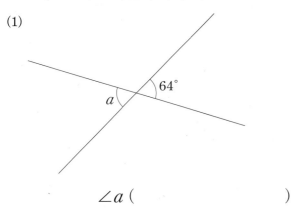

∠a (   )

(2)

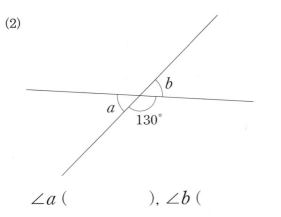

∠a (   ), ∠b (   )

30 직선을 연장하여 ∠x와 크기가 같은 각을 그 리고 표시하시오.

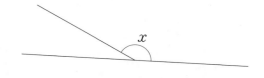

31 ∠AOB와 ∠DOC가 맞꼭지각이 아닌 이유 를 설명하시오.

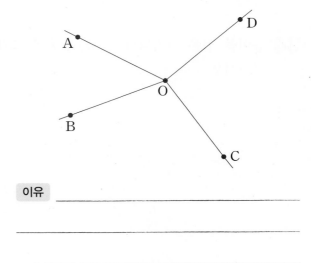

이유 _____

_____

_____

32 세 직선이 한 점에서 만날 때 생기는 맞꼭지 각은 모두 몇 쌍입니까?

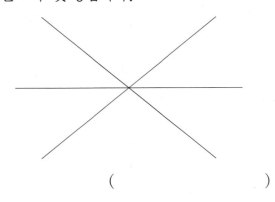

(   )

33 ∠AOE의 맞꼭지각의 크기를 구하시오.

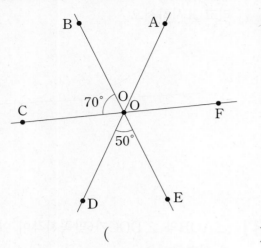

(   )

34 종이를 접은 것입니다. ∠a, ∠b의 크기를 구하시오.

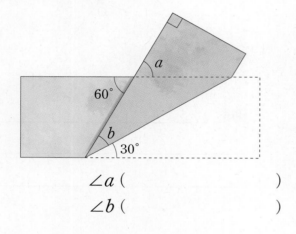

∠a (   )
∠b (   )

35 ∠x − ∠y의 크기를 구하시오.

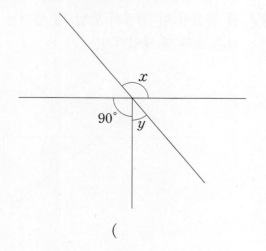

(   )

5 90°, 180°를 기준으로 각의 이름을 정한다.

찾은 개념 적용하기

직각은 90°, 평각은 180°입니다.

예각은 0°보다 크고 90°보다 작은 각입니다.

둔각은 90°보다 크고 180°보다 작은 각입니다.

1 도형을 보고, 이름에 알맞은 각을 찾아 기호를 쓰시오.

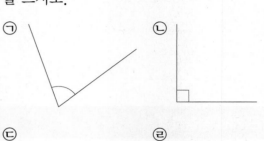

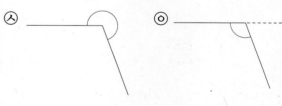

(1) 예각 (   )

(2) 직각 (   )

(3) 둔각 (   )

(4) 평각 (   )

2 시계의 긴바늘과 짧은바늘이 이루는 작은 쪽 각이 예각일 때를 모두 찾아 기호를 쓰시오.

㉠ 5시 20분	㉡ 1시 35분
㉢ 8시	㉣ 9시 45분

( )

3 도형 안쪽에 있는 예각에 △, 직각에 □, 둔각에 ○로 표시하시오.

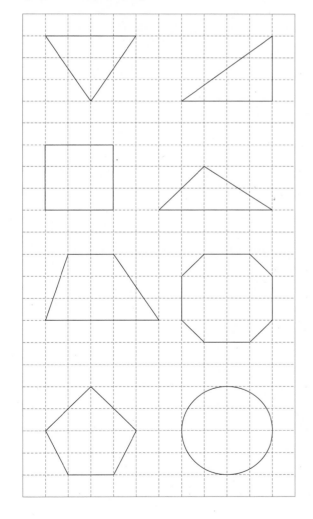

4 직선 l 위의 점 A에서 시작하는 반직선 $\overrightarrow{AB}$를 그어 각을 만들려고 합니다. 물음에 답하시오.

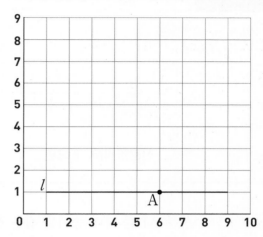

(1) 직각을 만들기 위한 점 B의 위치로 알맞은 것에 ○표 하시오.

B(6, 8)	B(8, 6)	B(1, 6)
( )	( )	( )

(2) 예각과 둔각을 1개씩 만들기 위한 점 B의 위치를 정하여 순서쌍으로 나타내시오.

B(,)

5 다음 중 각에 대한 설명으로 옳은 것을 모두 고르시오. ( )

① 가장 큰 예각은 89°입니다.
② 가장 작은 둔각은 100°입니다.
③ 평각은 (직각)×2입니다.
④ (둔각) ─ (예각)은 항상 예각입니다.
⑤ (둔각) ─ (직각)은 항상 예각입니다.

1 각을 뒤집어도 크기는 변하지 않는다.

각도는 반직선이 끝점을 중심으로 회전한 양입니다.

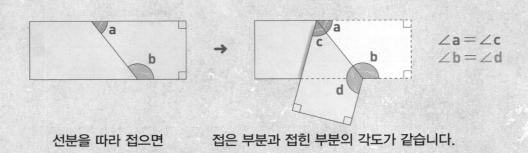

선분을 따라 접으면   접은 부분과 접힌 부분의 각도가 같습니다.

1 선분 AB를 따라 종이를 접은 것입니다. ∠a의 크기를 구하시오.

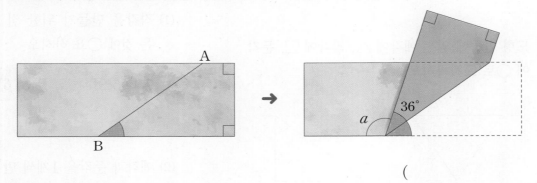

(   )

2 종이를 접은 것입니다. ∠ABF : ∠FBC = 7 : 2일 때, ∠a의 크기를 구하시오.

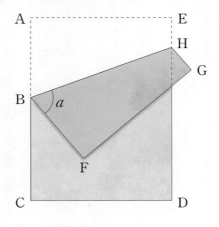

(   )

2 모르는 수가 하나만 있는 식으로 만든다.

찾은 개념 확장하기   한 바퀴를 360°로 하여 각의 크기를 수로 나타낼 수 있습니다.

$2 \times \angle x = 90°$
$\angle x = 45°$

$3 \times \angle x = 180°$
$\angle x = 60°$

---

3 $\angle$AOB가 직각일 때, $\angle$AOC의 크기를 구하시오.

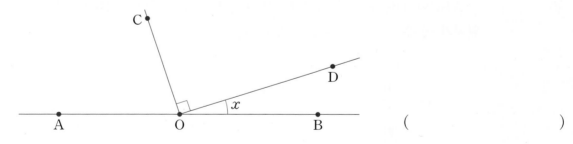

(   )

---

4 $\angle$AOC $= \angle$DOB $\times 4$일 때, $\angle x$의 크기를 구하시오.

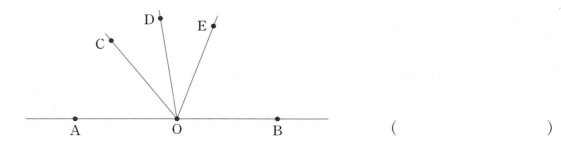

(   )

---

5 $\angle$AOC $= 2 \times \angle$COD, $\angle$EOB $= 2 \times \angle$DOE일 때, $\angle$COD $+ \angle$DOE의 크기를 구하시오.

(   )

이차함수 $f(x) = x^2 + 4x + 3$의 그래프와 직선 $y = 2x + k$가 서로 다른 두 점 P, Q에서 만난다. 점 P가 이차함수 $y = f(x)$의 그래프의 꼭짓점일 때, 선분 PQ의 길이는? (단, k는 상수이다.)

① $\sqrt{5}$ ② $2\sqrt{5}$ ③ $3\sqrt{5}$ ④ $4\sqrt{5}$ ⑤ $5\sqrt{5}$

6   다음을 보고, 알 수 있는 것에 모두 ○표 하시오.

$$\overleftrightarrow{AB}와 \overleftrightarrow{CD}는 점 P에서 만납니다.$$

- $\overleftrightarrow{AB}$와 $\overleftrightarrow{CD}$는 다른 직선입니다.   (   )
- 점 P는 $\overleftrightarrow{AB}$의 중점입니다.   (   )
- 점 P는 $\overleftrightarrow{AB}$와 $\overleftrightarrow{CD}$에 모두 포함됩니다.   (   )
- $\overleftrightarrow{CD}$는 점 P를 지나는 유일한 직선입니다.   (   )

7 $\angle ABC$와 $\overrightarrow{DE}$가 서로 다른 두 점 A와 E에서 만납니다. $\overline{BE}$의 길이가 6 cm일 때, 점 D의 위치가 될 수 없는 것은 어느 것입니까? (   )

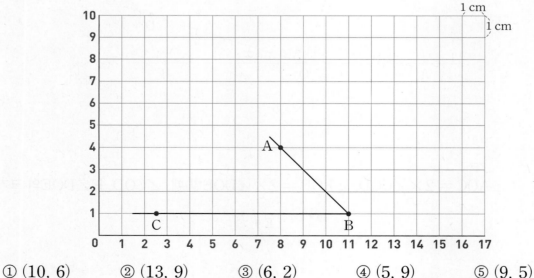

① (10, 6)   ② (13, 9)   ③ (6, 2)   ④ (5, 9)   ⑤ (9, 5)

1 설명에 알맞은 도형을 모두 찾아 기호를 쓰시오.

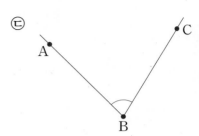

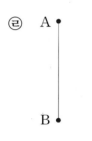
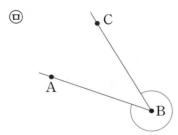
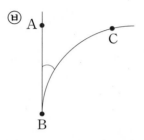

점 A와 점 B 사이의 거리를 나타냅니다.	
∠ABC로 씁니다.	
$\overrightarrow{BA}$로 씁니다.	
점 B을 중심으로 하여 $\overrightarrow{BC}$를 시계 반대 방향으로 회전한 것입니다.	
$\overline{AB}$와 $\overleftrightarrow{AB}$를 포함합니다.	

2 각을 보고, ☐ 안에 알맞은 수를 써넣으시오.

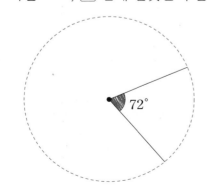

한 바퀴를 똑같이 ☐로 나눈 한 각의 크기입니다.

3 두 점 A(−5, 7), B(7, 5)를 지나는 선분을 긋고 $\overline{AB}$의 중점 M의 위치를 순서쌍으로
나타내시오.

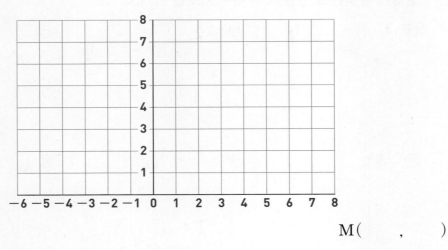

M(　　,　　)

4 직선 l은 점 A(3, 4)와 점 B(7, 2)를 지나고, 직선 m은 점 C(0, 0)과 점 D(10, 6)을
지납니다. 두 직선이 만나는 점 E의 좌표를 순서쌍으로 나타내시오.

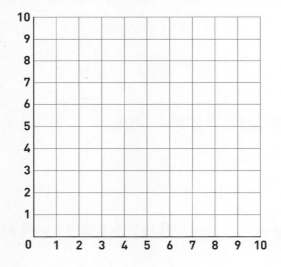

E(　　,　　)

5 $\overrightarrow{OB}$가 시계 방향으로 회전하여 만든 ∠AOB의 크기를 구하시오.

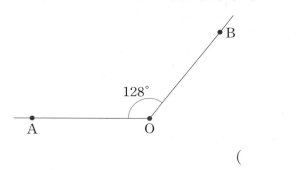

(   )

6 도형을 보고 잘못 생각한 사람을 찾아 이름을 쓰시오.

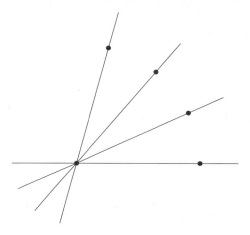

연호: 한 점을 지나는 직선은 무수히 많아.
진규: 2개 이상의 직선이 한 점에서 만나면 각이 생겨.
유진: 두 점을 지나는 직선은 한 개뿐이야.
동수: 직선에 놓이는 점은 2개뿐이야.

(   )

7 ∠a의 크기를 구하시오.

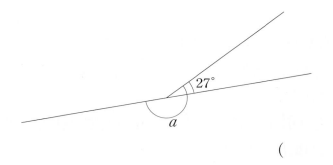

(   )

8 크기가 큰 순서대로 기호를 쓰시오.

> ㉠ 직각 ㉡ 평각 ㉢ 예각 ㉣ 둔각

( )

9 시계의 두 바늘이 이루는 각이 60°이고 긴바늘이 12를 가리킬 때의 시각을 모두 구하시오.

( )

10 다음 중 도형에 대한 설명으로 잘못된 것은 어느 것입니까? ( )

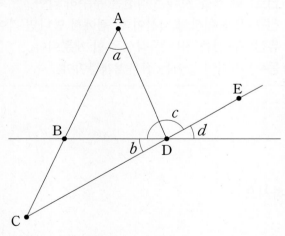

① $\angle a = \angle BAD = \angle DAC$입니다.

② $\overleftrightarrow{BD}$와 $\overline{AC}$가 만나 이루는 각은 예각과 둔각입니다.

③ $\angle b = \angle d$입니다.

④ $\angle c$의 크기는 $\overrightarrow{DB}$가 점 D를 중심으로 $\overrightarrow{DE}$까지 회전한 양입니다.

⑤ $\angle ACE$는 $\angle BCD$보다 큽니다.

11 각도를 바르게 잰 것을 모두 찾아 기호를 쓰시오.

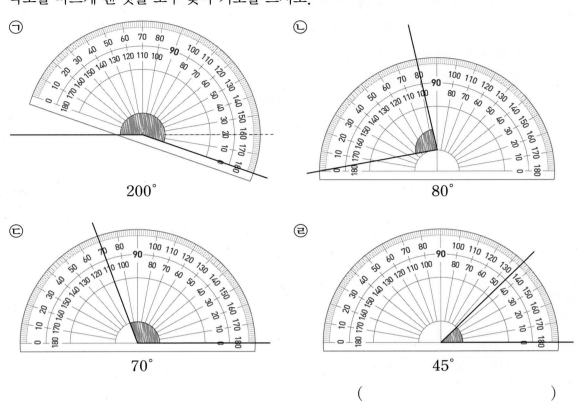

ㄱ
200°

ㄴ
80°

ㄷ
70°

ㄹ
45°

(   )

12 도형을 보고, 각의 크기를 구하시오.

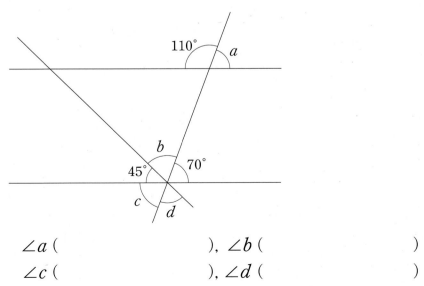

∠a (   ), ∠b (   )
∠c (   ), ∠d (   )

13 다음 중 잘못 설명한 것은 어느 것입니까? (   )

① 두 점을 지나는 직선은 한 개뿐입니다.

② 반직선의 끝점은 1개입니다.

③ 점 A와 점 B 사이의 거리는 $\overline{AB}$의 길이입니다.

④ 두 직선이 한 점에서 만날 때 생기는 맞꼭지각은 2쌍입니다.

⑤ 둔각은 180°보다 크고 360°보다 작습니다.

14 $\overline{PQ} = \overline{QR} = \overline{RS}$일 때, 도형에 대한 설명으로 잘못된 것을 모두 고르시오. (   )

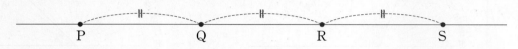

① $\overleftrightarrow{QR}$은 $\overleftrightarrow{RS}$와 같습니다.

② $\overline{QS}$의 길이는 $\overline{PQ}$의 길이의 2배입니다.

③ 점 Q는 $\overrightarrow{RS}$ 위의 점입니다.

④ $\overline{RS}$는 $\overrightarrow{PQ}$의 일부입니다.

⑤ $\overrightarrow{PR}$과 $\overrightarrow{QR}$은 같습니다.

15 ∠a의 크기를 구하시오.

(1)

(2)

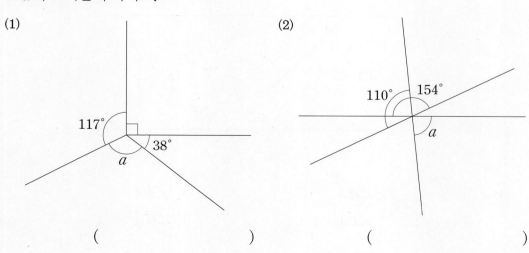

(   )   (   )

16 점 M은 $\overline{AB}$의 중점이고, 점 N은 $\overline{BC}$의 중점입니다. $\overline{AC}$의 길이를 구하시오.

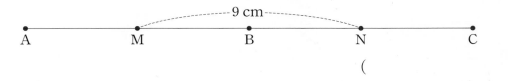

(   )

17 네 각이 직각인 종이를 접은 것입니다. ∠a의 크기를 구하시오.

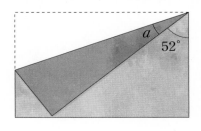

(   )

18 ∠x의 크기를 구하시오.

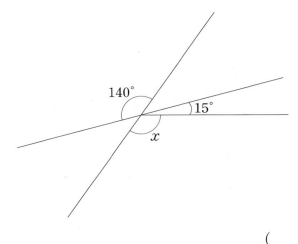

(   )

19 두 점을 이어 만들 수 있는 서로 다른 선분의 개수를 구하시오.

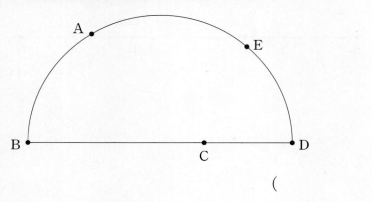

(   )

20 $\overline{AB} : \overline{BC} = 4 : 3$이고 점 M은 $\overline{AB}$의 중점입니다. $\overline{MC}$의 길이를 구하시오.

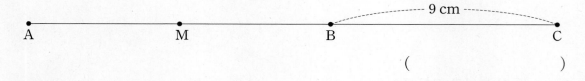

(   )

정답 · 해설 **75**쪽

1 선분 AB, 반직선 AB, 직선 AB의 포함 관계를 쓰고, 그 이유를 설명하시오.

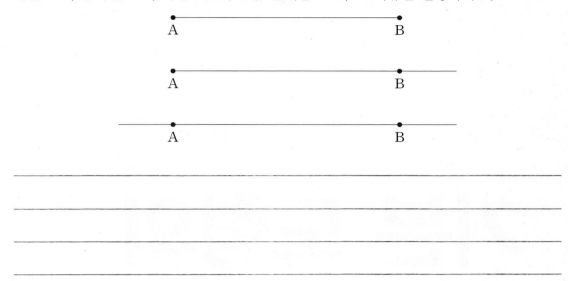

_____

_____

_____

_____

2 맞꼭지각의 크기가 같은 이유를 설명하시오.

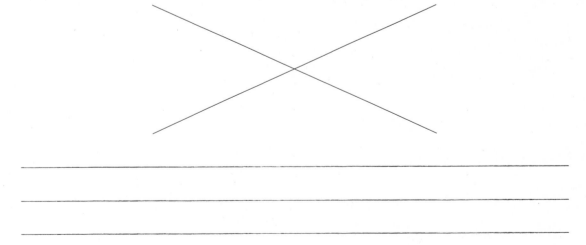

_____

_____

_____

2 기본 도형의 위치 관계

- 수직과 평행
- 도형 사이의 거리
- 동위각, 엇각

"나는 말야, 도형의 위치 관계에 대해 이렇게 생각해."

기본도형의 위치관계는 수직, 평행이 있다. 수직은 ⊥ ← 이렇게!

두 직선이 만나는 것이고, 평행은 아무리 선을 늘려도 절대로!

Never! 두 직선이 서로 만나지 않는 것을 말한다.

마치, 평행은 달리기 경주에서 승리를 위해 두 선수가 달리는 것과

같은 것 같다. 또, 수직은 서로 친한 친구가 위아래로 만나는 것

과 같다. 그리고 수직인 두 직선이 만나는 점을

수선의 발이라고 말하는데 왠지 발꼬린내가

날 것 같다.(≈ 윽! 냄새!) 또한, 예로 들어 점교과 직선ㄴ사이의

거리는 선분AB인데 여기서 잠깐!(stop!) 도형에서

거리는 가장 짧은 것을 말한다.(거리라는 건 이거야!) 또 점과 평면의

사이의 거리도 선분AB이고 직선과 직선 사이의 거리도, 직선과 평면의

사이의 거리도 선분 AB이다. 그리고, 신기한 것은 평행한 도형 사이의

거리는 항상 일정하다. 처음에 나는 무척이나 이 개념을

익히기 어려웠지만 지금은 완전히 익혀 이제는 재미있다.

수학의 세계는 정말 신비한 것들이 많다. **연천초등학교 5학년 이준 글 | 그림**

1 두 직선은 항상 한 점에서 만나?

1 도형의 **위치 관계**로 옳은 것에 ◯표, 옳지 않은 것에 ✕표 하시오.

두 개 이상의 도형이 놓여 있는 관계

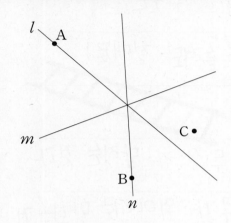

- 점 A는 직선 l 위에 있습니다.   (   )

- 직선 l과 m은 한 점에서 만납니다. (   )

- 점 B는 세 직선에 모두 포함됩니다. (   )

- 점 C는 직선 밖에 있습니다.   (   )

2 두 평면의 직선 l과 m, 직선 p와 q를 각각 한 평면 위에 옮겨 긋고, ☐ 안에 알맞은 기호를 써넣으시오.

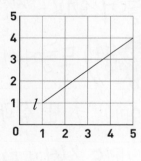 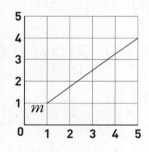 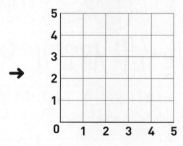

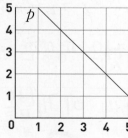 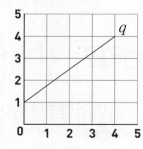 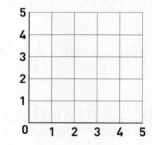

(1) 위치가 같아 일치하는 직선은 ☐과 ☐입니다.

(2) 위치가 달라 한 점에서 만나는 직선은 ☐와 ☐입니다.

3 서로 다른 5개의 직선을 모눈 끝까지 연장하여 긋고, 물음에 답하시오.

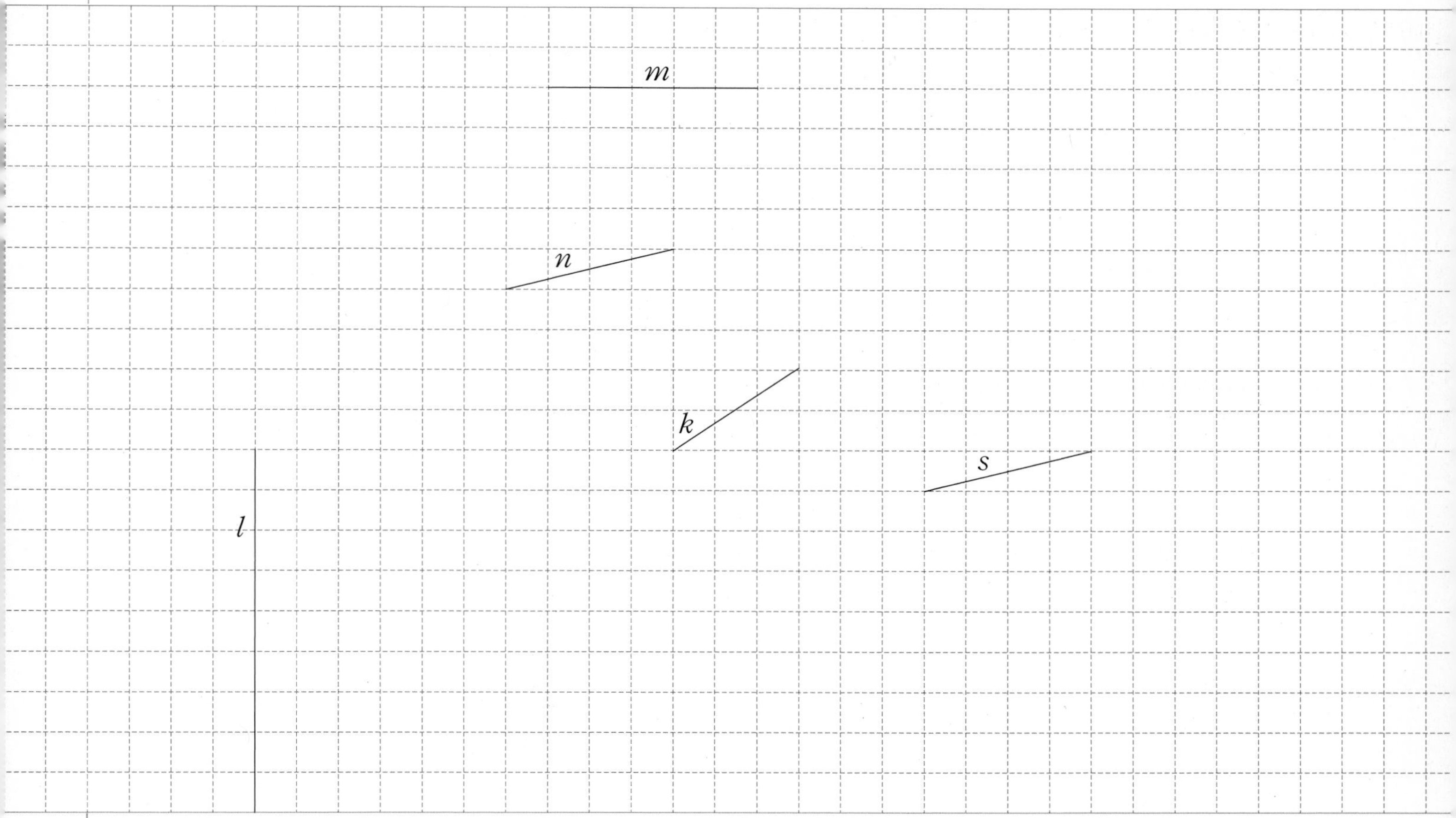

m

n

k

s

l

(1) 두 직선이 만나 이루는 각이 예각과 둔각인 것에 ○표 하시오.

  *l*과 *n* (   ) *m*과 *l* (   ) *k*와 *s* (   ) *n*과 *s* (   )

(2) 직각을 이루는 두 직선의 위치 관계를 **수직**^{垂直(드리울 ㈜, 곧을 ㈡)}이라 하고, 기호 ⊥로 나타냅니다. 서로 수직인
  두 직선을 찾아 ☐ 안에 써넣으시오.

  ☐ ⊥ ☐

(3) 아무리 늘여도 만나지 않는 두 직선을 **평행**^{平行(평평할 ㈜, 갈 ㈎)}이라 하고, 기호 ∥로 나타냅니다. 서로 평행한
  두 직선을 찾아 ☐ 안에 써넣으시오.

  ☐ ∥ ☐

> 서로 다른 두 직선은 한 (점 , 직선 , 면)에서 만나거나 만나지 않습니다.

4 수평한 선에 대해 직선이 기울어진 정도를 기울기라고 합니다. 물음에 답하시오.

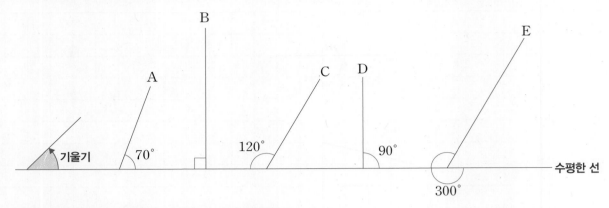

(1) 기울기가 같은 직선을 찾아 짝 지어 쓰시오.

(   )

(2) 직선을 늘여도 만나지 않는 것을 짝 지어 쓰시오.

(   )

> 기울기가 같은 두 직선은 서로 (수직 , 평행)합니다.

5 직선의 기울기를 나타낸 것입니다. 물음에 답하시오.

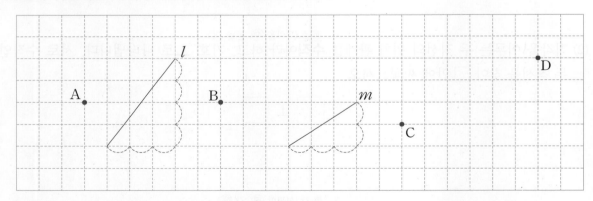

(1) 직선 l에 평행하고 점 A와 점 B를 지나는 직선을 각각 그으시오.

(2) 직선 m에 평행하고 점 C와 점 D를 지나는 직선을 각각 그으시오.

> 평행한 직선은 (2개 , 무수히 많이) 그을 수 있습니다.

6 도형을 보고, 물음에 답하시오.

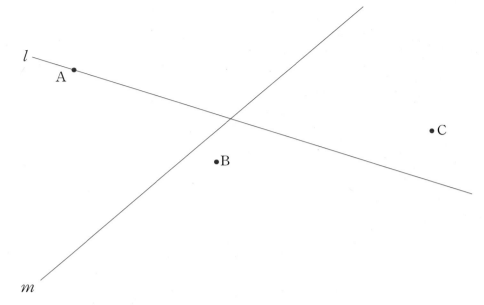

(1) 점 A, B, C를 지나고 직선 l에 수직인 직선 p, q, r을 각각 그으시오.

(2) 점 A, B, C를 지나고 직선 m에 수직인 직선 s, t, u를 각각 그으시오.

(3) 평행한 직선을 모두 찾아 기호로 나타내시오.

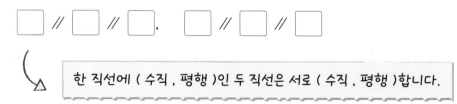

7 서로 수직 또는 평행한 직선을 찾아 수직인 직선에는 ⌐ 로, 평행한 직선에는 ⁄⁄ 로 표시하시오.

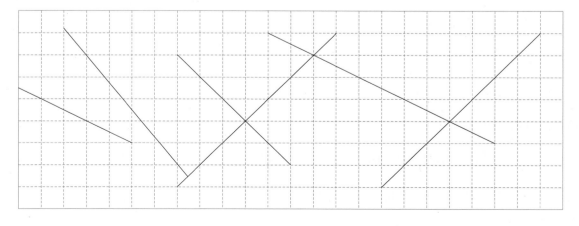

8 두 점 P, Q에서 $\overline{AB}$에 수직인 선분을 그으려고 합니다. $\overline{AB}$와 만나는 점을 각각 M, N이라 할 때 $\overline{PM}$, $\overline{QN}$을 긋고, 물음에 답하시오.

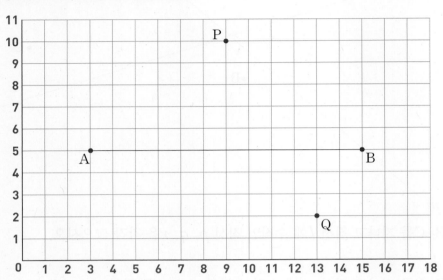

垂 線(드리울 ㉘, 줄 ㉙)

(1) 수직인 두 직선 또는 선분을 서로에 대한 **수선**이라고 합니다. 알맞은 것에 모두 ○표 하시오.

$\overline{AB}$의 수선: ($\overline{PM}$, $\overline{PQ}$, $\overline{QN}$, $\overline{MN}$)

$\overline{NQ}$의 수선: ($\overline{PM}$, $\overline{NB}$, $\overline{PQ}$, $\overline{AB}$)

(2) $\overline{AB}$와 $\overline{AB}$의 수선이 만나는 점을 **수선의 발**이라고 합니다. 수선의 발을 모두 찾아 기호로 쓰고 위치를 순서쌍으로 나타내시오.

(   )

(3) ☐ 안에 알맞은 선분과 점의 기호를 쓰시오.

$\overline{AB}$와 **수직**으로 만나고 $\overline{AB}$를 **이등분하는 선**은 ☐ 입니다.

→ 점 ☐ 이 $\overline{AB}$의 중점이므로 ☐ 은 $\overline{AB}$의 **수직이등분선**입니다.

9 $\overline{AB}$에 수직인 $\overline{CA}$와 $\overline{DB}$를 그어 도형을 만든 것입니다. 물음에 답하시오.

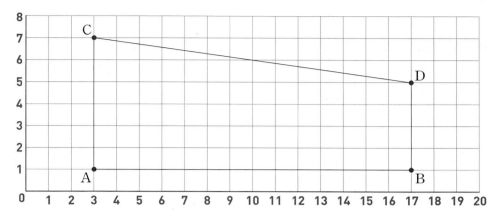

(1) $\overline{AB}$의 중점 M과 $\overline{CD}$ 위의 점 N을 지나고 $\overline{CA}$와 $\overline{DB}$에 평행한 $\overline{NM}$을 그으시오.

(2) 두 직선의 위치 관계를 기호로 쓰시오.

$$\overline{AB} \boxed{} \overline{MN}$$

(3) ☐ 안에 알맞은 기호를 써넣으시오.

· $\overline{NM}$의 수선은 $\boxed{}$입니다.

· 점 N에서 $\overline{AB}$에 내린 수선의 발은 점 $\boxed{}$입니다.

· $\overline{AB}$의 수직이등분선은 $\boxed{}$입니다.

한 평면에 놓인 두 직선은 만나거나 만나지 않는다.

① 직선 *l*과 m이 한 점에서 직각으로 만날 때, *l*과 m은 서로 (수직 , 평행)이라 하고
기호 *l* $\boxed{}$ m으로 나타냅니다.

② 직선 *l*과 m을 끝없이 늘여도 만나지 않을 때 *l*과 m은 서로 (수직 , 평행)하다 하고
기호 *l* $\boxed{}$ m으로 나타냅니다.

③ 수직인 두 직선 또는 선분을 서로에 대한 $\boxed{}$이라고 합니다.

④ 점 P에서 $\overline{AB}$에 수선을 그을 때, $\overline{AB}$와 만나는 점을 $\boxed{}$이라고 합니다.

⑤ $\overline{AB}$에 내린 수선의 발이 $\overline{AB}$의 (시작점 , 중점 , 끝점)일 때, 그 수선을 $\overline{AB}$의 수직이등분선이라고 합니다.

2 길이와 거리?

1 점을 보고, 물음에 답하시오.

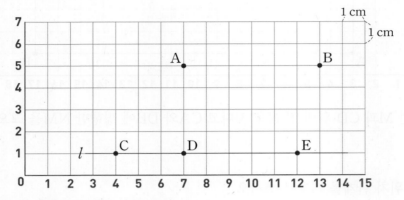

(1) 점 A와 점 B 사이의 거리를 구하시오.

$\overline{AB}$의 길이는 ☐ cm입니다.

→ $\overline{AB}$는 점 A와 점 B 사이의 가장 (짧은 , 긴) 길이이기 때문입니다.

(2) 점 A와 직선 l 사이를 잇는 선분의 길이 중 가장 짧은 것을 찾아 ☐ 안에 기호로 쓰시오.

직선 l과 수직으로 만나는 ☐ 입니다.

(3) 점 A와 직선 l 사이의 거리는 몇 cm입니까?

( )

(4) $\overline{AB}$와 직선 l의 위치 관계를 기호로 나타내시오.

$\overline{AB}$ ☐ l

(5) $\overline{AB}$와 직선 l 사이의 거리를 구하시오.

$\overline{AB}$와 직선 l에 모두 수직인 선분 ☐ 의 길이이므로 ☐ cm입니다.

· 점과 직선 사이의 거리는 점과 직선을 (수직 , 평행)으로 이은 선분의 길이입니다.

· 평행한 두 직선 사이의 거리는 두 직선을 (수직 , 평행)으로 이은 선분의 길이입니다.

→ 두 도형 사이의 거리는 가장 (짧은 , 긴) 길이이기 때문입니다.

2 점 A와 평면 P 사이의 거리를 나타내는 선분을 찾아 길이를 구하시오.

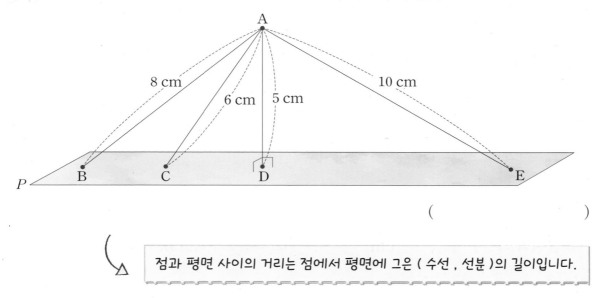

(   )

점과 평면 사이의 거리는 점에서 평면에 그은 (수선 , 선분)의 길이입니다.

점, 선, 각, 면들은
보통 한 평면 위의 것을 말해.

하지만 입체 공간에서는
여러 평면 위의 도형을 생각할 수 있지~

3 5개의 평면을 이어 붙여 도형을 만든 것입니다. $\overline{AB}\,/\!/\,\overline{EH}$일 때, $\overline{AB}$와 평면 CDFG 사이의 거리를 나타내는 선분을 모두 찾아 쓰시오.

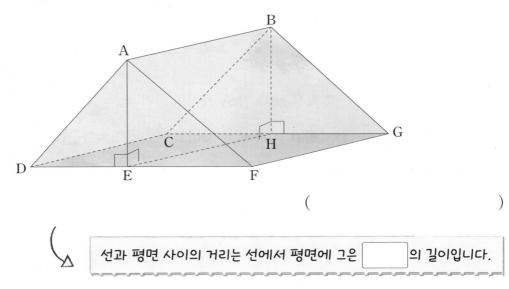

(   )

선과 평면 사이의 거리는 선에서 평면에 그은 [   ]의 길이입니다.

4 점 B를 지나고 직선 l에 평행한 직선 m을 긋고 거리를 자로 재어 구하시오.

A•

l

•
B

(1) 점 A와 직선 l 사이: ☐ cm　　　(2) 직선 l과 직선 m 사이: ☐ cm

문제 속 개념찾기 ┃ **평행한 도형 사이의 거리**

5 점 D를 지나고 직선 l과 평행한 직선 m을 그어 물음에 답하시오.

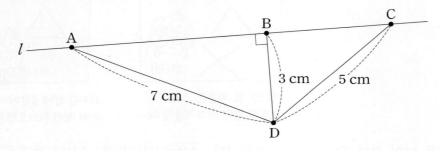

(1) 직선 l과 점 D 사이의 거리는 몇 cm입니까?

　　　　　　　　　　　　　　(　　　　　　　　　)

(2) ☐ 안에 알맞은 수를 써넣으시오.

직선 m과 점 A 사이의 거리 = ☐ cm

직선 m과 점 C 사이의 거리 = ☐ cm

두 직선 l과 m 사이의 거리 = ☐ cm

(평행한 , 수직인) 두 직선 사이의 거리는 일정합니다.
→ (평행한 , 수직인) 두 직선은 아무리 늘여도 만나지 않기 때문입니다.

6 삼각자를 이용하여 직선 l에 수직인 선분 $\overline{AB}$를 $\overline{CD}$로 옮겨 그린 것입니다. 문장을 완성하시오.

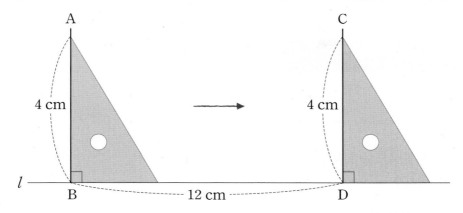

$\overline{AB}$와 $\overline{CD}$는 서로 (수직 , 평행)하고 두 선분 사이의 거리는 ☐ cm입니다.

7 $\overleftrightarrow{AB}$와의 거리가 5 cm, $\overleftrightarrow{CD}$와의 거리가 3 cm인 평행선을 모두 그으시오.

한 평면에서 한 직선과 거리가 같은 평행선은 ☐ 개입니다.

두 도형을 수직으로 이은 선분이 거리가 된다.

① 점과 직선 사이의 거리는 두 도형 사이의 ☐ 인 선분의 길이입니다.

② 평행한 두 직선 사이의 거리는 두 직선에 ☐ 인 선분의 길이입니다.

③ 직선과 평면 사이의 (길이 , 거리)는 두 도형 사이의 수직인 선분의 (길이 , 거리)입니다.

④ (수직인 , 평행한) 도형 사이의 거리는 일정합니다.

1 한 평면에 놓인 두 직선은 만나거나 만나지 않는다.

두 개 이상의 도형이 놓여 있는 관계를 위치 관계라고 합니다.

1 위치 관계에 대한 설명으로 알맞은 직선을 모두 찾아 기호를 쓰시오.

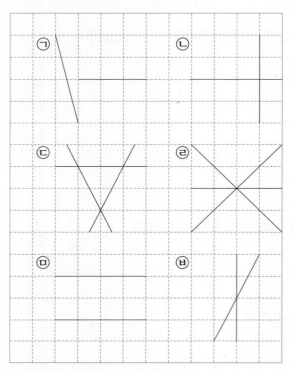

(1) 한 점에서 만나는 직선

(   )

(2) 세 점에서 만나는 직선

(   )

(3) 직각으로 만나는 직선

(   )

(4) 만나지 않는 직선

(   )

2 점과 직선의 위치 관계에 맞도록 서로 다른 세 점 A, B, C를 표시하시오.

- 직선은 점 A를 지납니다.
- 점 B는 직선 밖에 있습니다.
- 점 C는 직선에 포함됩니다.

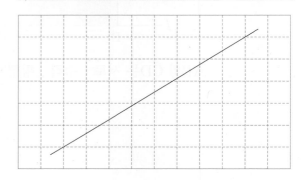

3 도형의 위치 관계에 대한 설명으로 잘못된 것은 어느 것입니까? (   )

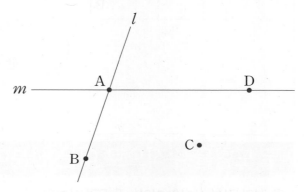

① 직선 m은 점 A와 D를 지납니다.
② 점 C는 직선 위에 있지 않습니다.
③ 점 A는 직선 l, m 위에 있습니다.
④ 직선 l과 m은 세 점에서 만납니다.
⑤ 직선 l과 m이 이루는 각은 예각과 둔각입니다.

찾은 개념 적용하기

직선 l과 m이 한 점에서 직각으로 만날 때
l과 m을 서로 수직이라고 합니다. → $l \perp m$

직선 l과 m을 끝없이 늘여도 만나지 않을 때
l과 m은 서로 평행이라고 합니다. → $l \parallel m$

4 수직인 두 직선을 모두 찾아 기호를 쓰시오.

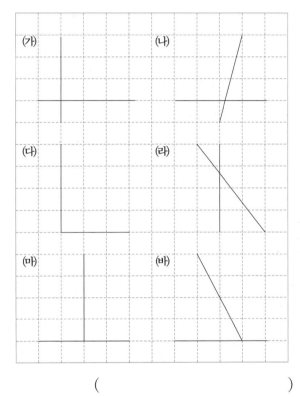

(   )

5 다음 중 도형에 대한 설명으로 잘못된 것은 어느 것입니까? (   )

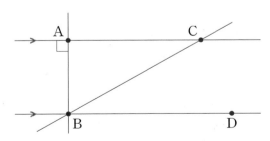

① $\overleftrightarrow{AC} \parallel \overleftrightarrow{BD}$
② $\overleftrightarrow{BD} \perp \overleftrightarrow{AB}$
③ $\overleftrightarrow{AC} \perp \overleftrightarrow{BA}$
④ 점 B와 점 C는 한 직선 위에 있습니다.
⑤ 점 D는 직선 위의 점이 아닙니다.

6 도형을 보고, 물음에 답하시오.

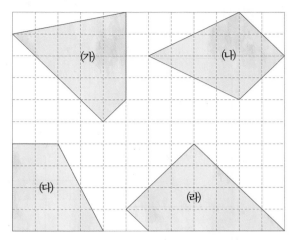

(1) 평행한 선분이 있는 도형을 모두 찾아 기호를 쓰시오.

(   )

(2) 수직인 선분이 있는 도형은 몇 개입니까?

(   )

7 조건에 맞도록 한 개의 점을 옮겨 그리시오.

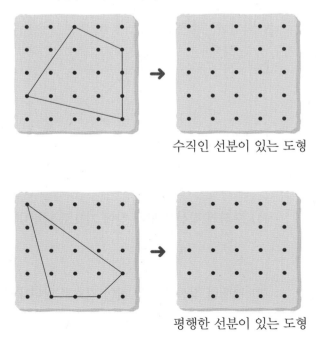

수직인 선분이 있는 도형

평행한 선분이 있는 도형

8 다음 중 수직인 직선을 잘못 그은 것은 어느 것입니까? (   )

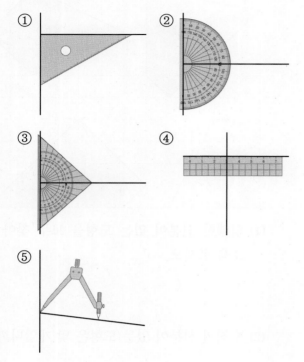

9 도형을 보고, 물음에 답하시오.

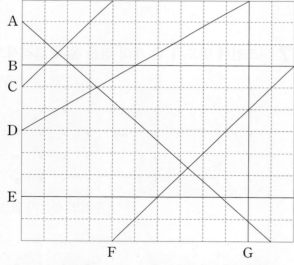

(1) 수직인 직선을 모두 찾아 기호로 나타내시오.

(   )

(2) 평행한 직선을 모두 찾아 기호로 나타내시오.

(   )

10 도형에 대한 설명으로 옳지 않은 것은 어느 것입니까? (   )

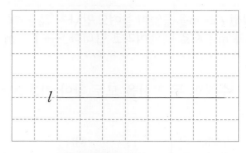

① 직선 l과 평행한 직선은 무수히 많습니다.

② 한 점에서 직선 l에 그을 수 있는 수선은 1개뿐입니다.

③ 직선 l에 수직인 직선은 무수히 많습니다.

④ 직선 l에 수직인 두 직선은 서로 평행합니다.

⑤ 직선 l 밖의 한 점을 지나는 직선은 직선 l과 만나지 않습니다.

11 서로 다른 세 직선의 위치 관계가 다음과 같을 때 만나는 점의 개수를 쓰시오.

(1) 평행한 두 직선이 나머지 한 직선과 만납니다.

(   )

(2) 세 직선을 지나는 공통인 점이 있습니다.

(   )

(3) 세 직선이 한 점에서 만나지 않고 어느 두 직선도 평행하지 않습니다.

(   )

(4) 세 직선이 모두 평행합니다.

(   )

12 점 A(2, 1)과 B(6, 5)를 지나는 직선 l을 그은 것입니다. 물음에 답하시오.

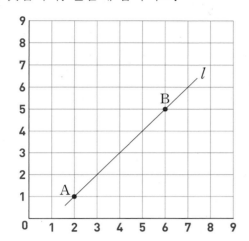

(1) 점 C(3, 6)을 지나고 직선 l과 평행한 직선 m을 그으시오.

(2) 직선 m 위의 점 중 점 C가 아닌 점 2개를 순서쌍으로 나타내시오.

(   ), (   )

(3) 점 D(5, 0)을 지나고 직선 l에 수직인 직선 n을 그으시오.

(4) 직선 n이 직선 l, m과 수직으로 만나는 점의 위치를 순서쌍으로 나타내시오.

직선 l과 만나는 점 (,   )

직선 m과 만나는 점 (,   )

(5) 점 B를 지나고 직선 l에 수직인 직선 s를 긋고 직선 n과 s의 위치 관계를 기호로 나타내시오.

(   )

13 조건에 맞게 서로 다른 두 직선 m, n을 긋고, ☐ 안에 ∥ 또는 ⊥를 써넣으시오.

(1) $l \parallel m$이고, $l \parallel n$이면

m ☐ n입니다.

(2) $l \perp m$이고, $l \parallel n$이면

m ☐ n입니다.

(3) $l \perp m$이고, $l \perp n$이면

m ☐ n입니다.

(4) $l \parallel m$이고, $l \parallel n$이면

m ☐ n입니다.

14 $\overrightarrow{AD} \perp \overrightarrow{CF}$일 때, ∠FOE의 크기를 구하시오.

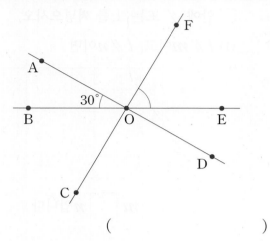

(   )

15 한 평면 위에 있는 두 직선의 위치 관계로 옳지 않은 것은 어느 것입니까? (   )

① 한 점에서 만납니다.
② 수직으로 만납니다.
③ 평행합니다.
④ 일치하여 겹쳐집니다.
⑤ 평행하지도 않고 만나지도 않습니다.

16 다음 중 한 평면 위의 서로 다른 네 직선 A, B, C, D를 그릴 수 없는 것을 찾아 기호를 쓰고, 이유를 쓰시오.

> ㉠ A⊥B, B⊥C, C⊥D
> ㉡ A⊥B, A⊥C, A⊥D
> ㉢ A⊥B, B⊥C, C⊥D, D⊥B

(   )

이유 _____

_____

_____

수직인 두 직선 또는 선분을 서로에 대한 수선이라고 합니다.

점 P에서 $\overline{AB}$에 수선을 그을 때, $\overline{AB}$와 만나는 점을 수선의 발이라고 합니다.

$\overline{AB}$의 수선의 발이 $\overline{AB}$의 중점일 때, 그 수선을 $\overline{AB}$의 수직이등분선이라고 합니다.

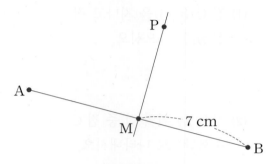

17 $\overleftrightarrow{PM}$은 $\overline{AB}$의 수직이등분선입니다. 물음에 답하시오.

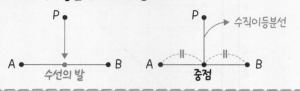

(1) ∠AMP의 크기를 구하시오.

(   )

(2) $\overline{AB}$와 $\overleftrightarrow{PM}$의 위치 관계를 기호로 나타내시오.

(   )

(3) $\overline{MB}$의 수선을 찾아 쓰시오.

(   )

(4) $\overline{AB}$의 길이를 구하시오.

(   )

18 점 A에서 직선 l, m, n에 내린 수선의 발을 표시하고, 각 점의 위치를 순서쌍으로 나타내시오.

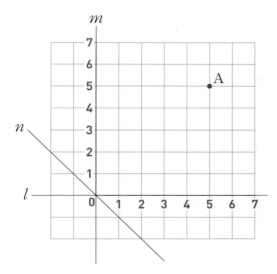

직선 l에 내린 수선의 발 (   )

직선 m에 내린 수선의 발 (   )

직선 n에 내린 수선의 발 (   )

19 직선 l의 수선을 모두 찾아 기호로 나타내시오.

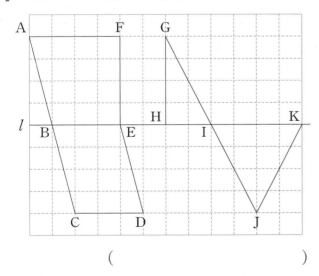

(   )

20 다음 중 $\overline{AB}$의 수직이등분선이 지나는 점은 어느 것입니까? (   )

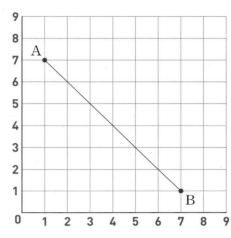

① (3, 6)   ② (5, 4)

③ (7, 7)   ④ (0, 7)

⑤ (0, 1)

21 $\overline{CF}$는 $\overline{AD}$의 수직이등분선이고 점 D는 $\overline{OE}$의 중점입니다. 물음에 답하시오.

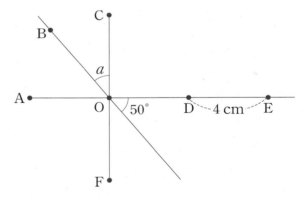

(1) $\angle a$의 크기를 구하시오.

(   )

(2) 점 A와 점 D 사이의 거리를 구하시오.

(   )

22 각 점에서 마주 보는 직선에 수선을 긋고, 물음에 답하시오.

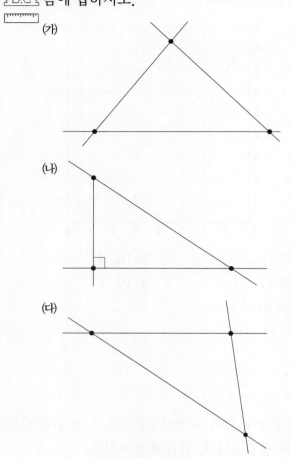

(가)

(나)

(다)

(1) 세 수선의 위치 관계로 알맞은 것에 ○표 하시오.

- 평행합니다. ( )
- 수직입니다. ( )
- 한 점에서 만납니다. ( )

(2) 세 수선이 만나는 점의 위치로 알맞은 것의 기호를 쓰시오.

- 면의 바깥쪽에 있습니다.

( )

- 면의 안쪽에 있습니다.

( )

- 두 직선이 만나는 점에 있습니다.

( )

23 도형을 보고, 개수가 다른 하나를 고르시오.

( )

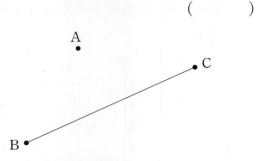

① 점 A를 지나는 $\overline{BC}$의 평행선
② 점 A를 지나는 $\overline{BC}$의 수선
③ 점 A에서 $\overline{BC}$에 내린 수선의 발
④ $\overline{BC}$의 수직이등분선
⑤ $\overline{BC}$와 한 점에서 만나고 점 A를 지나는 직선

24 직선 l은 $\overline{AD}$, $\overline{BE}$, $\overline{CF}$의 수직이등분선입니다. 다음 중 잘못 설명한 것은 어느 것입니까? ( )

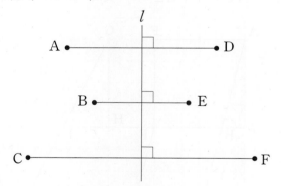

① $\overline{AD} /\!/ \overline{CF}$
② $\overline{AC} /\!/ \overline{DF}$
③ $\overleftrightarrow{BE}$는 $\overleftrightarrow{CF}$와 만나지 않습니다.
④ $\angle BAC = \angle EDF$
⑤ 점 A, B, C와 점 D, E, F를 각각 선분으로 이어 만든 두 도형은 모양과 크기가 같습니다.

2 두 도형을 수직으로 이은 선분이 거리가 된다.

찾은 개념 적용하기

두 도형 사이의 거리는
두 도형과 수직으로 만나는 선분의 길이입니다.

평행한 도형 사이의 거리는 일정합니다.

1 다음 중 직선 l과 점 P 사이의 거리를 나타내는 선분은 어느 것입니까? (   )

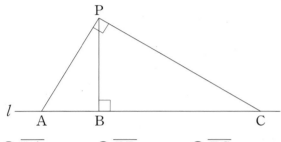

① $\overline{PA}$　　② $\overline{PB}$　　③ $\overline{PC}$
④ $\overline{AP}$　　⑤ $\overline{AP} + \overline{PC}$

2 다음 중 선분 사이의 거리가 3인 것을 모두 고르시오. (   )

①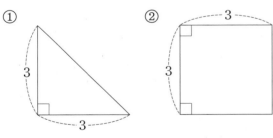
②

③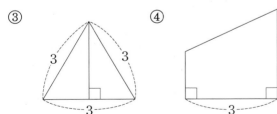
④

⑤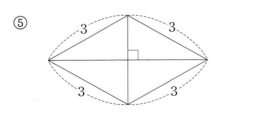

3 점과 직선 l 사이의 거리를 나타내는 선분을 잘못 그은 점을 모두 찾아 쓰시오.

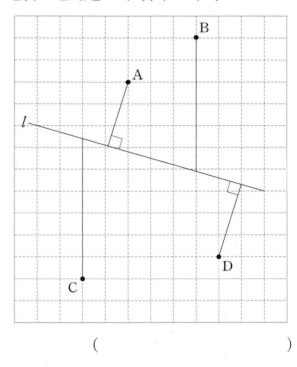

(   )

4 다음 중 도형에 대한 설명으로 잘못된 것은 어느 것입니까? (   )

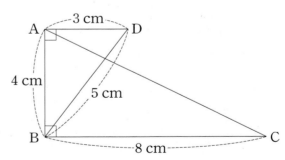

① $\overline{BC} \perp \overline{AB}$
② $\overline{AB}$의 수선은 $\overline{AD}$, $\overline{BC}$입니다.
③ 점 D와 $\overline{AB}$ 사이의 거리는 5 cm입니다.
④ 점 D와 $\overline{BC}$ 사이의 거리는 4 cm입니다.
⑤ 점 C에서 $\overline{AB}$에 내린 수선의 발은 점 B입니다.

5 다음 중 두 도형 사이의 거리를 잴 수 없는 것
은 어느 것입니까? (   )

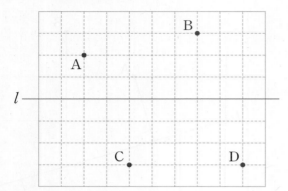

① 점 A와 직선 l 사이
② 점 C와 점 B 사이
③ $\overleftrightarrow{AB}$와 직선 l 사이
④ $\overleftrightarrow{CD}$와 직선 l 사이
⑤ 점 D와 $\overleftrightarrow{AB}$ 사이

6 다음 중 거리에 대한 설명으로 잘못된 것을 모
두 고르시오. (   )

① 평행한 두 직선 사이의 거리는 일정합니다.
② 평행한 두 선분 사이의 거리는 선분의 중
점에서만 잴 수 있습니다.
③ 한 점에서 직선까지의 거리는 두 도형 사
이의 가장 짧은 거리입니다.
④ 한 점에서 만나는 두 직선 사이의 거리는
구할 수 없습니다.
⑤ 점 A와 직선 l 사이의 거리는 점 A를 포
함하는 직선과 l 사이의 거리와 같습니다.

7 $l /\!/ m /\!/ n$일 때, 직선 l과 n 사이의 거리를
구하시오.

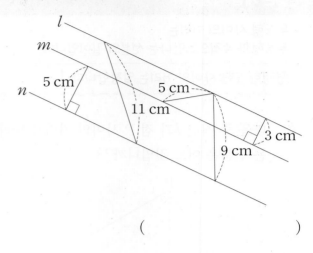

(   )

8 직선 l은 평면 P에, 직선 m, n은 평면 Q에
포함됩니다. $P \perp Q$, $l \perp n$일 때, 다음 중 옳
지 않은 것을 모두 찾아 기호를 쓰시오.

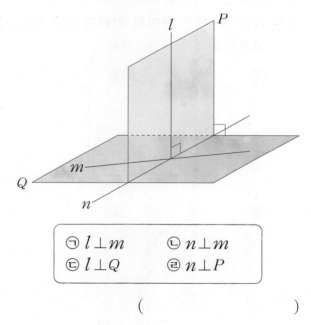

ㄱ $l \perp m$ ㄴ $n \perp m$
ㄷ $l \perp Q$ ㄹ $n \perp P$

(   )

3 평행선은 왜 못 만날까?

1   두 직선이 한 직선과 두 점에서 만나면 8개의 각이 생깁니다. **점을 기준으로 같은 위치에 있는** 각을 알아보시오.

(1) 점 A, B의 오른쪽에 있는 각 중 같은 위치의 각에 색칠하시오.

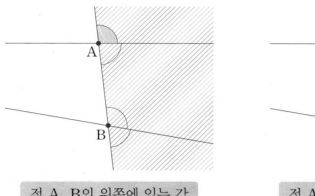 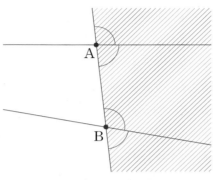

점 A, B의 위쪽에 있는 각   점 A, B의 아래쪽에 있는 각

(2) 점 A, B의 왼쪽에 있는 각 중 같은 위치의 각에 색칠하시오.

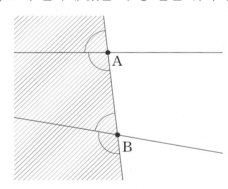 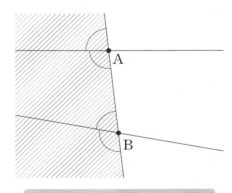

점 A, B의 위쪽에 있는 각   점 A, B의 아래쪽에 있는 각

同 位 角 (같을 동, 자리 위, 뿔 각)
(3) 같은 위치에 있는 두 각을 **동위각**이라고 합니다. 두 직선이 한 직선과 두 점에서 만날 때 생기는 동위각은 몇 쌍입니까?

(   )

> 두 직선이 한 직선과 만날 때 생기는 각의 위치는 직선들이 만나는 [ ]을 기준으로 구분합니다.

개념·문제 강의

2 평행한 두 직선에 수평인 선을 그어 기울기를 나타내는 각에 색칠한 것입니다. 물음에 답하시오.

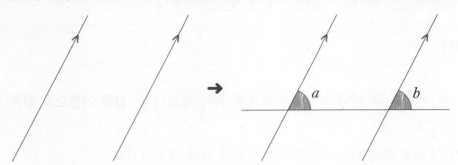

(1) 각의 크기를 비교하시오.

$$\angle a \bigcirc \angle b$$

(2) (일직선) $= 180°$를 생각하여 $\angle c$, $\angle d$와 $\angle e$, $\angle f$의 크기를 비교하시오.

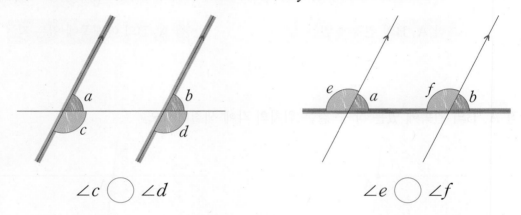

$$\angle c \bigcirc \angle d \qquad\qquad \angle e \bigcirc \angle f$$

(3) 점 A, B를 기준으로 할 때 동위각을 찾아 쓰시오.

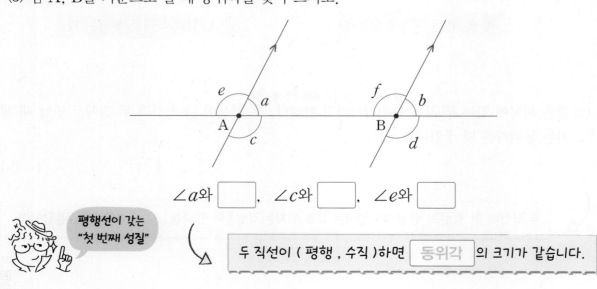

$$\angle a와 \boxed{}, \quad \angle c와 \boxed{}, \quad \angle e와 \boxed{}$$

평행선이 갖는
"첫 번째 성질"

두 직선이 (평행 , 수직)하면 │ 동위각 │ 의 크기가 같습니다.

3 $l /\!/ m$일 때, 주어진 각의 동위각을 찾아 같은 색을 칠하고 각도를 쓰시오.

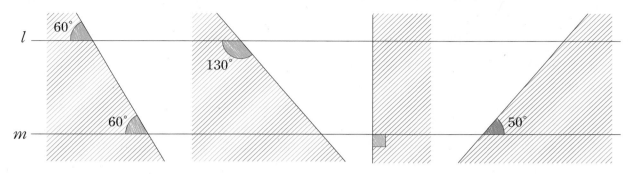

4 $l /\!/ m$일 때, $\angle x$의 크기를 구하시오.

(1)

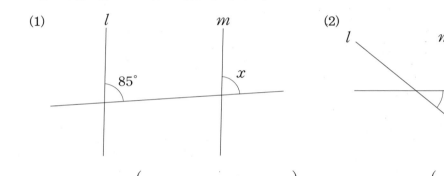

( )

(2)

( )

5 가로선은 모두 평행합니다. $\angle a$와 $\angle b$의 크기를 구하시오.

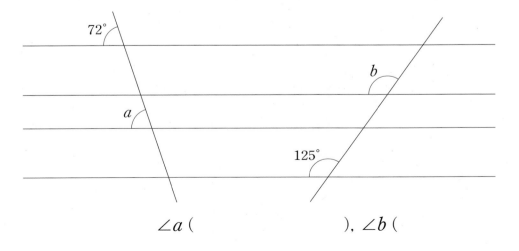

$\angle a$ ( ), $\angle b$ ( )

6 도형을 보고, 문장을 완성하시오.

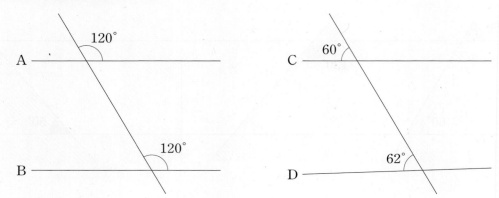

평행한 두 직선은 (A와 B , C와 D)입니다.

(동위각 , 이웃하는 각)의 크기가 같기 때문입니다.

각의 크기로 두 직선의 (위치 관계 , 길이)를 알 수 있습니다.

7 도형을 보고, ☐ 안에 알맞은 기호를 써넣으시오.

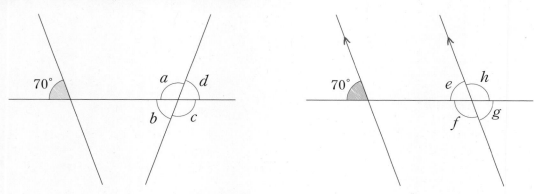

두 도형에서 70°인 각의 동위각은 각각 ∠☐, ∠☐입니다.

그중 크기가 70°인 각은 ∠☐입니다.

· 동위각은 (크기 , 위치)와 상관없이 (크기 , 위치)로만 찾습니다.

· 동위각의 크기가 같은 때는 두 직선이 ☐할 때뿐입니다.

→ 두 직선이 ☐하면 기울기가 같기 때문입니다.

문제 속 개념찾기 | **엇각**

8 두 직선이 한 직선과 두 점에서 만날 때, **점을 기준으로 엇갈린 위치**에 있는 각을 알아보시오.

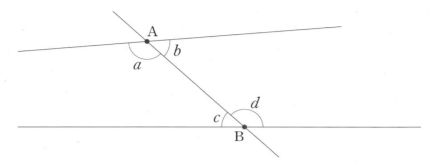

(1) 엇갈린 위치를 생각하여 ☐ 안에 알맞은 기호를 써넣으시오.

∠ ☐ : 점 A를 기준으로   왼쪽   아래에 있습니다.
           ↕   ↕
∠ ☐ : 점 B를 기준으로   오른쪽   위에   있습니다.

∠ ☐ : 점 A를 기준으로 오른쪽 아래에 있습니다.
           ↕   ↕
∠ ☐ : 점 B를 기준으로   왼쪽   위에   있습니다.

(2) ∠a, ∠c와 엇갈린 위치에 있는 각을 표시하고 기호를 쓰시오.

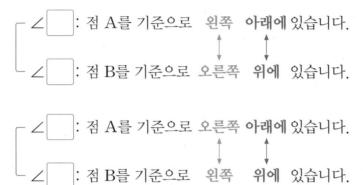

(3) 엇갈린 위치에 있는 두 각을 **엇각**이라고 합니다. 두 직선이 한 직선과 만날 때, 생기는 엇각
은 몇 쌍입니까?

(   )

9 색칠한 각을 보고, ☐ 안에 알맞은 각의 크기와 이름을 써넣으시오.

(1)

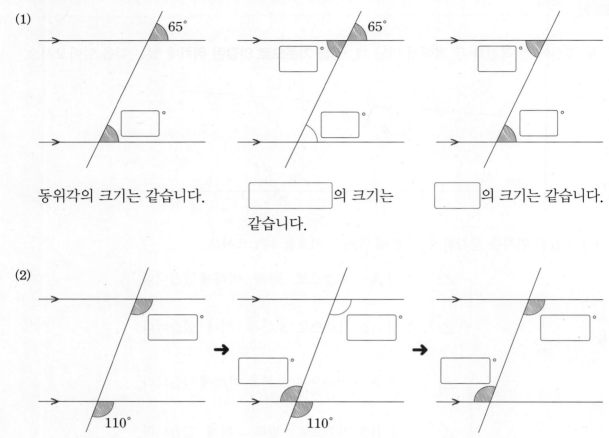

동위각의 크기는 같습니다.

☐☐ 의 크기는 같습니다.

☐ 의 크기는 같습니다.

(2)

☐ 의 크기는 같습니다.

맞꼭지각의 크기는 같습니다.

☐ 의 크기는 같습니다.

(수직 , 평행)한 두 직선이 다른 한 직선과 만날 때 생기는 엇각의 크기는 같습니다.

평행선이 갖는 "두 번째 성질"

10 $l \, / \! / \, m$일 때, 주어진 각의 엇각을 찾아 같은 색을 칠하고 각도를 쓰시오.

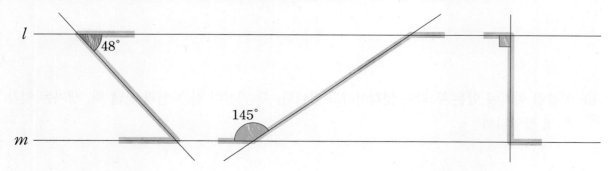

11 $l /\!/ m$일 때, $\angle x$의 크기를 구하시오.

(1)
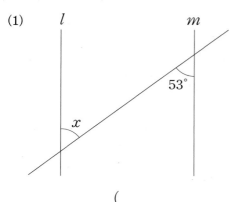

( )

(2)
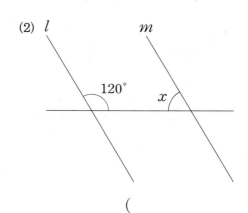

( )

12 세로선은 모두 평행합니다. 각의 크기를 구하시오.

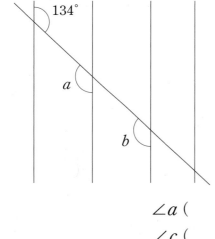 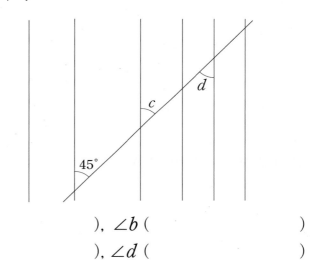

$\angle a$ ( ), $\angle b$ ( )

$\angle c$ ( ), $\angle d$ ( )

13 크기가 같은 각에 같은 색을 칠하시오.

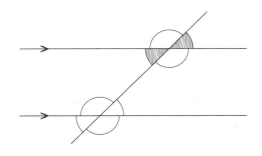 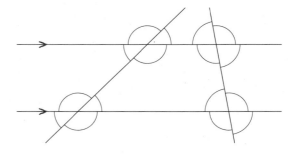

14 도형을 보고, 문장을 완성하시오.

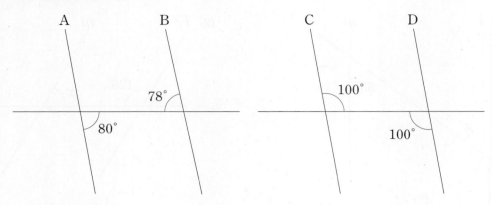

평행한 두 직선은 (A와 B , C와 D)입니다.

(맞꼭지각 , 엇각)의 크기가 같기 때문입니다.

각의 크기로 두 직선의 (위치 관계 , 길이)를 알 수 있습니다.

15 도형을 보고, ☐ 안에 알맞은 기호를 써넣으시오.

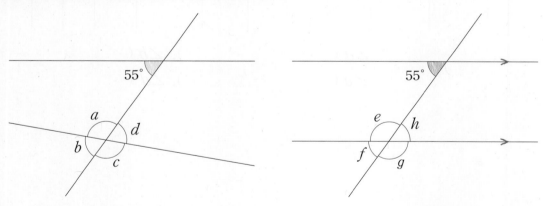

두 도형에서 55°인 각의 엇각은 각각 ∠☐ , ∠☐ 입니다.

그중 크기가 55°인 각은 ∠☐ 입니다.

· 엇각은 (크기 , 위치)와 상관없이 (크기 , 위치)로만 찾습니다.

· 엇각의 크기가 같을 때는 두 직선이 ☐ 할 때뿐입니다.

문제 속 개념찾기 | **평행선의 성질 ➕ 보조선**

16 오른쪽 도형은 평행한 직선 l과 m 사이에 평행한 직선 n을 그은 것입니다. 물음에 답하시오.

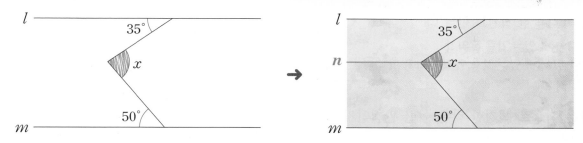

(1) 평행선의 성질을 이용하여 ☐ 안에 알맞은 각도를 써넣으시오.

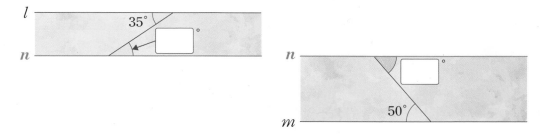

(2) ∠x의 크기를 구하시오.

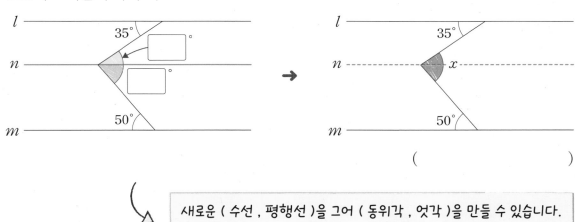

(   )

새로운 (수선 , 평행선)을 그어 (동위각 , 엇각)을 만들 수 있습니다.

한 평면에서 만나지 않는 두 직선의 기울기는 같다.

① 서로 다른 두 직선이 한 직선과 만날 때, 같은 위치에 있는 각을 (동위각 , 엇각)이라고 합니다.

② 서로 다른 두 직선이 한 직선과 만날 때, 엇갈린 위치에 있는 각을 (동위각 , 엇각)이라고 합니다.

③ 평행선에서 동위각, 엇각의 크기는 각각 (같습니다 , 다릅니다).
→ 평행선의 (기울기 , 길이)가 같기 때문입니다.

3 한 평면에서 만나지 않는 두 직선의 기울기는 같다.

두 직선이 다른 한 직선과 만날 때

· 같은 위치에 있는 각을 동위각
· 엇갈린 위치에 있는 각을 엇각이라고 합니다.

1 같은 색으로 색칠한 각은 어떤 관계인지 알맞은 것에 ○표 하시오.

(1)
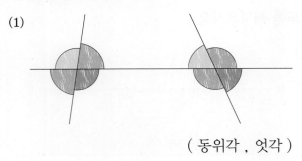

(동위각 , 엇각)

(2)
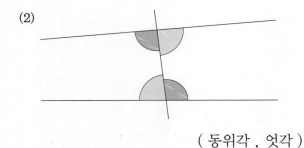

(동위각 , 엇각)

2 세 직선이 두 점에서 만날 때, 주어진 각의 동위각을 구하시오.

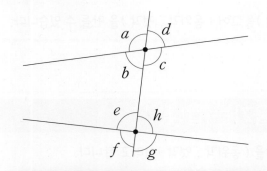

∠a	∠b	∠h	∠g

3 세 직선이 다음과 같이 만날 때, 주어진 각의 엇각을 구하시오.

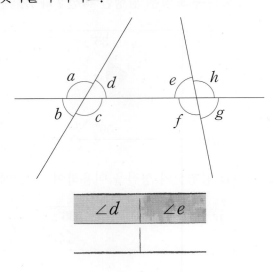

∠d	∠e

4 도형을 보고, 각의 크기를 구하시오.

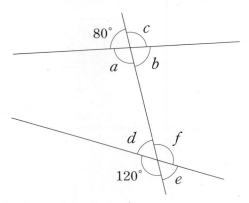

(1) ∠f의 동위각: ☐°

(2) ∠e의 동위각: ☐°

(3) ∠b의 엇각: ☐°

(4) ∠a의 엇각: ☐°

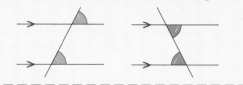

5 삼각자를 움직여 직선을 그은 것입니다. $\angle x$의 크기를 구하시오.

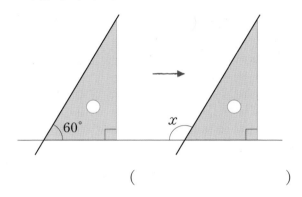

(   )

6 $l /\!/ m$일 때, $\angle a$, $\angle b$의 크기를 구하시오.

(1)

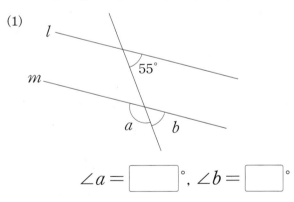

$\angle a = \boxed{}°$, $\angle b = \boxed{}°$

(2)

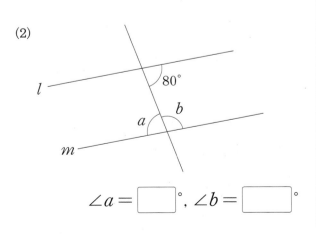

$\angle a = \boxed{}°$, $\angle b = \boxed{}°$

7 $l /\!/ m$, $p /\!/ q$일 때, 주어진 각의 크기를 구하시오.

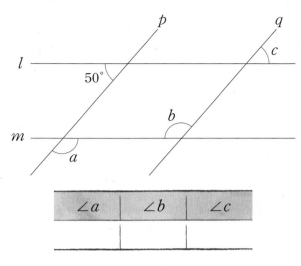

$\angle a$	$\angle b$	$\angle c$

8 $l /\!/ m /\!/ n$일 때, 물음에 답하시오.

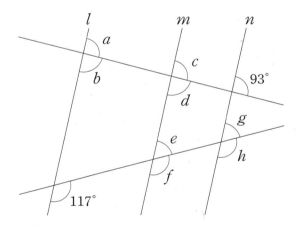

(1) 크기가 $93°$인 각을 모두 찾아 기호를 쓰시오.

(   )

(2) 크기가 $117°$인 각을 모두 찾아 기호를 쓰시오.

(   )

9 $l /\!/ m$일 때, 물음에 답하시오.

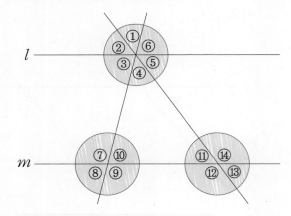

(1) 알맞은 각의 이름을 찾아 써넣으시오.

> 동위각, 엇각, 맞꼭지각

∠⑧은 ∠⑩의 ☐ 입니다.

∠⑬은 ∠⑤의 ☐ 입니다.

∠⑪은 ∠⑤의 ☐ 입니다.

∠⑥은 ∠③의 ☐ 입니다.

∠③은 ∠⑩의 ☐ 입니다.

(2) ∠① = 50°, ∠③ = 75°일 때, 각의 크기를 구하시오.

∠②		∠④	
∠⑤		∠⑥	
∠⑦		∠⑧	
∠⑨		∠⑩	
∠⑪		∠⑫	
∠⑬		∠⑭	

10 $l /\!/ m$일 때, 물음에 답하시오.

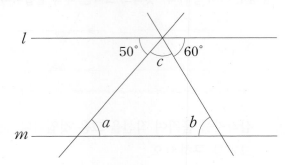

(1) ∠a, ∠b, ∠c의 크기를 구하시오.

∠a ( )

∠b ( )

∠c ( )

(2) ∠a + ∠b + ∠c의 크기는 몇 도입니까?

( )

11 $l /\!/ m$일 때, ∠x, ∠y의 크기를 구하시오.

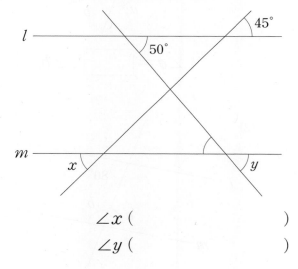

∠x ( )

∠y ( )

12 다음 중 직선 *l*과 *m*이 서로 평행하지 않은
것은 어느 것입니까? (   )

①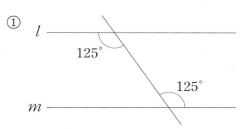

②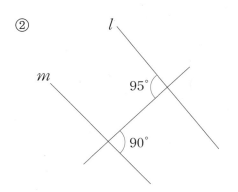

③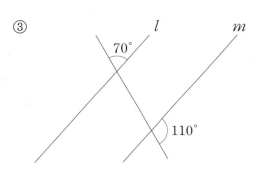

④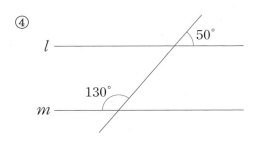

⑤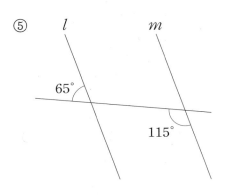

13 평행한 선분으로 만든 도형입니다. 색칠한 각
에 크기를 쓰시오.

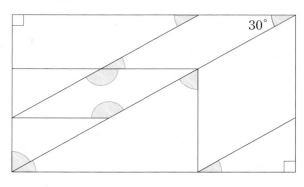

14 도형을 보고, 평행한 직선을 모두 찾아 기호로
나타내시오.

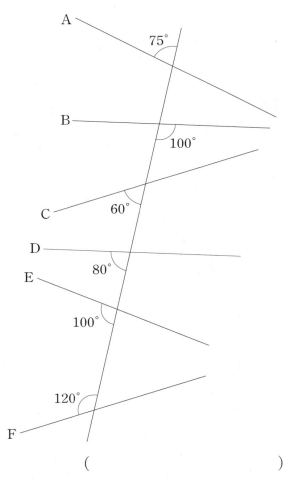

(   )

15 $l /\!/ m$일 때, $\angle a - \angle b$의 크기를 구하려고 합니다. 물음에 답하시오.

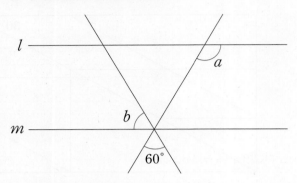

(1) $\angle b$의 맞꼭지각을 표시하시오.

(2) $\angle a - \angle b$는 몇 도입니까?

(   )

16 $l /\!/ m /\!/ n$일 때, $\angle x$의 크기를 구하시오.

(1)
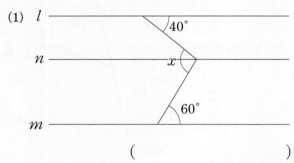

(   )

(2)
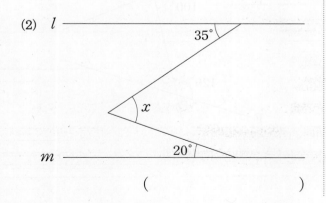

(   )

17 $l /\!/ m$일 때, $\angle a$의 크기를 구하시오.

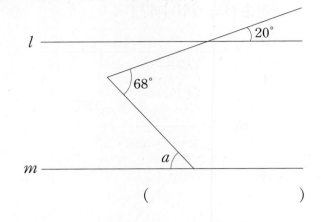

(   )

18 세 점 A, B, C를 선분으로 이어 만든 도형에 $\overline{AC}$와 평행한 직선 l을 그은 것입니다. $\overline{BC}$에 평행한 직선을 그어 $\angle a$의 크기를 구하시오.

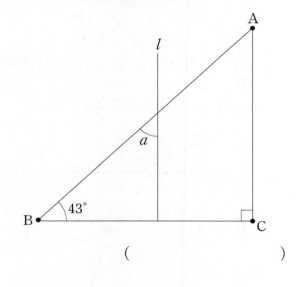

(   )

1 도형 사이의 거리는 선분 또는 수선의 길이다.

두 도형 사이의 거리는 수직인 선분의 길이와 같습니다.

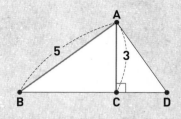

점 **A**와 점 **B** 사이: $\overline{AB}$ ➡ 선분의 길이

점 **A**와 $\overline{BD}$ 사이 : $\overline{AC}$ ➡ 수직인 선분의 길이

1 $l /\!/ m$일 때, 두 도형 사이의 거리가 다른 하나는 어느 것입니까? (   )

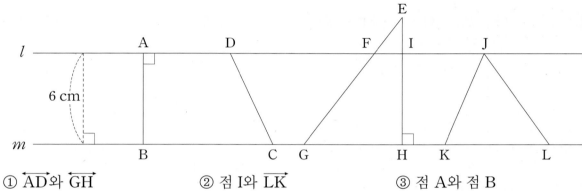

① $\overleftrightarrow{AD}$와 $\overleftrightarrow{GH}$ ② 점 I와 $\overleftrightarrow{LK}$ ③ 점 A와 점 B

④ 점 J와 점 H   ⑤ $\overleftrightarrow{FI}$와 $\overline{BC}$

2 $l /\!/ m /\!/ n$이고 $\overline{GF}$가 $\overline{CH}$의 수직이등분선일 때, 두 도형 사이의 거리를 구하시오.

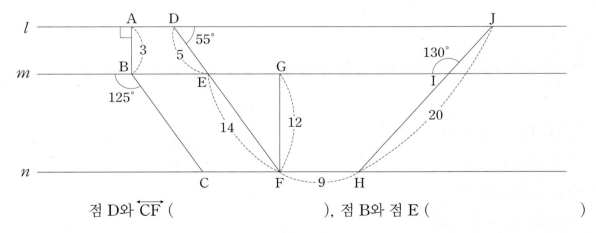

점 D와 $\overleftrightarrow{CF}$ (   ), 점 B와 점 E (   )

2 접은 부분과 접힌 부분의 각의 크기는 같다.

찾은 개념 확장하기   평행한 두 직선과 한 직선이 만날 때, 동위각, 엇각의 크기는 각각 같습니다.

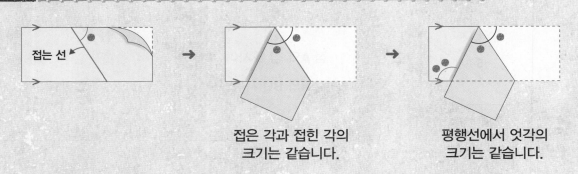

접은 각과 접힌 각의
크기는 같습니다.

평행선에서 엇각의
크기는 같습니다.

3   마주 보는 선분이 평행한 모양의 종이를 접은 것입니다. ∠x의 크기를 구하시오.

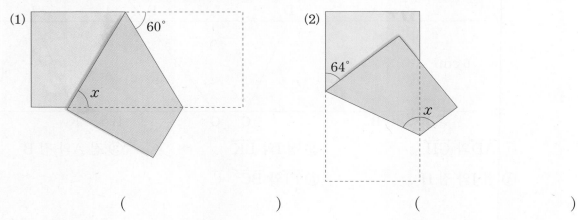

(　　　　　　　　　　)　　　　　　　　(　　　　　　　　　　)

4   네 선분이 서로 수직인 모양의 종이를 접은 것입니다. ∠a, ∠b의 크기를 구하시오.

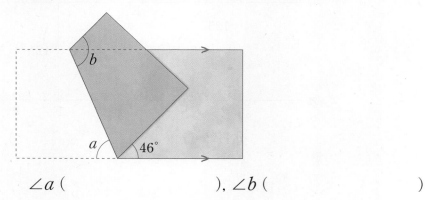

∠a (　　　　　　　　　　), ∠b (　　　　　　　　　　)

3 평행선을 그어 새로운 엇각, 동위각을 만들 수 있다.

찾은 개념 확장하기 평행한 두 직선과 한 직선이 만날 때, 동위각, 엇각의 크기는 각각 같습니다.

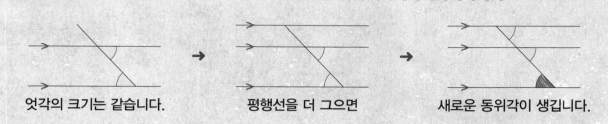

엇각의 크기는 같습니다. → 평행선을 더 그으면 → 새로운 동위각이 생깁니다.

5 $l /\!/ m$일 때, $\angle x$의 꼭짓점을 지나고 직선 l과 m에 평행한 직선을 그어 $\angle x$의 크기를 구하시오.

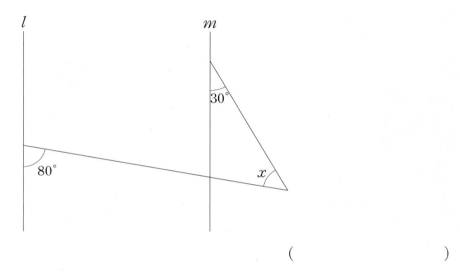

( )

6 $\overline{\mathrm{AB}} /\!/ \overline{\mathrm{DE}}$일 때, $\angle a$의 크기를 구하시오.

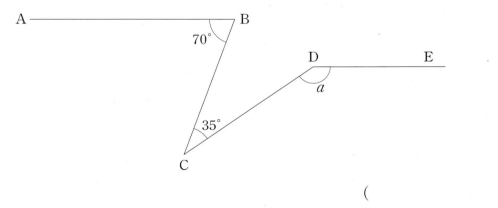

( )

그림과 같이 $\overline{AB} = 1$, $\angle B = \dfrac{\pi}{2}$인 직각삼각형 ABC에서 선분 AB 위에 $\overline{AD} = \overline{CD}$가 되도록 점 D를 잡는다. 점 D에서 선분 AC에 내린 수선의 발을 E, 점 D를 지나고 직선 AC에 평행한 직선이 선분 BC와 만나는 점을 F라 하자. $\angle BAC = \theta$일 때, 삼각형 DEF의 넓이를 $S(\theta)$라 하자. $\displaystyle\lim_{\theta \to 0+} \dfrac{S(\theta)}{\theta}$의 값은? (단, $0 < \theta < \dfrac{\pi}{4}$)

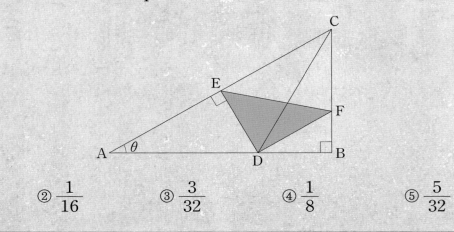

① $\dfrac{1}{32}$ ② $\dfrac{1}{16}$ ③ $\dfrac{3}{32}$ ④ $\dfrac{1}{8}$ ⑤ $\dfrac{5}{32}$

7 $\overline{ED}$가 $\overline{AC}$의 수직이등분선이고 $\overline{AC} /\!/ \overline{DF}$일 때, 다음을 구하시오.

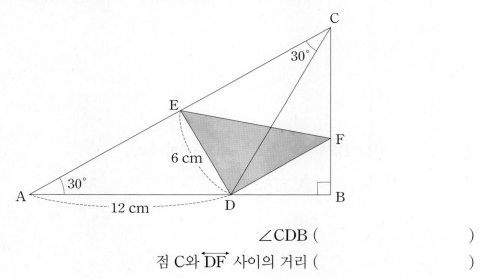

∠CDB (   )

점 C와 $\overleftrightarrow{DF}$ 사이의 거리 (   )

1 직선 l에 수직인 직선 m과 직선 l에 평행한 직선 n을 그었습니다. 직선 m과 l을 지나는 두 점을 각각 찾아 쓰시오.

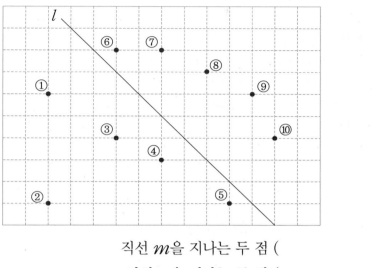

직선 m을 지나는 두 점 (   )

직선 n을 지나는 두 점 (   )

2 도형에 대한 설명으로 옳지 않은 것은 어느 것입니까? (   )

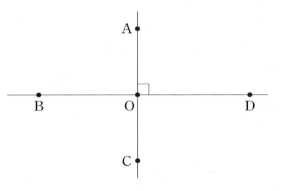

① $\overline{AO} \perp \overline{BO}$

② 점 O는 점 B에서 $\overleftrightarrow{AC}$에 내린 수선의 발입니다.

③ 점 O는 $\overleftrightarrow{AC}$와 $\overleftrightarrow{BD}$에 모두 포함됩니다.

④ $\overline{BO} = \overline{DO}$

⑤ 점 C는 $\overleftrightarrow{BD}$ 위에 있지 않습니다.

3 다음 중 거리를 잴 수 있는 두 직선을 찾아 쓰시오.

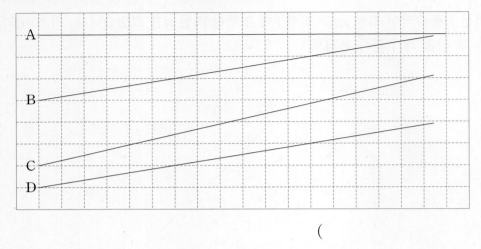

(   )

[4~5] $\overline{\text{CO}}$는 $\overline{\text{AF}}$의 수직이등분선이고 $\overline{\text{OC}}$와 $\overline{\text{OD}}$는 ∠BOE를 삼등분합니다. 도형을 보고, 물음에 답하시오.

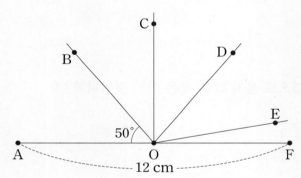

4 $\overline{\text{OF}}$의 길이를 구하시오.

(   )

5 ∠DOE의 크기를 구하시오.

(   )

6 도형을 보고, 바르게 설명한 것을 고르시오. (   )

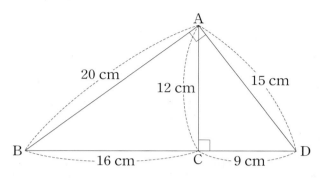

① $\overline{AC}$는 $\overline{BD}$의 수직이등분선입니다.

② 점 A와 점 B 사이의 거리는 $12\,cm$입니다.

③ 점 B에서 $\overline{AC}$에 내린 수선의 발은 점 A입니다.

④ $\overline{BC}$와 $\overline{CD}$는 $\overline{AC}$의 수선입니다.

⑤ 점 D와 점 B 사이의 거리는 점 D와 $\overline{BA}$ 사이의 거리와 같습니다.

7 $l /\!/ m$일 때, 각의 크기를 구하시오.

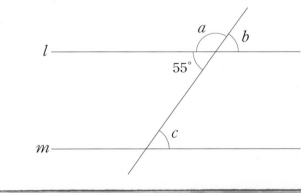

$\angle a$	$\angle b$	$\angle c$

[8~10] $l /\!/ m$, $p /\!/ q$일 때, 도형을 보고, 물음에 답하시오.

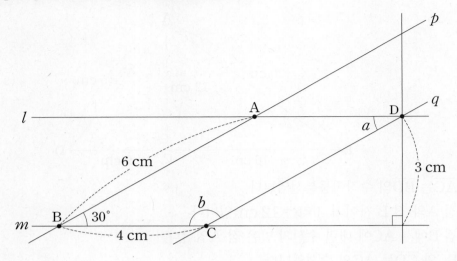

8   ∠a의 크기를 구하시오.

(   )

9   ∠b의 크기를 구하시오.

(   )

10   점 A와 $\overleftrightarrow{BC}$ 사이의 거리를 구하시오.

(   )

11 다음 중 한 평면 위에 놓인 도형에 대해 바르게 설명한 것은 어느 것입니까? (   )

① 서로 다른 두 직선은 한 점에서 만나거나 일치합니다.

② 세 개의 직선은 적어도 한 개의 점에서 만납니다.

③ 직선 l에 수직인 직선은 무수히 많습니다.

④ 평행한 두 직선의 길이는 항상 같습니다.

⑤ 한 직선에 수직인 두 직선은 서로에 대한 수선입니다.

12 다음 중 평행한 직선을 모두 찾아 기호로 나타내시오.

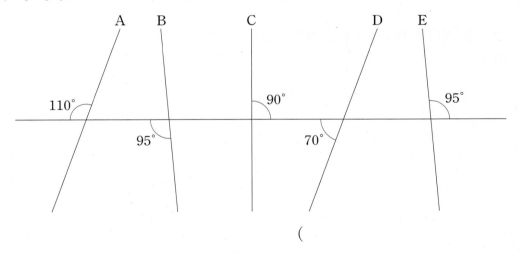

(   )

13 $l \,/\!/\, m$일 때, $\angle a$의 크기를 구하시오.

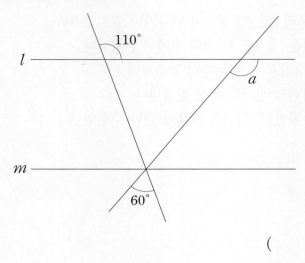

(   )

14 점 A를 지나고 $\overline{BC}$에 평행한 직선을 그은 것입니다. $\angle a + \angle b + \angle c$의 크기를 구하시오.

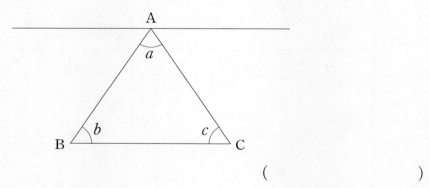

(   )

15 $\overline{OB} \perp \overline{OC}$일 때, $\angle a$와 $\angle b$의 크기를 구하시오.

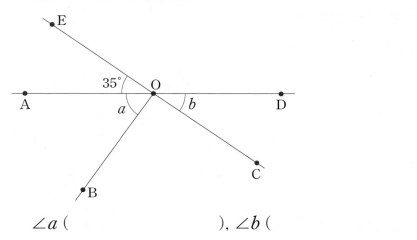

$\angle a$ (   ), $\angle b$ (   )

16 도형에 대해 바르게 설명한 것은 어느 것입니까? (   )

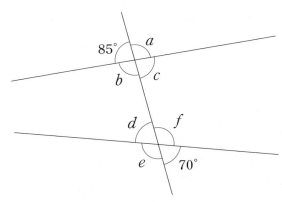

① $\angle a$의 동위각의 크기는 70°입니다.

② $\angle e$의 동위각은 $\angle d$입니다.

③ $\angle c$의 엇각의 크기는 85°입니다.

④ $\angle a$의 엇각은 없습니다.

⑤ $\angle b$의 맞꼭지각의 크기는 알 수 없습니다.

17 $\overleftrightarrow{AB} /\!/ \overleftrightarrow{CD}$, $\overleftrightarrow{AD} /\!/ \overleftrightarrow{BC}$이고 네 직선은 서로 수직이 아닙니다. 다음 중 잘못 나타낸 것은 어느 것입니까? (   )

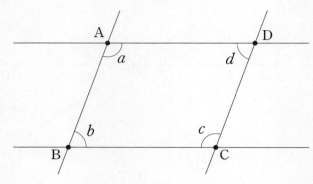

① $\angle a + \angle b = 180°$ ② $\angle b = \angle d$

③ $\angle a = \angle d$ ④ $\angle a + \angle b + \angle c + \angle d = 360°$

⑤ $\angle d + \angle c = 180°$

18 $l /\!/ m$일 때, $\angle x$의 크기를 구하시오.

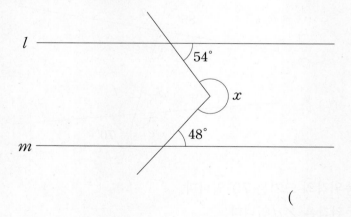

(   )

19 같은 평면에 있는 서로 다른 세 직선 l, m, n의 위치 관계가 다음과 같을 때, ☐ 안에 알맞은 기호를 써넣으시오.

$$\cdot\ l \perp m,\ l \perp n \text{이면 } m \ \boxed{}\ n \text{입니다.}$$

$$\cdot\ l \,/\!/\, m,\ m \,/\!/\, n \text{이면 } l \ \boxed{}\ n \text{입니다.}$$

$$\cdot\ l \perp m,\ l \,/\!/\, n \text{이면 } m \ \boxed{}\ n \text{입니다.}$$

20 마주 보는 선분이 평행한 모양의 종이를 접은 것입니다. $\angle x$의 크기를 구하시오.

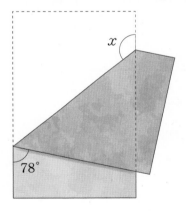

(   )

1 두 도형 사이의 거리가 선분의 길이이거나 수직인 선분의 길이인 이유를 설명하시오.

_____

_____

_____

2 평행하지 않은 두 직선 사이의 거리를 잴 수 없는 이유를 설명하시오.

_____

_____

_____

3   평행한 두 직선과 한 직선이 만나면 8개의 각이 만들어집니다.

(1) 동위각을 표시하고 크기가 같은 이유를 설명하시오.

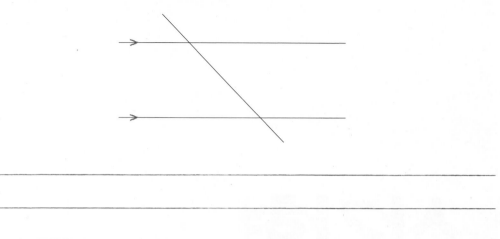

_____

_____

_____

(2) 엇각을 표시하고 크기가 같은 이유를 설명하시오.

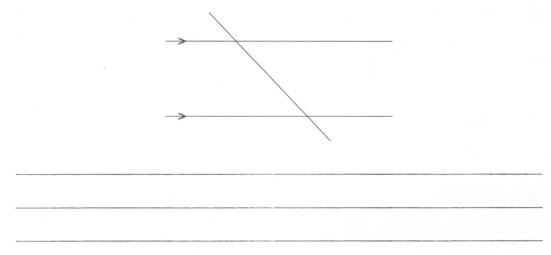

_____

_____

_____

3 삼각형

다각형 NE 올림픽  NEWS

오늘은 강력한 우승후보 삼각형씨의 인터뷰가 진행됩니다!

△ = 안녕하십니까. 저는 삼각형입니다!!

👩 =삼각형씨는 다른 도형들을 어떻게 이기실 건가요?

△ = 저는 가장 적은 개수의 점으로 만들어진

평면 도형이라 사각형, 오각형 등 다른

큰 도형들을 만들 수 있기 때문에

쉽게 이길 자신이 있습니다.

👩 = 삼각형씨의 장기는 무엇인가요?

△ = 저는 변의 길이와 각의 크기를 조절

하여 변신할 수 있습니다. 마치 마블의

영웅들 처럼 말이죠.

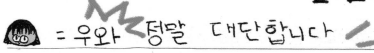

👩 = 우와 정말 대단합니다

좋은 결과를 응원하겠습니다.

이상 NE NEWS 최서현 이었습니다.

수완초등학교 5학년 최서현 글 | 그림

1 몇 개의 점을 이어야 면이 될까?

1 점을 이어 선분으로 둘러싼 도형을 만들고, 문장을 완성하시오.

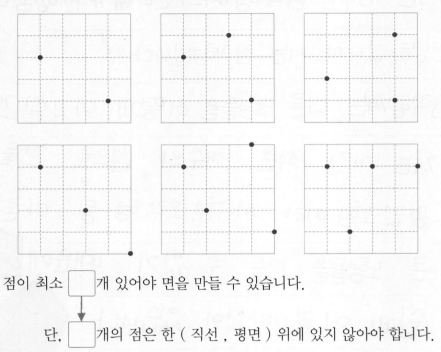

점이 최소 ☐ 개 있어야 면을 만들 수 있습니다.

단, ☐ 개의 점은 한 (직선 , 평면) 위에 있지 않아야 합니다.

2 세 점 A, B, C로 각과 면을 만든 것입니다. ☐ 안에 이름을 알맞게 써넣으시오.

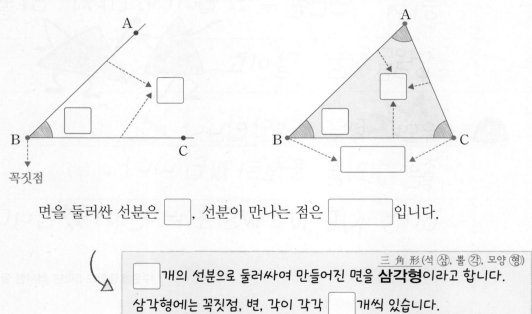

면을 둘러싼 선분은 ☐ , 선분이 만나는 점은 ☐ 입니다.

三角形(석 ⓢ, 뿔 ⓐ, 모양 ⓗ)

☐ 개의 선분으로 둘러싸여 만들어진 면을 **삼각형**이라고 합니다.

삼각형에는 꼭짓점, 변, 각이 각각 ☐ 개씩 있습니다.

3 도형을 기호로 나타내고, 삼각형의 기호로 알맞은 것에 ○표 하시오.

선분 AB: ☐   반직선 AB: ☐   직선 AB: ☐   각 ABC: ☐

삼각형 ABC: (＞ABC , △ABC , □ABC)

> 도형은 그 특징을 이용하여 기호로 간단히 나타냅니다.
> 삼각형 ABC의 기호는 (세모 , 네모) 모양으로 씁니다.

4 선분의 양 끝점과 다른 점을 이어 각각 삼각형을 만들고 ☐ 안에 알맞게 써넣으시오.

점 ☐ 는 선분의 연장선 위의 점이므로 삼각형을 만들 수 없습니다.

5 위치 관계가 다음과 같은 세 직선을 각각 그으시오.

한 점에서 만납니다.	두 점에서 만납니다.	세 점에서 만납니다.

> ☐개의 점에서 만나는 ☐개의 직선으로 삼각형을 만들 수 있습니다.

6 직선을 연장하여 삼각형을 그리고, 알맞은 말에 ○표 하시오.

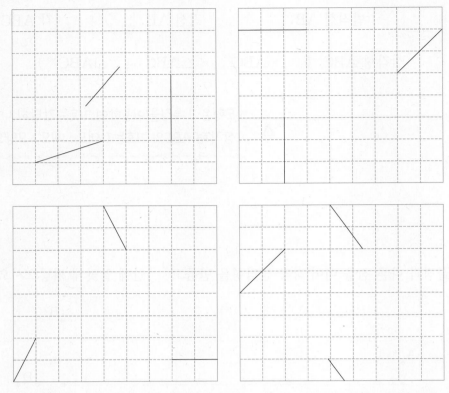

세 직선 중 두 직선이 서로 (수직 , 평행)하면 삼각형을 만들 수 없습니다.

7 도형을 선분으로 나누어 2개의 삼각형으로 만드시오.

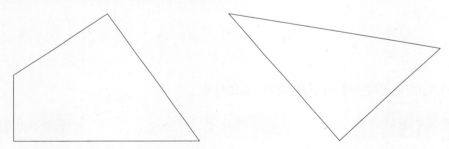

세 점으로 하나의 면이 정해진다.

① 3개의 선분으로 둘러싸인 도형을 [   ]이라고 합니다.

② 삼각형에서 두 선분이 만나는 점을 [   ], 두 점을 잇는 선분을 [   ]이라고 합니다.

③ 삼각형에는 [ ]개의 변과 [ ]개의 각이 있습니다.

④ 삼각형은 가장 (적은 , 많은) 개수의 점으로 만들 수 있는 (점 , 선 , 면)입니다.

2 삼각형의 모양과 크기를 정하려면?

삼각형의 변의 길이

1 선분의 양 끝점에서 변의 길이만큼 컴퍼스를 벌려 세 변의 길이가 주어진 삼각형을 그리려고 합니다. 물음에 답하시오.

(가)

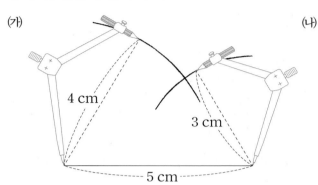

(나)

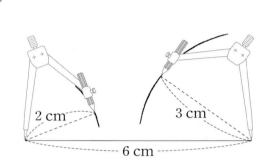

(다)

(라)

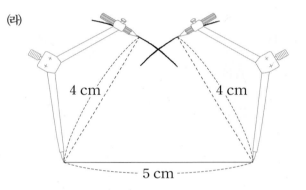

(1) 삼각형을 그릴 수 없는 것을 모두 찾아 기호를 쓰시오.

(   )

(2) 표의 빈칸에 알맞게 써넣고 비교하시오.

	가장 긴 변의 길이	>, =, <	나머지 두 변의 길이의 합
(가)			
(나)			
(다)			
(라)			

> 세 변 중 가장 (긴 , 짧은) 변이
> 나머지 두 변의 길이의 합보다 (길어야 , 짧아야) 삼각형이 됩니다.

2 반으로 접은 색종이를 잘라 삼각형을 만든 것입니다. 길이가 같은 변을 찾아 쓰시오.

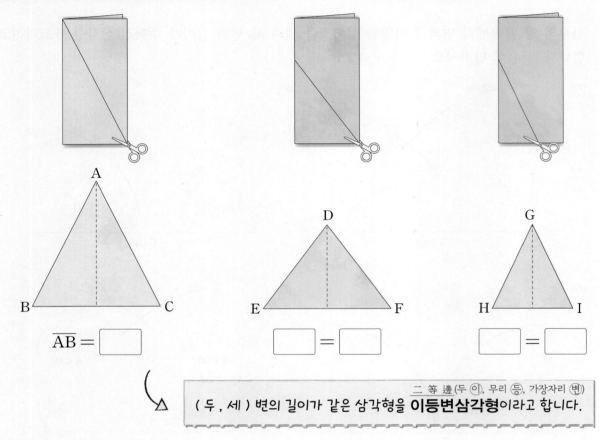

$\overline{AB}$ = ☐　　　☐ = ☐　　　☐ = ☐

二 等 邊(두 ㉠, 무리 ㉡, 가장자리 ㉢)
(두 , 세) 변의 길이가 같은 삼각형을 **이등변삼각형**이라고 합니다.

3 변의 길이를 재어 이등변삼각형을 모두 찾아 기호를 쓰시오.

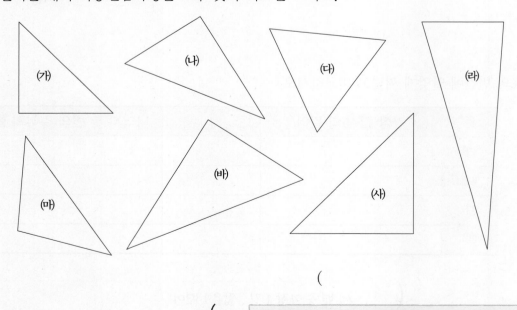

(　　　　　　　　　　)

세 변의 길이가 같으면 두 변의 길이가 같으므로
이등변삼각형이라고 할 수 (있습니다 , 없습니다).

4 점선을 따라 삼각형을 그린 것입니다. 세 변의 길이를 각각 구하시오.

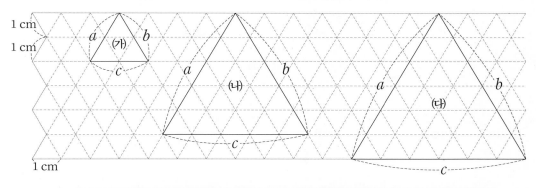

	a	b	c
(가)			
(나)			
(다)			

(두 , 세) 변의 길이가 같은 삼각형을 <u>正</u>(바를 ⓙ) **정삼각형**이라고 합니다.

5 길이가 같은 선분에는 같은 모양의 표시를 합니다. 알맞은 도형을 모두 찾아 기호를 쓰시오.

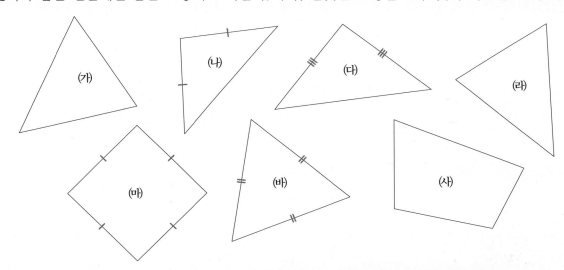

삼각형	이등변삼각형	정삼각형

· 이등변삼각형은 (정삼각형입니다 , 정삼각형이 아닙니다).
· 정삼각형은 (이등변삼각형입니다 , 이등변삼각형이 아닙니다).

6 a, b, c, d에 알맞은 수를 쓰고, 색종이로 만든 삼각형의 이름을 쓰시오.

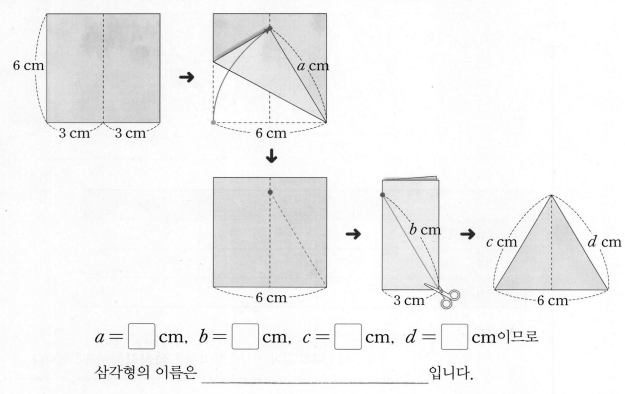

$a = \boxed{}$ cm, $b = \boxed{}$ cm, $c = \boxed{}$ cm, $d = \boxed{}$ cm이므로

삼각형의 이름은 _____ 입니다.

7 정삼각형의 각 변의 중점을 이어 작은 정삼각형을 그린 것입니다. 알맞은 말에 ◯표 하시오.

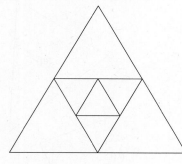

정삼각형의 (모양 , 크기)은 모두 같고
(모양 , 크기)는 변의 길이에 따라 다릅니다.

삼각형은 세 변의 길이로 정해진다.

① 삼각형의 가장 긴 변의 길이는 나머지 두 변의 길이의 합보다 (길어야 , 짧아야) 합니다.

② 두 변의 길이가 같은 삼각형을 [   ] 이라고 합니다.

③ 세 변의 길이가 같은 삼각형을 [   ] 이라고 합니다.

④ [   ] 은 이등변삼각형이지만, 이등변삼각형은 정삼각형이 아닙니다.

3 각의 크기로 삼각형이 유지된다고?

삼각형의 세 각의 크기의 합

1 삼각형의 모양이 바뀔 때, 각의 크기를 재어 ☐ 안에 써넣고 삼각형의 세 각의 크기의 합을 각각 알아보시오.

(1)

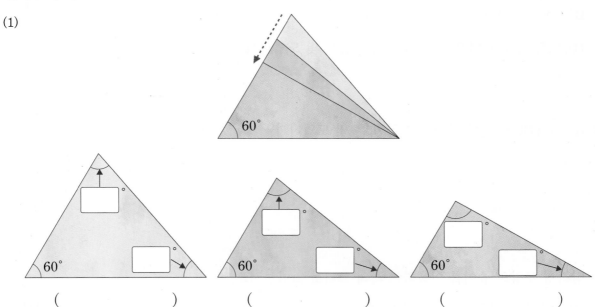

(   )   (   )   (   )

(2)

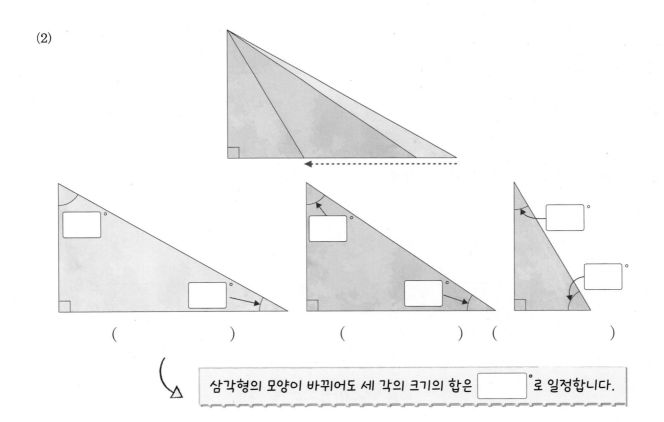

(   )   (   ) (   )

△ 삼각형의 모양이 바뀌어도 세 각의 크기의 합은 ☐°로 일정합니다.

2 도형 ABCD를 절반으로 잘라 삼각형을 만든 것입니다. 물음에 답하시오.

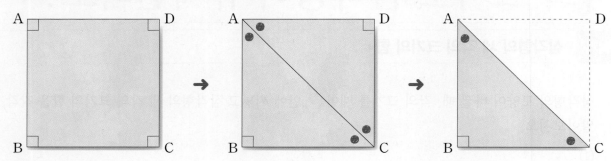

(1) 도형 ABCD의 안쪽 각의 크기의 합은 몇 도입니까?

(   )

(2) △ABC의 안쪽 각의 크기의 합은 몇 도입니까?

(   )

3 삼각형 모양의 종이를 이용하여 각의 크기를 알아보시오.

(1) 모양과 크기가 같은 삼각형 3개를 이어붙인 것입니다. ☐ 안에 알맞은 수를 써넣으시오.

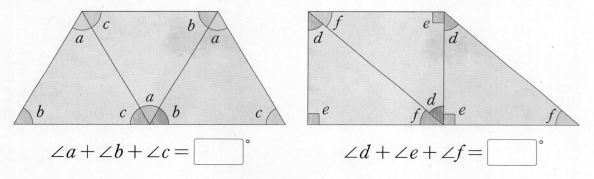

$$\angle a + \angle b + \angle c = \boxed{}^\circ \qquad \angle d + \angle e + \angle f = \boxed{}^\circ$$

(2) 삼각형을 접은 것입니다. ☐ 안에 알맞은 수를 써넣으시오.

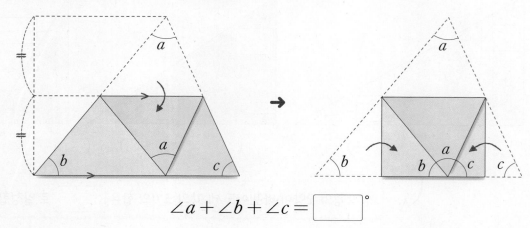

$$\angle a + \angle b + \angle c = \boxed{}^\circ$$

4 $\overline{BC}$와 평행한 직선 l을 그은 것입니다.
평행선의 성질을 이용하여 삼각형의 세 각의 크기의 합을 알아보시오.

(1) $\angle b$와 $\angle c$의 엇각을 표시하고, ☐ 안에 알맞은 수를 써넣으시오.

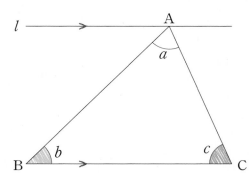

평행선에서 엇각의 크기는 같고
일직선이 이루는 각도는 ☐ °이므로
△ABC의 세 각의 크기의 합은 ☐ °입니다.

(2) $\angle b$의 엇각과 $\angle c$의 동위각을 표시하고 ☐ 안에 알맞은 수를 써넣으시오.

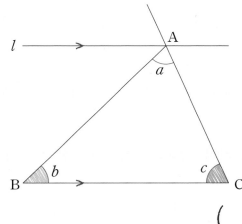

평행선에서 엇각, 동위각의 크기는 각각 같고
일직선이 이루는 각도는 ☐ °이므로
△ABC의 세 각의 크기의 합은 ☐ °입니다.

모든 삼각형의 세 각의 크기의 합은 ☐ °입니다.

5 각의 크기를 구하시오.

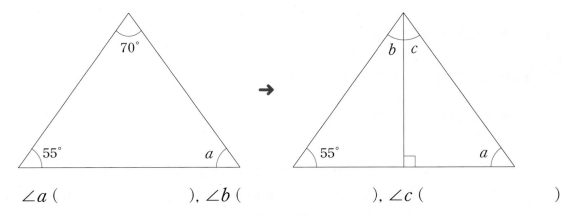

$\angle a$ (   ), $\angle b$ (   ), $\angle c$ (   )

6 　 삼각형을 보고, 물음에 답하시오.

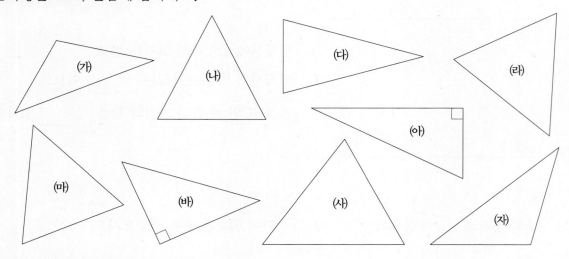

(1) 예각이 없는 삼각형은 몇 개입니까?

(　　　　　　)

(2) 예각만 있는 삼각형을 **예각삼각형**이라고 합니다. 예각삼각형을 모두 찾아 기호를 쓰시오.

(　　　　　　)

(3) 직각이 있는 삼각형을 **직각삼각형**, 둔각이 있는 삼각형을 **둔각삼각형**이라고 합니다. 직각삼각형과 둔각삼각형을 모두 찾아 기호를 쓰시오.

직각삼각형 (　　　　　), 둔각삼각형 (　　　　　)

직각이고,
두 변의 길이가 같으면
직각이등변삼각형 !

(4) ☐ 안에 알맞은 수를 써넣으시오.

• 직각삼각형에서 직각은 최대 ☐ 개입니다.

→ 삼각형의 세 각의 합은 ☐ °이고, 직각이 ☐ 개이면 180°가 되기 때문입니다.

• 둔각삼각형에서 둔각은 최대 ☐ 개입니다.

→ 삼각형의 세 각의 합은 ☐ °이고, 둔각은 ☐ °보다 큰 각이기 때문입니다.

• 예각삼각형은 모든 각이 (예각 , 직각 , 둔각)입니다.
• 직각삼각형에서 직각이 아닌 두 각은 모두 (예각 , 직각 , 둔각)입니다.
• 둔각삼각형에서 둔각이 아닌 두 각은 모두 (예각 , 직각 , 둔각)입니다.

문제 속 개념찾기 **이등변삼각형과 정삼각형의 각의 크기**

7 색종이를 잘라 이등변삼각형을 만든 것입니다. ☐ 안에 알맞은 각도를 써넣으시오.

(1)

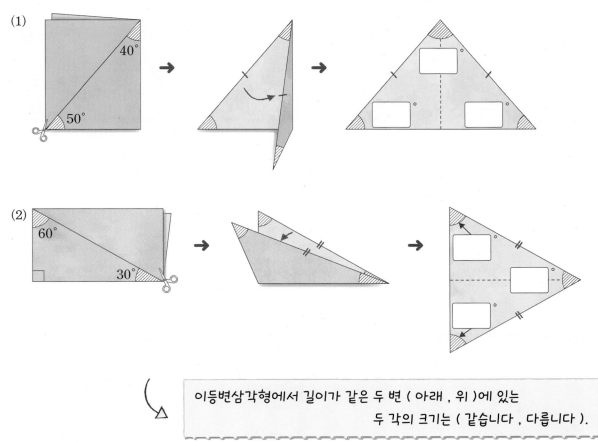

이등변삼각형에서 길이가 같은 두 변 (아래 , 위)에 있는
두 각의 크기는 (같습니다 , 다릅니다).

8 삼각형에서 한 변을 **밑변**이라고 할 때, 그 양 끝 각을 **밑각**이라고 합니다. 이등변삼각형의 크기
가 같은 두 밑각에 색칠하시오.

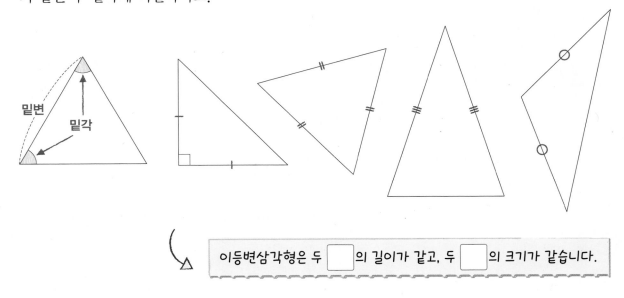

이등변삼각형은 두 ☐ 의 길이가 같고, 두 ☐ 의 크기가 같습니다.

9 색종이를 잘라 정삼각형을 만든 것입니다. 정삼각형을 이등변삼각형으로 생각하여 밑각의 크기를 기호로 나타내시오.

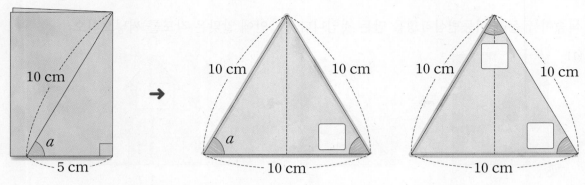

정삼각형의 세 각의 크기는 모두 ∠☐로 같습니다.

10 정삼각형 모양의 색종이를 점선을 따라 접은 것입니다. ☐ 안에 알맞게 써넣으시오.

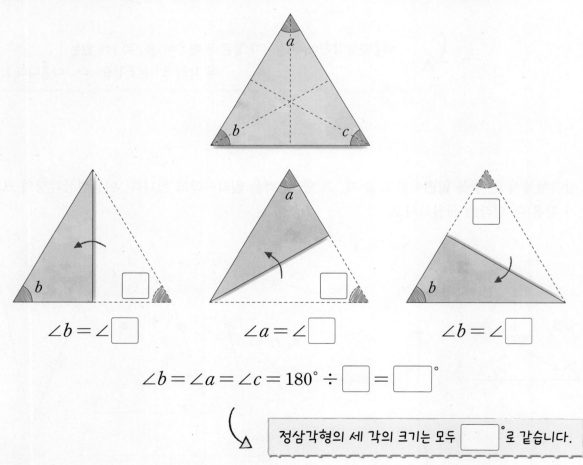

$\angle b = \angle \boxed{}$ $\angle a = \angle \boxed{}$ $\angle b = \angle \boxed{}$

$$\angle b = \angle a = \angle c = 180° \div \boxed{} = \boxed{}°$$

정삼각형의 세 각의 크기는 모두 $\boxed{}°$로 같습니다.

11 정삼각형 안에 정삼각형을 그린 것입니다. 각도를 구하시오.

(1)

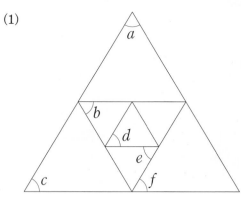

∠a	∠b	∠c

∠d	∠e	∠f

(2)

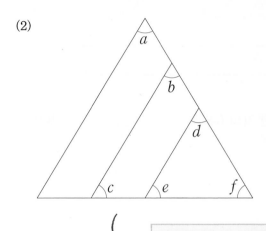

∠a	∠b	∠c

∠d	∠e	∠f

정삼각형의 변의 길이가 변해도 각의 크기는 (변합니다 , 변하지 않습니다).

·제 속 개념찾기 | **삼각형의 내각과 외각**

12 삼각형은 방향을 바꾼 세 직선으로 만들 수 있습니다. ☐ 안에 알맞은 각도를 써넣고, 삼각형의 세 각의 크기의 합이 $180°$가 되는지 확인하시오.

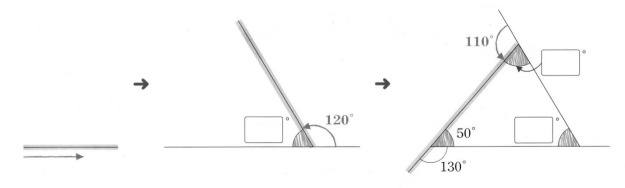

(삼각형의 세 각의 크기의 합) = _____

13 삼각형의 안쪽 각을 **내각**, 이웃하는 변의 연장선과 이루는 바깥쪽 각을 <u>外(밖 외)</u> **외각**이라고 합니다. 각 A, B, C의 내각, 외각을 각각 구하시오.

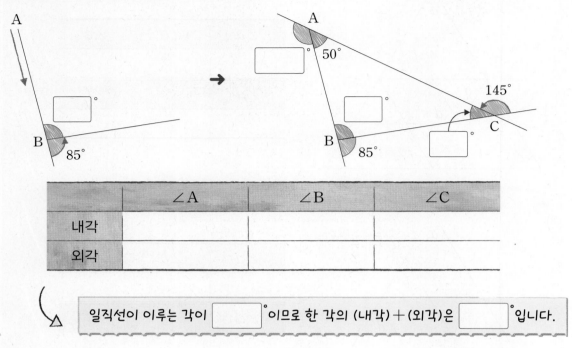

	∠A	∠B	∠C
내각			
외각			

일직선이 이루는 각이 [   ]°이므로 한 각의 (내각)＋(외각)은 [   ]°입니다.

14 변을 연장한 선의 방향에 따라 외각의 위치는 달라질 수 있습니다. ∠A, ∠B, ∠C의 외각을 두 방향에서 찾아 크기를 구하시오.

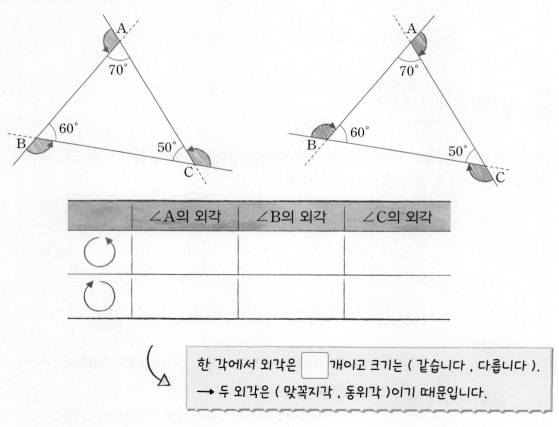

	∠A의 외각	∠B의 외각	∠C의 외각
↺			
↺			

한 각에서 외각은 [   ]개이고 크기는 (같습니다 , 다릅니다).

→ 두 외각은 (맞꼭지각 , 동위각)이기 때문입니다.

15 삼각형의 내각과 외각을 생각하여 ☐ 안에 알맞게 써넣으시오.

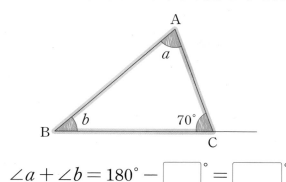 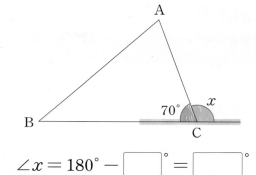

$\angle a + \angle b = 180° - \boxed{}° = \boxed{}°$　　$\angle x = 180° - \boxed{}° = \boxed{}°$

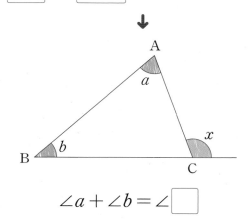

$\angle a + \angle b = \angle \boxed{}$

삼각형의 한 외각의 크기는 이웃하지 않는 두 (내각 , 외각)의 크기의 합과 같습니다.

→ (삼각형의 세 각의 크기의 합) = (일직선이 이루는 각) = $\boxed{}°$이기 때문입니다.

삼각형의 세 각의 크기의 합은 180°다.

① 삼각형의 모양과 크기가 달라도 세 각의 크기의 합은 $\boxed{}°$로 일정합니다.

② 예각삼각형은 세 각이 모두 $\boxed{}$인 삼각형입니다.

③ 직각삼각형은 한 각이 $\boxed{}$이고, 나머지 두 각은 모두 $\boxed{}$인 삼각형입니다.

④ 둔각삼각형은 한 각이 $\boxed{}$이고, 나머지 두 각은 모두 $\boxed{}$인 삼각형입니다.

⑤ 이등변삼각형은 $\boxed{}$가 같은 두 변 아래에 있는 각의 크기가 (같습니다 , 다릅니다).

⑥ 한 각이 $\boxed{}$이고, 두 $\boxed{}$의 길이가 같은 삼각형은 직각이등변삼각형입니다.

⑦ 정삼각형은 세 각의 크기가 모두 $\boxed{}°$로 같습니다.

⑧ 삼각형의 내각은 도형 (안쪽 , 바깥쪽) 각입니다.

⑨ 삼각형에서 이웃하는 변의 연장선과 이루는 바깥쪽 각을 $\boxed{}$이라고 합니다.

1 세 점으로 하나의 면이 정해진다.

찾은 개념 적용하기

삼각형은 3개의 선분으로 둘러싸인 도형입니다.

삼각형에는 3개의 변, 꼭짓점, 각이 있습니다.

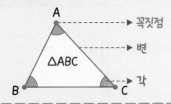

1 □ 안에 알맞은 말을 찾아 써넣으시오.

> 꼭짓점,   변,   각,   면

면을 둘러싸고 있는 선분을 □,

변과 변이 만나는 점을 □,

두 변이 벌어진 정도를 □ 이라고 합니다.

2 2개 이상의 삼각형이 되도록 도형을 선분으로 나누시오.

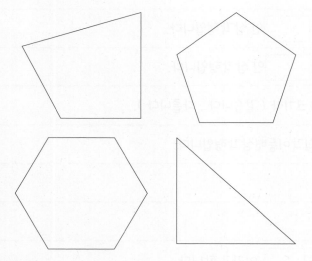

3 원을 똑같게 나누어 도형을 그린 것입니다. 물음에 답하시오.

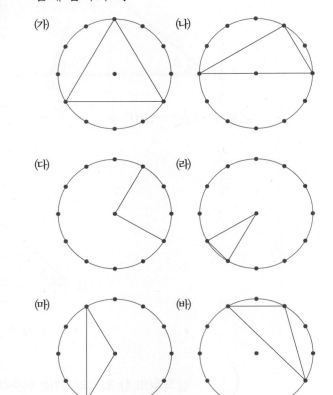

(1) 세 꼭짓점이 원 위에 있는 삼각형을 모두 찾아 기호를 쓰시오.

(   )

(2) 다음 설명 중 옳은 것에 ○표, 틀린 것에 ×표 하시오.

- (나)는 4개의 점을 이어 그린 것이므로 삼각형이 아닙니다.

(   )

- (다)는 선분이 2개뿐이므로 삼각형이 아닙니다.

(   )

- 원 위의 어떤 세 점을 선분으로 이어도 삼각형이 됩니다.

(   )

4 다음 중 세 점 A, B, C를 이어 삼각형을 그릴 수 없는 것을 모두 고르시오. (   )

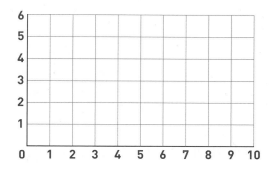

① A(2, 1), B(2, 6), C(5, 0)
② A(0, 0), B(2, 2), C(4, 4)
③ A(5, 2), B(2, 2), C(0, 9)
④ A(3, 0), B(0, 4), C(6, 5)
⑤ A(1, 4), B(7, 4), C(10, 4)

5 다음 도형이 삼각형이 아닌 이유를 설명하시오.

(1)

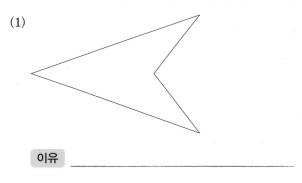

이유 _____

_____

(2)

이유 _____

_____

6 다음 중 삼각형을 그릴 수 없는 것은 어느 것입니까? (   )

① 한 직선 위에 있지 않은 세 점을 선분으로 잇습니다.
② 수직인 선분의 끝점을 선분으로 잇습니다.
③ 서로 다른 세 점에서 만나는 세 직선을 그립니다.
④ 평행한 두 직선과 만나는 한 직선을 그립니다.
⑤ 선분의 양 끝점과 선분의 연장선 위에 있지 않은 점을 곧게 잇습니다.

7 도형을 보고, 변의 길이가 다음과 같은 삼각형의 개수를 각각 구하시오.

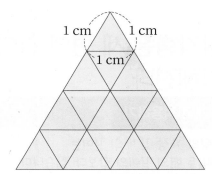

한 변의 길이	삼각형의 개수
2 cm	
3 cm	
4 cm	

8 다음과 같이 막대를 이어붙여 51개의 삼각형을 만들려고 합니다. 물음에 답하시오.

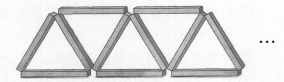

(1) 처음 삼각형을 만들 때 필요한 막대의 개수는 몇 개입니까?

(   )

(2) 삼각형이 1개 늘어날 때마다 필요한 막대는 몇 개입니까?

(   )

(3) 삼각형을 51개 만들려면 필요한 막대는 몇 개입니까?

(   )

2 삼각형은 세 변의 길이로 정해진다.

찾은 개념 적용하기

삼각형의 가장 긴 변의 길이는
나머지 두 변의 길이의 합보다 짧습니다.

이등변삼각형은 두 변의 길이가 같은 삼각형입니다.

정삼각형은 세 변의 길이가 같은 삼각형입니다.

1 다음과 같은 세 선분의 끝점을 각각 이을 때, 면이 만들어지지 않는 것을 찾아 기호를 쓰시오.

> ㉠ 3 cm, 4 cm, 5 cm
> ㉡ 6 cm, 9 cm, 2 cm
> ㉢ 7 cm, 7 cm, 12 cm

(   )

2 원은 한 점으로부터 같은 거리에 있는 점들을 이어 그린 도형입니다. 물음에 답하시오.

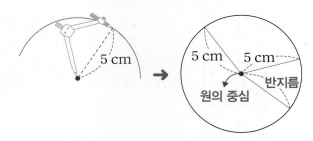

(1) 원 위에 그린 삼각형 중 이등변삼각형을 모두 찾아 기호를 쓰시오.

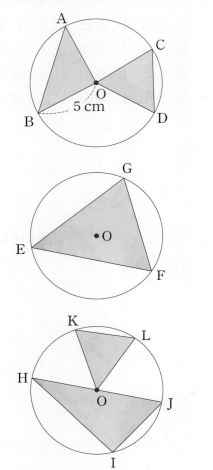

(   )

(2) △COD가 정삼각형일 때, $\overline{CD}$의 길이를 구하시오.

(   )

3 $\overline{AB}$를 이용하여 이등변삼각형 ABC를 만들 때, 다음 중 점 C가 될 수 없는 것은 어느 것입니까? (   )

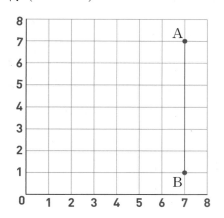

① C(0, 4)　　② C(1, 1)　　③ C(3, 3)

④ C(1, 7)　　⑤ C(6, 4)

4 △ABC는 이등변삼각형입니다. 물음에 답하시오.

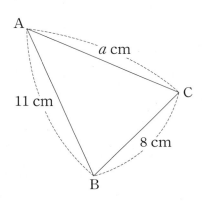

(1) a의 값을 구하시오.

(   )

(2) 세 변의 길이의 합이 △ABC와 같은 정삼각형의 한 변의 길이는 몇 cm입니까?

(   )

5 다음 중 길이가 다음과 같은 세 선분으로 이등변삼각형을 만들 수 없는 것을 모두 고르시오. (   )

① 3 cm, 3 cm, 3 cm

② 5 cm, 5 cm, 10 cm

③ 8 cm, 8 cm, 7 cm

④ 4 cm, 5 cm, 4 cm

⑤ 7 cm, 3 cm, 6 cm

6 색종이를 잘라 정삼각형을 만든 것입니다. 세 변의 길이의 합을 구하시오.

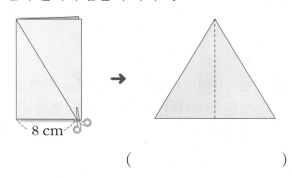

(   )

7 이등변삼각형 ABC의 세 변의 길이의 합이 24 cm일 때, $\overline{AC}$의 길이를 구하시오.

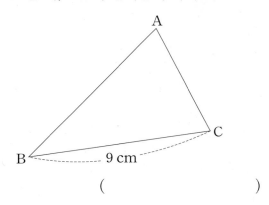

(   )

8 컴퍼스를 5 cm만큼 벌려 점 B를 중심으로 하는 원의 일부를 그린 것입니다. 세 점 A, B, C를 꼭짓점으로 하는 삼각형의 이름을 쓰시오.

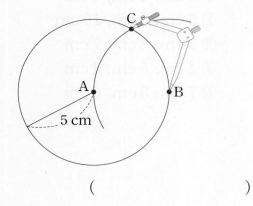

(   )

9 반지름이 4 cm인 원의 중심을 이어 삼각형을 그린 것입니다. △ABC의 세 변의 길이의 합을 구하시오.

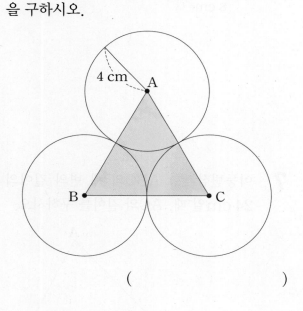

(   )

10 점 B는 원의 중심입니다. △ABC의 둘레가 19 cm일 때, 원의 반지름의 길이는 몇 cm입니까?

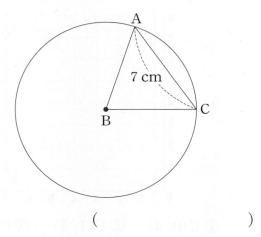

(   )

11 다음 중 삼각형에 대한 설명으로 잘못된 것은 어느 것입니까? (   )

① 삼각형은 가장 적은 개수의 점으로 만들 수 있는 면입니다.

② 정삼각형의 모양은 모두 같고 크기만 다릅니다.

③ 정삼각형은 이등변삼각형입니다.

④ 이등변삼각형은 정삼각형입니다.

⑤ 모든 삼각형은 가장 긴 변의 길이가 나머지 두 변의 길이의 합보다 짧습니다.

12 이등변삼각형의 세 변의 길이가 다음과 같을 때, a의 값을 구하시오.

$$6\,\text{cm}, \quad 12\,\text{cm}, \quad a\,\text{cm}$$

(   )

13 크기가 같은 두 원을 겹쳐 삼각형을 그린 것입니다. 점 C와 점 E가 각각 원의 중심일 때, 이등변삼각형과 정삼각형을 모두 찾아 쓰시오.

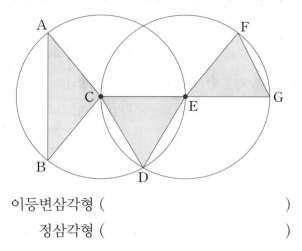

이등변삼각형 (   )

정삼각형 (   )

15 ㈎와 ㈏는 정삼각형입니다. ㈏를 만들려면 ㈎는 모두 몇 개 필요합니까?

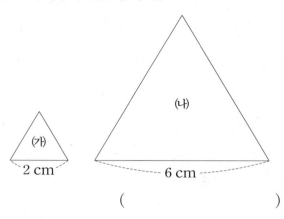

(   )

16 2 cm, 2 cm, 3 cm, 3 cm, 4 cm인 선분 5개 중 3개를 사용하여 이등변삼각형을 만든 것입니다. ☐ 안에 알맞은 수를 써넣으시오.

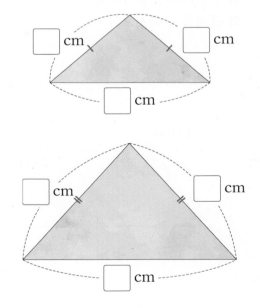

14 △ABC는 이등변삼각형, △ACD는 정삼각형입니다. △ABD의 둘레가 28 cm일 때, △ACD의 한 변의 길이를 구하시오.

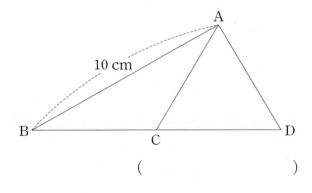

(   )

17 정삼각형 2개를 겹쳐 놓은 것입니다. △DBE의 세 변의 길이의 합을 구하시오.

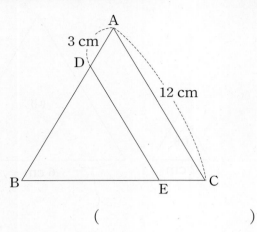

(   )

18 △ABC와 △DEC는 정삼각형입니다. $\overline{AD}$의 길이가 $\overline{DC}$의 길이의 2배일 때, 색칠한 부분의 둘레를 구하시오.

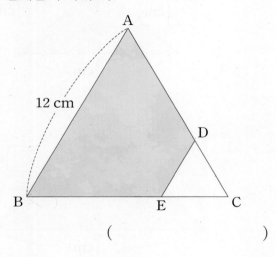

(   )

3 삼각형의 세 각의 크기의 합은 180°다.

찾은 개념 적용하기

삼각형의 모양과 크기가 달라도 세 각의 크기의 합은 항상 180°입니다.

예각삼각형은 모든 각이 예각인 삼각형입니다.

직각삼각형은 한 각이 직각인 삼각형입니다.

둔각삼각형은 한 각이 둔각인 삼각형입니다.

1 $\angle a$의 크기를 구하시오.

(1)
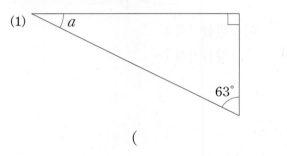

(   )

(2)
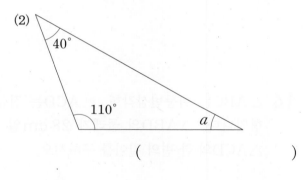

(   )

2 직각삼각형의 두 예각이 $\angle a$, $\angle b$일 때, 각의 크기를 구하시오.

(1) $\boxed{\angle a = 72°}$

$\angle b$ (   )

(2) $\boxed{\angle b = 45°}$

$\angle a$ (   )

3 다음 중 삼각형의 세 각의 크기의 합이 180°
임을 보이는 그림이 아닌 것은 어느 것입니까?
( )

①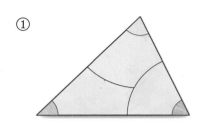

②

③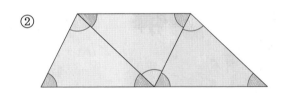

④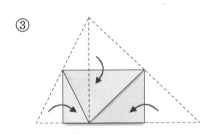

⑤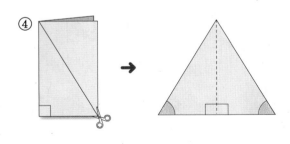

4 점 A, B를 사용하여 다음과 같은 △ABC를
그릴 때, 점 C의 위치를 정하여 순서쌍으로
나타내시오.

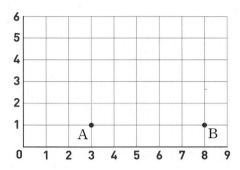

(1) 둔각삼각형 ABC

( )

(2) 예각삼각형 ABC

( )

(3) 직각이등변삼각형 ABC

( )

5 어떤 각도의 종이를 모아야 삼각형을 만들 수
있습니까?

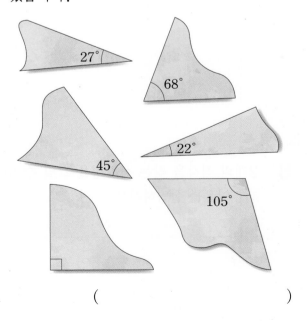

( )

6 다음 중 삼각형에 대한 설명으로 잘못된 것을 모두 고르시오. (   )

① 직각삼각형에서 직각이 아닌 각은 모두 예각입니다.

② 삼각형에서 가장 긴 변과 마주 보는 각은 세 각 중 가장 작은 각입니다.

③ 직각삼각형은 둔각을 가질 수 없습니다.

④ 둔각삼각형에는 2개의 둔각이 있을 수 없습니다.

⑤ 둔각삼각형에는 예각이 없습니다.

7 두 각의 크기가 다음과 같은 삼각형의 이름을 쓰시오.

(1)

| 45° | 40° |

(   )

(2)

| 65° | 30° |

(   )

8 2개의 직각을 갖는 삼각형을 그릴 수 있습니까? 이유를 설명하시오.

_____

이유 _____

_____

9 삼각형에서 각의 크기를 구하시오.

(1)
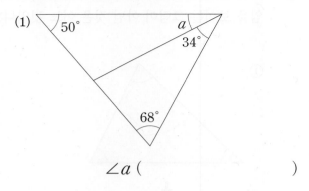

∠a (   )

(2)
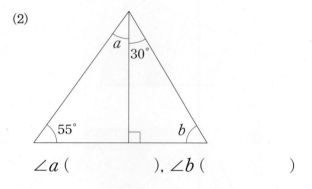

∠a (   ), ∠b (   )

(3)
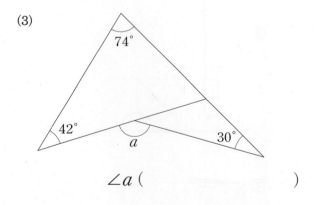

∠a (   )

(4)
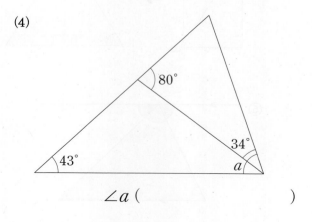

∠a (   )

10 ∠x의 크기를 구하시오.

(1)

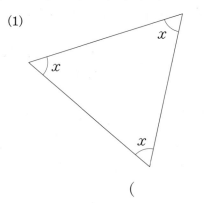

(   )

(2)

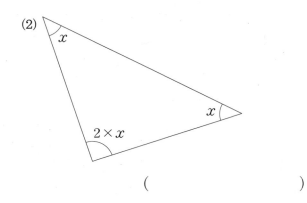

(   )

11 둔각삼각형의 한 꼭짓점에서 선분을 그어 두 개의 예각삼각형으로 나눌 수 있습니까? 둔각삼각형 ABC를 그리고, 그 이유를 설명하시오.

_____

설명 _____

_____

12 각의 크기를 구하시오.

(1)

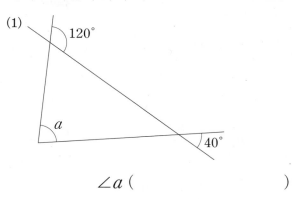

∠a (   )

(2)

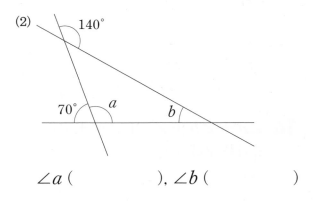

∠a (   ), ∠b (   )

(3)

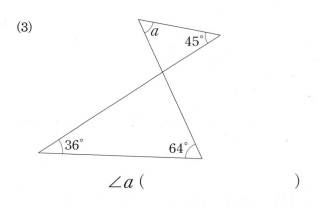

∠a (   )

(4)

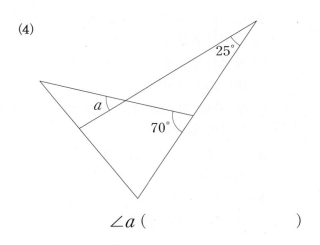

∠a (   )

13 $l /\!/ m$일 때, 각의 크기를 구하시오.

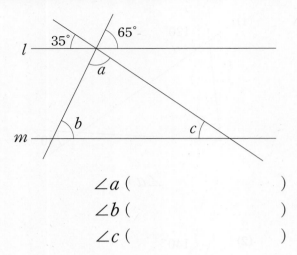

∠a (   )
∠b (   )
∠c (   )

14 $\angle a + \angle b + \angle c + \angle d + \angle e + \angle f$의 크기를 구하시오.

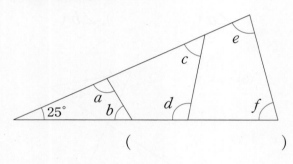

(   )

15 다음 중 옳지 않은 것을 고르시오. (   )

① 두 각의 크기가 72°, 18°인 삼각형은 직각삼각형입니다.

② 예각삼각형에서 두 각의 크기의 합은 항상 90°보다 큽니다.

③ 두 각의 크기가 43°, 46°인 삼각형에는 둔각이 있습니다.

④ 두 각의 크기가 35°, 54°이면 예각삼각형입니다.

⑤ 세 각의 크기가 모두 같은 삼각형의 한 각의 크기는 60°입니다.

16 다음과 같은 두 종류의 직각삼각자를 이용하여 만든 각의 크기를 구하시오.

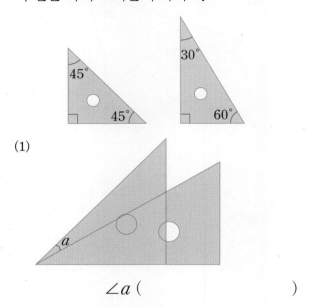

(1)

∠a (   )

(2)

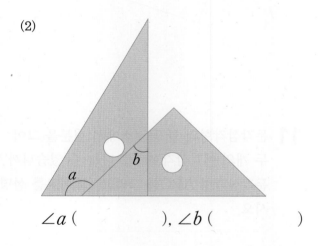

∠a (   ), ∠b (   )

(3)

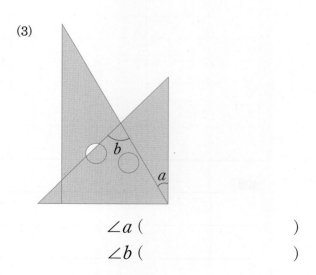

∠a (   )
∠b (   )

17 $\overline{BC}$ // $\overline{DE}$일 때, 각의 크기를 구하시오.

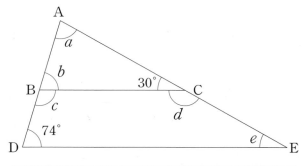

∠a	∠b	∠c	∠d	∠e

18 ∠a와 ∠b의 크기를 구하시오.

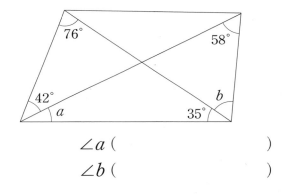

∠a (   )
∠b (   )

19 다음 중 ∠a, ∠b, ∠c로 삼각형을 만들 수 없는 것을 모두 고르시오. (   )

① ∠a = 120°이고, ∠b는 ∠a보다 80° 더 작습니다.
② ∠a = 80°이고, ∠b는 ∠a의 절반입니다.
③ ∠a = 50°이고, ∠c는 ∠a보다 100° 더 큽니다.
④ ∠a = 72°이고, ∠b와 ∠c는 각각 ∠a의 절반입니다.
⑤ ∠a = 5°이고, ∠b와 ∠c는 모두 둔각 입니다.

찾은 개념 적용하기

이등변삼각형은 길이가 같은 두 변 아래에 있는 두 밑각의 크기가 같습니다.

정삼각형의 세 각은 모두 60°로 같습니다.

20 이등변삼각형에서 ∠a의 크기를 구하시오.

(1)

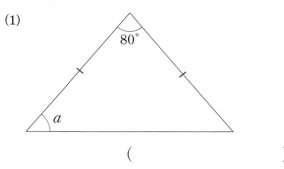

(   )

(2)

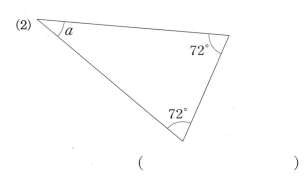

(   )

21 조건이 다음과 같은 삼각형의 이름이 될 수 있는 것을 모두 찾아 기호를 쓰시오.

㉠ 예각삼각형	㉡ 둔각삼각형
㉢ 직각삼각형	㉣ 이등변삼각형
㉤ 정삼각형	

(1) 세 변의 길이가 모두 같습니다.

(   )

(2) 한 각의 크기가 102°입니다.

(   )

(3) 한 각이 직각이고 두 변의 길이가 같습니다.

(   )

22 원을 똑같게 나눈 것입니다. 삼각형의 이름이 될 수 있는 것을 모두 쓰시오.

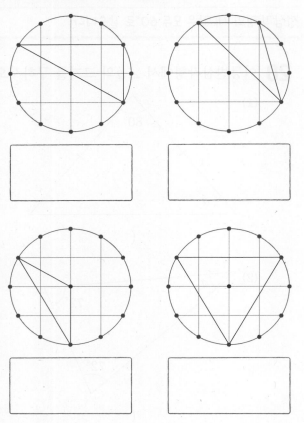

23 삼각형의 세 각의 크기로 분류한 것입니다. 빈 칸에 알맞게 써넣으시오.

각도			삼각형의 분류 기준	
$\angle a$	$\angle b$	$\angle c$	각	변
20°	80°	80°		
33°	90°	57°		삼각형
75°	62°	43°		
				정삼각형

24 □ 안에 알맞은 수를 써넣으시오.

(1)

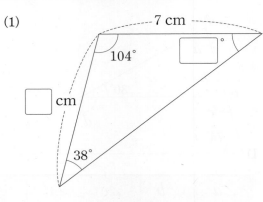

(2)

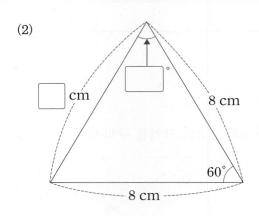

25 다음 중 삼각형에 대한 설명으로 잘못된 것을 모두 고르시오. (   )

① 모든 이등변삼각형은 둔각삼각형입니다.

② 이등변삼각형도 직각삼각형일 수 있습니다.

③ 이등변삼각형은 똑같은 2개의 삼각형으로 자를 수 있습니다.

④ 정삼각형은 예각삼각형입니다.

⑤ 세 변의 길이가 같은 직각삼각형을 그릴 수 있습니다.

26 정삼각형과 이등변삼각형의 변의 길이를 각각 3배로 늘인 것입니다. 각의 크기를 구하시오.

(1)

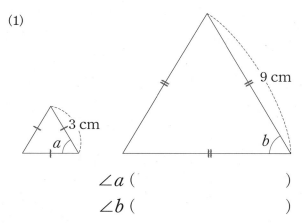

∠a (   )

∠b (   )

(2)

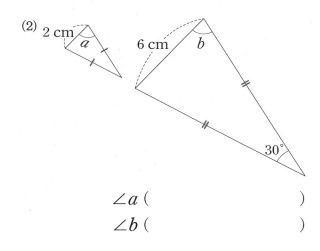

∠a (   )

∠b (   )

27 이등변삼각형 ABC에서 $\overline{AD} = \overline{BD} = \overline{DC}$ 일 때, ∠ADB의 크기를 구하시오.

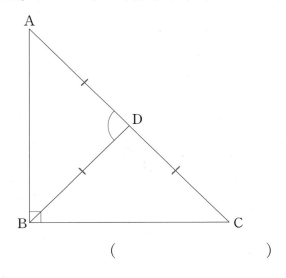

(   )

28 이등변삼각형과 정삼각형을 이어붙인 것입니다. ∠x의 크기를 구하시오.

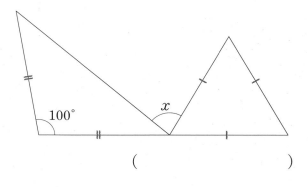

(   )

29 △ABC는 정삼각형이고 △ACD는 이등변삼각형입니다. ∠x의 크기를 구하시오.

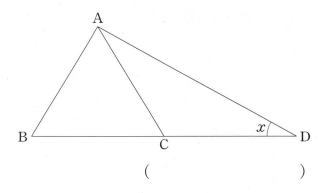

(   )

30 다음 중 삼각형의 각에 대한 설명으로 잘못된 것은 어느 것입니까? (   )

① 삼각형은 두 각의 크기만 재어도 세 각의 크기를 알 수 있습니다.

② 직각삼각형은 한 예각만 재어도 세 각의 크기를 알 수 있습니다.

③ 정삼각형의 각은 크기를 재지 않아도 세 각의 크기를 알 수 있습니다.

④ 이등변삼각형은 한 밑각의 크기만 재어도 세 각의 크기를 알 수 있습니다.

⑤ 정삼각형의 변의 길이가 2배가 되면 각의 크기도 2배가 됩니다.

31 한 변을 공통으로 하는 정삼각형과 이등변삼각형입니다. ∠a의 크기를 구하시오.

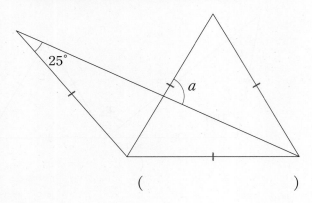

(   )

32 △ABD와 △ACD는 이등변삼각형입니다. ∠x의 크기를 구하시오.

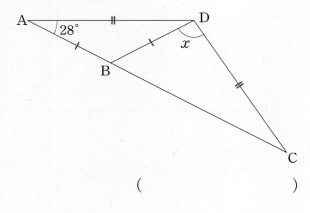

(   )

33 x의 값을 구하시오.

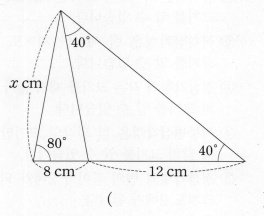

(   )

34 이등변삼각형에서 길이가 같은 두 변이 이루는 각을 꼭지각이라고 합니다. 꼭지각에서 선분을 그어 똑같은 2개의 삼각형으로 나눈 것을 보고, ☐ 안에 알맞은 수를 써넣으시오.

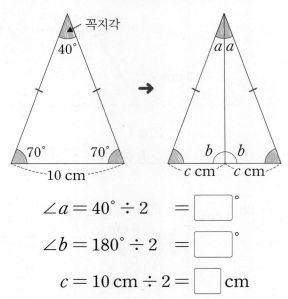

$\angle a = 40° \div 2 \ = \boxed{}°$

$\angle b = 180° \div 2 \ = \boxed{}°$

$c = 10 \text{ cm} \div 2 = \boxed{} \text{ cm}$

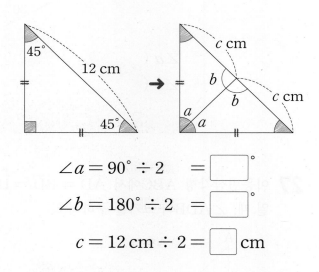

$\angle a = 90° \div 2 \ = \boxed{}°$

$\angle b = 180° \div 2 \ = \boxed{}°$

$c = 12 \text{ cm} \div 2 = \boxed{} \text{ cm}$

→ 이등변삼각형에서
   꼭지각을 이등분하는 선은
   밑변의 (평행선 , 수직이등분선)입니다.

35 길이가 같은 변에 같은 표시를 한 것입니다. 각의 크기를 구하시오.

(1)

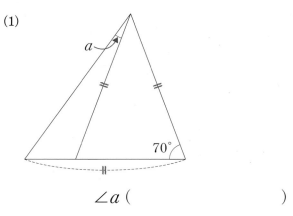

∠a (   )

(2)

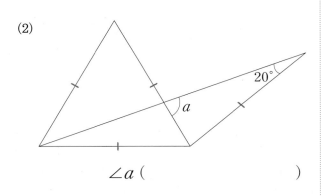

∠a (   )

(3)

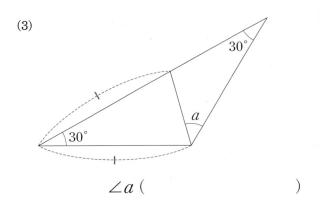

∠a (   )

(4)

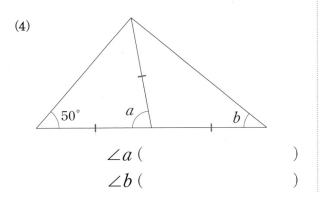

∠a (   )
∠b (   )

36 직각삼각형 ABC에서 $\overline{DB} = \overline{DC}$일 때, $\overline{AB}$의 길이를 구하시오.

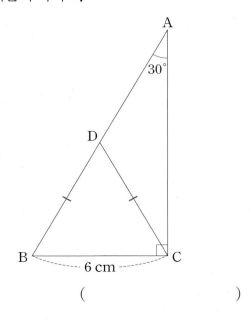

(   )

37 $\overline{AC} = \overline{AB}$, $\overline{AD} = \overline{DB}$일 때, 각의 크기를 구하시오.

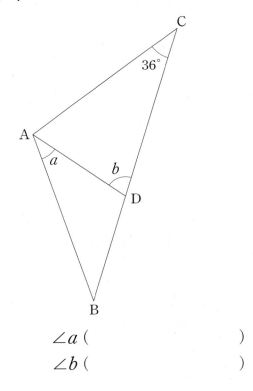

∠a (   )
∠b (   )

38 △ACD가 이등변삼각형일 때, ∠BAD의 크기를 구하시오.

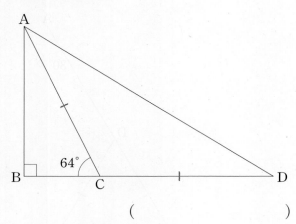

( )

40 $l /\!/ m$일 때, ∠a의 크기를 구하시오.

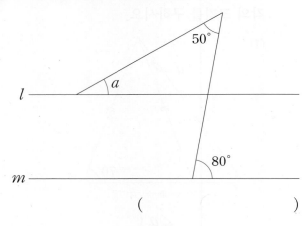

( )

39 이등변삼각형의 꼭지각에서 밑변에 수선을 그은 것입니다. 물음에 답하시오.

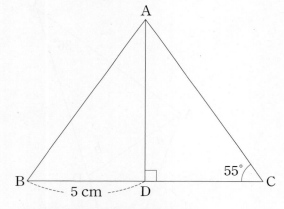

(1) ∠BAD의 크기를 구하시오.

( )

(2) $\overline{BC}$의 길이는 몇 cm입니까?

( )

41 △ABC에서 $\overline{BC} = \overline{AC}$이고, $\overline{BD}$는 ∠B를 이등분합니다. ∠BAD $= 40°$일 때, ∠BDC의 크기를 구하시오.

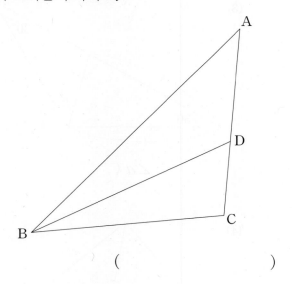

( )

찾은 개념 적용하기

삼각형의
· 내각은 이웃하는 두 변으로 이루어진 도형 안쪽 각입니다.
· 외각은 이웃하는 변의 연장선과 이루는 바깥쪽 각입니다.

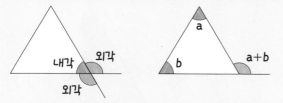

44 ∠a의 크기를 구하시오.

(1)

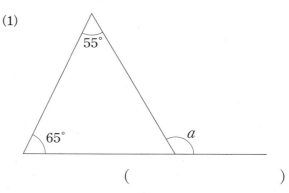

(   )

(2)

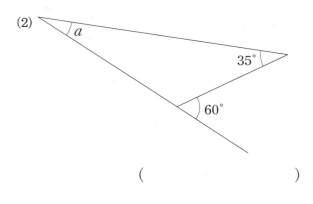

(   )

42 다음 중 외각을 잘못 표시한 것을 모두 고르시오. (   )

①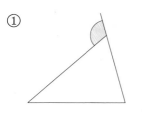

②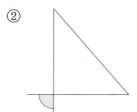

③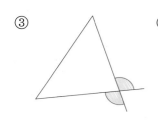

④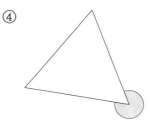

⑤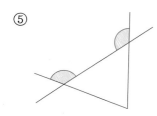

45 ∠a, ∠b, ∠c, ∠d가 다음과 같을 때, 각의 크기를 구하시오.

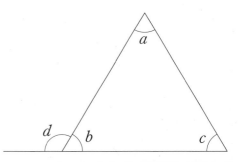

∠a	∠b	∠c	∠d
35°	45°		
		72°	120°
	43°	55°	
30°		90°	

43 다음 중 내각과 외각에 대한 설명으로 잘못된 것은 어느 것입니까? (   )

① 한 각의 내각은 1개, 외각은 2개입니다.
② 내각과 외각의 크기의 합은 180°입니다.
③ 한 각에서 두 외각의 크기는 같습니다.
④ 한 각에서 외각의 크기는 내각보다 항상 큽니다.
⑤ 삼각형의 내각의 크기의 합은 180°입니다.

46 ∠a의 크기를 구하시오.

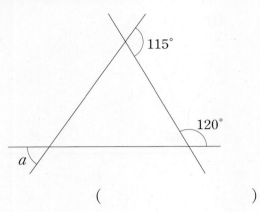

(   )

47 △ABC는 정삼각형, △DEF는 이등변삼각형입니다. 삼각형의 외각의 크기의 합을 구하시오.

(1)

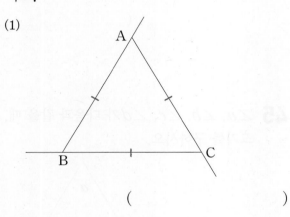

(   )

(2)

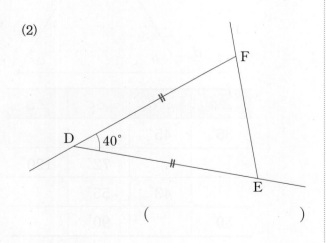

(   )

48 삼각형의 크기를 줄여 외각만 남은 것입니다. 외각의 크기의 합은 몇 도입니까?

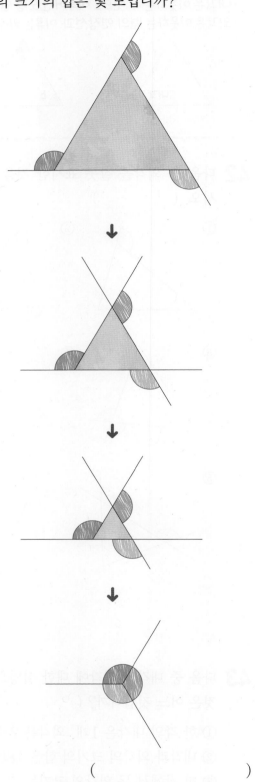

(   )

49 이등변삼각형에서 ∠x의 크기를 구하시오.

(1)

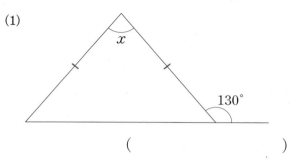

( )

(2)

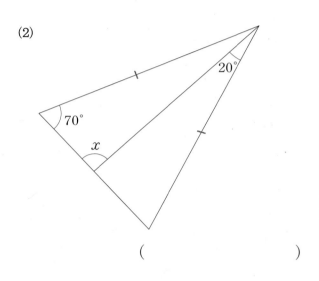

( )

50 $\overline{AB}=\overline{AC}$, $\overline{BD}=\overline{BC}$일 때, ∠$a$+∠$b$의 크기를 구하시오.

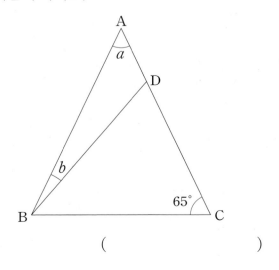

( )

51 ∠x의 크기를 구하려고 합니다. 물음에 답하시오.

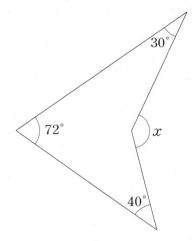

(1) 직선을 그어 도형을 2개의 둔각삼각형으로 나눈 것입니다. ∠a와 ∠b를 ●와 ▲를 이용하여 나타내시오.

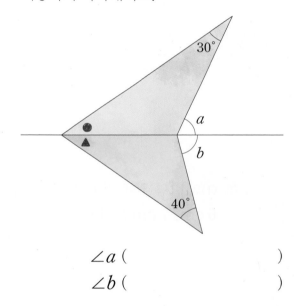

∠a ( )
∠b ( )

(2) ∠● + ∠▲는 몇 도입니까?

( )

(3) ☐ 안에 알맞은 수를 써넣으시오.

∠x = ∠a + ∠b = ☐°

4 두 사람이 똑같은 삼각형을 그리려면?

1   변의 길이를 정하여 삼각형을 그리려고 합니다. 물음에 답하시오.

(1) 선분 AB와 점들을 이용하여 두 변의 길이가 5 cm, 6 cm인 삼각형을 그리고 알맞은 말에 ◯표 하시오.

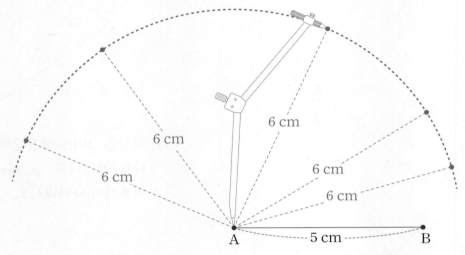

두 변의 길이를 정한 삼각형은 (5개 , 무수히 많이) 그릴 수 있습니다.

(2) (1)의 그림 위에 점 B와의 거리가 7 cm인 점들을 표시한 것입니다. 세 변의 길이가 5 cm, 6 cm, 7 cm인 삼각형을 그리고 알맞은 말에 ◯표 하시오.

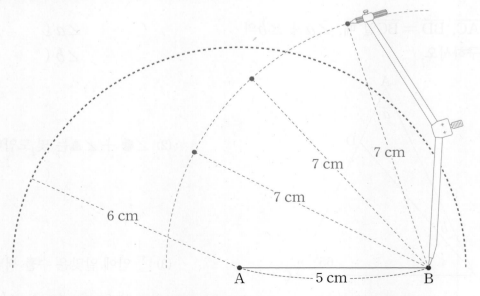

세 변의 길이를 정한 삼각형은 (1개입니다 , 무수히 많습니다).

2 두 변의 길이가 4 cm, 3 cm인 삼각형을 그린 것입니다. 나머지 한 변의 길이를 재어 물음에 답하시오.

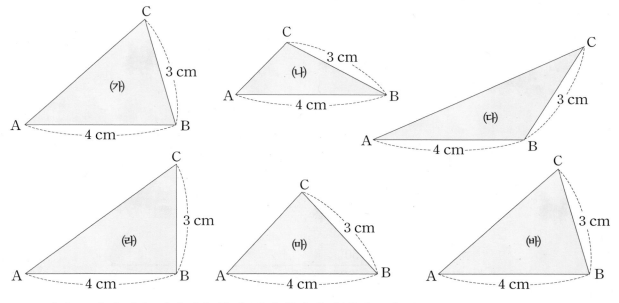

(1) 모양과 크기가 같은 삼각형을 찾아 빈칸에 알맞게 써넣으시오.

모양과 크기가 같은 두 삼각형은 ☐와 ☐입니다.

왜냐하면, ＿＿＿＿＿＿＿＿＿＿가 같기 때문입니다.

(2) ㈐와 모양과 크기가 같은 삼각형을 그리기 위해 필요한 조건에 ◯표 하시오.

두 변의 길이 (   )

세 변의 길이 (   )

$\overline{AB}$의 위치와 두 변의 길이 (   )

(3) 세 변의 길이가 4 cm, 3 cm, 6 cm인 삼각형은 몇 가지로 그릴 수 있습니까?

(   )

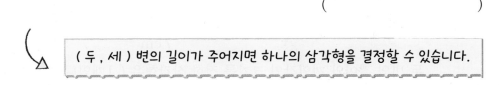

(두 , 세) 변의 길이가 주어지면 하나의 삼각형을 결정할 수 있습니다.

3 변의 길이와 각의 크기를 정하여 삼각형을 그리려고 합니다. 물음에 답하시오.

(1) 한 변의 길이가 7 cm, 한 각의 크기가 50°인 삼각형을 그리고 알맞은 말에 ◯표 하시오.

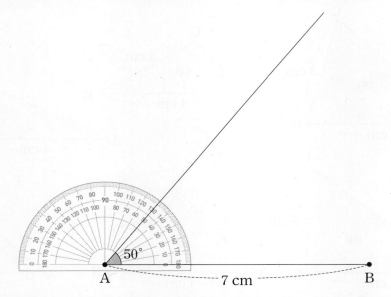

한 변의 길이와 한 각의 크기를 정한 삼각형은 (1개 , 무수히 많이) 그릴 수 있습니다.

(2) (1)에서 그린 각의 변의 길이를 잰 것입니다. 두 변의 길이가 7 cm, 8 cm이고 두 변이 이루는 각이 50°인 삼각형을 그리고 알맞은 말에 ◯표 하시오.

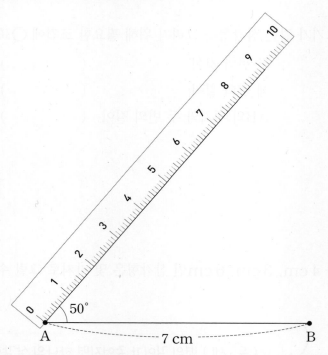

두 변의 길이와 끼인각의 크기를 정한 삼각형은 (1개입니다 , 무수히 많습니다).

4 다음 중 모양과 크기가 같은 삼각형을 그릴 수 있는 것을 찾아 빈칸에 알맞게 써넣으시오.

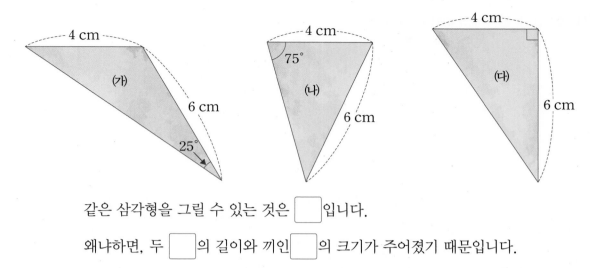

같은 삼각형을 그릴 수 있는 것은 ☐ 입니다.

왜냐하면, 두 ☐ 의 길이와 끼인 ☐ 의 크기가 주어졌기 때문입니다.

5 크기가 45°인 각의 두 변에 1 cm 간격으로 눈금을 표시한 것입니다. 물음에 답하시오.

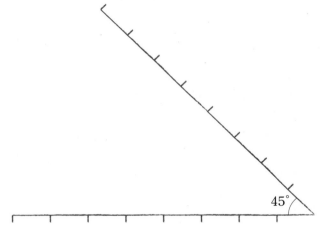

(1) 한 각의 크기가 45°이고 한 변의 길이가 6 cm인 삼각형은 몇 가지로 그릴 수 있습니까?

(   )

(2) 두 변의 길이가 각각 5 cm, 6 cm이고 두 변 사이의 각의 크기가 45°인 삼각형은 몇 가지로 그릴 수 있습니까?

(   )

두 변의 ☐ 와 두 변이 이루는 ☐ 의 크기가 주어지면 하나의 삼각형을 결정할 수 있습니다.

6 주어진 조건으로 삼각형을 그리고, 알맞은 말에 ○표 하시오.

(1) 한 변의 길이가 9 cm인 삼각형

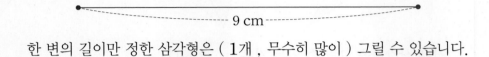

한 변의 길이만 정한 삼각형은 (1개 , 무수히 많이) 그릴 수 있습니다.

(2) 한 변의 길이가 9 cm, 한 각의 크기가 40°인 삼각형

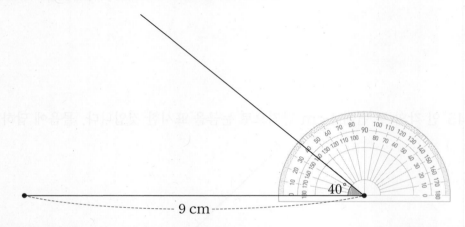

한 변의 길이와 한 각의 크기를 정한 삼각형은 (1개 , 무수히 많이) 그릴 수 있습니다.

(3) 한 변의 길이가 9 cm이고, 그 양 끝 각의 크기가 40°, 50°인 삼각형

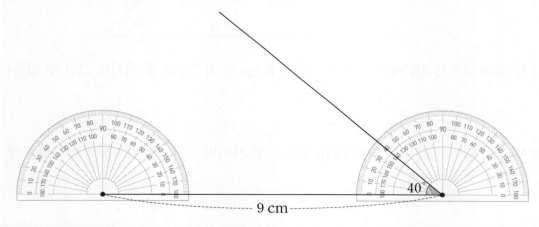

한 변의 길이와 그 양 끝 각의 크기를 정한 삼각형은 (1개 , 무수히 많이) 그릴 수 있습니다.

> 한 변의 길이와 (한쪽 각 , 그 양 끝 각)의 크기가 주어지면 하나의 삼각형을 결정할 수 있습니다.

7 두 각이 주어진 삼각형을 그린 것입니다. 물음에 답하시오.

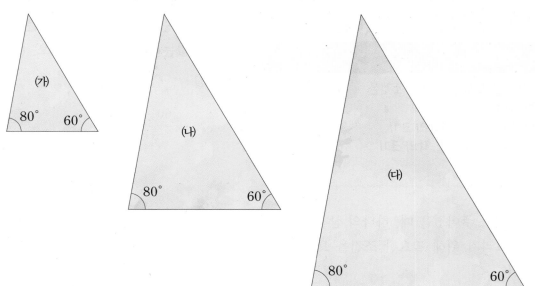

(1) 위 삼각형 중 하나의 삼각형을 정할 때, 더 필요한 조건에 ○표 하시오.

삼각형의 위치 　　　　(　　　　)

두 각 사이의 변의 길이 (　　　　)

나머지 한 각의 크기 　　(　　　　)

(2) 나머지 한 각의 크기는 몇 도입니까?

㉮ (　　　　), ㉯ (　　　　), ㉰ (　　　　)

(3) 문장을 완성하시오.

세 각이 주어진 삼각형은 (3개 , 무수히 많이) 그릴 수 있습니다.

왜냐하면, ☐의 길이가 길어져도 ☐의 크기는 변하지 않기 때문입니다.

모양과 크기가 하나뿐인 삼각형을 그릴 수 있다.

① (한 , 두 , 세) 변의 길이가 주어지면 하나의 삼각형을 그릴 수 있습니다.

② (한 , 두) 변의 길이와 (끼인각 , 마주 보는 각)의 크기가 주어지면 하나의 삼각형을 그릴 수 있습니다.

③ 한 변의 ☐와 그 양 ☐의 크기가 주어지면 하나의 삼각형을 그릴 수 있습니다.

4 모양과 크기가 같은 삼각형을 그릴 수 있다.

하나의 삼각형을 결정할 수 있는 조건은
① 세 변의 길이
② 두 변의 길이와 그 끼인각의 크기
③ 한 변의 길이와 그 양 끝 각의 크기
입니다.

1 $\overline{AB}$의 길이가 주어졌을 때, 하나의 삼각형 ABC를 그리기 위해 필요한 조건을 모두 고르시오. (   )

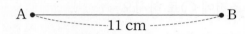

① $\overline{AC}$의 길이
② ∠CAB, ∠CBA의 크기
③ ∠ACB, ∠CBA의 크기
④ ∠CAB의 크기
⑤ $\overline{AC}$, $\overline{CB}$의 길이

2 주어진 변이나 각으로 하나의 삼각형을 정할 수 있는 것을 모두 고르시오. (   )

① 8 cm, 4 cm, 4 cm인 세 변
② 5 cm인 한 변과 10°, 5°인 양 끝 각
③ 90°, 45°, 45°인 세 각
④ 7 cm, 10 cm인 두 변과 60°인 끼인각
⑤ 6 cm인 한 변과 70°인 마주 보는 각

3 다음 중 모양과 크기가 같은 삼각형을 그릴 수 없는 것을 모두 고르시오. (   )

①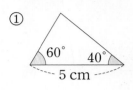

②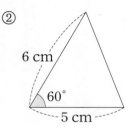

③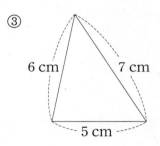

④

⑤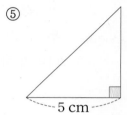

4 ∠ACB를 한 각으로 하는 △ABC를 그리기 위해 $\overline{AB}$의 길이를 정했습니다. △ABC를 몇 가지로 그릴 수 있습니까? 이유를 설명하시오.

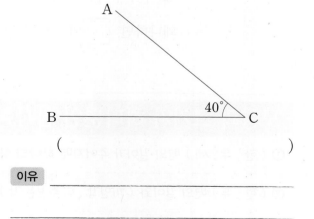

(   )

이유 _____

_____

_____

5 정삼각형을 겹쳐 그린 것입니다. 다음 중 잘못 설명한 것을 찾아 기호를 쓰시오.

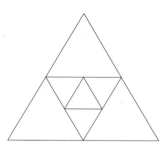

> ㉠ 세 각이 주어진 삼각형은 하나로 정해 지지 않습니다.
> ㉡ 한 변의 길이가 같은 정삼각형은 같은 도형입니다.
> ㉢ 변의 길이가 길어지면 각도 커집니다.

(   )

6 모양과 크기가 같은 삼각형끼리 모두 짝 지어 쓰시오.

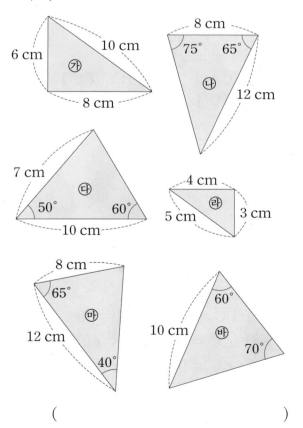

(   )

7 $\overline{BC}=12\,cm$이고, $\angle A=70°$, $\angle B=45°$ 인 삼각형 ABC는 몇 가지입니까?

(   )

8 다음 중 △ABC가 한 가지로 정해지는 것을 모두 고르시오. (   )

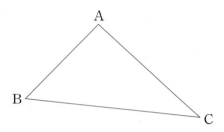

① $\overline{AB}=7\,cm$, $\overline{BC}=9\,cm$, $\angle B=30°$
② $\overline{AB}=3\,cm$, $\overline{BC}=5\,cm$, $\angle C=70°$
③ $\overline{AB}=10\,cm$, $\angle A=50°$, $\angle B=45°$
④ $\overline{AB}=4\,cm$, $\overline{AC}=7\,cm$, $\angle B=80°$
⑤ $\angle B=40°$, $\angle C=40°$, $\angle A=100°$

9 한 변의 길이가 9 cm이고, 양 끝 각의 크기 가 60°, 120°인 삼각형은 그릴 수 없습니다. 이유를 쓰고 하나의 삼각형을 그릴 수 있는 조건으로 바꾸시오.

이유 _____

_____

조건 바꾸기 _____

_____

10 ∠B가 직각인 △ABC를 그리려고 합니다. 물음에 답하시오.

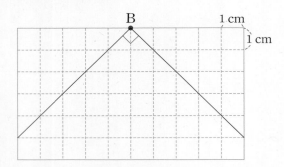

(1) ∠A = 45°인 삼각형은 몇 가지 그릴 수 있습니까?

(   )

(2) ∠A = 45°, $\overline{AC}$ = 6 cm인 삼각형은 몇 가지 그릴 수 있습니까?

(   )

(3) 알맞은 말에 ◯표 하시오.

직각인 각과 한 예각의 크기,
직각과 (마주 보는 , 이웃하는) 변의 길이를 알면 하나의 직각삼각형을 정할 수 있습니다.

11 길이가 같은 두 변 $\overline{AB}$, $\overline{BC}$와 ∠C의 크기가 주어지면 △ABC를 하나로 정할 수 있습니다. 이유를 설명하시오.

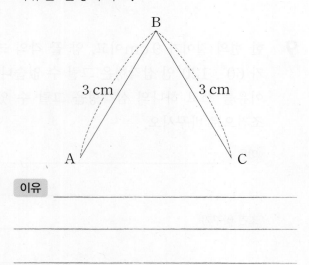

이유 _____

_____

_____

12 두 변의 길이와 한쪽 끝 각이 주어졌을 때 하나의 △ABC를 그리는 방법입니다. 알맞은 선분에 ◯표 하시오.

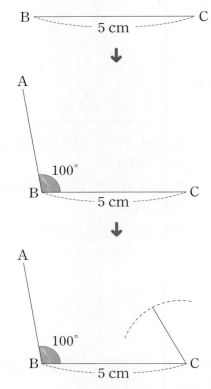

$\overline{BC}$의 길이와 ∠B의 크기가 주어졌을 때, $\overline{CA}$의 길이를 알면 하나의 삼각형을 그릴 수 있습니다.
단, $\overline{CA}$의 길이는 ($\overline{BA}$, $\overline{BC}$)의 길이보다 길어야 합니다.

13 $\overline{AB}$의 길이를 알 때, △ABC가 하나로 결정되는 조건을 모두 고르시오. (   )

① $\overline{BC}$ = 8 cm, ∠C = 50°
② ∠C = 60°, ∠A = 40°
③ ∠C = 90°인 직각이등변삼각형
④ $\overline{BC}$ = 7 cm, ∠B = 100°
⑤ $\overline{AB}$를 밑변으로 하는 이등변삼각형

1 삼각형의 한 변으로 나머지 변의 길이를 알 수 있다.

찾은 개념 확장하기 삼각형의 가장 긴 변의 길이는 나머지 두 변의 길이의 합보다 짧습니다.

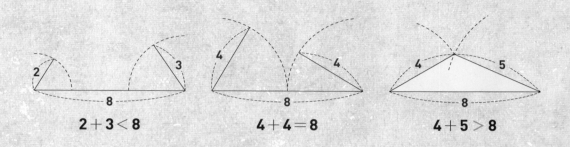

$$2+3<8 \qquad 4+4=8 \qquad 4+5>8$$

1 삼각형의 세 변의 길이가 $3\,\mathrm{cm}$, $6\,\mathrm{cm}$, $a\,\mathrm{cm}$일 때, 다음 중 a가 될 수 없는 것을 모두 고르시오. (   )

① 3   ② 4   ③ 7   ④ 9   ⑤ 10

2 세 변의 길이의 합이 $20\,\mathrm{cm}$인 이등변삼각형의 한 변의 길이가 $8\,\mathrm{cm}$일 때, 나머지 두 변의 길이가 될 수 있는 것을 모두 구하시오.

(   )

3 다음 중 세 변의 길이의 합이 $14\,\mathrm{cm}$인 삼각형의 한 변의 길이가 될 수 없는 것은 어느 것입니까? (   )

① 3 cm   ② 4 cm   ③ 5 cm   ④ 6 cm   ⑤ 7 cm

찾은 개념 확장하기 | 삼각형에서 길이가 같은 두 변 아래의 두 밑각의 크기는 같습니다.

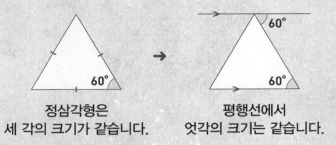

정삼각형은
세 각의 크기가 같습니다.

평행선에서
엇각의 크기는 같습니다.

4 이등변삼각형 ABC의 $\overline{AB}$와 평행한 직선이 점 C를 지나도록 그린 것입니다. ∠a의 크기를 구하시오.

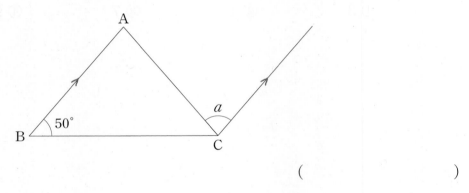

(   )

5 $l /\!/ m$이고, △ABC가 정삼각형일 때 ∠x의 크기를 구하시오.

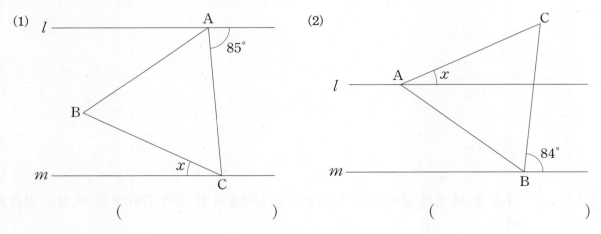

(1)   (2)

(   )   (   )

3 모르는 수를 하나로 하여 식을 만들 수 있다.

찾은 개념 확장하기 | 삼각형의 외각은 이웃하지 않는 두 내각의 합과 같습니다.

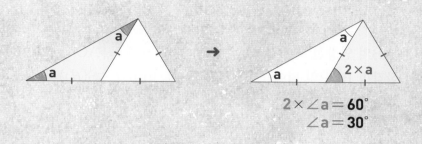

$$2 \times \angle a = 60°$$
$$\angle a = 30°$$

6 이등변삼각형 ABC에서 ∠B의 크기는 ∠a의 크기의 4배입니다. ∠A의 크기를 구하시오.

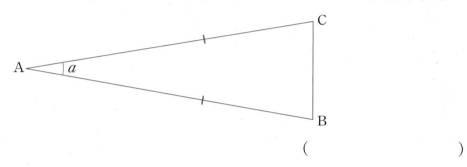

(   )

7 △ABC, △ACD가 모두 이등변삼각형일 때, ∠a + ∠b의 크기를 구하시오.

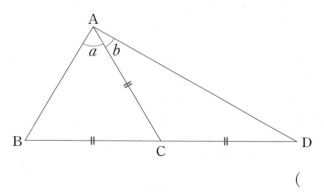

(   )

8 직각삼각형 안에 이등변삼각형을 그린 것입니다. ∠a의 크기를 구하시오.

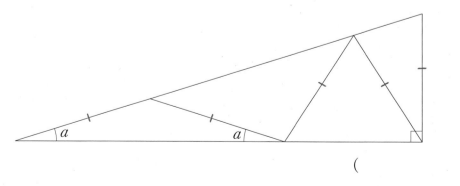

(   )

이등변삼각형은 똑같은 2개의 삼각형으로 나뉜다.

이등변삼각형의 꼭지각을 이등분하는 선은 밑변의 수직이등분선입니다.

그림과 같이 길이가 4인 선분 AB를 한 변으로 하고 $\overline{AC} = \overline{BC}$, $\angle ACB = \theta$인 이등변삼각형 ABC가 있다. 선분 AB의 연장선 위에 $\overline{AC} = \overline{AD}$인 점 D를 잡고, $\overline{AC} = \overline{AP}$이고 $\angle PAB = 2\theta$인 점 P를 잡는다. 삼각형 BDP의 넓이를 $S(\theta)$라 할 때 $\lim\limits_{\theta \to +0} (\theta \times S(\theta))$의 값을 구하시오.

$$\left(\text{단, } 0 < \theta < \frac{\pi}{6}\right)$$

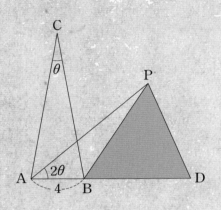

9    $\overline{AB} = \overline{AC} = \overline{BE} = \overline{BD}$인 두 이등변삼각형을 그린 것입니다. 둘레가 18 cm인 △ABC에 ∠A를 이등분하는 선분 AP를 그을 때, $\overline{PD}$의 길이를 구하시오.

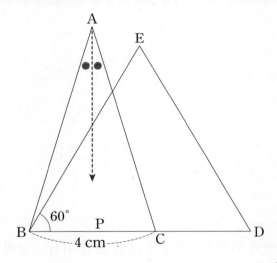

(   )

1 □ 안에 각 부분의 이름을 쓰고, 도형을 기호로 나타내시오.

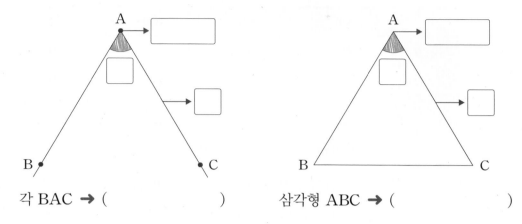

각 BAC → (   )　　　　삼각형 ABC → (   )

2 $\overline{AB}$를 이용하여 △ABC를 그리는 방법으로 잘못된 것은 어느 것입니까? (   )

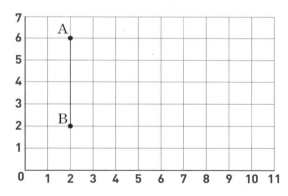

① 점 C를 (2, 10)으로 정하면 삼각형을 그릴 수 없습니다.

② 점 C를 (6, 4)로 정하면 이등변삼각형이 됩니다.

③ 직각삼각형이 되기 위한 점 C의 위치는 (7, 2)뿐입니다.

④ 점 C를 (5, 7)로 정하면 예각이 2개인 삼각형이 됩니다.

⑤ 두 점 (9, 2), (9, 6)을 지나는 직선은 삼각형의 변이 될 수 없습니다.

3 세 각의 크기를 정하여 삼각형 (가), (나), (다), (라)를 그리려고 합니다. 나머지 한 각의 크기를 쓰고, ☐ 안에 알맞은 기호를 써넣으시오.

	(가)	(나)	(다)	(라)
$\angle a$	25°	60°		90°
$\angle b$	110°		37°	90°
$\angle c$		60°	53°	

삼각형을 그릴 수 없는 것은 ☐입니다.

세 변의 길이가 같은 것은 ☐입니다.

직각삼각형은 ☐입니다.

4 다음 중 삼각형의 내각과 외각을 찾아 기호를 쓰시오.

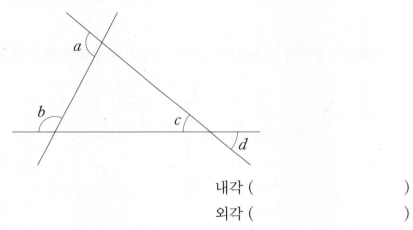

내각 (　　　　　　　　　　)

외각 (　　　　　　　　　　)

5 변과 각의 두 조건을 모두 만족시키는 삼각형이 있으면 ○표, 없으면 ✕표 하시오.

각의 크기 ＼ 변의 길이	이등변삼각형	정삼각형	길이가 모두 다른 삼각형
예각삼각형			
직각삼각형			
둔각삼각형			

6   두 점 A, B를 중심으로 반지름이 5 cm인 원의 일부를 그려 삼각형을 만든 것입니다.
삼각형의 이름이 될 수 있는 것을 모두 고르시오. (   )

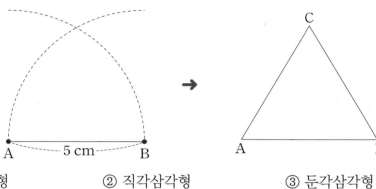

① 예각삼각형   ② 직각삼각형   ③ 둔각삼각형
④ 이등변삼각형   ⑤ 정삼각형

7   크기가 같은 원을 이용하여 삼각형을 그린 것입니다. 다음 중 정삼각형이 아닌 것을 모
두 고르시오. (   )

①
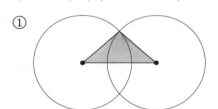

②
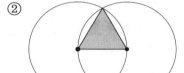

③
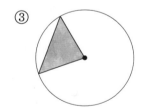

④
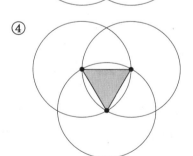

⑤
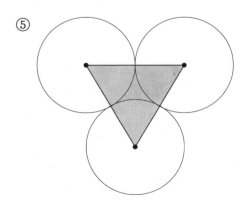

8 다음과 같이 잘못된 부분을 찾아 선을 긋고 바르게 고치시오.

> 삼각형은 ~~4개의~~ 선분으로 둘러싸인 도형입니다.
> **3개의**

(1) 삼각형의 세 각의 크기의 합은 180°보다 작습니다.

(2) 삼각형의 가장 긴 변의 길이는 나머지 두 변의 길이의 합보다 길어야 합니다.

(3) 한 각의 외각과 내각의 크기의 합은 360°입니다.

9 다음 중 바르게 설명한 것을 모두 고르시오. (   )

① 두 각의 크기가 각각 90°인 삼각형은 이등변삼각형입니다.
② 세 변의 길이가 3 cm, 3 cm, 7 cm인 삼각형은 이등변삼각형입니다.
③ 한 각의 크기가 90°보다 큰 삼각형은 둔각삼각형입니다.
④ 정삼각형은 크기와 관계없이 한 각의 크기가 항상 60°입니다.
⑤ 한 변의 길이가 5 cm, 양 끝 각의 크기가 55°, 125°이면 하나뿐인 둔각삼각형이 됩니다.

10 x의 값을 구하시오.

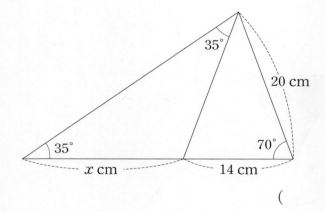

(   )

11 이등변삼각형이 다음과 같을 때, ☐ 안에 알맞은 수를 써넣으시오.

• 한 각이 92°이면 다른 한 각의 크기는 ☐°입니다.

• 두 변이 10 cm, 5 cm이면 나머지 한 변의 길이는 ☐ cm입니다.

[12~13] 반원의 중심과 반지름을 이용하여 삼각형을 그린 것입니다. 물음에 답하시오.

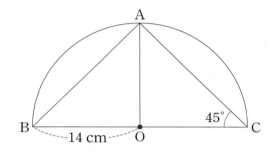

12 ∠BAC의 크기를 구하시오.

(   )

13 △ABC의 둘레가 68 cm일 때, $\overline{AB}$의 길이는 몇 cm입니까?

(   )

14 ∠a의 크기를 구하시오.

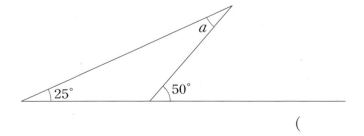

(   )

15 두 변의 길이가 15 cm, 9 cm이고 끼인각의 크기가 87°인 삼각형은 몇 가지로 그릴 수 있습니까?

(   )

16 같은 표시를 한 변끼리는 길이가 같습니다. $\angle a$의 크기를 구하시오.

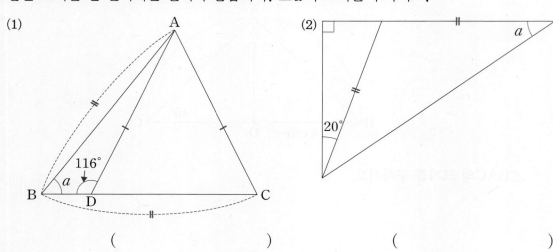

(1)

(   )　　　　(   )

17 △ABC는 이등변삼각형입니다. $\overline{AD} = \overline{DB}$일 때, $\angle a + \angle b$의 크기를 구하시오.

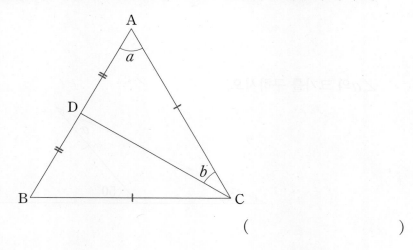

(   )

18 ∠A의 크기가 주어졌을 때, △ABC가 하나로 정해지기 위해 더 필요한 두 가지 조건을
모두 고르시오. (   )

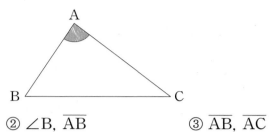

① ∠C, $\overline{BC}$ ② ∠B, $\overline{AB}$ ③ $\overline{AB}$, $\overline{AC}$
④ $\overline{AB}$, $\overline{BC}$ ⑤ ∠B, ∠C

19 $l /\!/ m$일 때, ∠x의 크기를 구하시오.

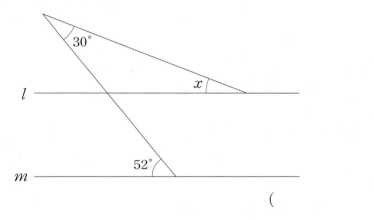

(   )

20 삼각형 모양의 종이를 꼭짓점 A가 $\overline{BC}$에 닿도록 접은 것입니다. ∠a의 크기를 구하시오.

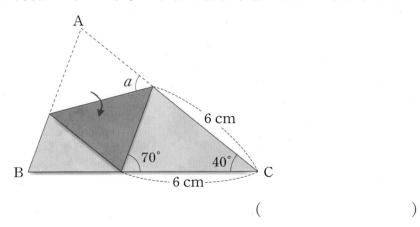

(   )

1 삼각형의 가장 긴 변의 길이는 나머지 두 변의 길이의 합보다 짧아야 합니다.
이유를 설명하시오.

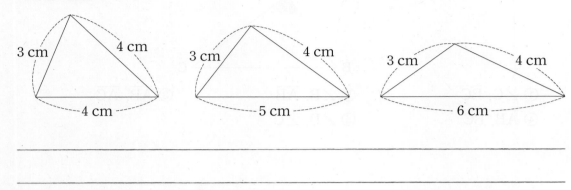

_____

_____

_____

2 평행선을 이용하여 삼각형의 세 각의 크기의 합이 $180°$인 이유를 설명하시오.

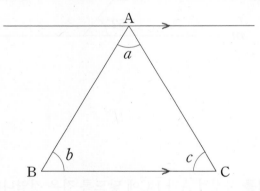

_____

_____

_____

3   직각삼각형과 둔각삼각형은 직각과 둔각을 각각 한 개씩만 가집니다. 이유를 설명하시오.

_____

_____

_____

_____

4   이등변삼각형을 이용하여 정삼각형의 한 각의 크기가 $60°$인 이유를 설명하시오.

> · 이등변삼각형: 두 변의 길이가 같은 삼각형입니다.
> · 이등변삼각형의 성질: 길이가 같은 두 변 아래에 있는 두 밑각의 크기는 같습니다.

_____

_____

_____

_____

5   세 각의 크기가 주어진 삼각형은 하나로 정해지지 않습니다. 이유를 설명하시오.

_____

_____

_____

문제를 푼다?
개념을 발견한다!

1 기본 도형

8～13쪽　　　　　　　　　문제 속 개념찾기

1 점, 선, 면만 있으면 모든 도형을 그릴 수 있어.

❶ (1) ㉠

(2) ㉡　(3) ㉢

❷ (1)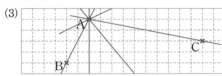

(2) 점 C

(3)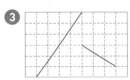

(4) 2개

❸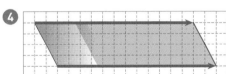

❹

❺ (1)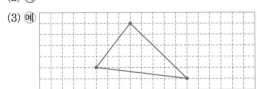

(2) ㉯

(3) 예

❻ (위에서부터) 5개, 3개, 4개 / 5개, 2개, 4개 / 1개, 0개, 1개 / 2개, 8개, 2개 / 1개, 12개, 1개 / 0개, 6개, 0개

❼ (5, 2)

❽ 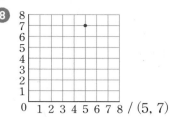 / (5, 7)

❾ (1)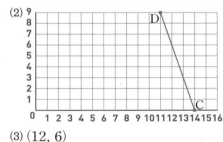

(2)

(3) (12, 6)

❿ (1) 예

(2) 1개

⓫ C, (14, 1)

14～19쪽　　　　　　　　　문제 속 개념찾기

2 무한히 긴 선인지 아닌지에 따라 이름이 달라져. 즉, 선의 양 끝점이 있는지, 없는지가 중요해.

❶ (1)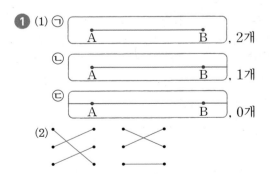

㉠ A———B , 2개

㉡ A———B , 1개

㉢ A———B , 0개

(2)

❷ (1)

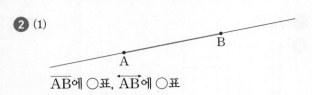

$\overline{AB}$에 ○표, $\overrightarrow{AB}$에 ○표

(2)

$\overrightarrow{AB}$에 ○표, $\overleftrightarrow{AB}$에 ○표

(3)

$\overrightarrow{BA}$에 ○표, $\overrightarrow{AB}$에 ○표

❸

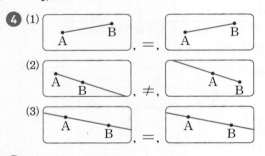

$\overrightarrow{PQ}$, $\overrightarrow{PR}$

❹ (1)

(2)

(3)

❺ ( ) (○) ( )

❻ (1) 10 cm　(2) 10 cm　(3) 15 cm

❼ 5 cm

❽ (1)

(2) 7

❾ A

6, 3, 9

❿ 해설 참조, 12 cm

⓫ 14

⓬ 15 cm

---

1 도형의 기본은 점, 선, 면이다.

1

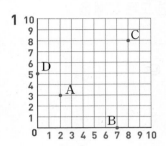

2 (1, 4), (5, 1), (10, 4)

3

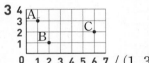

/ (1, 3), (2, 1), (6, 2)

4 점 P

5 (1) 3, 7 / 9, 9　(2) C, 1 / D, 2　(3) 1개

6 ⑤　　　　　　　　**7** (4, 3), (8, 1)

8 (1) 1개　(2) 3개　(3) 6개

9 ④　　　　　　　　**10** 4개, 4개, 1개

11 ④

12 (1) 8개, 12개, 6개　(2) ㉠, ㉡, ㉢

---

2 양 끝점의 개수로 선의 이름을 정한다.

1 ㉠, ㉢, ㉭

2 (1) $\overrightarrow{AD}$　(2) $\overrightarrow{AC}$ 또는 $\overrightarrow{AB}$
　(3) $\overline{DE}$　(4) $\overrightarrow{AE}$ 또는 $\overrightarrow{AD}$

3 3개, 4개, 1개

4 (1) 선분　(2) 직선　(3) 선분, 반직선
　(4) 반직선　(5) 직선, 반직선

5 ⑤

6 예 직선은 끝점이 없는 곧은 선이고 반직선은 끝점이
　1개인 곧은 선이므로 반직선은 직선의 절반이라는
　뜻입니다.

7 ②

8 ②, ⑤

9 (1) 7   (2) 3

10 ①

11 7 cm

12 점 A와 점 B, 점 B와 점 C /
점 A와 점 D, 점 D와 점 C

13 ②, ④

14 2, 2

15 (1) 7   (2) 10

16 (5, 3)

17 (1) 5 cm   (2) 15 cm

18 15 cm

19 ①, ⑤

20 ③

21 ②

22 2 cm

3 직선들이 한 점에서 만나면 두 선과 하나의 점으로 된, 새로운 도형이 만들어져. 그걸 각이라고 해.

1 (1)

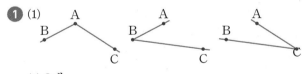

(2) 2개

2 ㄹ, ㅂ

3 (1)

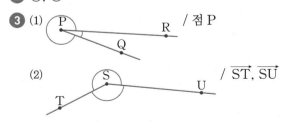

/ 점 P

(2) / $\overrightarrow{ST}$, $\overrightarrow{SU}$

4 (위에서부터) 각 CBA, ∠CBA /
각 ACB, ∠ACB / ∠BCA

5 (1) BCD, ECD   (2) d, b

6 BCD

4 반직선이 시작점을 중심으로 회전해도 각이 만들어져.
이렇게 반직선이 회전한 양을 각의 크기, 각도라고 해.

1 (1)

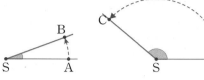

(2) C, ∠CSA에 ○표

2 (1)

  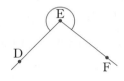

(2) 알 수 없습니다.

3 (1) 120   (2) 45

4 1, 180

5 (1) 110   (2) 80

6 20, 20

7 (1) 180, 30, 210   (2) 150, 210

8 (1) 200   (2) 270

9 (1) 180, 85   (2) 360, 170

10 (왼쪽부터) (1) 130 / 50, 130   (2) 100 / 100, 80

11 (위에서부터)
(1) 95, 95, 85 /

(2) 133, 47, 47 /

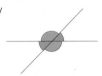

12 180, c

13 (○)
(   )

14 예

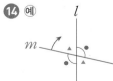 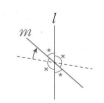 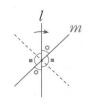

5 90°와 180°를 기준으로 각의 이름을 정하거든.

❶ (1) (위에서부터) 90, 180, 270　　(2) 2

❷ (1)

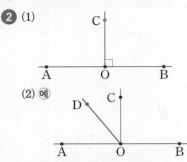

(2) 예

(3) ∠DOB 또는 ∠BOD

❸ 5, 150 / 1, 180, 30

❹ 90°, 270°

3 두 반직선이 끝점에서 만나면 각을 이룬다.

1 ㉠, ㉢, ㉣, ㉤, ㉥

2

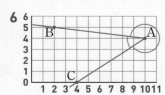

3 ②, ⑤

4 ∠BCD, ∠ACB, ∠ACD

5 ∠CAB 또는 ∠EAB / ∠DCE

6

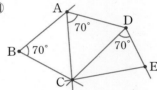

7 ②, ⑤

8 ①, ④

4 각도는 반직선이 끝점을 중심으로 회전한 양이다.

1 ∠a　　　　　　　　2 (1) 360°　(2) 180°

3 =

4 ∠COD, ∠EOF, ∠AOB

5 (1) 120°　(2) 72°

6 예 ㉡은 반직선과 곡선으로 이루어졌으므로 각이 아닙니다.

7 (1) 60°　(2) 150°　　　8 ⑤

9 60°　　　　　　　　　10 ④, ⑤

11 180°　　　　　　　　12 30°

13 (1) 110°　(2) 65°

14 예

예 ∠ABC, ∠CDE

15 (1) 45, 45　(2) 30, 60

16 ④　　　　　　　　　　17 30°

18 52개　　　　　　　　　19 40°, 140°

20 285°　　　　　　　　　21 180, 300 / 60, 300

22 (1) 135°, 120°　(2) 15°, 45°　(3) 28°

23 (1) 150　(2) 35　(3) 65, 75　(4) 40

24 (1) 80°　(2) 20°　　　25 8시간

26 (1) 5 cm　(2) 100°

27 (1) 50°　(2) 72°, 108°

28 56°

29 (1) 64°　(2) 50°, 50°

30

31 예 두 직선이 한 점에서 만나서 이루는 각이 아니기 때문입니다. / 두 각이 한 점에서 만난 것이므로 맞꼭지각이 아닙니다.

32 6쌍　　　　　　　　　33 130°

34 60°, 30°　　　　　　　35 90°

5 90°, 180°를 기준으로 각의 이름을 정한다.

1 (1) ㉠   (2) ㉡   (3) ㉢, ㉧   (4) ㉣

2 ㉠, ㉣

3
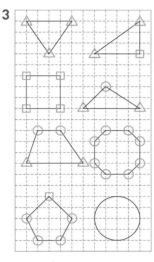

4 (1) (○) (   ) (   )   (2) ㉖ (1, 7)

5 ③, ⑤

1 108°   **6** (○)
2 70°   ( )
3 30°   (○)
4 18°   ( )
5 60°
7 ④

1 ㉣ / ㉢, ㉤ / ㉡ / ㉢ / ㉠

2 5

3
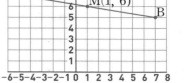
/ (1, 6)

4 (5, 3)   **5** 232°

6 동수   **7** 207°

8 ㉡, ㉣, ㉠, ㉢   **9** 2시, 10시

10 ⑤   **11** ㉠, ㉣

12 70°, 65°, 70°, 65°   **13** ⑤

14 ③, ⑤   **15** (1) 115°   (2) 84°

16 18 cm   **17** 19°

18 125°   **19** 10개

20 15 cm

1 (예) ① $\overline{AB}$는 $\overrightarrow{AB}$와 $\overleftrightarrow{AB}$에 모두 포함됩니다.
$\overline{AB}$는 두 점 A와 B를 곧게 이은 선이므로
$\overrightarrow{AB}$, $\overleftrightarrow{AB}$보다 짧기 때문입니다.

② $\overrightarrow{AB}$는 $\overleftrightarrow{AB}$에 포함됩니다.
$\overleftrightarrow{AB}$는 양쪽 끝을 끝없이 늘인 곧은 선이고,
$\overrightarrow{AB}$는 한쪽 끝만 끝없이 늘인 곧은 선이기 때문입
니다.

2 (예)
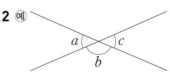

$\angle a + \angle b = 180°$ $\angle b + \angle c = 180°$에서
$\angle a + \angle b = \angle b + \angle c$이므로
$\angle a = \angle c$입니다.
따라서, 맞꼭지각의 크기는 같습니다. /

$\angle a + \angle b = 180°$이고 $\angle b + \angle c = 180°$인데
$\angle b$는 두 식의 공통인 각이므로 $\angle a = \angle c$입니다.
따라서, 맞꼭지각의 크기는 같습니다. /

$\angle a + \angle b = 180°$ $\angle b + \angle c = 180°$에서
$\angle a = 180° - \angle b$이고, $\angle c = 180° - \angle b$이므로
$\angle a = \angle c$입니다.
따라서, 맞꼭지각의 크기는 같습니다.

2 기본 도형의 위치 관계

64~69쪽　　　　　　문제 속 개념찾기

1 두 직선은 만나거나, 만나지 않아:
두 직선이 같으면 완전히 겹쳐지고,
두 직선이 서로 다르면 한 점에서 만나거나
아무리 늘여도 만나지 않거든.

❶ (○)
　(○)
　(×)
　(○)

❷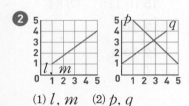

(1) l, m　(2) p, q

❸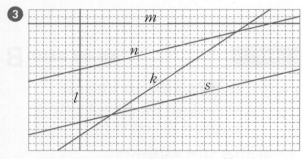

(1) l과 n (○)　m과 l ( )
　k와 s (○)　n과 s ( )

(2) l, m　(3) n, s

❹ (1) 직선 B와 직선 D, 직선 C와 직선 E
(2) 직선 B와 직선 D, 직선 C와 직선 E

❺ (1), (2)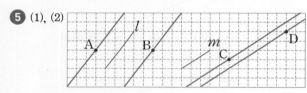

❻ (1)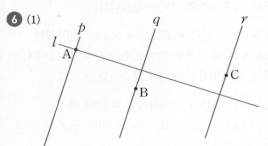

---

(2)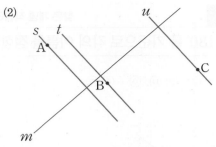

(3) p, q, r / s, t, u
(기호의 순서가 바뀐 것도 정답으로 처리합니다.)

❼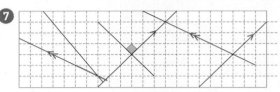

❽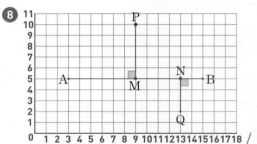

(1) $\overline{PM}$, $\overline{QN}$에 ○표, $\overline{NB}$, $\overline{AB}$에 ○표
(2) M(9, 5), N(13, 5)
(3) $\overline{PM}$ / M, $\overline{PM}$

❾ (1)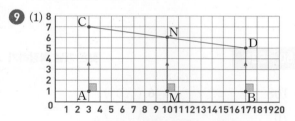

(2) ⊥　(3) $\overline{AB}$(또는 $\overline{AM}$, $\overline{MB}$), M, $\overline{NM}$

70~73쪽　　　　　　문제 속 개념찾기

2 도형에서 '거리'란, 두 도형 사이의
가장 가까운 '길이'를 뜻해.

❶ (1) 6, 짧은에 ○표　(2) $\overline{AD}$　(3) 4 cm
(4) //　(5) AD, 4

❷ 5 cm

❸ $\overline{AE}$, $\overline{BH}$

4

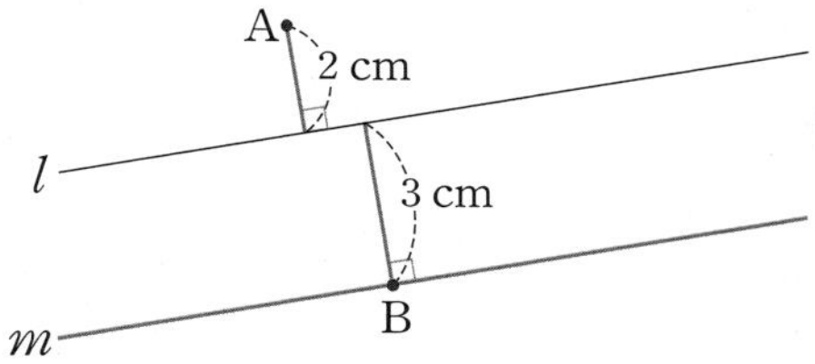

(1) 2 (2) 3

5

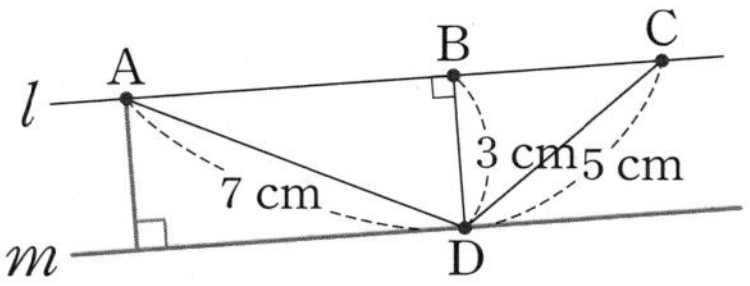

(1) 3 cm (2) 3, 3, 3

6 평행에 ○표, 12

7

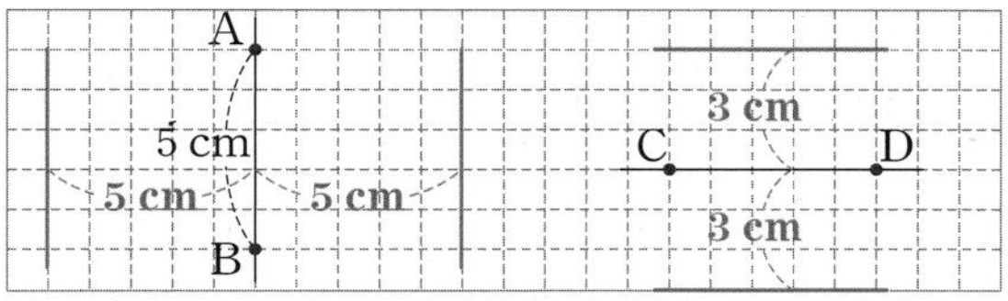

74~80쪽 찾은 개념 적용하기

1 한 평면에 놓인 두 직선은 만나거나 만나지 않는다.

1 (1) ㉠, ㉡, ㉣, ㉥ (2) ㉢ (3) ㉡ (4) ㉤

2 예

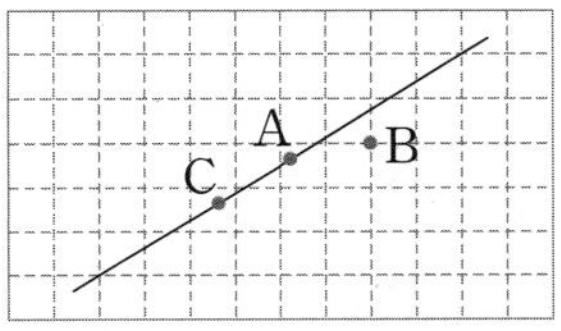

3 ④

4 (가), (다), (마)

5 ⑤

6 (1) (다), (라) (2) 4개

7 예

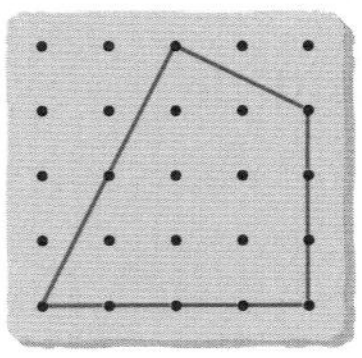

예

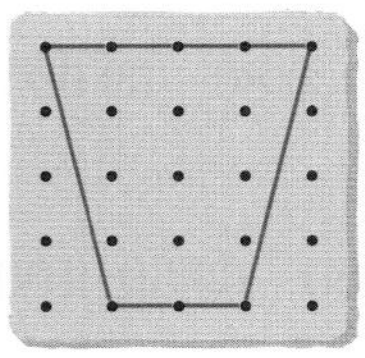

8 ⑤

9 (1) B⊥G, E⊥G (2) B∥E, C∥F

10 ⑤

11 (1) 2개 (2) 1개 (3) 3개 (4) 0개

12 (1)

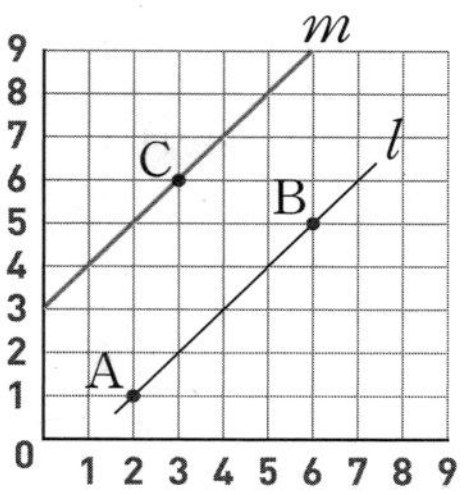

(2) 예 (1, 4), (4, 7)

(3)

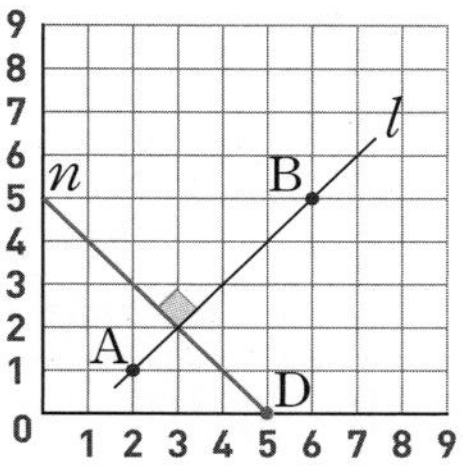

(4) (3, 2), (1, 4)

(5) $n /\!/ s$

13 (1) 예

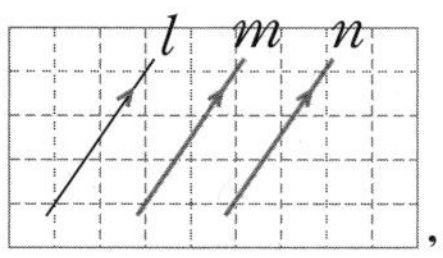

, ∥

(2) 예

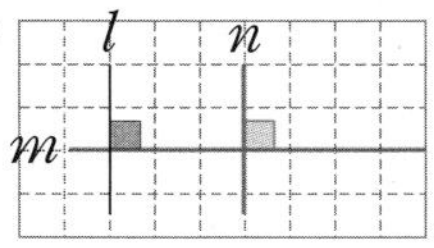

, ⊥

(3) 예

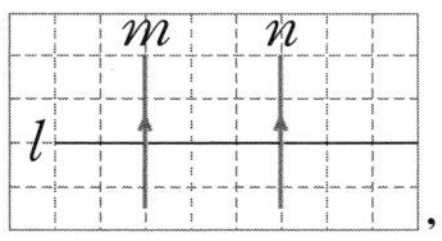

, ∥

(4) 예

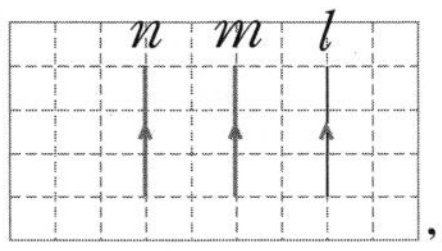

, ∥

14 60°

15 ⑤

16 ㉢,
예 A⊥B, B⊥C, C⊥D이면 D∥B이기 때문입니다.

17 (1) 90° (2) $\overline{AB} \perp \overleftrightarrow{PM}$ (3) $\overleftrightarrow{PM}$ (4) 14 cm

18

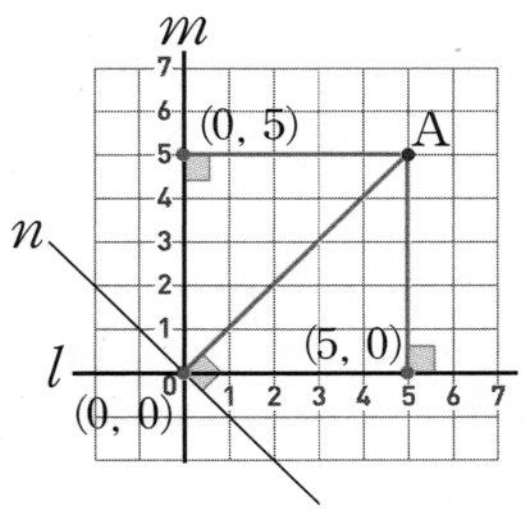

/

(5, 0), (0, 5), (0, 0)

19 $l \perp \overline{FE}$, $l \perp \overline{GH}$

20 ③

21 (1) 40° (2) 8 cm

22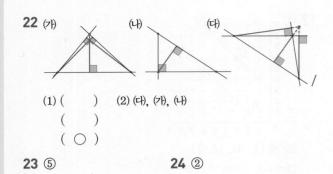

(1) ( ) (2) (다), (가), (나)
( )
(○)

23 ⑤　　　　　　　　　**24** ②

81~82쪽 찾은 개념 적용하기

2 두 도형을 수직으로 이은 선분이
거리가 된다.

1 ②　　　　　　　　**2** ②, ④
3 점 B, 점 C　　　　**4** ③
5 ③　　　　　　　　**6** ②, ⑤
7 8 cm　　　　　　　**8** ㉡, ㉣

83~91쪽 문제 속 개념찾기

3 평행한 두 직선은 기울기가 같기 때문이야.

① (1)
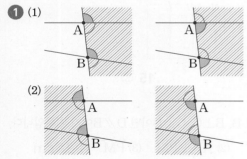

(2)

(3) 4쌍
② (1) =　　(2) =, =　　(3) ∠b, ∠d, ∠f
③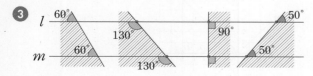

④ (1) 85°　(2) 40°
⑤ 72°, 125°
⑥ A와 B에 ○표, 동위각에 ○표
⑦ a, e / e

⑧ (1) a, d / b, c
(2)
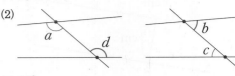

(3) 2쌍
⑨ (왼쪽부터)
(1) 65 / 65, 65, 맞꼭지각 / 65, 65, 엇각
(2) 110, 동위각 / 110, 110 / 110, 110, 엇각
⑩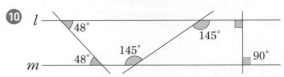

⑪ (1) 53°　(2) 60°
⑫ 134°, 134°, 45°, 45°
⑬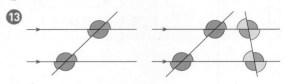

⑭ C와 D에 ○표, 엇각에 ○표
⑮ d, h / h
⑯ (1) 35, 50　(2) 35, 50 / 85°

92~96쪽 찾은 개념 적용하기

3 한 평면에서 만나지 않는
두 직선의 기울기는 같다.

1 (1) 동위각에 ○표　(2) 엇각에 ○표
2 ∠e, ∠f, ∠d, ∠c　　**3** ∠f, ∠c
4 (1) 100　(2) 80　(3) 60　(4) 120
5 120°
6 (1) 125, 55　(2) 80, 100
7 130°, 130°, 50°
8 (1) ∠a, ∠c　(2) ∠f, ∠h
9 (1) 맞꼭지각, 동위각, 엇각, 맞꼭지각, 엇각
(2) (위에서부터) 55°, 50° / 55°, 75° / 105°, 75° /
105°, 75° / 55°, 125° / 55°, 125°

10 (1) 50°, 60°, 70° (2) 180°

11 45°, 50° **12** ②

13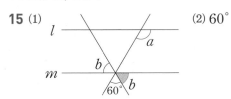

14 B∥D, C∥F

15 (1) 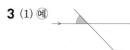 (2) 60°

16 (1) 100° (2) 55° **17** 48°

18 47°

---

1 ④ **2** 15, 9

3 (1) 60° (2) 122° **4** 67°, 113°

5 50° **6** 145°

7 60°, 6 cm

---

1 ②, ③ / ⑧, ⑩ **2** ④

3 직선 B와 직선 D **4** 6 cm

5 40° **6** ④

7 125°, 55°, 55° **8** 30°

9 150° **10** 3 cm

11 ③ **12** A∥D, B∥E

13 130° **14** 180°

15 55°, 35° **16** ④

17 ③ **18** 258°

19 ∥, ∥, ⊥ **20** 129°

---

1 (예) 도형에서 거리는 두 도형을 잇는 가장 짧은 선분의 길이이고, 그중 수직으로 이은 선분의 길이가 가장 짧기 때문입니다. /
두 도형 사이의 거리는 가장 짧은 선분의 길이를 뜻하기 때문입니다.

2 (예) 두 직선 사이의 거리가 일정하지 않기 때문입니다. /
평행선 사이의 거리는 평행선 사이의 수선의 길이이고, 그 수선의 길이는 항상 일정합니다. 하지만 평행하지 않으면 그 위치에 따라 수선의 길이가 달라지기 때문입니다.

3 (1) (예)

평행한 두 직선과 한 직선이 만나 이루는 기울기가 같기 때문입니다.

(2) (예)

맞꼭지각의 크기는 서로 같고, 두 직선이 평행하면 동위각의 크기가 서로 같기 때문입니다.

---

3 삼각형

1 최소 3개의 점을 선분으로 이어야 면이 만들어져. 단, 3개의 점은 한 직선 위의 점이 아니어야 해.

---

❶ (예) 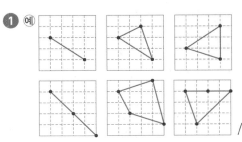 /
3, 3, 직선에 ○표

❷ (왼쪽부터) 각, 변 / 각, 꼭짓점, 변 / 변, 꼭짓점

❸ $\overline{AB}$, $\overrightarrow{AB}$, $\overleftrightarrow{AB}$, ∠ABC / △ABC에 ○표

4

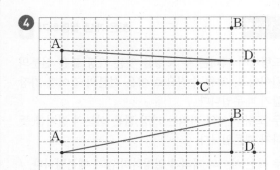

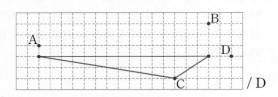

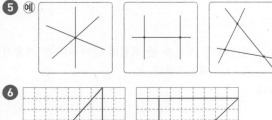

/ D

5 〈예〉

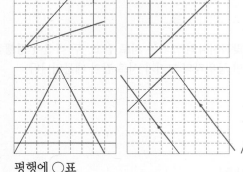

6

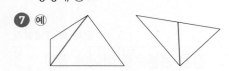

평행에 ○표

7 〈예〉

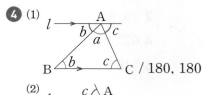

117~120쪽   문제 속 개념찾기

2 삼각형의 모양과 크기는 세 변의 길이에 따라 달라지고, 변의 길이로 이름을 정하기도 해. 하지만 가장 중요한 건, 가장 긴 변의 길이가 나머지 두 변의 길이의 합보다 짧아야 삼각형이 될 수 있다는 거야.

1 (1) (나), (다)

　　(2) (위에서부터)

　　　5 cm, <, 7 cm / 6 cm, >, 5 cm /

　　　6 cm, =, 6 cm / 5 cm, <, 8 cm

---

2 $\overline{AC}$ / $\overline{DE}$, $\overline{DF}$ / $\overline{GH}$, $\overline{GI}$

3 (가), (다), (마), (사)

4 (위에서부터) 2 cm, 2 cm, 2 cm /

　　5 cm, 5 cm, 5 cm / 6 cm, 6 cm, 6 cm

5 (가), (나), (다), (라), (바) / (나), (다), (바) / (바)

6 6, 6, 6, 6 / 정삼각형

7 모양에 ○표, 크기에 ○표

121~129쪽   문제 속 개념찾기

3 세 선분으로 둘러싸여 닫힌 도형이 되면 세 선분이 이루는 각의 크기의 합이 180°로 일정하게 돼.

1 (1) (왼쪽부터) 70°, 50°, 180° / 80°, 40°, 180° /

　　　90°, 30°, 180°

　　(2) (왼쪽부터) 60°, 30°, 180° / 55°, 35°, 180° /

　　　30°, 60°, 180°

2 (1) 360°　(2) 180°

3 (1) 180, 180　(2) 180

4 (1)

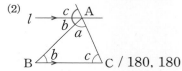

/ 180, 180

5 55°, 35°, 35°

6 (1) 0개　(2) (나), (다), (라), (마), (사)　(3) (바), (아) / (가), (자)

　　(4) 1, 180, 2 / 1, 180, 90

7 (1)　　　　　　　　　(2)

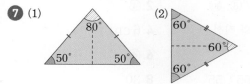

8 〈예〉

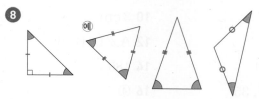

9 a, a, a / a

10 (왼쪽부터) c, c, c, c, a, a / 3, 60

⑪ (1) 60°, 60°, 60°, 60°, 60°, 60°
　　(2) 60°, 60°, 60°, 60°, 60°, 60°

⑫ (왼쪽부터) 60, 60, 70 / 70°+50°+60°=180°

⑬ (왼쪽부터) 95, 130, 95, 35 /
　　(위에서부터) 50°, 95°, 35° / 130°, 85°, 145°

⑭ (위에서부터)
　　110°, 120°, 130° / 110°, 120°, 130°

⑮ 70, 110, 70, 110 / x

130~132쪽 　　　　찾은 개념 적용하기

1 세 점으로 하나의 면이 정해진다.

1 변, 꼭짓점, 각

2 (예)

3 (1) (가), (나), (바)　(2) (×)
　　　　　　　　　　　　　　(○)
　　　　　　　　　　　　　　(○)

4 ②, ⑤

5 (1) (예) 4개의 변, 각, 꼭짓점으로 이루어진 도형이기 때
　　　문입니다.
　　(2) (예) 선분과 곡선으로 둘러싸인 도형이기 때문입니다.

6 ④　　　　　　　　**7** 7개, 3개, 1개

8 (1) 3개　(2) 2개　(3) 103개

132~136쪽 　　　　찾은 개념 적용하기

2 삼각형은 세 변의 길이로 정해진다.

1 ⓒ

2 (1) △ABO, △COD, △KOL　(2) 5 cm

3 ③　　　　　　　　**4** (1) 11　(2) 10 cm

5 ②, ⑤　　　　　　**6** 48 cm

7 6 cm　　　　　　**8** 정삼각형

9 24 cm　　　　　　**10** 6 cm

11 ④　　　　　　　**12** 12

13 △ABC, △CDE, △EGF / △CDE

---

14 6 cm　　　　　　**15** 9개

16

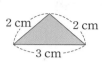
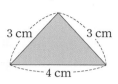

17 27 cm　　　　　　**18** 32 cm

136~149쪽 　　　　찾은 개념 적용하기

3 삼각형의 세 각의 크기의 합은 180°다.

1 (1) 27°　(2) 30°　　　**2** (1) 18°　(2) 45°

3 ④

4 (1) (예) C (9, 5)　(2) (예) C (4, 4)　(3) (예) C (3, 6)

5 90°, 68°, 22°　　　　**6** ②, ⑤

7 (1) 둔각삼각형　(2) 예각삼각형

8 그릴 수 없습니다. /
　　(예) 삼각형의 세 각의 크기의 합은 180°이고 직각이 2개
　　　이면 180°가 되기 때문입니다.

9 (1) 28°　(2) 35°, 60°　(3) 146°　(4) 71°

10 (1) 60°　(2) 45°

11 나눌 수 없습니다. /
　　(예) 둔각삼각형의 한 꼭짓점에서 마주 보는 변에 선분
　　　을 그으면 둔각과 예각 또는 2개의 직각이 만들어
　　　지기 때문입니다.

12 (1) 80°　(2) 110°, 30°　(3) 55°　(4) 45°

13 80°, 65°, 35°　　　　**14** 465°

15 ④

16 (1) 15°　(2) 135°, 45°　(3) 30°, 75°

17 76°, 74°, 106°, 150°, 30°

18 27°, 60°　　　　　**19** ③, ④, ⑤

20 (1) 50°　(2) 36°

21 (1) ㉠, ㉣, ㉤　(2) ㉡　(3) ㉢, ㉣

22 직각삼각형 / 둔각삼각형 /
　　이등변삼각형, 둔각삼각형 /
　　정삼각형, 이등변삼각형, 예각삼각형

23 (위에서부터) 예각삼각형, 이등변삼각형, 직각삼각형 /
　　예각삼각형, 삼각형 / 60°, 60°, 60°, 예각삼각형

24 (왼쪽부터) (1) 7, 38　(2) 8, 60

25 ①, ⑤

26 (1) 60°, 60°   (2) 75°, 75°

27 90°   **28** 80°

29 30°   **30** ⑤

31 85°   **32** 96°

33 12

34 20, 90, 5 / 45, 90, 6 / 수직이등분선에 ○표

35 (1) 15°   (2) 80°   (3) 45°   (4) 80°, 40°

36 12 cm   **37** 36°, 72°

38 58°   **39** (1) 35°   (2) 10 cm

40 30°   **41** 60°

42 ②, ④   **43** ④

44 (1) 120°   (2) 25°

45 (위에서부터) 100°, 135° / 48°, 60° /
     82°, 137° / 60°, 120°

46 55°   **47** (1) 360°   (2) 360°

48 360°   **49** (1) 80°   (2) 90°

50 65°

51 (1) ∠●+30°, ∠▲+40°   (2) 72°   (3) 142

---

4 모양과 크기가 하나뿐인 삼각형을 그릴 수
있는 조건이 있어야 해.
그걸 삼각형의 결정조건이라고 불러.

❶ (1) 예

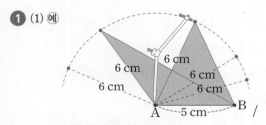

무수히 많이에 ○표

(2)

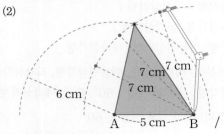

1개입니다에 ○표

❷ (1) (가), (바) / 세 변의 길이
   (2) (   )   (3) 1가지
     (○)
     (   )

❸ (1) 예

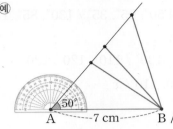

무수히 많이에 ○표

(2)

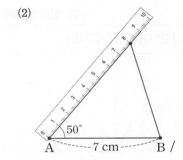

1개입니다에 ○표

❹ (다), 변, 각

❺ (1) 무수히 많이 그릴 수 있습니다.   (2) 1가지

❻ (1) 예

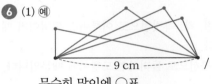

무수히 많이에 ○표

(2) 예

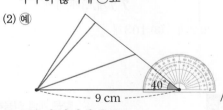

무수히 많이에 ○표

(3)

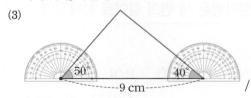

1개에 ○표

❼ (1) (   )   (2) 40°, 40°, 40°
     (○)
     (   )
   (3) 무수히 많이에 ○표, 변, 각

4 모양과 크기가 같은 삼각형을 그릴 수 있다.

1 ②, ③, ⑤　　　　　　　**2** ②, ④

3 ④, ⑤

4 무수히 많이 그릴 수 있습니다. /
　　예 $\overline{AC}$와 $\overline{BC}$의 길이, ∠A와 ∠B의 크기에 따라 여러
　　가지 모양으로 그릴 수 있기 때문입니다.

5 ㉢　　　　　　　**6** ㈏와 ㈐, ㈐와 ㈑

7 1가지　　　　　　　**8** ①, ③

9 예 양 끝 각의 크기의 합이 180°이기 때문입니다. /
　　예 한 변의 길이가 9 cm이고, 양 끝 각의 크기가 80°,
　　40°인 삼각형을 그립니다.

10 (1) 무수히 많이 그릴 수 있습니다.　(2) 1가지
　　(3) 마주 보는에 ○표

11 예 이등변삼각형의 한 밑각의 크기를 알면 나머지 두
　　각의 크기를 알 수 있기 때문입니다.

12 $\overline{BC}$에 ○표　　　　　**13** ②, ③, ④

1 ①, ④, ⑤

2 (6 cm, 6 cm), (8 cm, 4 cm)

3 ⑤　　　　　　　**4** 80°

5 (1) 25°　(2) 24°　　　**6** 20°

7 90°　　　　　　　**8** 18°

9 5 cm

1

 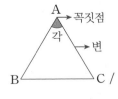

∠BAC, △ABC

2 ③

3 (위에서부터) 90°, 60°, 45°, 0° / ㈑, ㈏, ㈐

4 ∠c / ∠a, ∠b

5 (위에서부터) ○, ○, ○ / ○, ×, ○ / ○, ×, ○

6 ①, ④, ⑤　　　　　**7** ①, ③

8 (1) 삼각형의 세 각의 크기의 합은 180°보다 ~~작습니다.~~
　　　　　　　　　　　　　　입니다.
　　(2) 삼각형의 가장 긴 변의 길이는 나머지 두 변의 길이
　　의 합보다 ~~길어야~~ 합니다.
　　　　　　　짧아야
　　(3) 한 각의 외각과 내각의 크기의 합은 ~~360°~~입니다.
　　　　　　　　　　　　　　　　180°

9 ③, ④　　　　　　　**10** 20

11 44, 10　　　　　　**12** 90°

13 20 cm　　　　　　**14** 25°

15 1가지　　　　　　　**16** (1) 52°　(2) 35°

17 90°　　　　　　　**18** ①, ②, ③

19 22°　　　　　　　**20** 55°

1 예 세 변의 각 끝점끼리 만나 세 꼭짓점이 되어야 하기
　　때문입니다.

2 예 평행선에서 엇각의 크기는 같고 일직선이 이루는 각
　　도는 180°이기 때문입니다.

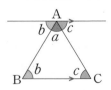

3 예 삼각형의 세 내각의 크기의 합은 180°이고 둔각은
　　90°보다 큰 각이므로 직각 또는 둔각이 2개씩이면
　　삼각형이 될 수 없기 때문입니다.

4 예 정삼각형은 이등변삼각형이므로 길이가 같은 두 변
　　의 밑각의 크기가 같습니다. 세 변의 길이가 같은
　　정삼각형은 세 각의 크기가 모두 같게 되므로 한 각
　　의 크기는 180°÷3=60°입니다.

5 예 변의 길이를 여러 가지로 그릴 수 있기 때문입니다.

1 기본 도형

1 점, 선, 면만 있으면 모든 도형을 그릴 수 있어.

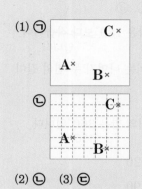

(1) ㉠

(㉡)

(2) ㉡   (3) ㉢

① 도형의 기본 요소는 점, 선, 면으로 해당 내용은 중등 1-2 과정에서 배우게 됩니다.
하지만 초등에서 배우는 모든 도형에도 적용될 뿐만 아니라 도형의 성질, 도형 간의 관계를 이해하기 위한 기본적인 내용이므로 초등 학생의 눈높이에 맞추어 다루었습니다.
점, 선, 면은 각각 다음과 같은 성질을 갖습니다.

> 점은 위치만 있고, 크기는 없습니다.   점이 지나간 자리가 선이 됩니다.
>   ↓   점이 지나간 정도가 선의 크기입니다.
> 선은 위치와 길이를 갖는 도형입니다.   선이 지나간 자리가 면이 됩니다.
>   ↓   선이 지나간 정도가 면의 크기입니다.
> 면은 위치과 넓이를 갖는 도형입니다.

(2) 같은 위치의 점을 찾는 데는 눈금이 그려져 있는 ㉡이 더 편리합니다.

점은 그리기에 따라 •, ●, ⬤,… 등과 같이 나타낼 수도 있지만 수학에서 **'점'은 크기가 없고 위치만 있는 도형**으로 정의합니다. 따라서 이와 같은 점의 개념을 오류 없이 이해할 수 있도록 해당 문제에서는 점을 ×로 표기하였습니다.

(3) ㉠ 점 B는 점 A보다 오른쪽에 있습니다.
     ㉡ 점은 크기가 없습니다.
     ㉣ 점은 무게를 갖지 않습니다.

> 점은 (⃝위치 , 크기)만 있고, (위치 , ⃝크기)는 없습니다.

(1) **해설 참조**

(2) **점 C**

(3) **해설 참조**

(4) **2개**

② 초, 중, 고 교육과정에서 다루는 기하 학습의 내용은 유클리드 기하학을 근간에 둡니다.
유클리드 기하의 23개 정의 중 점, 선, 면에 관한 내용은 다음과 같습니다.

점은 쪼갤 수 없는 것이다.	: 점은 크기(길이, 넓이, 부피)가 없고 위치만 있는 도형이다.
선은 폭이 없이 길이만 있는 것이다.	: 선은 점이 움직일 때의 궤적이며 위치와 길이만 있는 도형이다.
선의 양끝은 점들이다.	: 선의 경계는 점이다.
직선은 점들이 쭉 곧게 있는 것이다.	: 직선은 무한히 길고 곧은 선이다.
면은 길이와 폭만이 있는 것이다.	: 면은 선이 움직일 때의 잔상이며 위치와 넓이만 있는 도형이다.
면의 끝들은 선들이다.	: 면의 경계는 선이다.
평면은 직선들이 쭉 곧게 있는 것이다.	: 평면은 무한히 넓고 평평한 면이다.

(1)

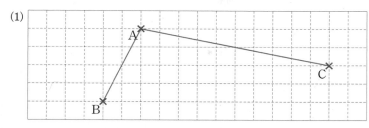

(3) 예

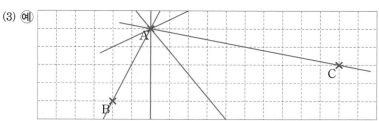

한 점을 지나는 곧은 선은 무수히 많습니다.

(4) 2개의 점을 지나는 곧은 선은 1개 뿐입니다.

➔ 2개의 점으로 1개의 곧은 선(무한히 긴 곧은 선 = 직선)이 정해집니다.

· ((점) , 선)이 움직인 자리가 (점 , (선))이 됩니다.
· ((점) , 선)은 크기가 없지만 (점 , (선))은 길이를 갖습니다.
· 두 ((점) , 선)으로 하나의 (점 , (선))이 정해집니다.

3 주어진 선과 위치, 길이가 같아야 같은 선입니다.

➔ ① 왼쪽 선의 양 끝점의 위치를 모눈에서 찾습니다.

② 두 점을 이어 곧은 선을 그리고, 위치와 길이가 같은지 확인합니다.

선은 ((위치) , (길이) , 넓이)를 나타내는 도형입니다.

해설 참조

4 초, 중, 고 교육과정에서 다루는 기하 학습의 내용은 유클리드 기하학을 근간에 둡니다.
유클리드 기하에서 다루는 면은 평면(평평한 면)이므로 점, 선은 모두 평면 위의 도형으로 생각
하고 면 역시 평면을 기준으로 이해합니다.

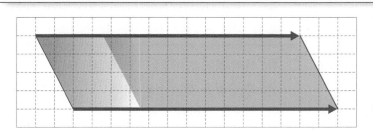

((선) , 면)이 움직인 자리가 (선 , (면))이 됩니다.

(1) **해설 참조**

(2) **⑭**

(3) **해설 참조**

---

⑤ (1)
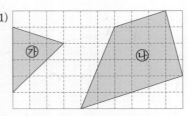

주어진 면의 위치와 크기가 같아야 같은 면입니다.

→ ① 왼쪽 면의 점의 위치를 모눈에서 찾습니다.

　② 각 점을 이어 곧은 선을 그리고, 위치와 크기가 같은지 확인합니다.

(2) 모눈 칸 수를 세어 보면 면 ⑭가 더 넓은 것을 알 수 있습니다.

(3) (예)

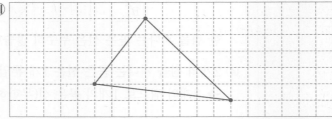

한 직선 위에 있지 않은 3개의 점을 지나는 평면(평평한 면)은 1개뿐입니다.

→ 한 직선 위에 있지 않은 3개의 점으로 1개의 평면이 정해집니다.

| **주의** | 세 점이 한 직선 위에 놓이지 않도록 점의 위치를 정합니다.

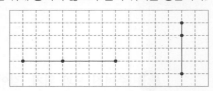

- 면은 ((위치), 두께 ,(넓이))를 나타내는 도형입니다.
- 최소 [3] 개의 점으로 하나의 면이 정해집니다.

(위에서부터)

5개, 3개, 4개 /

5개, 2개, 4개 /

1개, 0개, 1개 /

2개, 8개, 2개 /

1개, 12개, 1개 /

0개, 6개, 0개

⑥ 유클리드 기하에서 선은 곧은 선과 굽은 선을 모두 포함합니다.
굽은 선으로 이루어진 도형의 성질은 원과 부채꼴[기하 Ⅰ-❸]에서 처음 다루게 되므로 본 단원에서는 곧은 선과 굽은 선을 구분하는 정도로만 학습하고, 곧은 선의 성질에 집중합니다.

점: 선의 경계를 이루는 점의 개수 ⌉

선: 양 끝점을 갖는 선의 개수 　｜ 로 셉니다.

면: 선으로 둘러싸인 평면의 개수 ⌋

도형은 [점], [선], [면] 으로 이루어져 있습니다.

(5, 2)

7 좌표와 좌표평면에 대한 개념은 x축, y축, 원점 등의 개념, 용어와 함께 [기하 I – **❷ B**]에서 학습합니다.
본 단원에서는 본격적인 좌표 개념을 학습하기 전, **'점의 위치를 수로 나타낼 수 있다.'**는 것을 발견하고 (가로축, 세로축)의 순서쌍으로 점의 위치를 나타내 봅니다.
❼ 번 문제는 **'위치와 수의 관계'**를 생각하기 위한 첫 번째 과정입니다.

가로줄과 세로줄이 만나는 곳의 위치를 순서쌍으로 쓰면 한 점의 위치를 정확히 나타낼 수 있습니다.
'오른쪽의 아래쪽'과 '3A'에는 표시한 점 외에 다른 점들도 포함됩니다.

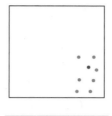

오른쪽의 아래쪽

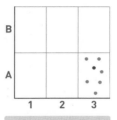

3A

수를 이용하여 점의 ((위치), 크기)를 나타낼 수 있습니다.

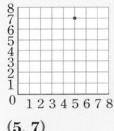

(5, 7)

8 눈금 한 칸의 간격이 클 때, 점의 위치를 정확한 수로 나타낼 수 없으므로 모눈이 만나는 곳에 점이 놓이도록 가로축과 세로축의 눈금을 더 작게 나눕니다.

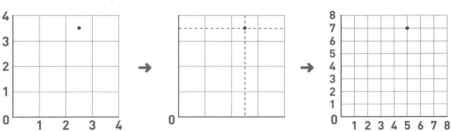

눈금을 정할 때에는 가로, 세로 방향으로 0부터 차례로 수를 씁니다.

╋ 개념플러스 ─────────
순서쌍은 두 개의 개체 a, b에 '순서'를 정하여 (a, b)와 같이 쓴 것으로 좌표평면뿐만 아니라 집합, 함수 등에서도 사용됩니다.
좌표평면에서는 가로축 눈금, 세로축 눈금의 '순서'로 읽으므로 점의 위치는 순서쌍으로 나타냅니다.

(1) 해설 참조
(2) 해설 참조
(3) (12, 6)

9 (1)

```
9
8
7                                    B
6
5
4
3
2
1  A
0  1 2 3 4 5 6 7 8 9 10 11 12 13 14 15 16
```

(2)
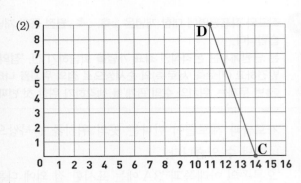

(3)
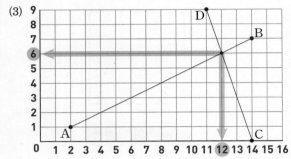

(1) 해설 참조
(2) 1개

10 (1)
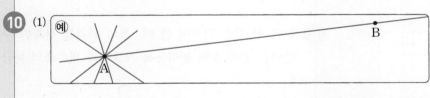

(2)

· ((한), 두) 점을 지나는 곧은 선은 무수히 많습니다.
· (한 , (두)) 점을 지나는 곧은 선은 1개뿐입니다.

C, (14, 1)

11 1개의 곧은 선은 2개의 점으로 정해지고, 1개의 곧은 선 위에는 여러 개의 점이 놓일 수 있음을 발견하는 문제입니다.

두 점을 곧은 선으로 이으면 점 C가 그 선에 포함됩니다.

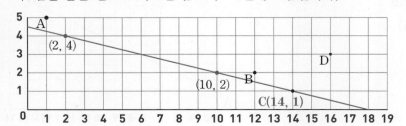

도형의 기본은 점, 선, 면이다.

① 점 은 위치를 나타내고 크기는 없습니다.

② 선 은 위치와 길이를 나타냅니다.

③ 2개의 점으로 1 개의 곧은 선이 정해집니다. → 두 점을 지나는 곧은 선은 1 개뿐입니다.

④ 면 은 위치와 넓이를 나타냅니다.

⑤ 1개의 면을 정하려면 최소 3 개의 점이 필요합니다.

---

2 무한히 긴 선인지 아닌지에 따라 이름이 달라져.
즉, 선의 양 끝점이 있는지, 없는지가 중요해.

(1) ㉠ 해설 참조, 2개
　　 ㉡ 해설 참조, 1개
　　 ㉢ 해설 참조, 0개

(2)

1 모두 곧은 선을 뜻하는 선분, 반직선, 직선은 끝점의 개수로 이름이 정해집니다.

- 선분: 끝점이 2개인 곧은 선 → 양쪽 끝이 있는 곧은 선
- 반직선: 끝점이 1개인 곧은 선 → 한쪽에만 끝이 있는 곧은 선
- 직선: 끝점이 없는 곧은 선 → 양쪽 끝이 없는 곧은 선

즉, **선분의 길이는 유한하고, 반직선, 직선의 길이는 무한합니다.**

1번 문제에서는 선을 직접 그어 3가지 선의 개념을 체득하고, 용어보다 직관적으로 표현된 기호와 연결하여 생각합니다.

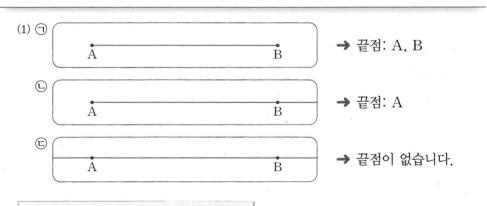

(1) ㉠ → 끝점: A, B

㉡ → 끝점: A

㉢ → 끝점이 없습니다.

- 직선 은 양쪽으로 끝없이 늘인 곧은 선입니다.
- 반직선 은 한쪽만 끝없이 늘인 곧은 선입니다.
- 선분 은 두 점을 곧게 이은 선입니다.

(1) 해설 참조 /
$\overline{\text{AB}}$에 ○표, $\overleftrightarrow{\text{AB}}$에 ○표

(2) 해설 참조 /
$\overrightarrow{\text{AB}}$에 ○표, $\overleftrightarrow{\text{AB}}$에 ○표

(3) 해설 참조 /
$\overrightarrow{\text{BA}}$에 ○표, $\overleftrightarrow{\text{AB}}$에 ○표

2 같은 두 점을 지나는 선의 길이를 이용하여 직선, 선분, 반직선의 포함 관계를 발견합니다.
'직선＝곧은 선'이 아닌 선분, 반직선과의 관계로 생각할 수 있도록 지도해 주세요.

(1)

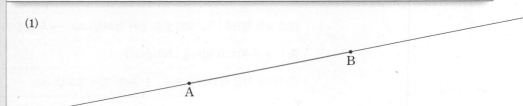

$\overline{\text{AB}}$는 $\overleftrightarrow{\text{AB}}$에 포함되므로 선분은 직선의 일부입니다.

(2)

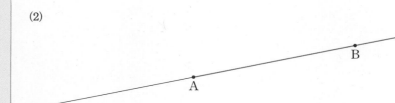

$\overrightarrow{\text{AB}}$는 $\overleftrightarrow{\text{AB}}$에 포함되므로 반직선은 직선의 일부입니다.

(3)

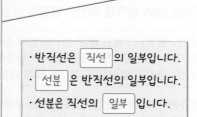

·반직선은 $\boxed{\text{직선}}$ 의 일부입니다.
· $\boxed{\text{선분}}$ 은 반직선의 일부입니다.
·선분은 직선의 $\boxed{\text{일부}}$ 입니다.

해설 참조 /
$\overrightarrow{\text{PQ}}$, $\overrightarrow{\text{PR}}$

3 선분, 직선과 달리 반직선은 시작점(1개의 끝점)과 방향을 갖습니다.
방향을 나타내는 쪽의 선이 무한히 길다는 것을 이용하여 **'같은 두 반직선'**의 개념을 발견합니다.

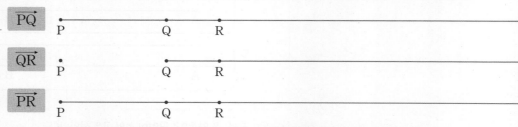

시작점이 P로 같고 방향이 같으므로 반직선 $\overrightarrow{\text{PQ}}$, $\overrightarrow{\text{PR}}$은 같은 반직선입니다.

시작점과 (길이 , 방향)이 같은 반직선은 서로 같습니다.

| **주의** | 반직선은 시작하는 점과 방향에 주의하여 기호를 씁니다.

(1) 해설 참조, =
(2) 해설 참조, ≠
(3) 해설 참조, =

4 (1)

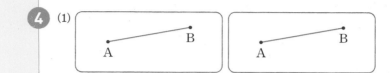

(2)

시작하는 점과 방향이 다르므로 두 반직선은 같지 않습니다.

(3)

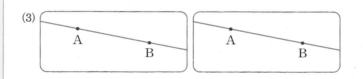

· ((선분), 반직선 ,(직선))은 두 점의 순서를 바꾸어도 같습니다.
· 시작하는 점이 다른 (선분 ,(반직선), 직선)은 같지 않습니다.

(   )(○)(   )

5 두 점 사이의 거리는 두 점을 잇는 가장 짧은 거리입니다.
점과 점 사이의 거리에서 위 개념은 쉽고 당연하게 여겨질 수 있지만 점과 직선, 직선과 직선,
점과 면, 직선과 면 사이의 거리 개념을 학습할 때의 기본이 되므로 '두 점을 잇는 선분의 길이'
를 외우기보다 **'두 도형 사이의 최단 거리'** 임을 이해할 수 있도록 지도해 주세요.

두 점을 잇는 선분의 길이를 구합니다. 선분은 두 점을 잇는 가장 짧은 거리입니다.

두 점 사이의 거리는 두 점을 잇는 가장 ((짧은), 긴) 길이입니다.

(1) 10 cm
(2) 10 cm
(3) 15 cm

6 길이를 재는 도구인 자 위에 두 점을 표시하여 **'두 점 사이의 거리'='두 점을 잇는 선분의 길이'**
임을 자연스럽게 익히는 문제입니다.

두 점 사이의 눈금의 수를 세어 두 점을 잇는 선분의 길이를 구합니다.

점 P와 점 Q 사이의 거리는 (직선 , 반직선 ,(선분)) PQ의 길이입니다.

5 cm

7

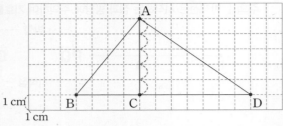

(점 A와 점 C 사이의 거리) = (점 A와 점 C를 잇는 선분의 길이) = 5 cm

(1) 해설 참조
(2) **7**

8

(1)

점 A에서 점 B까지의 모눈의 수가 14칸이므로 점 A에서부터 $14 \div 2 = 7$(칸)을 세어 점 M을 표시합니다.

(2) 양 끝점에서 중점까지의 거리는 같습니다.

해설 참조 /
6, 3, 9

9

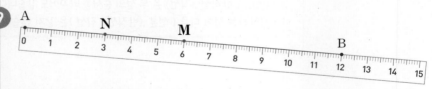

자의 눈금을 이용하여 길이를 구합니다.

| 다른 풀이 | $\overline{AM} = 12 \div 2 = 6 \, (cm)$

$\overline{NM} = 6 \div 2 = 3 \, (cm)$

$\overline{NB} = \overline{NM} + \overline{MB} = 3 + 6 = 9 \, (cm)$

해설 참조 /
12 cm

10

점 M에서 $\overline{AM}$의 연장선을 긋고 점 A에서 M까지의 거리와 같은 거리에 점 B를 찍습니다.

➔ $\overline{AB} = 6 \times 2 = 12 \, (cm)$

14

⓫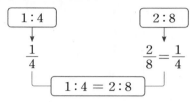

$$\overline{AB} : \overline{BC} = 1 : 2$$

$$7 : \overline{BC} = 1 : 2 \quad \leftarrow \text{(외항의 곱)=(내항의 곱)}$$

$$7 \times 2 = \overline{BC} \times 1$$

$$\overline{BC} = 14 \,(cm)$$

＋ 개념플러스

・ **비례식**: 비율이 같은 두 비를 등식으로 나타낸 것

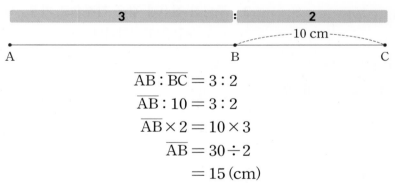

$$1 : 4$$ → $$\frac{1}{4}$$ $$2 : 8$$ → $$\frac{2}{8} = \frac{1}{4}$$

$$1 : 4 = 2 : 8$$

・ **비례식의 성질**: (외항의 곱)＝(내항의 곱)

$$1 \times 8 = 8$$
$$1 : 4 = 2 : 8$$
$$4 \times 2 = 8$$

15 cm

⓬ 점 A와 점 B 사이의 거리는 $\overline{AB}$의 길이입니다.

$$\overline{AB} : \overline{BC} = 3 : 2$$

$$\overline{AB} : 10 = 3 : 2$$

$$\overline{AB} \times 2 = 10 \times 3$$

$$\overline{AB} = 30 \div 2$$

$$= 15 \,(cm)$$

문제로 발견한 개념	**양 끝점의 개수로 선의 이름을 정한다.**

① [직선]은 양쪽으로 끝없이 늘인 곧은 선입니다.

② [반직선]은 한 점에서 시작하여 다른 한쪽으로 끝없이 늘인 곧은 선입니다.

③ [선분]은 두 점을 이은 곧은 선입니다.

④ 직선 AB는 ($\overline{AB}$, $\overrightarrow{AB}$, $\overleftrightarrow{AB}$)로, 반직선 AB는 ($\overline{AB}$, $\overrightarrow{AB}$, $\overleftrightarrow{AB}$)로,
   선분 AB는 ($\overline{AB}$, $\overrightarrow{AB}$, $\overleftrightarrow{AB}$)로 나타냅니다.

⑤ 두 점 A와 B 사이의 거리는 ($\overline{AB}$, $\overrightarrow{AB}$, $\overleftrightarrow{AB}$)의 길이입니다.

⑥ $\overline{AB}$를 절반으로 나누는 점 M을 $\overline{AB}$의 [중점]이라고 합니다.

　→ $\overline{AB}$의 길이는 $\overline{AM}$, $\overline{MB}$의 [2] 배입니다.

1 도형의 기본은 점, 선, 면이다.

해설 참조

1 가로축의 눈금과 세로축의 눈금을 생각하여 같은 위치의 점을 찍습니다.

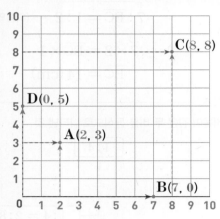

(1, 4), (5, 1), (10, 4)

2 (가로축 눈금, 세로축 눈금)의 순서로 순서쌍으로 나타냅니다.

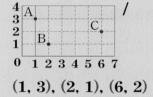

(1, 3), (2, 1), (6, 2)

3 주어진 점선과 같은 간격으로 가로, 세로에 선을 그린 다음 각각 0, 1, 2, 3, 4, …로 눈금을 표시합니다.

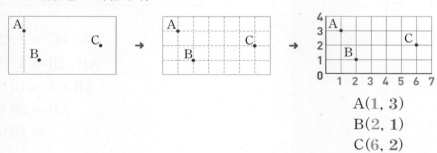

A(1, 3)
B(2, 1)
C(6, 2)

점 P

4 점 A(1, 6)과 점 B(8, 2)를 곧은 선으로 잇고 점 P와 점 Q를 표시합니다.

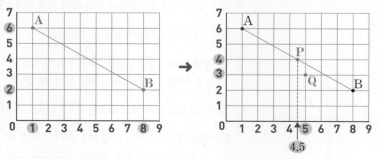

선과 만나는 점은 점 P이므로 선 위의 점은 점 P입니다.

(1) 3, 7 / 9, 9

(2) C, 1 / D, 2

(3) 1개

5 (3)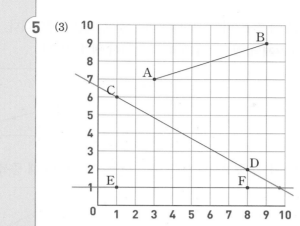

서로 다른 두 직선이 만나는 점은 1개뿐입니다.

⑤

6 ⑤ 한 점을 지나는 곧은 선은 무수히 많습니다.

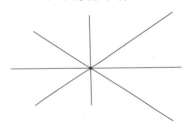

(4, 3), (8, 1)

7 선에 포함되는 점은 선 위의 점입니다.

점 O와 점 T를 곧은 선으로 이었을 때, 선 위에 놓이지 않는 점을 찾습니다.

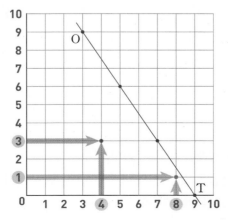

(1) 1개

(2) 3개

(3) 6개

8 (1) 2개의 점을 이어 그릴 수 있는 곧은 선은 1개입니다.

　　➜ 2개의 점으로 1개의 곧은 선이 정해집니다.

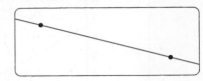

(2) 3개의 점 중 2개의 점을 이어 선을 그리고, 이 때 중복되는 선은 세지 않습니다.

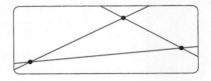

(3) 4개의 점 중 2개의 점을 이어 선을 그리고, 이 때 중복되는 선은 세지 않습니다.

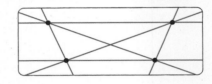

④

9 세 점을 이은 모양은 다음과 같습니다.

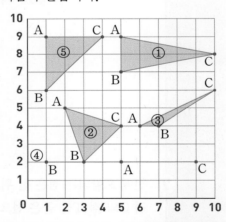

④ 세 점의 세로축 눈금이 모두 같으므로 일직선 위에 놓입니다.

　　➜ 면을 만들 수 없습니다.

4개, 4개, 1개

10 점: 선의 경계를 이루는 점의 개수 ⎤

　　선: 양 끝점을 갖는 선의 개수 ⎬ 로 셉니다.

　　면: 선으로 둘러싸인 평면의 개수 ⎦

④

11 ④ 선으로 둘러싸인 도형은 모두 면입니다.

(1) 8개, 12개, 6개

(2) ㉠, ㉡, ㉢

12 (1) 점: 선의 경계를 이루는 점의 개수
   선: 양 끝점을 갖는 선의 개수 ⎤ 로 셉니다.
   면: 선으로 둘러싸인 평면의 개수 ⎦

(2) ㉣ 세 면이 만나는 곳에 생기는 점은 1개입니다.

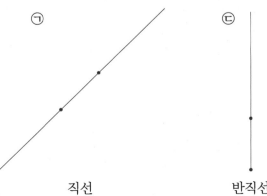

23~26쪽

찾은 개념 적용하기

2 양 끝점의 개수로 선의 이름을 정한다.

㉠, ㉢, ㉤

1 선 위에 표시한 점이 끝점이 아닌 것은 끝없이 늘인 선을 나타냅니다.

㉠   ㉢   ㉤

직선   반직선   반직선

→ 직선과 반직선은 무한히 긴 선입니다.

(1) $\overrightarrow{\text{AD}}$

(2) $\overleftrightarrow{\text{AC}}$ 또는 $\overleftrightarrow{\text{AB}}$

(3) $\overline{\text{DE}}$

(4) $\overleftrightarrow{\text{AE}}$ 또는 $\overleftrightarrow{\text{AD}}$

2 (1) 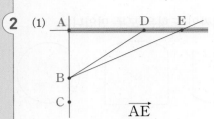 $\overrightarrow{\text{AE}}$ 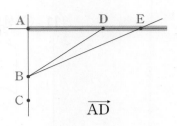 $\overrightarrow{\text{AD}}$

(2) 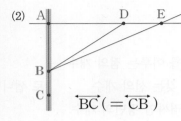 $\overleftrightarrow{\text{BC}}(=\overleftrightarrow{\text{CB}})$ 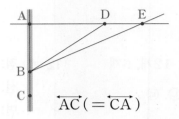 $\overleftrightarrow{\text{AC}}(=\overleftrightarrow{\text{CA}})$

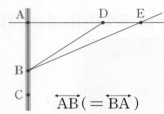 $\overleftrightarrow{\text{AB}}(=\overleftrightarrow{\text{BA}})$

(3) 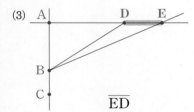 $\overline{\text{ED}}$ 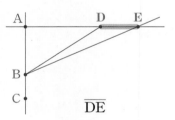 $\overline{\text{DE}}$

(4) 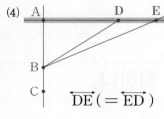 $\overrightarrow{\text{DE}}(=\overrightarrow{\text{ED}})$ 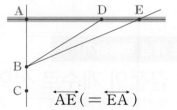 $\overleftrightarrow{\text{AE}}(=\overleftrightarrow{\text{EA}})$

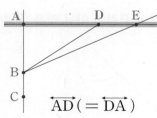 $\overleftrightarrow{\text{AD}}(=\overleftrightarrow{\text{DA}})$

3개, 4개, 1개

3 ① 선분

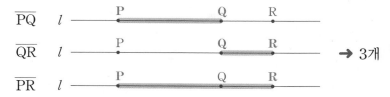

$\overline{PQ}$ l

$\overline{QR}$ l → 3개

$\overline{PR}$ l

② 반직선

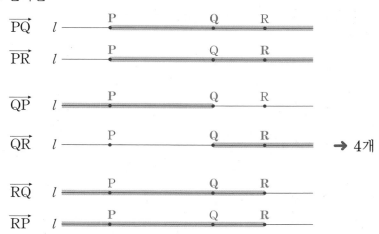

$\overrightarrow{PQ}$ l

$\overrightarrow{PR}$ l

$\overrightarrow{QP}$ l

$\overrightarrow{QR}$ l → 4개

$\overrightarrow{RQ}$ l

$\overrightarrow{RP}$ l

시작점과 방향이 같으면 같은 반직선입니다.

→ $\overrightarrow{PQ} = \overrightarrow{PR}$, $\overrightarrow{RQ} = \overrightarrow{RP}$이므로 서로 다른 반직선은 모두 4개 만들 수 있습니다.

③ 직선

$\overleftrightarrow{PQ}$ l

$\overleftrightarrow{QR}$ l → 1개

$\overleftrightarrow{PR}$ l

→ $\overleftrightarrow{PQ} = \overleftrightarrow{QR} = \overleftrightarrow{PR} = l$입니다.

---

(1) 선분
(2) 직선
(3) 선분, 반직선
(4) 반직선
(5) 직선, 반직선

4 (1) 경계를 나타내는 점은 끝점입니다.

→ 끝점이 2개인 곧은 선은 선분입니다.

●━━━━━━━━━● → 선분

(2) 시작점과 끝점이 없는 선은 무한히 긴 선입니다.

━━●━━━━━━●━━ → 직선

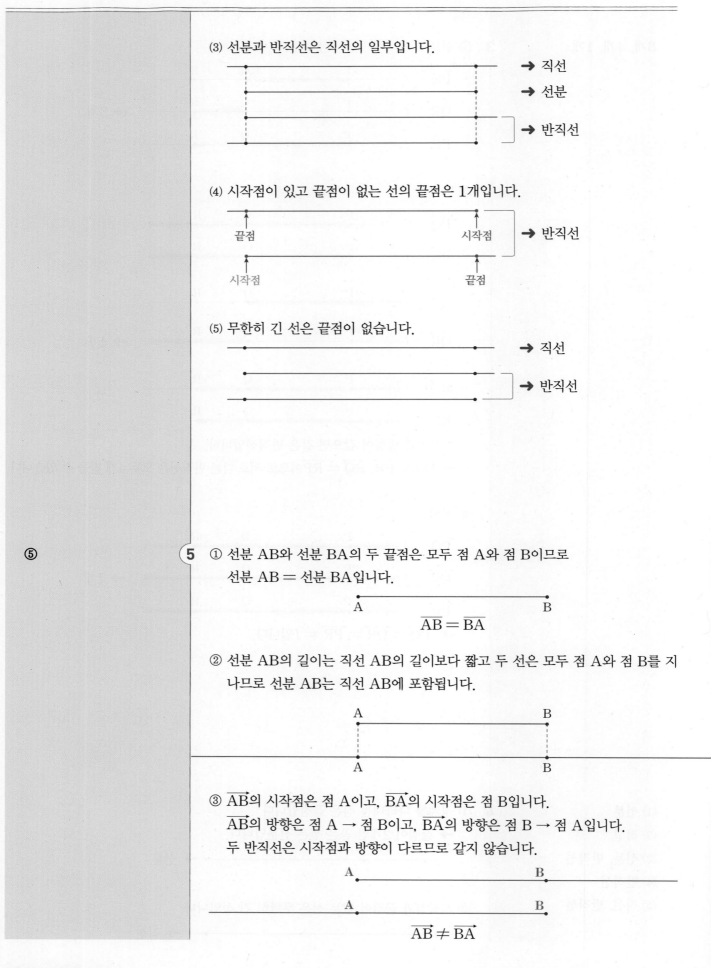

(3) 선분과 반직선은 직선의 일부입니다.

→ 직선

→ 선분

→ 반직선

(4) 시작점이 있고 끝점이 없는 선의 끝점은 1개입니다.

끝점   시작점   → 반직선

시작점   끝점

(5) 무한히 긴 선은 끝점이 없습니다.

→ 직선

→ 반직선

⑤

5 ① 선분 AB와 선분 BA의 두 끝점은 모두 점 A와 점 B이므로
선분 AB = 선분 BA입니다.

A   B

$$\overline{AB} = \overline{BA}$$

② 선분 AB의 길이는 직선 AB의 길이보다 짧고 두 선은 모두 점 A와 점 B를 지나므로 선분 AB는 직선 AB에 포함됩니다.

A   B

A   B

③ $\overrightarrow{AB}$의 시작점은 점 A이고, $\overrightarrow{BA}$의 시작점은 점 B입니다.
$\overrightarrow{AB}$의 방향은 점 A → 점 B이고, $\overrightarrow{BA}$의 방향은 점 B → 점 A입니다.
두 반직선은 시작점과 방향이 다르므로 같지 않습니다.

A   B

A   B

$$\overrightarrow{AB} \neq \overrightarrow{BA}$$

④ $\overrightarrow{AB}$의 한쪽 방향은 끝점이 없으므로 길이가 무한합니다.

$\overline{AB}$는 끝점이 2개이므로 길이를 잴 수 있습니다.

➔ $\overrightarrow{AB}$가 $\overline{AB}$보다 깁니다.

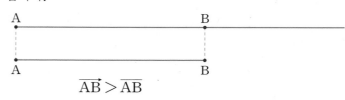

$$\overrightarrow{AB} > \overline{AB}$$

⑤ 직선에는 끝점이 없습니다.

6 ㉠ **직선은 끝점이 없는 곧은 선이고 반직선은 끝점이 1개인 곧은 선이므로 반직선은 직선의 절반이라는 뜻입니다.**

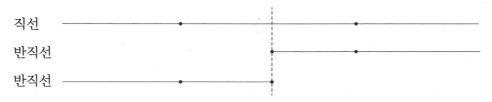

직선은 <u>끝점이 없는</u> 곧은 선이고, 반직선은 <u>끝점이 1개인</u> 곧은 선입니다.

7

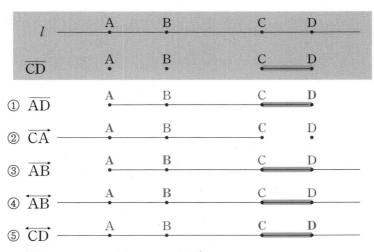

➔ $\overline{CD}$를 포함하지 않는 것은 $\overrightarrow{CA}$입니다.

해설 참조

②

②, ⑤

8 ① 방향이 같아도 시작점이 다르면 두 반직선은 다릅니다.

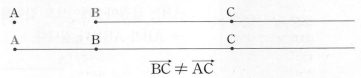

$$\overrightarrow{BC} \neq \overrightarrow{AC}$$

③ 시작점이 같아도 방향이 다르면 두 반직선은 다릅니다.

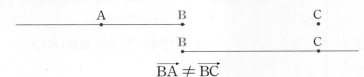

$$\overrightarrow{BA} \neq \overrightarrow{BC}$$

④ 시작점이 같아도 끝점이 다르면 두 선분은 다릅니다.

$$\overline{AB} \neq \overline{AC}$$

(1) **7**
(2) **3**

9 두 점을 잇는 선분의 길이를 구합니다.

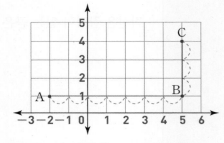

⑴ (점 A와 점 B 사이의 거리) = ($\overline{AB}$의 모눈 칸 수) = 7
⑵ (점 B와 점 C 사이의 거리) = ($\overline{BC}$의 모눈 칸 수) = 3

①

10 ① 점 C와 점 D 사이의 거리 ➡ $\overline{CD} = 4\,cm$
③ $\overline{AB}$의 길이 ➡ $\overline{AB} = 6\,cm$
④ 점 A에서 점 B까지의 가장 짧은 길이 ➡ $\overline{AB} = 6\,cm$
⑤ 선분 BA의 길이 ➡ $\overline{BA} = 6\,cm$

| 참고 | $\overline{AB}$는 선분 AB의 길이를 나타내는 기호로도 사용합니다.
$\qquad\overline{AB}$의 길이가 2 cm이면 점 A와 점 B 사이의 거리는 2 cm입니다.

7 cm

11 점 A가 점 B까지 곧게 움직인 거리인 $\overline{AB}$는 모눈 7칸이고 모눈 한 칸이 1 cm이므로 7 cm입니다.

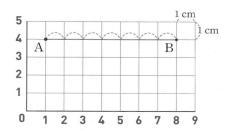

점 A와 점 B,
점 B와 점 C /

점 A와 점 D,
점 D와 점 C

12 두 점 사이의 거리는 두 점을 잇는 가장 짧은 거리입니다.

점 A와 점 B 사이, 점 B와 점 C 사이: 눈금 5칸

점 A와 점 D 사이: 가로 4칸, 세로 1칸

점 D와 점 C 사이: 가로 1칸, 세로 4칸

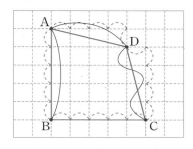

②, ④

13 ②

④

①, ③, ⑤ 직선과 반직선의 길이는 무한하므로 잴 수 없습니다.

2, 2

14

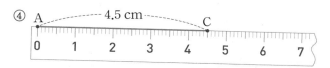

점 M이 $\overline{AB}$의 중점이므로 $\overline{AM} = \overline{MB}$입니다.

$\overline{AB} = \overline{AM} + \overline{MB} = \overline{AM} \times 2$이고

$\overline{MB} = \overline{AB} \times \dfrac{1}{2}$입니다.

(1) **7**

(2) **10**

15 (1)
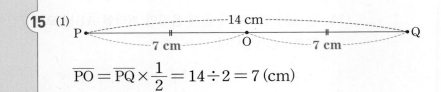

$$\overline{PO} = \overline{PQ} \times \frac{1}{2} = 14 \div 2 = 7 \, (cm)$$

(2)

$$\overline{PQ} = \overline{QO} \times 2 = 5 \times 2 = 10 \, (cm)$$

+ 개념플러스

2로 나누는 것은 $\frac{1}{2}$을 곱하는 것과 같습니다.

$$\begin{cases} 6 \div 2 = 3 \\ 6 \times \frac{1}{2} = 3 \end{cases}$$

M(5, 3)

16 ① 좌표에서 점 A와 점 B를 찾아 점을 찍고 $\overline{AB}$를 긋습니다.

② 절반으로 나누는 점 M을 찍습니다.

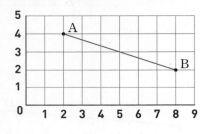 →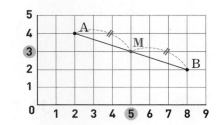

(1) **5 cm**

(2) **15 cm**

17 (1) · $\overline{AB}$의 중점은 점 M입니다.

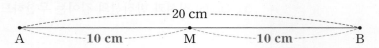

· $\overline{AM}$의 중점은 점 N입니다.

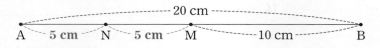

점 A와 점 N 사이의 거리는 $\overline{AN} = 5 \, cm$입니다.

(2) 점 N과 점 B 사이의 거리는 $\overline{NB} = 5 + 10 = 15 \, (cm)$입니다.

15 cm ⑱

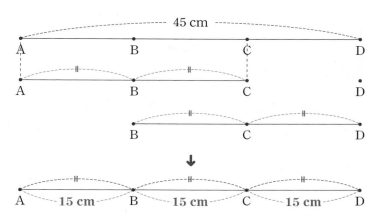

$\overline{AB} = \overline{BC}$이고 $\overline{BC} = \overline{CD}$이므로 $\overline{AB} = \overline{BC} = \overline{CD}$입니다.

➔ $\overline{AB} = 45 \div 3 = 15\,(cm)$

①, ⑤ ⑲ 끝점이 1개인 반직선이나 끝점이 없는 직선은 길이가 무한하므로 절반인 점을 찾을 수 없습니다.

③ ⑳

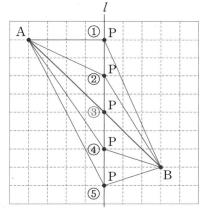

점 A에서 점 P를 지나 점 B까지 이은 선분이 가장 짧게 되는 경우는 점 A와 점 B를 이은 선분이 될 때입니다.
점 A, 점 P, 점 B를 이은 선이 선분 AB와 같아지는 것은 점 P가 ③의 위치에 있을 때입니다.

② ㉑ $\overline{MQ} = 2 \times \overline{NQ}$이므로 선분의 길이를 나타내면 다음과 같습니다.

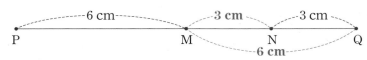

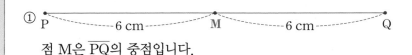

점 M은 $\overline{PQ}$의 중점입니다.

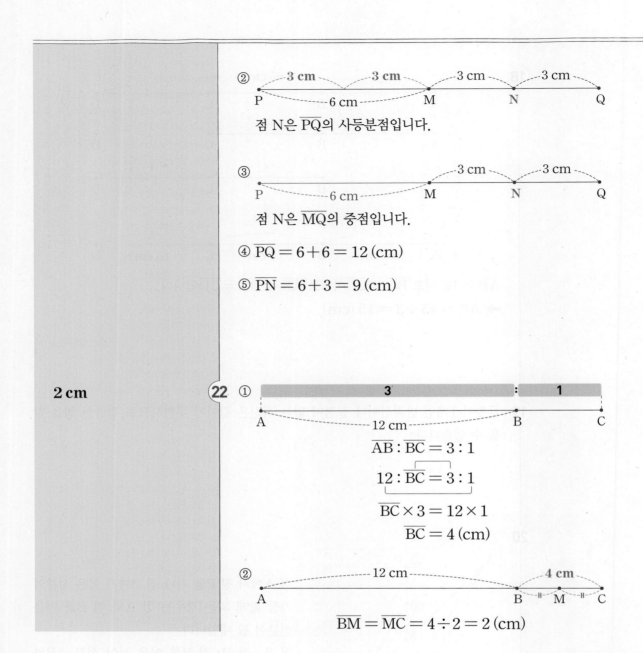

② 점 N은 $\overline{\text{PQ}}$의 사등분점입니다.

③ 점 N은 $\overline{\text{MQ}}$의 중점입니다.

④ $\overline{\text{PQ}} = 6 + 6 = 12\,(\text{cm})$

⑤ $\overline{\text{PN}} = 6 + 3 = 9\,(\text{cm})$

22 ① $\overline{\text{AB}} : \overline{\text{BC}} = 3 : 1$

$12 : \overline{\text{BC}} = 3 : 1$

$\overline{\text{BC}} \times 3 = 12 \times 1$

$\overline{\text{BC}} = 4\,(\text{cm})$

② $\overline{\text{BM}} = \overline{\text{MC}} = 4 \div 2 = 2\,(\text{cm})$

2 cm

3 직선들이 한 점에서 만나면 두 선과 하나의 점으로 된, 새로운 도형이 만들어져. 그걸 각이라고 해.

(1) 해설 참조
(2) **2개**

1 **두 개의 반직선이 한 점에서 만나 이루는 도형**으로써 각의 개념을 알기 위한 문제입니다.
반직선에서 사용했던 점, 선의 용어에서 각의 꼭짓점, 변으로 이어 사용할 수 있도록 합니다.

(1)

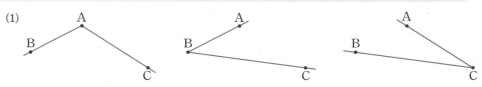

반직선의 개념을 이용하여 세 점 중 한 점이 각의 꼭짓점이 되도록 그리면 모두 정답으로 인정합니다.

(2) 점 A, B, C를 각각 꼭짓점으로 하는 각을 그리면 각각 2개의 각이 생깁니다.

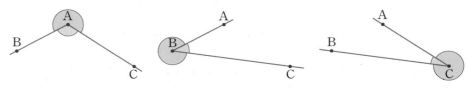

ㄹ, ㅂ

2 각은 두 개의 반직선이 한 점에서 만나 이루는 도형입니다.
ㄹ 곡선과 곧은 선이 한 점에서 만나 이루는 도형은 각이 아닙니다.
ㅂ 두 반직선이 반드시 한 점에서 만나야 각이 만들어집니다.

| 참고 | ㄷ 한 점에서 만난 두 반직선과 원이 만나 이루는 도형입니다.
이 때, 두 반직선이 한 점과 이루는 도형은 각입니다.

(1) 해설 참조 / 점 P
(2) 해설 참조 / $\overrightarrow{ST}$, $\overrightarrow{SU}$

3 각의 꼭짓점은 두 반직선이 만나는 점이고, 두 반직선은 변이라고 합니다.
이 때, **변(邊)은 가장자리라는 뜻의 글자로 선분, 반직선이 평면도형의 경계를 나타내는 경우에 사용합니다.** 선의 경계를 점, 면의 경계를 선으로 학습했던 이전 단원 개념과 연결하여 이해할 수 있도록 지도해 주세요.

(1) 점 P를 시작점으로 하여 점 Q, R을 지나는 두 반직선을 그립니다.

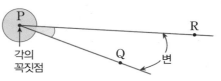

(2) 점 S를 시작점으로 하여 점 T, U를 지나는 두 반직선을 그립니다.

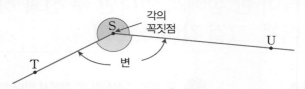

(위에서부터)

각 CBA, ∠CBA /

각 ACB, ∠ACB /

∠BCA

④ 세 점을 이용하여 각을 나타낼 때에는 각의 꼭짓점이 가운데에 오도록 씁니다.

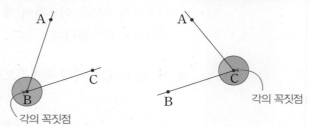

각의 (꼭짓점 , 변)이 가운데 오도록 나타냅니다.

(1) BCD, ECD

(2) **d, b**

⑤ 각은 두 반직선으로 이루어진 도형뿐만 아니라 여러 가지 평면도형, 입체도형에서도 찾을 수 있고, 중등에서는 별도의 설명 없이 **다양한 기호의 각 표현**을 만나게 됩니다.
평면도형에서의 각을 찾아보고, 각을 표현하는 여러 가지 방법을 익혀 보다 간단히 나타낼 수 있음을 발견하고, 중등 학습을 위한 준비를 합니다.

(1) 세 점을 이용하여 각을 나타낼 때에는 각의 꼭짓점이 가운데에 오도록 씁니다.

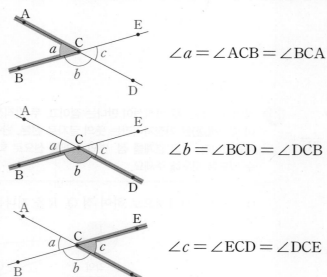

$\angle a = \angle ACB = \angle BCA$

$\angle b = \angle BCD = \angle DCB$

$\angle c = \angle ECD = \angle DCE$

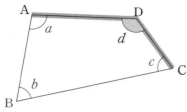
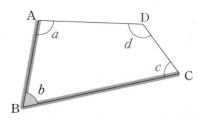

$$\angle ADC(=\angle CDA)=\angle d \qquad \angle CBA(=\angle ABC)=\angle b$$

BCD

6 $\overleftrightarrow{AC}=\overleftrightarrow{BC}$이므로 $\angle x$의 한 변은 $\overrightarrow{CA}$ 또는 $\overrightarrow{CB}$가 될 수 있습니다.

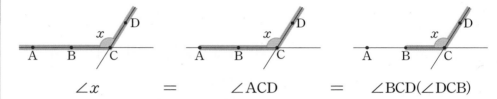

$$\angle x \qquad = \qquad \angle ACD \qquad = \qquad \angle BCD(\angle DCB)$$

문제로 발견한 개념

두 반직선이 끝점에서 만나면 각을 이룬다.

① 각을 이루는 두 반직선을 $\boxed{\text{변}}$ 이라고 합니다.

② 각에서 두 반직선이 만나는 점을 $\boxed{\text{꼭짓점}}$ 이라고 합니다.

③ 각을 읽고, 쓸 때에는 $\boxed{\text{꼭짓점}}$ 을 가운데에 둡니다.

4 반직선이 시작점을 중심으로 회전해도 각이 만들어져.
이렇게 반직선이 회전한 양을 각의 크기, 각도라고 해.

(1) 해설 참조
(2) C, ∠CSA에 ○표

1 두 개의 반직선이 한 점에서 만나 이루는 도형으로 공부했던 각의 개념을 **반직선이 회전하여 만든 도형**으로 학습합니다. 이때, 반직선이 회전한 양을 통해 각의 크기, 즉 각도를 이해합니다.

(1)

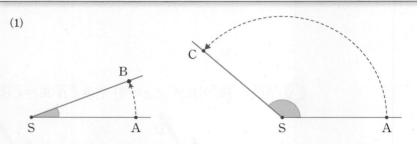

(2) 회전한 양이 클수록 각의 크기가 더 큽니다.

| 학부모 가이드 | 두 개의 반직선이 한 점에서 만나 이루는 도형으로 공부했던 각의 개념을 반직선이 회전하여 만든 도형으로 학습합니다.

(1)

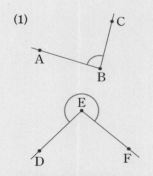

(2) **알 수 없습니다.**

2 ① 반직선이 **회전한 방향**을 생각하여 하나의 각에 열각(작은 쪽 각)뿐만 아니라 우각(큰 쪽 각)도 있음을 다시 한 번 짚어 보고,

② 반직선이 **회전한 양**을 생각하여 각의 크기를 비교해 봅니다.

이때, 두 각도의 차를 정확한 값으로 나타낼 수 없음을 발견하여 길이(cm, m, km …)와 같이 각의 크기에도 단위가 필요함을 이해하고 **3**번 문제로 이어갑니다.

(1)

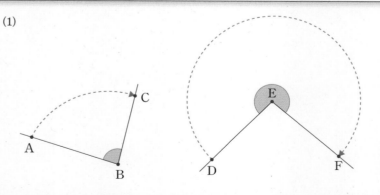

(2) 반직선이 회전한 양을 비교하면 더 큰 각, 더 작은 각을 알 수 있지만 각의 크기를 수로 나타내지 않았으므로 어느 각이 얼만큼 더 큰지는 알 수 없습니다.

(1) **120**

(2) **45**

3 반직선이 회전하여 만든 각과 '원=한 바퀴=360°'의 개념을 연결하여 각도를 수로 나타낼 수 있음을 발견합니다.

길이에도 여러 가지 단위가 있는 것처럼 각도에서도 몇 가지 단위를 사용하고, 그중 초등에서는 도(°)를, 고등에서는 라디안을 배우고, 사용합니다.

한 바퀴(360°)를 등분하여 만든 단위		호의 길이와 반지름의 비율로 만든 단위
1도(degree)=1°	한 바퀴를 360등분 한 것	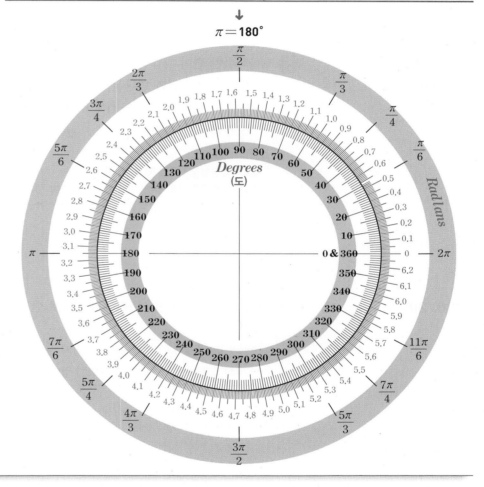
1분(minute)=1′	1도를 60등분 한 것	
1초(second)=1″	1분을 60등분 한 것	기호를 생략하여 사용

↓

$\pi=180°$

(1) ∠AOB는 한 바퀴인 360°를 똑같이 3으로 나눈 것 중 하나입니다.

→ ∠AOB = 360° ÷ 3 = 120°

(2) ∠COD는 한 바퀴인 360°를 똑같이 8로 나눈 것 중 하나입니다.

→ ∠COD = 360° ÷ 8 = 45°

· 각의 크기를 (수), 기호)로 나타내면 크고 작은 정도를 정확히 알 수 있습니다.

· 평면에서 반직선이 회전할 수 있는 가장 큰 각도는 360° 입니다.

1, 180

4 각도의 단위와 함께, 기울어진 두 선 뿐만 아니라 일직선 역시 각이 될 수 있음을 발견하는 문제입니다.

한 바퀴인 $360°$를 360으로 나눈 각은 $360° \div 360 = 1°$이고,
절반으로 나눈 각은 $360° \div 2 = 180°$입니다.

- 각도의 단위는 한 바퀴($360°$)를 360으로 나눈 $\boxed{1}°$입니다.
- 일직선이 이루는 각의 크기는 $\boxed{180}°$입니다.

(1) 110
(2) 80

5 (1) 각의 한 변이 **바깥쪽** 눈금 0에 맞추어 있으면
    각의 나머지 변과 만나는 **바깥쪽** 눈금을 읽습니다. ➜ $\angle AOB = 110°$
   (2) 각의 한 변이 **안쪽** 눈금 0에 맞추어 있으면
    각의 나머지 변과 만나는 **안쪽** 눈금을 읽습니다. ➜ $\angle AOB = 80°$

각도기의 중심을 각의 (변 ,꼭짓점)에,
각도기의 밑금을 각의 (변, 꼭짓점)에 맞추어 잽니다.

20, 20

6 각의 크기는 반직선이 회전한 양이므로 반직선의 길이와는 관계 없습니다.

$\boxed{변}$의 길이를 늘려도 $\boxed{각}$의 크기는 변하지 않습니다.
➜ 각의 크기는 변이 (회전한 , 늘어난) 양이기 때문입니다.

| 참고 |
각의 변이 짧아 각도기의 눈금과 만나지 않는 경우, 변의 길이를 연장하여 크기를 잴 수 있습니다.

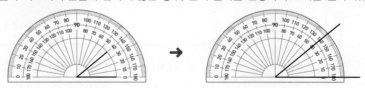

(1) 180, 30, 210
(2) 150, 210

7 (1)

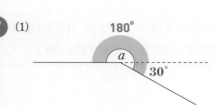

$\angle a = 180° + 30° = 210°$

(2)

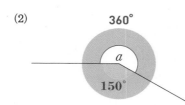

$\angle a = 360° - 150° = 210°$

(⟮180°⟯, 360°)가 넘는 각의 크기는 각도의 합 또는 차를 이용하여 구합니다.

(1) **200**
(2) **270**

8 각도의 합과 차를 이용하여 각도를 구합니다.

(1)

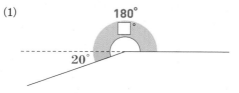

(평각) $= 180°$
➜ □ $= 180° + 20°$
    $= 200°$

(2)

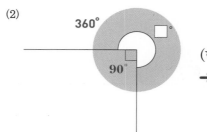

(한 바퀴) $= 360°$
➜ □ $= 360° - 90°$
    $= 270°$

(1) **180, 85**
(2) **360, 170**

9 (1)

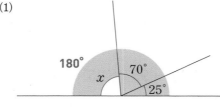

$\angle x = 180° - (70° + 25°)$
    $= 85°$

(2)

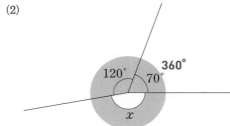

$\angle x = 360° - (120° + 70°)$
    $= 170°$

10 (1)

 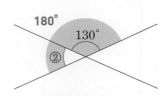

$$\angle① = 180° - 50° = 130° \qquad \angle② = 180° - 130° = 50°$$

(2)

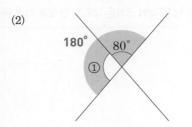 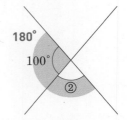

$$\angle① = 180° - 80° = 100° \qquad \angle② = 180° - 100° = 80°$$

직선이 기울어도 일직선이 이루는 각의 크기는 $\boxed{180}$ °로 일정합니다.

11 (1)

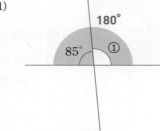 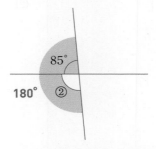

$$\angle① = 180° - 85° = 95° \qquad \angle② = 180° - 85° = 95°$$

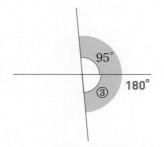

$$\angle③ = 180° - 95° = 85°$$

(2)

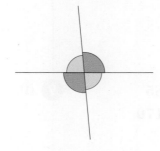 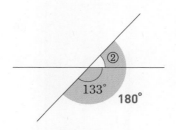

$$\angle① = 180° - 133° = 47° \qquad \angle② = 180° - 133° = 47°$$

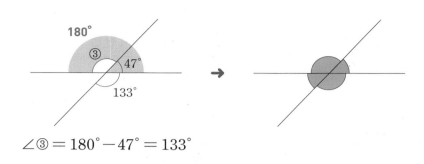

$$\angle \text{③} = 180° - 47° = 133°$$

두 직선이 한 점에서 만날 때 (마주 보는 , 나란히 놓인) 각의 크기는 같습니다.

180, c

⑫ 맞꼭지각의 개념은 중등 1-1에서 학습하는 내용이지만 초등학생이 이해하기에 어렵지 않을 뿐만 아니라 각도를 활용한 여러 가지 문제를 해결하는 데 주요하게 사용되는 개념입니다.
중등에서는 맞꼭지각에 대해 깊이 학습하기보다 문제 풀이에 이용하는 데 집중하게 되므로 초등 고학년에서 '맞꼭지각이 어떻게 만들어진 도형인지', '맞꼭지각의 크기가 왜 같은지'에 대한 개념을 논리적으로 접근하여 이해할 수 있도록 합니다.

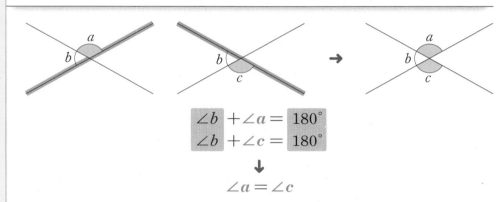

$$\angle b + \angle a = 180°$$
$$\angle b + \angle c = 180°$$
$$\downarrow$$
$$\angle a = \angle c$$

색칠한 직선이 이루는 각은 모두 180°이고
각 직선에 모두 $\angle b$가 포함되므로
$\angle a = \angle c$입니다.

맞꼭지각의 크기는 서로 (같습니다 , 다릅니다).
→ 일직선이 이루는 각인 ☐180☐°에 공통인 각이 포함되기 때문입니다.

(○)
( )

⑬ 맞꼭지각에 대한 오개념을 방지하기 위한 문제입니다.
정확한 이해를 통해 맞꼭지각을 이용하여 문제를 해결할 때, 두 직선이 만나 이룬 각인지 반드시 확인할 수 있도록 합니다.

두 직선이 한 점에서 만날 때, 맞꼭지각이 생깁니다.

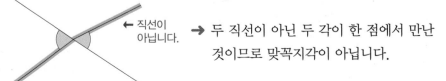

← 직선이 아닙니다. → 두 직선이 아닌 두 각이 한 점에서 만난 것이므로 맞꼭지각이 아닙니다.

14 고정된 한 직선의 한 점을 중심으로 다른 직선을 회전시킬 때, 직선이 이루는 각의 변화를 생각하며 맞꼭지각의 성질을 다시 한 번 짚어 봅니다.

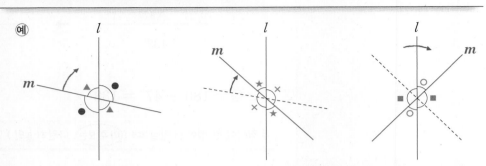

(한 바퀴) = 360°로 일정하므로 한 점에서 만나는 두 직선이 각을 바꾸어도 마주보는 각의 크기는 항상 같습니다.

문제로 발견한 개념

각도는 반직선이 끝점을 중심으로 회전한 양이다.

① 각의 크기를 $\boxed{각도}$ 라고 합니다.

② 한 바퀴는 $\boxed{360}$ °, 일직선이 이루는 각도는 $\boxed{180}$ °입니다.

③ 각의 크기는 변의 길이와 관계 ((없습니다) , 있습니다).

④ 두 (각 , (직선))이 한 점에서 만날 때, 마주 보는 각을 $\boxed{맞꼭지각}$ 이라고 합니다.

⑤ 맞꼭지각의 크기는 서로 ((같습니다) , 다릅니다).

문제 속 개념찾기   37~38쪽

5 90°와 180°를 기준으로 각의 이름을 정하거든.

(1) **해설 참조**

(2) **2**

1 0°, 90°, 180°를 기준으로 각의 이름을 정하게 됩니다.

각의 이름을 외우는 것도 중요하지만 직각과 평각의 성질을 바탕으로 예각, 둔각을 이해하여 네 각 사이의 관계를 생각할 수 있도록 지도해 주세요.

- 0°와 직각 사이의 각은 모두 예각이다.
  → 89.9°, 89.99…°도 예각이다.
- 직각과 180° 사이의 각은 모두 둔각이다.
  → 90.01°, 90.001°, … 179.9°, 179.99…°도 둔각이다.
- 평각은 2개의 직각과 같다.
- 일직선 위에 예각을 1개 만들면 둔각도 1개 생긴다.

각의 이름은 이후 각의 크기에 따른 삼각형의 종류에서도 다루게 됩니다.

(1)

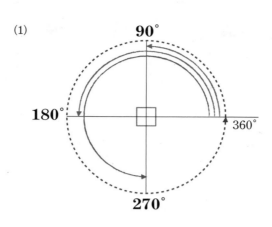

(2) 직각 2개는 평각과 같습니다.

$$180° = 90° × 2$$

2 (1) 해설 참조
(2) 해설 참조
(3) ∠DOB 또는 ∠BOD

(1)

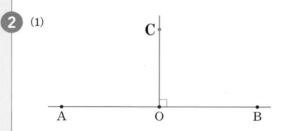

(2) 예

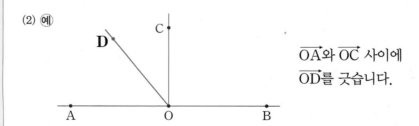

$\overrightarrow{OA}$와 $\overrightarrow{OC}$ 사이에
$\overrightarrow{OD}$를 긋습니다.

(3)

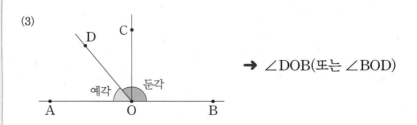

→ ∠DOB(또는 ∠BOD)

일직선 위에 예각을 만들면 다른 쪽 각은 (예각 , 직각 , 둔각)이 됩니다.

5, 150 /
1, 180, 30

3 $\angle a + \angle b = 180°$이므로 180°를 전체로 하여 비례배분합니다.

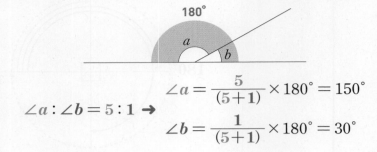

$$\angle a : \angle b = 5 : 1 \rightarrow \begin{matrix} \angle a = \dfrac{5}{(5+1)} \times 180° = 150° \\[2mm] \angle b = \dfrac{1}{(5+1)} \times 180° = 30° \end{matrix}$$

┌─ **+ 개념플러스** ─────────────────────────────

비례배분: 전체 양을 주어진 비로 나누는 것

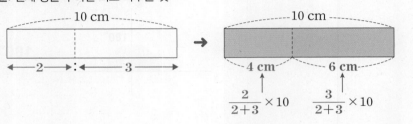

90°, 270°

4 360°를 전체로 하여 비례배분합니다.

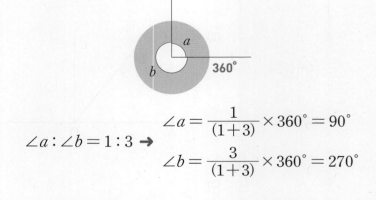

$$\angle a : \angle b = 1 : 3 \rightarrow \begin{matrix} \angle a = \dfrac{1}{(1+3)} \times 360° = 90° \\[2mm] \angle b = \dfrac{3}{(1+3)} \times 360° = 270° \end{matrix}$$

문제로 발견한 개념 · **90°, 180°를 기준으로 각의 이름을 정한다.**

① 90°인 각을 (예각 , (직각) , 둔각), 180°인 각을 (예각 , 직각 , 둔각 , (평각))이라고 합니다.

② 0°< ((예각) , 직각 , 둔각)<90°입니다.

③ 90°< (예각 , 직각 , (둔각))<180°입니다.

3 두 반직선이 끝점에서 만나면 각을 이룬다.

ㄱ, ㄷ, ㄹ, ㅁ, ㅂ

1

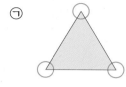 ㄱ    ㄴ   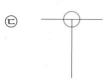 ㄷ

 ㄹ   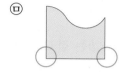 ㅁ   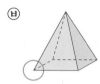 ㅂ

ㄴ 반직선이 곡선과 만나 이루어진 도형은 각이 아닙니다.

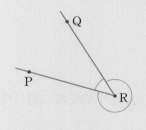

2 각 PRQ는 점 R이 꼭짓점인 각을 나타냅니다.

| 주의 | 각의 변을 반직선이 아닌 선분으로 그려도 정답으로 인정하지만 세 점 A, B, C를 모두 지나도록 각을 그려야 합니다.

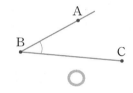

○

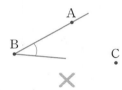

×

②, ⑤

3 ∠ABC는 $\overrightarrow{BA}$가 꼭짓점 B를 중심으로 $\overrightarrow{BC}$까지 회전한 양입니다.

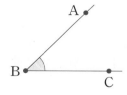   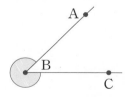

② ∠ABC는 점 B를 꼭짓점, ∠BCA는 점 C를 꼭짓점으로 하는 각입니다.

⑤ $\overrightarrow{BA}$와 $\overrightarrow{BC}$ 사이의 각이 아닙니다.

∠BCD, ∠ACB, ∠ACD

4

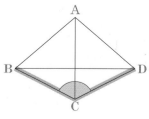   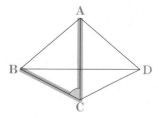   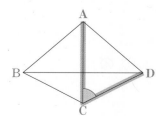

∠BCD(= ∠DCB)   ∠ACB(= ∠BCA)   ∠ACD(= ∠DCA)

5 세 점을 이용하여 각을 나타낼 때에는 각의 꼭짓점이 가운데에 오도록 씁니다.
∠a는 점 A가 각의 꼭짓점인 각입니다.

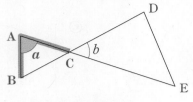

∠CAB(= ∠BAC)

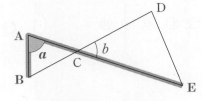

∠EAB(= ∠BAE)

∠b는 점 C가 각의 꼭짓점인 각입니다.

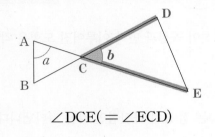

∠DCE(= ∠ECD)

6 가로축과 세로축의 눈금을 찾아 표시하고 각의 꼭짓점이 점 A가 되도록 그립니다.

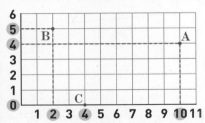 →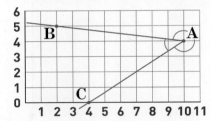

7 ①~⑤가 나타내는 각은 다음과 같습니다.

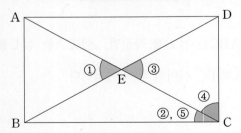

8 ① 180°인 각의 모양은 일직선입니다.

4 각도는 반직선이 끝점을 중심으로 회전한 양이다.

∠a **1** 각을 이루는 두 변이 벌어진 정도가 가장 작은 것을 찾습니다.

(1) **360°** **2** (1) 한 바퀴는 360°입니다.
(2) **180°** (2) 반 바퀴는 한 바퀴의 절반이므로 $360° \div 2 = 180°$입니다.

= **3** 원의 크기와 관계없이 한 바퀴(360°)를 똑같이 6으로 나눈 것 중의 하나이므로 각의 크기는 모두 같습니다.

∠COD, ∠EOF, **4** 36등분된 각의 수를 세어 크기를 비교합니다.
∠AOB

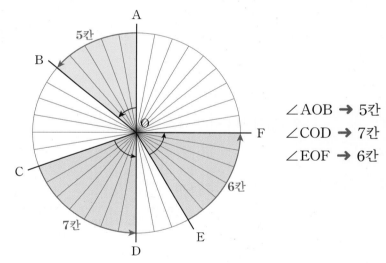

∠AOB ➜ 5칸
∠COD ➜ 7칸
∠EOF ➜ 6칸

(1) **120°** **5** (1) $\angle AOB = 360° \div 3 = 120°$
(2) **72°** (2) $\angle AOB = 360° \div 5 = 72°$

해설 참조 **6** 예 ⓒ은 반직선과 곡선으로 이루어졌으므로 각이 아닙니다.

(1) **60°**

(2) **150°**

7 시계는 한 바퀴를 12등분 한 것이므로 시곗바늘이 큰 눈금 한 칸만큼 벌어져 있을 때, 작은 쪽의 각도는 $360° \div 12 = 30°$입니다.

(1)

10시 ➡ $30° \times 2 = 60°$

(2)
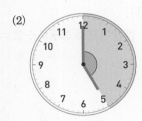

5시 ➡ $30° \times 5 = 150°$

⑤

8

한 바퀴를 8등분 한 것이므로 한 칸의 크기는 $360° \div 8 = 45°$입니다.

① 큰 쪽 각의 크기: $45° \times 6 = 270°$

③ 작은 쪽 각의 크기: $45° \times 2 = 90°$

⑤ $\overrightarrow{BA}$를 점 B를 중심으로 회전하여 만든 각입니다.

60°

9 잘라내기 전의 원은 다음과 같습니다.

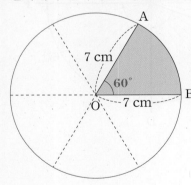

∠BOA는 한 바퀴를 6등분 한 것 중 하나이므로 $360° \div 6 = 60°$입니다.

④, ⑤

10 ①
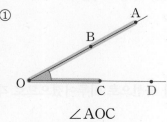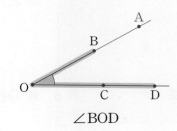

∠AOC ＝ ∠BOD

②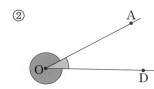

∠AOD의 크기는 큰 쪽 각과 작은 쪽 각으로 2가지입니다.

③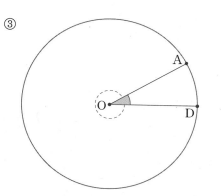

∠AOD는 360°의 일부입니다.

→ 모든 각은 360°의 일부입니다.

④ ∠AOD와 ∠BOC는 크기가 같은 각입니다.

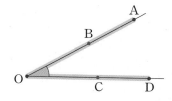 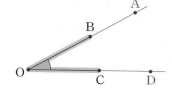

⑤ ∠AOD의 크기는 $\overrightarrow{OB}$가 점 O를 중심으로 점 C까지 두 방향으로 회전한 양입니다.

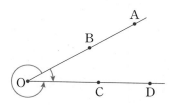

180°

⑪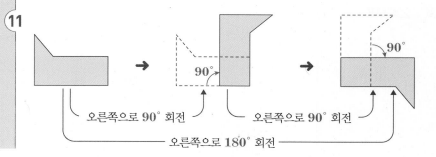

30°

12 ①

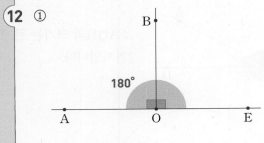

∠AOE = 180°이므로
∠AOB = ∠BOE
= 180° ÷ 2 = 90°입니다.

②

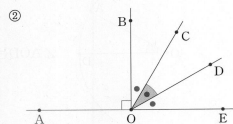

∠BOE = 90°이므로
∠BOC = ∠COD = ∠DOE
= 90° ÷ 3 = 30°입니다.

(1) 110°

(2) 65°

13 (1)

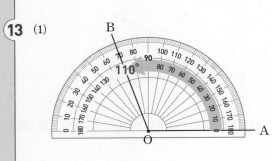

각의 한 변을 각도기의 오른쪽 밑변과
맞추어 재었으므로 각도기의 안쪽 눈금
을 확인하여 각의 크기를 구합니다.

(2)

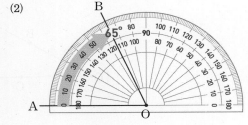

각의 한 변을 각도기의 왼쪽 밑변과
맞추어 재었으므로 각도기의 바깥쪽
눈금을 확인하여 각의 크기를 구합
니다.

해설 참조 /

例 ∠ABC, ∠CDE

14 각 점을 꼭짓점으로 하는 각을 그려 보고 각도기를 이용하여 70°인 각을 찾습니다.

例

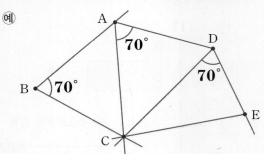

(1) 45, 45

(2) 30, 60

15 (1)

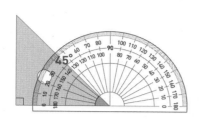

(2)

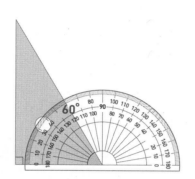
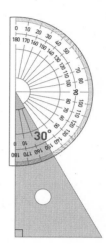

④

16 ④ 각의 한 변을 바깥쪽 눈금 **0**에 맞추면 바깥쪽 눈금을 읽고,
안쪽 눈금 **0**에 맞추면 안쪽 눈금을 읽습니다.

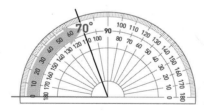
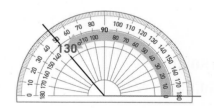

30°

17 큰 각도에서 작은 각도를 빼어 구합니다.

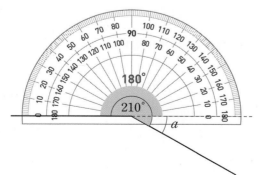

$$\angle a = 210° - 180° = 30°$$

| 참고 | 각도의 계산은 자연수의 계산과 같은 방법으로 하고 도(°)를 붙입니다.

52개

40°, 140°

285°

**180, 300 /
60, 300**

18 (평각) = 180°이므로 ∠a = 180° − 128° = 52°입니다.
따라서 52°는 1°가 52개 있는 것과 같습니다.

19

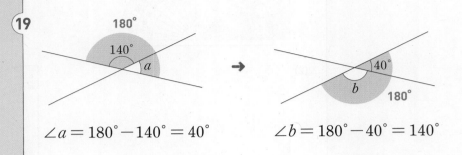

∠a = 180° − 140° = 40°   ∠b = 180° − 40° = 140°

20

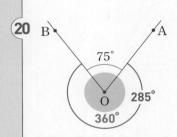

(한 바퀴) = 360°이므로
(∠AOB의 큰 쪽 각) = 360° − 75°
= 285°입니다.

21 ① 180°를 이용하여 구합니다.

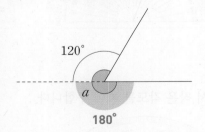

∠a = 120° + 180° = 300°

② 360°를 이용하여 구합니다.

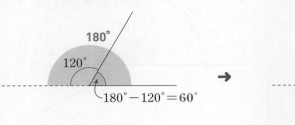

∠a = 360° − 60° = 300°

(1) $135°$, $120°$

(2) $15°$, $45°$

(3) $28°$

22 (1) ①

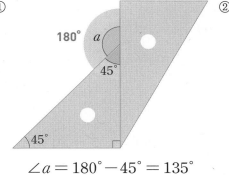

②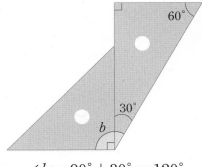

$$\angle a = 180° - 45° = 135°$$

$$\angle b = 90° + 30° = 120°$$

(2) ①

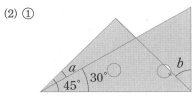

②

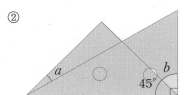

$$\angle a = 45° - 30° = 15°$$

$$\angle b = 90° - 45° = 45°$$

(3)

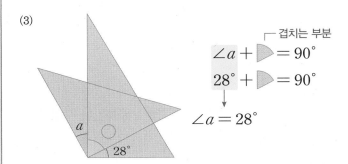

겹치는 부분

$$\angle a + \ \blacktriangleright = 90°$$

$$28° + \ \blacktriangleright = 90°$$

$$\angle a = 28°$$

(1) 150

(2) 35

(3) $65, 75$

(4) 40

23 (1)

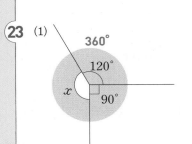

$$\angle x = 360° - (90° + 120°)$$
$$= 150°$$

(2)

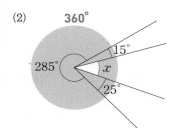

$$\angle x = 360° - (285° + 15° + 25°)$$
$$= 35°$$

(3) ①

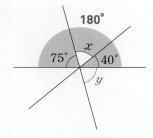

$$\angle x = 180° - (75° + 40°)$$
$$= 65°$$

②

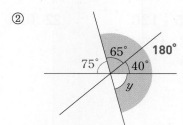

$$\angle y = 180° - (65° + 40°)$$
$$= 75°$$

(4) ①

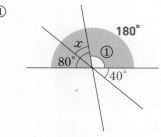

$$\angle ① = 180° - 80°$$
$$= 100°$$

②

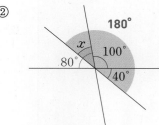

$$\angle x = 180° - (100° + 40°)$$
$$= 40°$$

(1) **80°**

(2) **20°**

24 (1) $\angle a$는 평각(180°)에서 중복되는 각입니다.

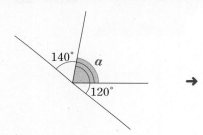 →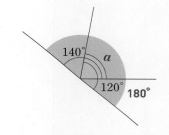

140°와 120°를 더하면
$\angle a$를 두 번 더하게 됩니다.

$$180° + \angle a = 140° + 120°$$
$$\angle a = 260° - 180°$$
$$= 80°$$

(2) $\angle a$는 한 바퀴(360°)에서 중복되는 각입니다.

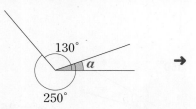 →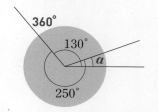

130°와 250°를 더하면
$\angle a$를 두 번 더하게 됩니다.

$$360° + \angle a = 130° + 250°$$
$$\angle a = 380° - 360°$$
$$= 20°$$

25 시계는 한 바퀴를 12등분 한 것이므로 시곗바늘이 큰 눈금 한 칸 만큼 벌어져 있을 때, 작은 쪽의 각도는 $360° \div 12 = 30°$입니다.

$150° = 30° \times 5$이므로 시계가 정각을 가리킬 때 긴바늘과 짧은바늘은 5칸만큼 벌어져야 합니다.

오후 5시는 17시이고 $17 - 9 = 8$(시간)이므로 최소 8시간이 지나야 합니다.

(1) 5 cm

(2) 100°

26 **(1)**

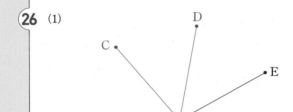

점 O가 $\overline{AB}$의 중점이므로
$$\overline{AO} = \overline{OB} = 10 \div 2$$
$$= 5\,(cm)입니다.$$
→ $\overline{OE} = \overline{OB} = 5\,cm$

(2) ①

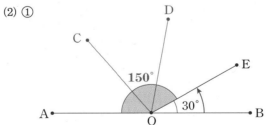

$$\angle AOE = 180° - \angle EOB$$
$$= 180° - 30°$$
$$= 150°$$

②

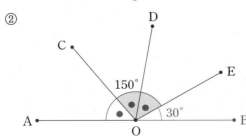

$\overline{OC}$와 $\overline{OD}$가 $\angle AOE$를 3등분하므로
$$\angle AOC = \angle COD = \angle DOE$$
$$= 150° \div 3 = 50°입니다.$$
→ $\angle COE = 50° + 50°$
$$= 100°$$

(1) 50°

(2) 72°, 108°

27 **(1)** $\angle a : \angle b = 2 : 3$
$$\angle a : 75° = 2 : 3$$
$$\angle a \times 3 = 75° \times 2$$
$$\angle a = 150° \div 3$$
$$\angle a = 50°$$

(2)

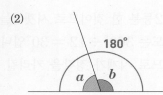

$$\angle a = \frac{2}{(2+3)} \times 180° = 72°$$

$$\angle b = \frac{3}{(2+3)} \times 180° = 108°$$

+ 개념플러스

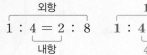 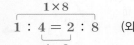

(외항의 곱)=(내항의 곱)

56°

28 ①

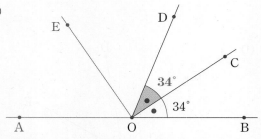

$\overrightarrow{OC}$는 ∠DOB를 이등분하므로 ∠DOC = ∠COB = 34°입니다.

②

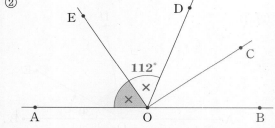

∠AOD = 180° − (34° + 34°) = 112°이고

$\overrightarrow{OE}$는 ∠AOD를 이등분하므로

∠AOE = ∠AOD ÷ 2 = 112° ÷ 2 = 56°입니다.

(1) 64°

(2) 50°, 50°

29 (1) 맞꼭지각의 크기는 같습니다.

(2)

 →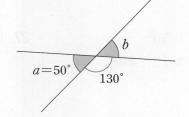

∠a = 180° − 130° = 50°   ∠b = ∠a = 50°(맞꼭지각)

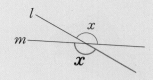

30 직선 l을 연장하여 두 직선 l과 m이 만나는 $\angle x$를 한 개 더 만듭니다.

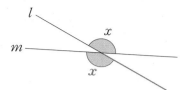

해설 참조

31 ㉠ 두 직선이 한 점에서 만나서 이루는 각이 아니기 때문입니다. / 두 각이 한 점에서 만난 것이므로 맞꼭지각이 아닙니다.

6쌍

32

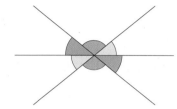 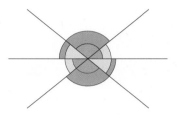

작은 각 1개로 생긴 맞꼭지각: 3쌍 　　 작은 각 2개로 생긴 맞꼭지각: 3쌍

➡ (세 직선이 한 점에서 만나 생기는 맞꼭지각의 수) $= 3 + 3 = 6$(쌍)

| 다른 풀이 | $3 \times (3-1) = 3 \times 2 = 6$(쌍)

| 참고 |

2개의 직선이 만나 생기는 맞꼭지각의 수: $2 \times \quad 1 = 2$(쌍)
3개의 직선이 만나 생기는 맞꼭지각의 수: $3 \times \quad 2 = 6$(쌍)
4개의 직선이 만나 생기는 맞꼭지각의 수: $4 \times \quad 3 = 12$(쌍)
↓　　　⋮　　　　　　　　　　　　↓　　↓
n개의 직선이 만나 생기는 맞꼭지각의 수: $n \times (n-1)$(쌍)입니다.

| 학부모 가이드 | 맞꼭지각은 두 직선이 한 점에서 만나 생기는 각이므로 마주 보는 각인 평각($180°$)은 맞꼭지각으로 생각하지 않습니다.

130°

33 맞꼭지각의 크기는 같고, 일직선이 이루는 각의 크기는 $180°$입니다.

① 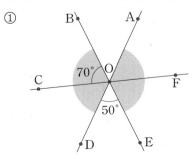　　②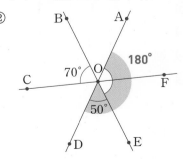

$\angle AOE = \angle BOD$(맞꼭지각)　　　$\angle AOE = 180° - 50°$
　　　　　　　　　　　　　　　　　　　$= 130°$

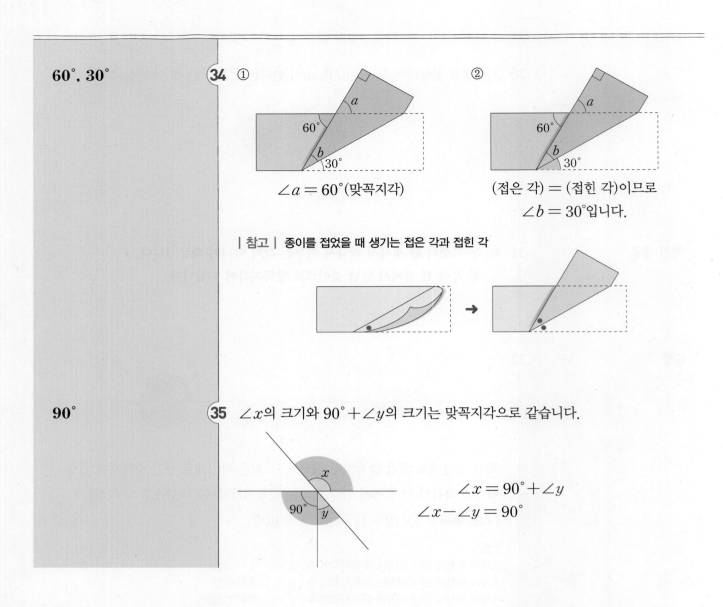

60°, 30°

34 ①

$\angle a = 60°$(맞꼭지각)

②

(접은 각) = (접힌 각)이므로
$\angle b = 30°$입니다.

| 참고 | 종이를 접었을 때 생기는 접은 각과 접힌 각

90°

35 $\angle x$의 크기와 $90°+\angle y$의 크기는 맞꼭지각으로 같습니다.

$$\angle x = 90° + \angle y$$
$$\angle x - \angle y = 90°$$

---

5 90°, 180°를 기준으로 각의 이름을 정한다.

(1) ㉠
(2) ㉡
(3) ㉢, ㉧
(4) ㉤

1

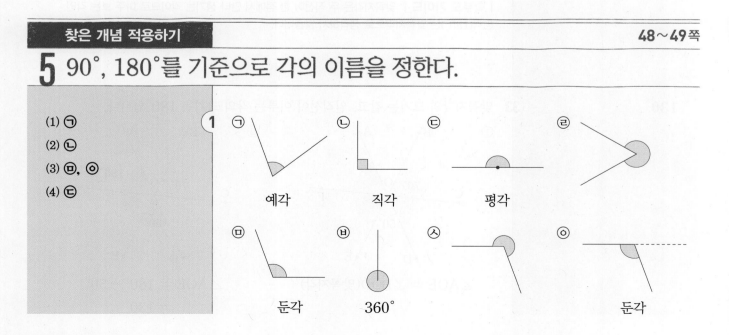

㉠ 예각　　㉡ 직각　　㉢ 평각　　㉣

㉤ 둔각　　㉥ 360°　　㉦　　㉧ 둔각

㉠, ㉢

2

㉠ 5시 20분

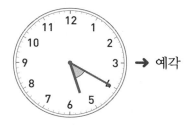 → 예각

㉡ 1시 35분

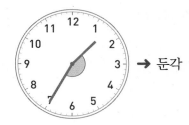 → 둔각

㉢ 8시

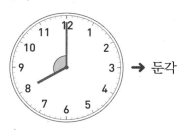 → 둔각

㉣ 9시 45분

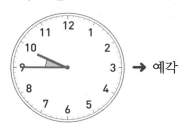 → 예각

해설 참조

3

(1) (○) (   ) (   )

(2) 예 **(1, 7)**

4

(1)

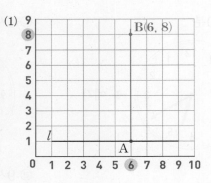

(2) 점 B의 좌표를 정할 때, 가로축의 숫자가 6이거나 세로축의 숫자가 1이 되지 않도록 정합니다.

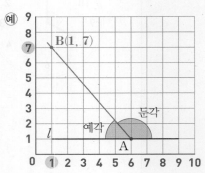

③, ⑤

5

① 예각은 90° 미만인 각이므로 89.5°, 89.9°, … 등의 각도 예각입니다.
→ 가장 큰 예각은 수로 나타낼 수 없습니다.

② 둔각은 90°＜둔각＜180°이므로 90.1°, 90.9°, … 등의 각도 둔각입니다.
→ 가장 작은 둔각은 수로 나타낼 수 없습니다.

④ 둔각을 179°, 예각을 1°로 생각하여 계산하면
179°−1°＝178°이므로 (둔각)−(예각)＝(둔각)입니다.

둔각을 179°, 예각을 89°로 생각하여 계산하면
179°−89°＝90°이므로 (둔각)−(예각)＝(직각)입니다.
따라서 (둔각)−(예각)이 항상 예각인 것은 아닙니다.

1 각을 뒤집어도 크기는 변하지 않는다.

각도는 반직선이 끝점을 중심으로 회전한 양이다. ➕ 도형을 뒤집어도 모양과 크기는 변하지 않는다.

108°

1 종이를 접었을 때 접은 부분과 접힌 부분의 각의 크기는 같습니다.

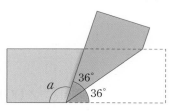

$$\angle a = 180° - (36° + 36°)$$
$$= 108°$$

70°

2 ①

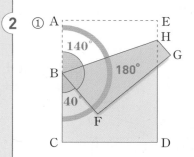

$\angle ABF : \angle FBC = 7 : 2$이고,

$\angle ABF + \angle FBC = 180°$이므로

$$\angle ABF = \frac{7}{(7+2)} \times 180° = 140°$$

$$\angle FBC = \frac{2}{(7+2)} \times 180° = 40°입니다.$$

②

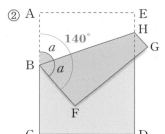

(접은 각) = (접힌 각)이므로

$\angle ABH = \angle HBF = \angle a$이고,

$\angle a = 140° \div 2 = 70°$입니다.

---

2 모르는 수가 하나만 있는 식으로 만든다.

한 바퀴를 360°로 하여 각의 크기를 수로 나타낼 수 있다. ≫ 모르는 수를 기호로 나타내어 식을 만들 수 있다.

30°

3

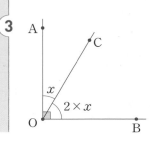

$$\angle x + \underbrace{2 \times \angle x}_{\angle x + \angle x} = 90°$$

$$3 \times \angle x = 90°$$

$$\angle x = 30°$$

분배법칙: 괄호로 묶어 같은 수를 한 번 곱하는 식으로 만들 수 있습니다.

$$A \times C + B \times C = (A+B) \times C$$

18°

4 ①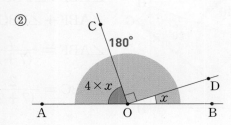

∠DOB = ∠x이고,
∠AOC = 4 × ∠DOB이므로
∠AOC = 4 × ∠x입니다.

②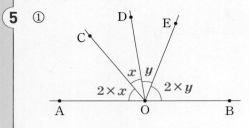

$$\underline{4 \times \angle x + 90° + \angle x = 180°}$$
$$\angle x + \angle x + \angle x + \angle x$$
$$5 \times \angle x = 90°$$
$$\angle x = 18°$$

60°

5 ①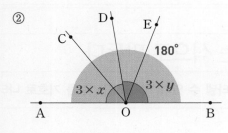

∠COD = ∠x라 하면
∠AOC = 2 × ∠COD = 2 × ∠x
∠DOE = ∠y라 하면
∠EOB = 2 × ∠DOE = 2 × ∠y입니다.

②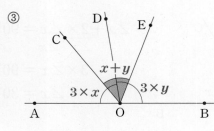

$$2 \times \angle x + \angle x + \angle y + 2 \times \angle y = 180°$$
$$3 \times \angle x + 3 \times \angle y = 180°$$
$$\angle x + \angle y = 60°$$

③

$$\angle x + \angle y = 60°$$
$$\angle COD + \angle DOE = 60°$$

3 한 점에서 만나는 두 직선은 공통인 점을 갖는다.

공통인 점을 이용하여 직선의 위치를 구하는 고1 교육청 문제입니다. 두 직선이 한 점 A에서 만나면 점 A는 두 직선에 모두 포함된다는 개념이 고등까지 이어진다는 것을 설명해 주시는 용도로 사용하고 본 문제는 풀지 않습니다. 단, 참고용으로 정답과 해설을 안내합니다.

정답 ②

해설 $f(x) = x^2 + 4x + 3 = (x+2)^2 - 1$
직선 $y = 2x + k$가 점 P$(-2, -1)$을
지나므로
$-1 = 2 \times (-2) + k$, $k = 3$
$x^2 + 4x + 3 = 2x + 3$
$x^2 + 2x = x(x+2) = 0$
그러므로 점 Q의 좌표는 Q$(0, 3)$
따라서 선분 PQ의 길이는
$\sqrt{\{0-(-2)\}^2 + \{3-(-1)\}^2} = 2\sqrt{5}$

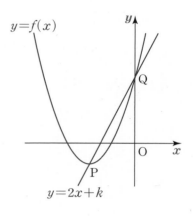

(○)
(   )
(○)
(   )

6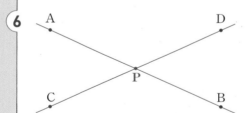

• 점 P가 $\overleftrightarrow{\text{AB}}$의 중점인지는 알 수 없습니다.
• $\overleftrightarrow{\text{AB}}$도 점 P를 지납니다.

④

7 ∠ABC와 $\overleftrightarrow{\text{DE}}$가 두 점 A와 E에서 만나므로 점 E는 $\overleftrightarrow{\text{BC}}$ 위의 점입니다.

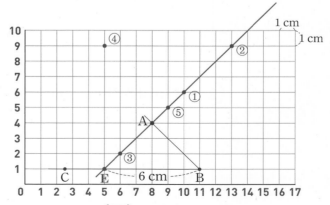

→ 점 D의 위치가 $(5, 9)$이면 $\overleftrightarrow{\text{DE}}$를 그릴 수 없습니다.

㉣ / ㉢, ㉤ /
㉡ / ㉢ / ㉠

1 · 점 A와 점 B 사이의 거리: $\overline{AB}$ ➡ ㉣

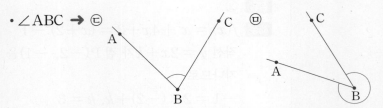

· ∠ABC ➡ ㉢   ㉤

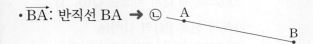

➡ 점 B를 중심으로 하여 $\overrightarrow{BC}$를 점 A까지 두 방향으로 회전한 것

· $\overrightarrow{BA}$: 반직선 BA ➡ ㉡

· 점 B를 중심으로 하여 $\overrightarrow{BC}$를 시계 반대 방향으로 회전한 것: ∠ABC
➡ ㉢

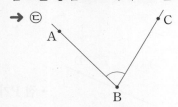

· $\overline{AB}$와 $\overrightarrow{AB}$를 포함합니다. ➡ ㉠

➡ 직선은 선분과 반직선을 포함합니다.

2 주어진 각은 한 바퀴(360°)를 5등분 한 것 중 하나입니다.

5

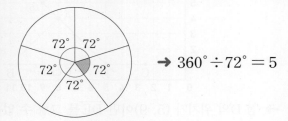

➡ 360° ÷ 72° = 5

**해설 참조 /
M(1, 6)**

3

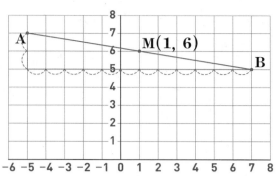

두 점 A와 B가 세로로는 2칸, 가로로는 12칸 떨어져 있으므로
점 A에서 세로로 1칸, 가로로 6칸 떨어진 곳에 점 M을 표시합니다.

E(5, 3)

4

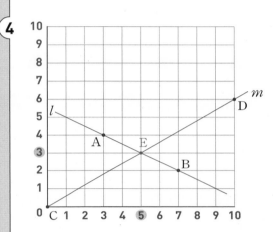

두 직선 l과 m이 만나는
점 E는 가로축으로 5만큼,
세로축으로 3만큼 간 점입니다.
→ E(5, 3)

232°

5

$\overrightarrow{OB}$가 시계 방향으로 $\overrightarrow{OA}$까지 회전하여 만든 각은 다음과 같습니다.

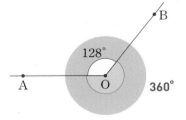

$$360° - 128° = 232°$$

동수

6

직선은 무수히 많은 점들로 이루어져 있으므로 직선에 놓이는 점은 무수히 많습니다.

207°

7 각도의 합과 차를 이용하여 각도를 구합니다.

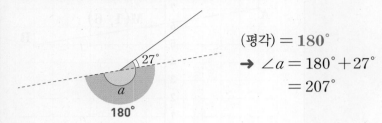

(평각) $= 180°$

$\rightarrow \angle a = 180° + 27°$
$= 207°$

ⓛ, ⓔ, ⓗ, ⓒ

8 ㉠ 직각($90°$)

ㄴ 평각($180°$)

ㄷ 예각($0°$보다 크고 $90°$보다 작은 각)

ㄹ 둔각($90°$보다 크고 $180°$보다 작은 각)

| 참고 |

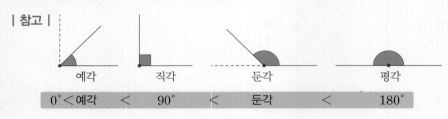

예각   직각   둔각   평각

$0° <$ 예각 $<$ $90°$ $<$ 둔각 $<$ $180°$

2시, 10시

9 긴바늘이 12를 가리킬 때의 시각은 정각입니다.

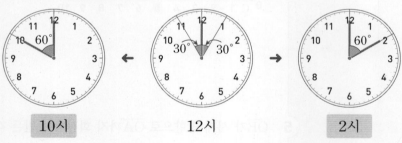

10시   12시   2시

⑤

10 ①

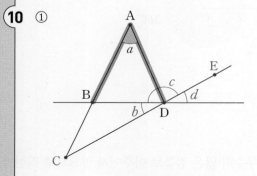

$\angle a = \angle BAD$ $=$ $\angle DAC$

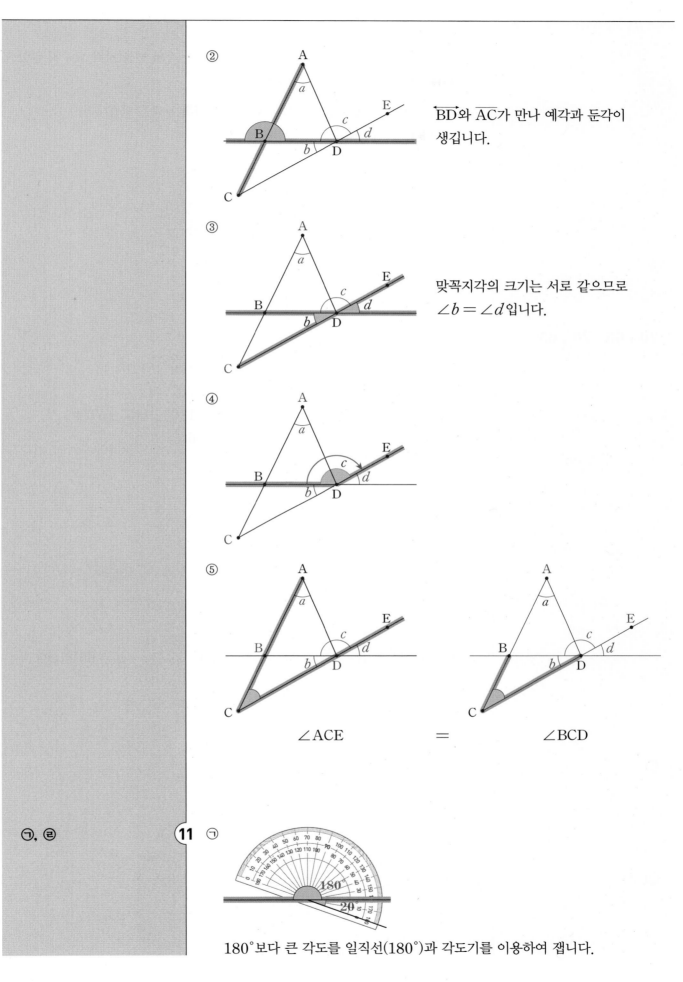

② BD⃡와 AC가 만나 예각과 둔각이 생깁니다.

③ 맞꼭지각의 크기는 서로 같으므로 ∠b = ∠d입니다.

④

⑤

∠ACE = ∠BCD

㉠, ㉣

⑪ ㉠

180°보다 큰 각도를 일직선(180°)과 각도기를 이용하여 잽니다.

ⓒ 각도기의 중심과 각의 꼭짓점, 각도기의 밑금과 각의 변을 각각 맞추지 않았습니다.

ⓒ 각의 한 변이 안쪽 눈금 0에 맞춰져 있으면 안쪽 눈금을 읽습니다.

➔ $110°$

12 ①

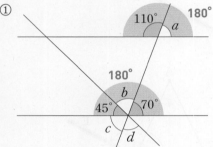

$\angle a = 180° - 110°$
$= 70°$
$\angle b = 180° - (45° + 70°)$
$= 65°$

②

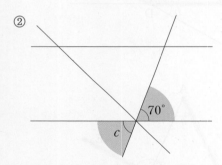 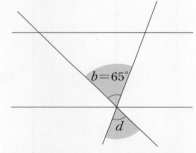

맞꼭지각의 크기는 서로 같으므로 $\angle c = 70°$, $\angle d = \angle b = 65°$입니다.

13 ⑤ 둔각은 $90°$보다 크고 $180°$보다 작습니다.

14 ① $\overleftrightarrow{QR}$

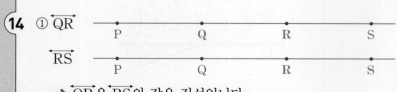

➔ $\overleftrightarrow{QR}$은 $\overleftrightarrow{RS}$와 같은 직선입니다.

$70°, 65°, 70°, 65°$ **12**

⑤ **13**

③, ⑤ **14**

②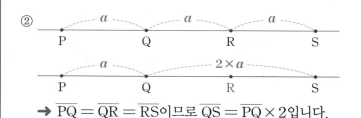

➜ $\overline{PQ} = \overline{QR} = \overline{RS}$이므로 $\overline{QS} = \overline{PQ} \times 2$입니다.

③ $\overrightarrow{RS}$
        P   Q   R   S

➜ 점 Q는 $\overrightarrow{RS}$ 위에 있지 않습니다.

④ $\overrightarrow{RS}$
        P   Q   R   S

   $\overrightarrow{PQ}$
        P   Q   R   S

➜ $\overrightarrow{RS}$는 $\overrightarrow{PQ}$의 일부입니다.

⑤ $\overrightarrow{PR}$
        P   Q   R   S

   $\overrightarrow{QR}$
        P   Q   R   S

➜ $\overrightarrow{PR}$과 $\overrightarrow{QR}$은 시작점이 다르므로 다른 반직선입니다.

(1) $115°$ (2) $84°$

15 (1)

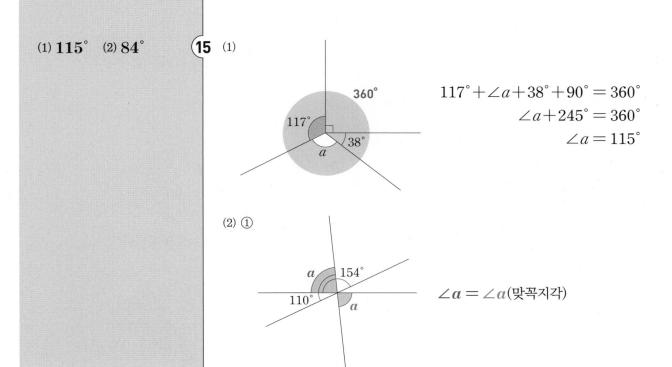

$117° + \angle a + 38° + 90° = 360°$
$\angle a + 245° = 360°$
$\angle a = 115°$

(2) ①

$\angle a = \angle a$(맞꼭지각)

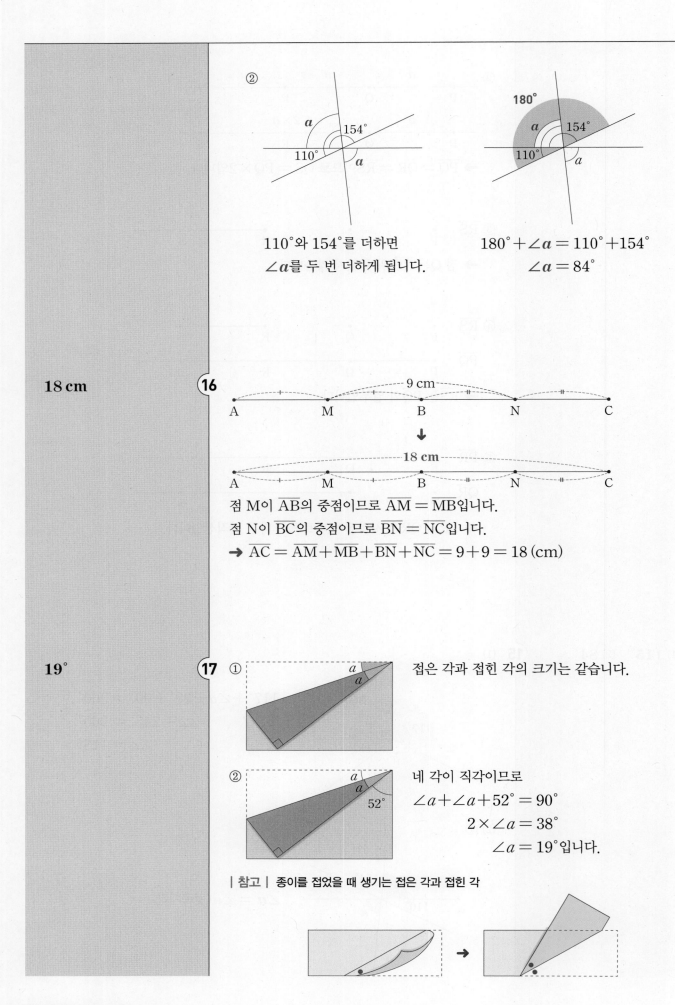

②

110°와 154°를 더하면
∠a를 두 번 더하게 됩니다.

$180° + ∠a = 110° + 154°$
$∠a = 84°$

16

점 M이 $\overline{AB}$의 중점이므로 $\overline{AM} = \overline{MB}$입니다.
점 N이 $\overline{BC}$의 중점이므로 $\overline{BN} = \overline{NC}$입니다.
→ $\overline{AC} = \overline{AM} + \overline{MB} + \overline{BN} + \overline{NC} = 9 + 9 = 18 \, (cm)$

18 cm

17 ①
접은 각과 접힌 각의 크기는 같습니다.

②
네 각이 직각이므로
$∠a + ∠a + 52° = 90°$
$2 × ∠a = 38°$
$∠a = 19°$입니다.

19°

| 참고 | 종이를 접었을 때 생기는 접은 각과 접힌 각

125°

10개

15 cm

18 ①

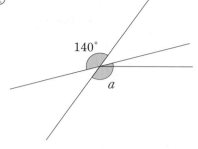

②

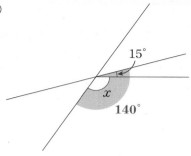

∠a = 140° (맞꼭지각)

∠x = 140° − 15°
    = 125°

19 • 점 A에서 시작하는 선분

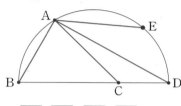

$\overline{AB}$, $\overline{AC}$, $\overline{AD}$, $\overline{AE}$: 4개

• 점 B에서 시작하는 선분

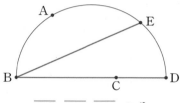

$\overline{BC}$, $\overline{BD}$, $\overline{BE}$: 3개

• 점 C에서 시작하는 선분

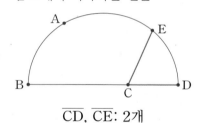

$\overline{CD}$, $\overline{CE}$: 2개

• 점 D에서 시작하는 선분

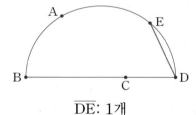

$\overline{DE}$: 1개

➜ 4+3+2+1 = 10(개)

| 참고 | 중복되는 선분은 1개로 셉니다.

20

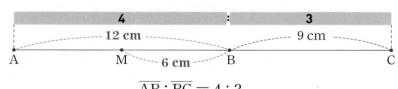

$\overline{AB} : \overline{BC} = 4 : 3$

$\overline{AB} : 9 = 4 : 3$

$\overline{AB} \times 3 = 9 \times 4$

$\overline{AB} \times 3 = 36$

$\overline{AB} = 12 \,(\text{cm})$

$\overline{MB} = 12 \div 2 = 6 \,(\text{cm})$

$\overline{MC} = \overline{MB} + \overline{BC} = 6 + 9 = 15 \,(\text{cm})$

선분, 반직선, 직선 · **1** ① $\overline{AB}$는 $\overrightarrow{AB}$와 $\overleftrightarrow{AB}$에 모두 포함됩니다.

$\overline{AB}$는 두 점 A와 B를 곧게 이은 선이므로 $\overrightarrow{AB}$, $\overleftrightarrow{AB}$보다 짧기 때문입니다.

② $\overrightarrow{AB}$는 $\overleftrightarrow{AB}$에 포함됩니다.

$\overleftrightarrow{AB}$는 양쪽 끝을 끝없이 늘인 곧은 선이고, $\overrightarrow{AB}$는 한쪽 끝만 끝없이 늘인 곧은 선이기 때문입니다.

선분 AB, 반직선 AB, 직선 AB는 모두 같은 두 점 A, B를 지나는 선이므로 겹쳐집니다. 이때, 선분 AB는 반직선 AB보다 짧고, 반직선 AB는 직선 AB보다 짧으므로 선분 AB는 반직선 AB와 직선 AB에 모두 포함되고, 반직선 AB는 직선 AB에 포함됩니다.

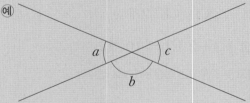

맞꼭지각 · **2** 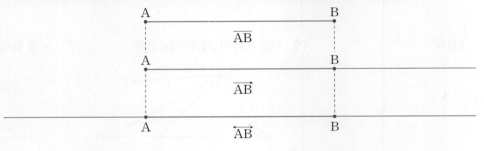 예

· $\angle a + \angle b = 180°$, $\angle b + \angle c = 180°$에서
$\angle a + \angle b = \angle b + \angle c$이므로
$\angle a = \angle c$입니다.
따라서, 맞꼭지각의 크기는 같습니다. /

· $\angle a + \angle b = 180°$이고 $\angle b + \angle c = 180°$인데
$\angle b$는 두 식의 공통인 각이므로 $\angle a = \angle c$입니다.
따라서, 맞꼭지각의 크기는 같습니다.

· $\angle a + \angle b = 180°$, $\angle b + \angle c = 180°$에서
$\angle a = 180° - \angle b$이고, $\angle c = 180° - \angle b$이므로 $\angle a = \angle c$입니다.
따라서, 맞꼭지각의 크기는 같습니다.

2 기본 도형의 위치 관계

1 두 직선은 만나거나, 만나지 않아.
두 직선이 같으면 완전히 겹쳐지고,
두 직선이 서로 다르면 한 점에서 만나거나 아무리 늘여도 만나지 않거든.

(○)
(○)
(×)
(○)

① 도형의 위치 관계란 **두 개 이상의 도형이 놓여 있는 관계**로 점, 선, 면이 놓여 있는 상태를 나타냅니다.

초등 교과에서는 수직과 평행에 집중하여 학습하지만 **도형의 기본 요소인 점, 선, 면의 위치 관계**를 초등 눈높이에 맞게 다루어 중등 학습을 대비할 수 있도록 하였습니다.

❶번 문제에서 학습하게 되는 점과 선 사이의 위치 관계는 다음과 같은 표현으로 나타냅니다.

도형	위치 관계
l ———————•P———	점 P는 직선 l 위에 있다. 점 P는 직선 l에 포함된다. 직선 l은 점 P를 지난다.
•P l ————————————	점 P는 직선 l 밖에 있다. 점 P는 직선 l에 포함되지 않는다. 직선 l은 점 P를 지나지 않는다.

• '점 A가 직선 l 위에 있다'는 것은 직선 l이 점 A를 통과하여 지나는 것입니다.

• 한 평면 위에서 두 직선 l, m은 한 점에서 만납니다.

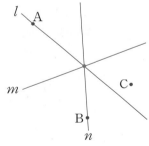

• 점 B를 통과하며 지나는 직선은 직선 n뿐입니다.

• 세 직선 l, m, n 중 어느 하나도 점 C를 지나지 않습니다.
  따라서 점 C는 직선 밖에 있습니다.

  → '점 C가 직선 l 위에 있지 않다.' = '직선 l은 점 C를 지나지 않는다.'
                               = '점 C가 직선 l 밖에 있다.'

② (1) 직선 l과 직선 m은 점 (1, 1)과 점 (5, 4)를 지나는 직선입니다.

  → 같은 두 점 (1, 1), (5, 4)를 지나는 두 직선은 완전히 포개어지므로
    두 직선은 '일치한다'라고 합니다.

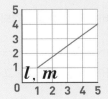

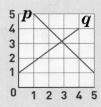

(1) l, m

(2) p, q

해설 참조 /

(1) l과 n (○)

m과 l (　)

k와 s (○)

n과 s (　)

(2) l, m

(3) n, s

(2) 직선 p는 점 $(1, 5)$와 점 $(5, 1)$을 지나고, 직선 q는 점 $(0, 1)$과 점 $(4, 4)$를 지나는 직선입니다.

→ 두 직선이 지나는 위치는 서로 다르지만 한 평면 위에 옮겼을 때, 한 점에서 만납니다.

❸ 한 평면이나 공간에서 **두 직선은 만나거나 만나지 않습니다.**

그중 한 점에서 직각으로 만나는 경우를 수직, 만나지 않는 경우를 평행이라 하고, 이 두 위치 관계는 선과 면, 면과 면으로도 이어질뿐만 아니라 여러 가지 개념들과 연결되어 새로운 개념으로 나아가게 됩니다.

따라서, 초등 과정에서 수직과 평행 사이의 관계를 정확히 이해하여 이후 학습의 기본기가 될 수 있도록 지도해 주세요.

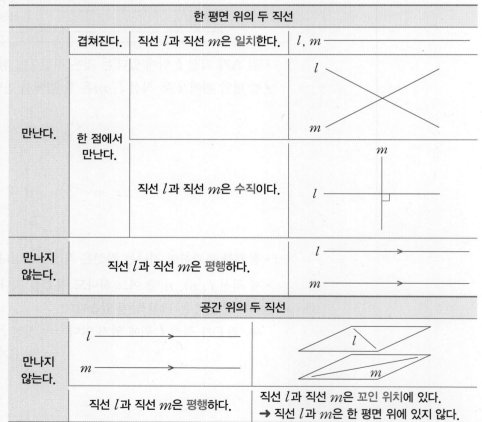

공간에서 두 직선의 꼬인 위치 관계는 수직, 평행 개념보다 중요도가 비교적 덜하고 연결되는 개념이 적어 중등 학습으로 남겨두었습니다.

직선은 끝점이 없이 길이가 무한한 곧은 선이므로 선을 연결하여 눈금 끝까지 그려 봅니다.

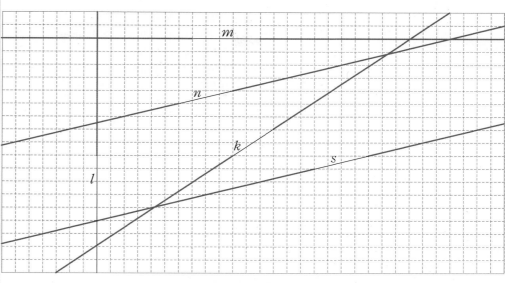

(1) 두 직선이 한 점에서 만날 때, 두 직선이 이루는 각이 직각이 아닌 것을 찾습니다.

(2) 직선 l과 직선 m은 한 점에서 직각으로 만납니다.

　→ 직선 l과 직선 m은 서로 수직입니다.

(3) 한 평면에서 직선 n과 직선 s는 아무리 늘여도 만나지 않습니다.

　→ 직선 n과 직선 s는 서로 평행합니다.

> 서로 다른 두 직선은 한 ((점), 직선 , 면)에서 만나거나 만나지 않습니다.

(1) **직선 B와 직선 D,**
　　직선 C와 직선 E

(2) **직선 B와 직선 D,**
　　직선 C와 직선 E

4 직선의 **기울기**에 대한 대수적 의미는 **수평으로 증가한 크기만큼 수직으로 얼만큼 증가하거나 감소했는지를 나타내는 값**입니다. 따라서 기울기의 값은 직선의 방향에 따라 양수, 음수로도 나타낼 수 있습니다.

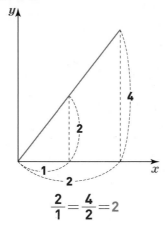

$$\frac{2}{1} = \frac{4}{2} = 2$$

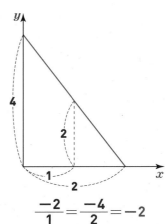

$$\frac{-2}{1} = \frac{-4}{2} = -2$$

이와 같은 기울기의 개념은 중등의 정비례, 반비례의 그래프에서 처음 다루게 되지만 용어 그대로 '**수평한 선에 대해 직선이 기울어진 정도**'로 설명할 수 있고, 기울기를 알아야 평행의 개념을 정확히 이해할 수 있습니다.

따라서, '**평행한 직선이 만나지 않는 이유**', '**평행한 직선에서 동위각, 엇각의 크기가 같은 이유**'를 설명하기 위해 '기울기' 개념을 각도와 함께, 음수가 아닌 경우에 한해 사용하였습니다.

수평한 선에 대해 직선의 기울기가 같은 직선은 아무리 늘여도 만나지 않습니다.

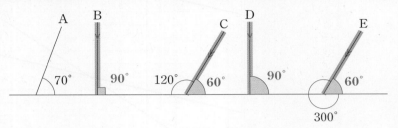

기울기가 같은 두 직선은 서로 (수직 , (평행))합니다.

(1) **해설 참조**
(2) **해설 참조**

5 직선 l의 기울기를 $\dfrac{4}{3}$, 직선 m의 기울기를 $\dfrac{2}{3}$로 구하지 않더라도 **가로칸 수에 대한 세로칸 수로 직선이 기울어진 정도**를 생각합니다.

눈짐작으로 평행한 직선을 그리는 것보다 **수량으로 나타낸 기울기를 이용하는 것이 더 정확하다**는 것을 발견하고, '**기울기가 같은 직선**'='**만나지 않는 직선**'으로 연결하여 평행의 의미를 이해합니다.

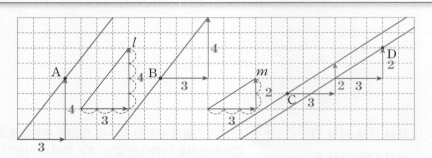

(1) 직선 l의 기울기: $\dfrac{\text{위쪽으로 4만큼}}{\text{오른쪽으로 3만큼}}$ ➡ $\dfrac{4}{3}$

점 A, 점 B에서 오른쪽으로 3칸, 위쪽으로 4칸 움직인 점을 각각 표시한 다음 곧은 선을 긋습니다.

(2) 직선 m의 기울기: $\dfrac{\text{위쪽으로 2만큼}}{\text{오른쪽으로 3만큼}}$ ➡ $\dfrac{2}{3}$

점 C, 점 D에서 오른쪽으로 3칸, 위쪽으로 2칸 움직인 점을 각각 표시한 다음 곧은 선을 긋습니다.

평행한 직선은 (2개 , (무수히 많이)) 그을 수 있습니다.

(1) 해설 참조

(2) 해설 참조

(3) $p, q, r / s, t, u$

(기호의 순서가 바뀐 것도
정답으로 처리합니다.)

6 수직인 직선과 평행한 직선 사이의 관계를 학습하기 위한 문제입니다.
직선들을 직접 그어 3개 이상의 직선의 위치 관계를 살펴보고, 한 직선에 수직인 **두 직선이 평행한 이유**를 '기울기' 개념을 이용하여 생각합니다.
초등 교과에서는 수직과 평행의 관계 이해를 위해 '한 직선에 수직인 두 직선이 평행하다'는 특수한 경우만 다루지만 '**한 직선에 기울기가 같은 두 직선을 그으면 평행하다**'로 접근하면 조금 더 넓게 평행 개념을 이해할 수 있습니다.

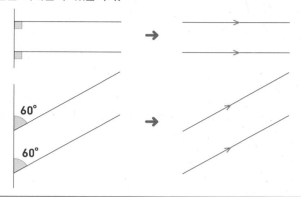

(1) 모눈이 그려진 자를 세 점 A, B, C에 각각 맞추고 직선 l과 직각을 이루도록 고정하여 수직인 직선 p, q, r를 긋습니다.

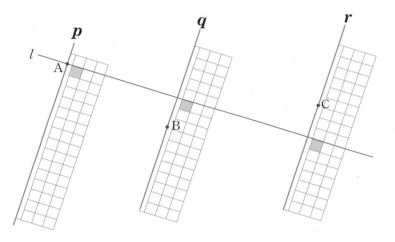

(2) 모눈이 그려진 자를 세 점 A, B, C에 각각 맞추고 직선 m과 직각을 이루도록 고정하여 수직인 직선 s, t, u를 긋습니다.

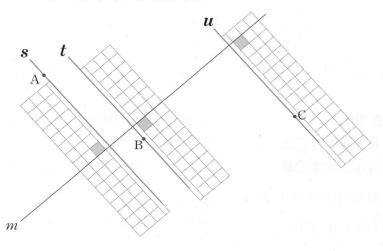

(3) 기울기가 같은 세 직선 p, q, r와 s, t, u는 각각 서로 평행합니다.

→ $p /\!/ q /\!/ r$, $s /\!/ t /\!/ u$

한 직선에 ((수직), 평행)인 두 직선은 서로 (수직 ,(평행))합니다.

해설 참조

7 ① 수직인 직선: 모눈을 이용하여 수직인 직선을 찾습니다.

모눈의 가로줄과 세로줄은 서로 수직이므로 모눈의 격자점을 이은 두 직선도 서로 수직입니다.

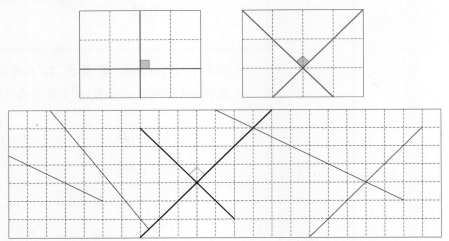

② 평행한 직선: 모눈을 이용하여 기울기가 같은 직선을 찾습니다.

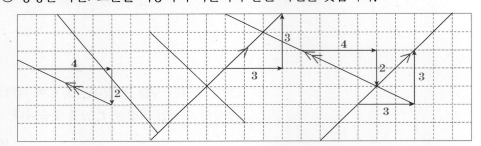

해설 참조 /

(1) $\overline{\mathrm{PM}}$, $\overline{\mathrm{QN}}$에 ○표,
   $\overline{\mathrm{NB}}$, $\overline{\mathrm{AB}}$에 ○표

(2) M(9, 5), N(13, 5)

(3) $\overline{\mathrm{PM}}$ / M, $\overline{\mathrm{PM}}$

8 수직과 평행 개념에서 파생되는 용어들을 배우고 하나의 수선이 정해지는 경우를 발견하기 위한 문제입니다.

・ 한 직선에 그을 수 있는 수선은 무수히 많다.
・ 직선 밖의 한 점을 지나고, 그 직선에 그을 수 있는 수선은 1개뿐이다.

각 용어들은 새롭게 여겨 외우기보다
'**평행선: 평행한 두 직선, 수선: 수직인 두 직선**'과 같이 뜻을 풀어 이해할 수 있도록 지도해 주세요.

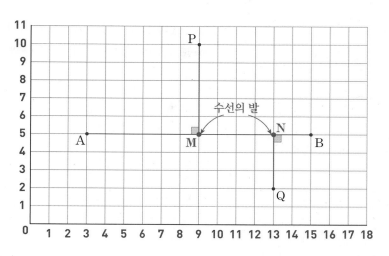

(1) 모눈에서 가로선과 세로선은 서로 수직이므로 모눈의 점선을 따라 두 직선이 만나도록 긋습니다.

→ ($\overline{AB}$의 수선) = ($\overline{AB}$와 서로 수직인 선) = $\overline{PM}$, $\overline{QN}$

  ($\overline{NQ}$의 수선) = ($\overline{NQ}$와 서로 수직인 선) = $\overline{NB}$, $\overline{AB}$

(3)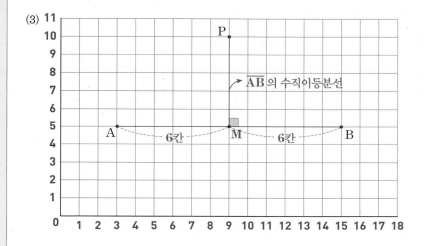

(1) **해설 참조**

(2) ⊥

(3) $\overline{AB}$(또는 $\overline{AM}$, $\overline{MB}$), M, $\overline{NM}$

9 (1) ① $\overline{AB}$의 중점을 찾아 점 M을 표시합니다. → M(10, 1)

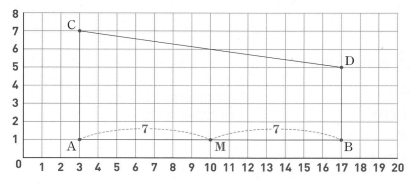

② $\overline{CA}$와 $\overline{DB}$는 각각 $\overline{AB}$에 수직인 선분이므로 $\overline{CA}$와 $\overline{DB}$에 평행한 선분 $\overline{NM}$
도 $\overline{AB}$에 수직입니다.

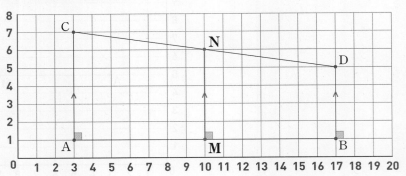

(3) (점 N에서 $\overline{AB}$에 내린 수선의 발)
= (점 N에서 $\overline{AB}$에 내린 수선과 $\overline{AB}$가 만나는 점)

문제로 발견한 개념

한 평면에 놓인 두 직선은 만나거나 만나지 않는다.

① 직선 ℓ과 m이 한 점에서 직각으로 만날 때, ℓ과 m은 서로 ((수직) , 평행)이라 하고
기호 ℓ $\boxed{\perp}$ m으로 나타냅니다.

② 직선 ℓ과 m을 끝없이 늘여도 만나지 않을 때 ℓ과 m은 서로 (수직 , (평행))하다 하고
기호 ℓ $\boxed{//}$ m으로 나타냅니다.

③ 수직인 두 직선 또는 선분을 서로에 대한 $\boxed{\text{수선}}$ 이라고 합니다.

④ 점 P에서 $\overline{AB}$에 수선을 그을 때, $\overline{AB}$와 만나는 점을 $\boxed{\text{수선의 발}}$ 이라고 합니다.

⑤ $\overline{AB}$에 내린 수선의 발이 $\overline{AB}$의 (시작점 , (중점) , 끝점)일 때, 그 수선을 $\overline{AB}$의 수직이등분선이라고
합니다.

문제 속 개념찾기

70~73쪽

2 도형에서 '거리'란, 두 도형 사이의 가장 가까운 '길이'를 뜻해.

(1) 6, 짧은에 ○표

(2) $\overline{AD}$

(3) **4 cm**

(4) **//**

(5) AD, 4

① [1. 기본 도형]에서 학습했던 '두 점 사이의 거리 개념(가장 가까운 길이)'과 '수직' 개념을 연결
하여 점과 선 사이의 거리 구하는 방법을 발견하는 문제입니다.
'도형 사이의 거리'와 '수직'의 관계는 평면도형의 넓이뿐만 아니라 입체도형까지 이어지는 개념
이므로 '최단 거리'를 바탕으로 정확히 이해할 수 있도록 지도해 주세요.

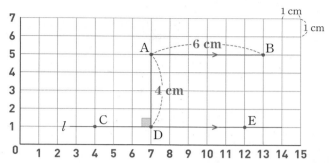

(1) (점 A와 점 B 사이의 거리) = (두 점을 이은 가장 짧은 선분의 길이)
$$= \overline{\text{AB}} = 6\,\text{cm}$$

(2) (점 A와 직선 l 사이의 거리) = (점 A에서 직선 l에 그은 수선의 길이)
$$= \overline{\text{AD}}$$

(4) $\overline{\text{AB}}$와 직선 l은 만나지 않으므로 서로 평행합니다.

(5) $\overline{\text{AB}}$와 직선 l 사이를 잇는 수선의 길이는 4 cm로 일정합니다.

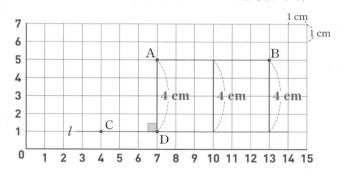

· 점과 직선 사이의 거리는 점과 직선을 ((수직), 평행)으로 이은 선분의 길이입니다.
· 평행한 두 직선 사이의 거리는 두 직선을 ((수직), 평행)으로 이은 선분의 길이입니다.
→ 두 도형 사이의 거리는 가장 ((짧은), 긴) 길이이기 때문입니다.

5 cm

② (점 A와 평면 P 사이의 거리)
= (점 A와 평면 P 위의 점을 이은 선분의 길이 중 가장 짧은 거리)
= (점 A에서 평면 P에 내린 수선의 발 점 D까지의 거리) = $\overline{\text{AD}}$

점과 평면 사이의 거리는 점에서 평면에 내린 ((수선), 선분)의 길이입니다.

$\overline{\text{AE}}$, $\overline{\text{BH}}$

③ 선분과 평면 사이의 거리는 선분 위의 한 점에서 평면에 수직으로 내린 선분의 길이와 같습니다.

해설 참조 /

(1) **2**

(2) **3**

4

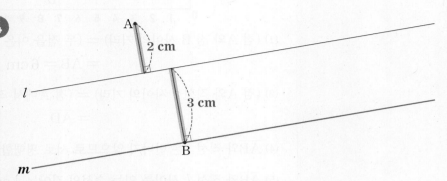

(1) 점 A에서 직선 l에 그은 수선의 길이를 잽니다.

(2)

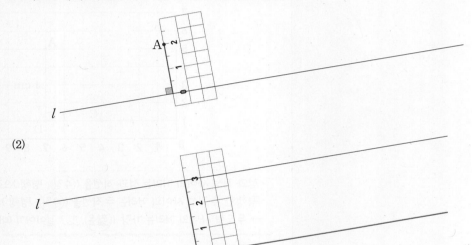

① 점 B에서 직선 l에 수선을 긋습니다.

② ①에서 그은 수선과 수직이고, 점 B를 지나는 직선 m을 긋습니다.

③ ①에서 그은 수선의 길이를 잽니다.

해설 참조 /

(1) **3 cm**

(2) **3, 3, 3**

5 길이와 거리를 구분하여

평행선 사이에 길이를 갖는 선분은 무수히 많지만 **거리를 나타내는 선분은 '수직인 선분'이 유일함**을 이해하고, 평행선이 서로 만나지 않는 직선이라는 개념과 연결하여 평행선 사이의 거리가 일정함을 발견하는 문제입니다.

평행선 사이의 거리 개념은 평행한 두 면 사이의 거리로도 이어질뿐만 아니라 평행선 위의 점과 직선 사이의 거리 등을 구하는 데에도 활용됩니다.

직선 m은 직선 l과 기울기가 같아야 하므로 $\overline{BD}$와 수직이고 점 D를 지납니다.

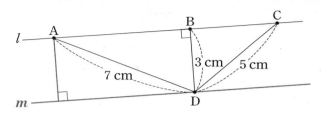

⑴ (직선 l과 점 D 사이의 거리) = (점 D에서 직선 l에 그은 수선의 길이)
$$= 3\,\text{cm}$$

⑵ 평행한 두 직선은 기울기가 같으므로 거리가 일정합니다. 이때, 두 평행선 사이의 거리는 평행선 사이의 수직인 선분의 길이입니다.

> (⃝평행한, 수직인) 두 직선 사이의 거리는 일정합니다.
> → (⃝평행한, 수직인) 두 직선은 아무리 늘여도 만나지 않기 때문입니다.

평행에 ○표, 12

❻ $\overline{AB}\perp l$이고, $\overline{CD}\perp l$이므로 $\overline{AB}\,/\!/\,\overline{CD}$입니다.
  $\overline{AB}$와 $\overline{CD}$의 기울기가 같으므로
평행한 두 직선 사이의 거리는 일정하므로
$\overline{AB}$와 $\overline{CD}$ 사이의 거리는 $\overline{BD} = 12\,\text{cm}$입니다.

해설 참조

❼
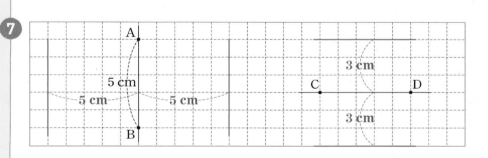

> 한 평면에서 한 직선과 거리가 같은 평행선은 [2]개입니다.

문제로 발견한 개념

두 도형을 수직으로 이은 선분이 거리가 된다.

① 점과 직선 사이의 거리는 두 도형 사이의 [수직]인 선분의 길이입니다.

② 평행한 두 직선 사이의 거리는 두 직선에 [수직]인 선분의 길이입니다.

③ 직선과 평면 사이의 (길이 , ⃝거리)는 두 도형 사이의 수직인 선분의 (⃝길이 , 거리)입니다.

④ (수직인 , ⃝평행한) 도형 사이의 거리는 일정합니다.

1 한 평면에 놓인 두 직선은 만나거나 만나지 않는다.

(1) ㉠, ㉡, ㉣, ㉤

(2) ㉢

(3) ㉡

(4) ㉤

1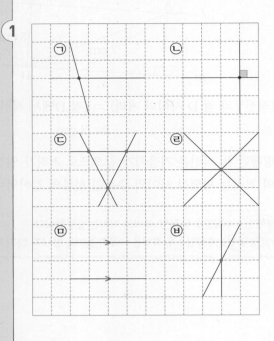

해설 참조

2 예

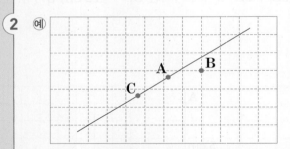

• 점 A를 직선 위에 표시합니다. 직선이 점 A을 통과하여 지나도록 그립니다.

• 점 B가 직선 위에 있지 않도록 표시합니다.

• 점 A, B, C는 서로 다른 점이므로 점 A과 겹치지 않도록 직선 위에 점 C를 표시합니다.

＋ 개념플러스

점과 선의 위치 관계를 나타내는 표현

도형	위치 관계
l ———— P• ————	점 P는 직선 l 위에 있다. 점 P는 직선 l에 포함된다. 직선 l은 점 P를 지난다.
•P l ————————	점 P는 직선 l 밖에 있다. 점 P는 직선 l에 포함되지 않는다. 직선 l은 점 P를 지나지 않는다.

④

3 ④ 직선 l과 m은 한 점 A에서 만납니다.

⑤ 서로 다른 두 직선이 한 점에서 만나면 네 개의 각이 생깁니다.

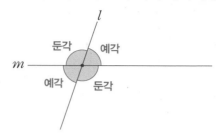

(가), (다), (마)

4 모눈의 가로선과 세로선을 이용하여 직각으로 만나는 직선을 찾습니다.

⑤

5 ② $\overleftrightarrow{AC} /\!/ \overleftrightarrow{BD}$이므로 $\overleftrightarrow{AC}$와 $\overleftrightarrow{BD}$가 $\overleftrightarrow{AB}$와 만나 이루는 기울기는 같습니다.

→ $\overleftrightarrow{AC} /\!/ \overleftrightarrow{BD}$이고, $\overleftrightarrow{AC} \perp \overleftrightarrow{AB}$이므로 $\overleftrightarrow{BD} \perp \overleftrightarrow{AB}$입니다.

⑤ 점 D는 $\overleftrightarrow{BD}$ 위에 있습니다.

(1) (다), (라)
(2) **4개**

6 (1) 모눈의 칸 수를 세어 기울기와 방향이 같은 선분이 있는 도형을 찾습니다.

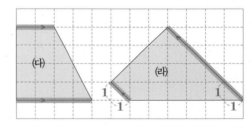

(2) 모눈의 가로선, 세로선을 이용하여 직각으로 만나는 변이 있는 도형을 찾습니다.

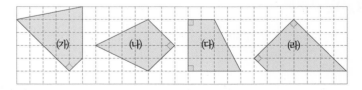

| 참고 |
모눈의 가로줄과 세로줄은 서로 수직이므로 모눈에 그은 같은 기울기의 대각선도 서로 수직입니다.

 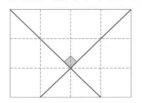

（예）

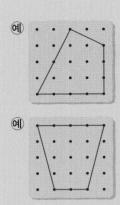

7 • 기준이 되는 한 선분을 정하고 그 선분과 이루는 각이 직각이 되도록 한 점의 위 치를 옮깁니다.

（예）
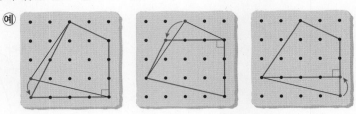

• 기준이 되는 한 선분을 정하고 그 선분과 기울기가 같아지도록 한 점의 위치를 옮깁니다.

（예）
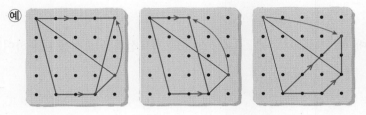

⑤

8 ⑤ 컴퍼스로는 직각인 도형을 그릴 수 없습니다.

| 참고 | **컴퍼스**: 한 점으로부터 같은 거리의 점을 이은 곡선을 그릴 때 사용합니다.

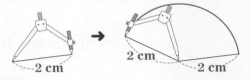

(1) B⊥G, E⊥G

(2) B∥E, C∥F

9 ⑴ 모눈의 가로선과 세로선을 이용하여 직각으로 만나는 두 직선을 찾습니다.

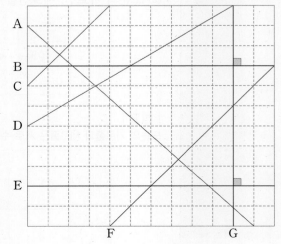

(2) 기울기가 같은 두 직선을 찾습니다.

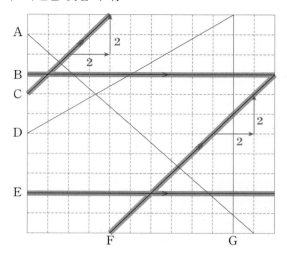

⑤

10

①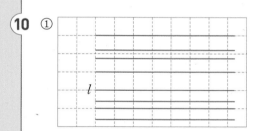

②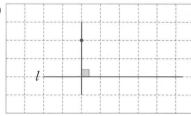

③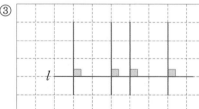

④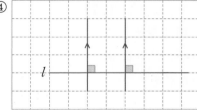

⑤ 직선 l 밖의 한 점을 지나는 직선은 직선 l과 한 점에서 만나거나 평행합니다.

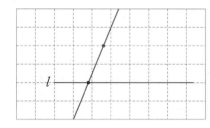

(1) **2개**

(2) **1개**

(3) **3개**

(4) **0개**

11 한 평면에 놓인 세 직선의 위치 관계는 문제에 제시된 조건의 4가지뿐입니다.
위치 관계의 성질과 교점(선과 선이 만나는 점) 수의 관계를 생각해 봅니다.

주어진 조건에 맞게 세 직선을 그어 봅니다.

(1)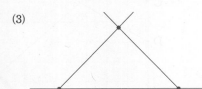

(2)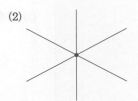

(3)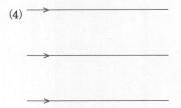

(4)

(1) **해설 참조**

(2) 例 (**1, 4**), (**4, 7**)

(3) **해설 참조**

(4) (**3, 2**), (**1, 4**)

(5) $n /\!/ s$

12 (1) 점 C를 지나면서 직선 l과 기울기가 같은 직선을 긋습니다.

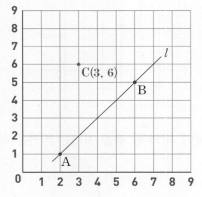 →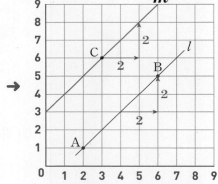

(2) 직선 m과 모눈의 격자 점이 만나는 곳을 찾습니다.

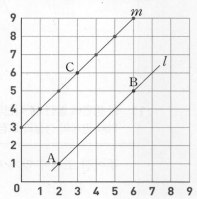

(3) 점 D를 지나면서 직선 l과 직각이 되도록 격자 점을 찾아 직선을 긋습니다.

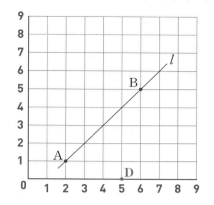 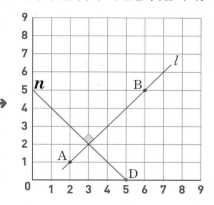

(4)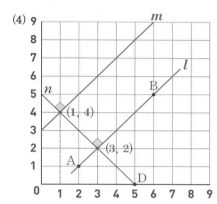

(5)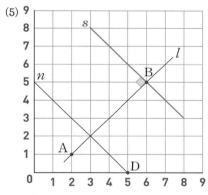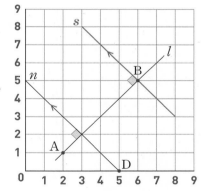

점 B를 지나면서 직선 l과 직각이 되도록 격자점을 찾아 직선 s를 긋습니다.

직선 l에 수직인 두 직선 n과 s는 기울기가 $90°$로 같으므로 서로 평행합니다. → $n /\!/ s$

(1) 해설 참조, $/\!/$
(2) 해설 참조, $\perp$
(3) 해설 참조, $/\!/$
(4) 해설 참조, $/\!/$

⑬ (1) $l /\!/ m$이고, $l /\!/ n$이면 세 직선의 기울기가 모두 같습니다.

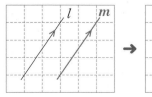 → 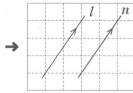 →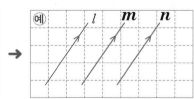

→ $m /\!/ n$

(2) $l \perp m$이고, $l /\!/ n$이면 m과 n도 수직으로 만납니다.

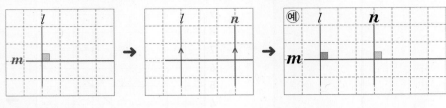

➜ $m \perp n$

(3) $l \perp m$이고, $l \perp n$이면 직선 m, n의 기울기는 같습니다.

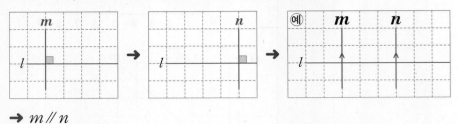

➜ $m /\!/ n$

(4) $l /\!/ m$이고, $l /\!/ n$이면 세 직선의 기울기가 모두 같습니다.

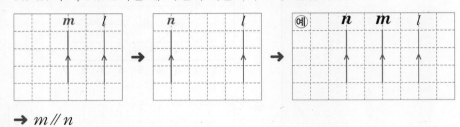

➜ $m /\!/ n$

60°

14 ①

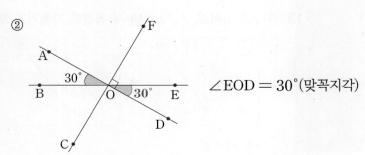

$\overleftrightarrow{AD} \perp \overleftrightarrow{CF}$이므로
$\angle FOD = 90°$입니다.

②

$\angle EOD = 30°$(맞꼭지각)

③

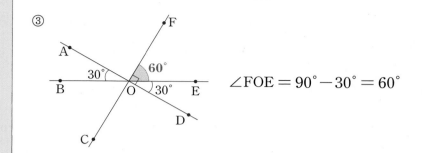

$\angle \mathrm{FOE} = 90° - 30° = 60°$

⑤

⑮ ⑤ 한 평면 위의 두 직선은 만나거나 만나지 않습니다.

만나는 경우		만나지 않는 경우
일치합니다.	한 점에서 만납니다.	평행합니다.
l, m	l　　　　m　　　l　　m	l　　m

ⓒ, 해설 참조

⑯ ⓔ A⊥B, B⊥C, C⊥D이면 D∥B이기 때문입니다.

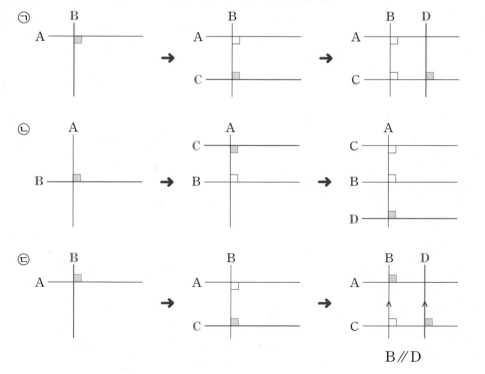

B∥D

(1) **90°**

(2) **$\overleftrightarrow{AB} \perp \overrightarrow{PM}$**

(3) **$\overleftrightarrow{PM}$**

(4) **14 cm**

17 $\overleftrightarrow{PM}$이 $\overline{AB}$의 수직이등분선이므로 $\overline{AB} \perp \overleftrightarrow{PM}$이고 $\overline{AM} = \overline{BM}$입니다.

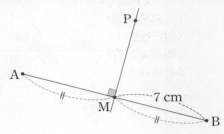

(3) ($\overline{MB}$의 수선) = ($\overline{MB}$와 서로 수직인 선) = $\overleftrightarrow{PM}$

(4) $\overleftrightarrow{PM}$은 $\overline{AB}$의 수직이등분선이므로 $\overline{AB} = \overline{MB} \times 2$입니다.

➔ $\overline{AB} = 7 \times 2 = 14 \,(\text{cm})$

해설 참조 /
(5, 0), (0, 5), (0, 0)

18 점 A에서 직선 l과 직선 m, n에 각각 수직인 선을 그어 수선의 발을 찾고 그 점을 순서쌍으로 나타냅니다.

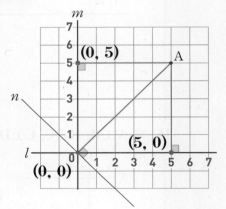

$l \perp \overline{FE}$, $l \perp \overline{GH}$

19

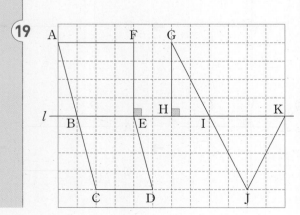

③

20 $\overline{AB}$의 수직이등분선은 $\overline{AB}$의 중점을 지나고 $\overline{AB}$와 수직인 직선입니다.

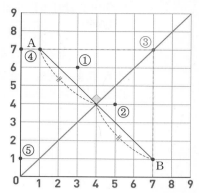

→ $\overline{AB}$의 수직이등분선과 만나는 점의 위치는 (7, 7)입니다.

(1) **40°**

(2) **8 cm**

21 (1) $\overline{CF}$는 $\overline{AD}$의 수직이등분선이므로 $\overline{CF} \perp \overline{AD}$입니다.

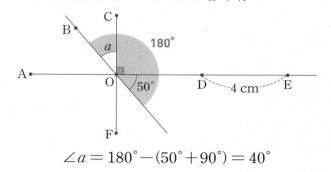

$$\angle a = 180° - (50° + 90°) = 40°$$

(2) ① 점 D는 $\overline{OE}$의 중점이므로 $\overline{OD} = \overline{DE}$입니다.

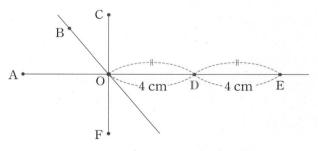

② $\overline{CF}$는 $\overline{AD}$의 수직이등분선이므로 $\overline{AO} = \overline{OD}$입니다.

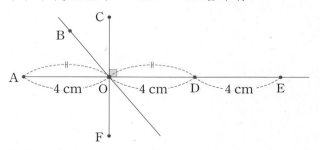

$$\overline{AO} = \overline{OD} = \overline{DE} = 4 \text{ cm}$$

→ (점 A와 점 D 사이의 거리) $= \overline{AD} = 4 + 4 = 8 \text{ (cm)}$

22 삼각형의 각 꼭짓점에서 마주 보는 변에 그은 세 수선이 만나는 점을 삼각형의 수심이라 하고 삼각형의 모양에 따른 수심의 위치는 다음과 같습니다.

예각삼각형	직각삼각형	둔각삼각형
삼각형의 안쪽	삼각형의 변	삼각형의 바깥쪽

수심은 중등 과정에서 배우는 내용으로, 본 문제에서는 직선의 위치 관계에 집중하여 수심의 성질을 엿볼 수 있도록 하였습니다.

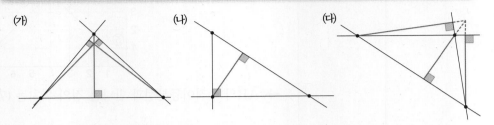

(1) (다) 세 수선을 연장하면 한 점에서 만납니다.

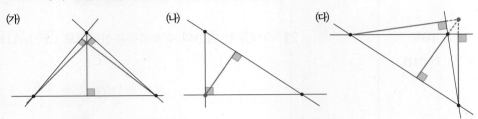

(2) 세 직선이 만나 평면(삼각형)을 이룹니다. 세 수선이 한 점에서 만날 때 점의 위치는 세 직선이 만나 이루는 면의 모양에 따라 다릅니다.

⑤

23 ① 점 A를 지나고 $\overline{BC}$와 평행한 직선은 1개뿐입니다.

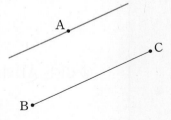

② 점 A를 지나고 $\overline{BC}$와 수직인 직선은 1개뿐입니다.

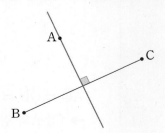

③ 점 A에서 $\overline{BC}$에 내린 수선과 $\overline{BC}$가 만나는 점은 **1개**뿐입니다.

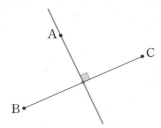

④ $\overline{BC}$의 중점을 지나고 $\overline{BC}$와 수직인 직선은 **1개**뿐입니다.

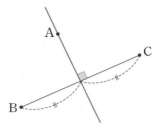

⑤ 점 A를 지나면서 $\overline{BC}$와 한 점에서 만나는 직선은 무수히 많이 그을 수 있습니다.

24

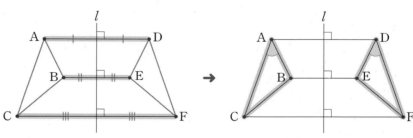

① 직선 l과 $\overline{AD}$, $\overline{CF}$가 각각 수직으로 만나므로 $\overline{AD}$와 $\overline{CF}$의 기울기가 같습니다.
→ $\overline{AD} /\!/ \overline{CF}$

② $\overline{AC}$와 $\overline{DF}$를 연장하면 한 점에서 만납니다.
→ $\overline{AC}$와 $\overline{DF}$는 평행하지 않습니다.

③ $\overleftrightarrow{BE} /\!/ \overleftrightarrow{CF}$이므로 두 직선은 만나지 않습니다.

④, ⑤ 점 A, B, C와 점 D, E, F는 직선 l을 기준으로 같은 거리만큼 떨어져 있는 점이므로 점 A, B, C와 점 D, E, F를 각각 선분으로 이어 만든 두 도형의 모양과 크기가 같습니다.
→ $\angle BAC = \angle EDF$

2 두 도형을 수직으로 이은 선분이 거리가 된다.

②	**1** 점 P에서 직선 l에 내린 수선을 찾습니다.

②, ④

2 평행한 두 선분을 수직으로 이은 선분의 길이가 3인 것을 찾습니다.

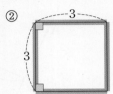

점 B, 점 C

3 두 도형을 수직으로 이은 선분이 거리가 됩니다.

③

4 ② $(\overline{AB}$의 수선$) = (\overline{AB}$와 서로 수직인 선$) = \overline{AD}, \overline{BC}$

③ (점 D와 $\overline{AB}$ 사이의 거리$) = \overline{AD} = 3 \, \text{cm}$

④ 평행한 도형 사이의 거리는 일정합니다.
→ (점 D와 $\overline{BC}$ 사이의 거리$) = $ (점 A와 $\overline{BC}$ 사이의 거리$) = 4 \, \text{cm}$

⑤ 점 C에서 $\overline{AB}$에 내린 <u>수선과 $\overline{AB}$가 만나는 점</u>은 점 B입니다.
　　　　　　　　 =수선의 발

③

5 ① 점 A에서 직선 l에 수직으로 이은 선분으로 거리를 잴 수 있습니다.

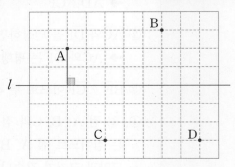

② (점 C와 B 사이의 거리$) = \overline{CB} = \overline{BC}$

③ $\overleftrightarrow{AB}$와 직선 l 사이의 거리가 일정하지 않으므로 거리를 잴 수 없습니다.

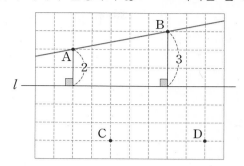

④ $\overline{CD}$와 직선 l을 수직으로 이은 선분으로 거리를 잴 수 있습니다.

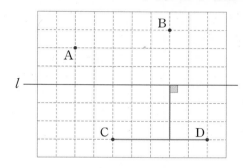

⑤ 점 D에서 $\overleftrightarrow{AB}$에 수직으로 이은 선분으로 거리를 잴 수 있습니다.

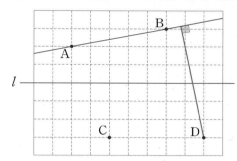

②, ⑤

6 ② 두 선분 사이의 거리는 평행한 두 선분 위의 모든 점에서 수직으로 이은 선분입니다.

④ 한 점에서 만나는 두 직선 사이의 거리는 일정하지 않으므로 구할 수 없습니다.

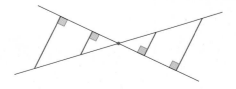

⑤ 점 A를 포함하는 직선이 직선 l과 평행하지 않을 수 있습니다.

→ 평행하지 않은 두 직선 사이의 거리는 잴 수 없습니다.

8 cm

⑦

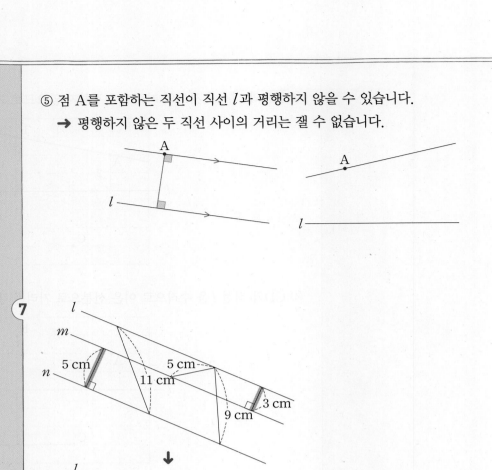

ⓛ, ⓔ

8 ㉠

$P \perp Q$이므로 평면 P에 포함된 직선 l과 평면 Q에 포함된 직선 m은 서로 수직입니다.

→ $l \perp m$

㉡

직선 n, m은 서로 수직인지 알 수 없습니다.

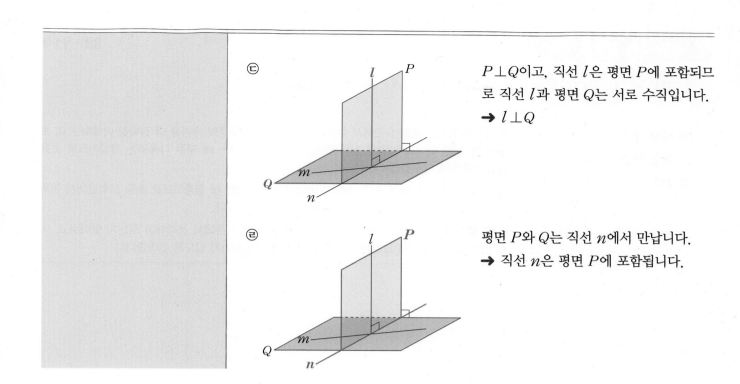

ⓒ

$P \perp Q$이고, 직선 l은 평면 P에 포함되므로 직선 l과 평면 Q는 서로 수직입니다.

→ $l \perp Q$

ⓓ

평면 P와 Q는 직선 n에서 만납니다.

→ 직선 n은 평면 P에 포함됩니다.

3 평행한 두 직선은 기울기가 같기 때문이야.

(1) **해설 참조**

(2) **해설 참조**

(3) **4쌍**

❶ 동위각과 엇각은 중등 1–2에서 학습하는 내용이지만 평행의 개념을 더 정확히 이해하는 데 도움이 될 뿐만 아니라 다양한 응용문제를 간단히 해결하는 데 자주 사용되는 개념이므로 초등 눈높이에 맞게 다루었습니다.

중등 학습에서는 동위각, 엇각 개념의 이해보다 활용하는 데 집중되므로 초등 고학년에서 정확히 개념을 이해하고 적용해 보면서 중등 학습을 대비합니다.

❶번 문제에서는 동위각 즉, '같은 위치'의 각을 어떤 기준에서 생각해야 하는지 알아보고, 이를 바탕으로 **'동위각의 크기는 항상 같다'**는 오개념이 생기지 않도록 잡아줍니다.

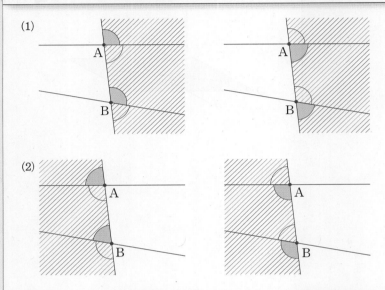

(1)

(2)

(3) 두 직선과 다른 한 직선이 만나 생기는 각은 8개이고, 동위각은 모두 4쌍입니다.

두 직선이 한 직선과 만날 때 생기는 각의 위치는 직선들이 만나는 점 을 기준으로 구분합니다.

(1) $=$

(2) $=$, $=$

(3) $\angle b$, $\angle d$, $\angle f$

❷ 평행선에서 동위각의 크기가 왜 같은지 발견하는 문제입니다.

평행선과 동위각의 관계는 '평행선의 성질 1'로 구분할 정도로 매주 중요한 개념 중의 하나이고, 중고등까지 다양한 문제를 해결하는 데 활용됩니다.

'평행선에서 동위각의 크기는 같다'를 외우게 하지 마시고, '기울기'와 '일직선의 각도'를 이용하여 그 이유를 스스로 설명할 수 있도록 충분히 이해할 수 있도록 지도해 주세요.

논리적으로 설명하거나, 예시를 들어 반증하는 등의 연습은 사고력을 키우는 밑거름이 됩니다.

(1) 평행한 두 직선의 기울기는 같습니다. 따라서 수평한 선과 만나 생기는 같은 위치의 두 각의 크기는 같습니다.

(2) 일직선이 이루는 각의 크기가 180°이고, $\angle a = \angle b$임을 이용합니다.

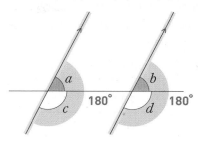

$$\angle a = \angle b$$
$$180° - \angle a = 180° - \angle b$$
$$\angle c = \angle d$$

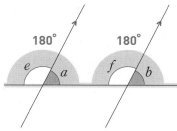

$$\angle a = \angle b$$
$$180° - \angle a = 180° - \angle b$$
$$\angle e = \angle f$$

(3) 평행한 직선에서 동위각의 크기는 각각 같습니다.

두 직선이 ((평행), 수직)하면 동위각 의 크기가 같습니다.

해설 참조

3
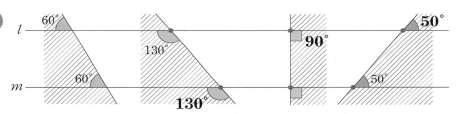

직선 l과 m이 만나는 점을 기준으로 같은 쪽 각의 크기는 같습니다.

(1) **85°**
(2) **40°**

4 (1) 85°와 $\angle x$는 점을 기준으로 오른쪽의 위쪽에 있는 각입니다.

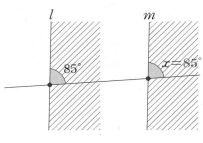

(2) $\angle x$와 40°는 점을 기준으로 오른쪽의 아래쪽에 있는 각입니다.

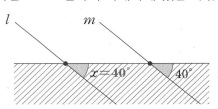

5 평행선에서 동위각의 크기가 같은 이유를 '**기울기가 같기 때문**'으로 이해하기 위한 문제입니다. 평행한 여러 개의 직선에 한 직선을 그으면 같은 크기의 동위각이 여러 개 만들어지므로 직관적으로 같은 쪽 각의 크기가 같음을 확인할 수 있습니다.

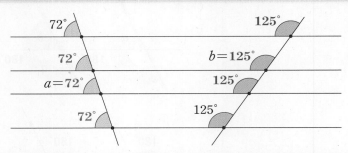

직선이 만나는 점을 기준으로 같은 위치에 있는 각(동위각)의 크기는 모두 같습니다.

6 평행선과 동위각의 관계는 다음과 같이 서로 역전개할 수 있습니다.

> 두 직선이 평행하면 동위각의 크기가 같다.
>
> ↕
>
> 동위각의 크기가 같으면 두 직선은 평행하다.

위 개념 역시 여러 가지 문제를 해결하고, 증명하는 데 활용되는 중요한 개념이므로 정확히 이해하고 문제를 통해 충분히 연습할 수 있도록 지도해 주세요.

두 직선이 다른 한 직선과 만나 생기는 동위각의 크기가 같으면 두 직선은 평행합니다.

각의 크기로 두 직선의 ((위치 관계), 길이)를 알 수 있습니다.

7 '**동위각은 평행과 관계없이 두 직선과 한 직선이 만날 때 모두 만들어지고, 그중 두 직선이 평행한 경우에만 크기가 같다**'는 개념을 명확히 하기 위한 문제입니다.
'동위각의 크기가 항상 같다'라는 오개념이 생기지 않도록 지도해 주세요.

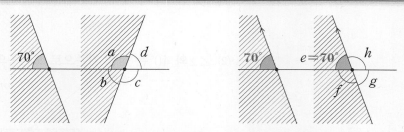

점을 기준으로 같은 위치에 있는 각은 모두 동위각이고, 그중 두 직선이 평행한 경우에만 동위각의 크기가 같습니다.

(1) *a*, *d* / *b*, *c*

(2) 해설 참조

(3) 2쌍

- 동위각은 ((크기) , 위치)와 상관없이 (크기 , (위치))로만 찾습니다.
- 동위각의 크기가 같은 때는 두 직선이 평행 할 때뿐입니다.
  → 두 직선이 평행 하면 기울기가 같기 때문입니다.

8 동위각과 마찬가지로 두 직선이 만나는 점을 기준으로 '엇갈린 위치'의 각을 알아보는 문제입니다. 동위각보다 엇각을 찾기 힘들어하는 경우가 많으므로 다음과 같이 기준이 되는 꼭짓점에서 '각을 이루는 선'을 그어 도움이 될 수 있도록 지도해 주세요.

(2)

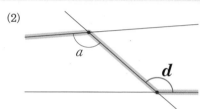   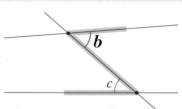

∠*a*: 왼쪽 아래에 있는 각   ∠*b*: 오른쪽 아래에 있는 각

∠*d*: 오른쪽 위에 있는 각   ∠*c*: 왼쪽 위에 있는 각

(3) 두 직선과 다른 한 직선이 만나 생기는 각은 8개이고, 그중 엇각은 두 직선 사이에 2쌍이 생깁니다.

(왼쪽부터)

(1) 65 /

65, 65, 맞꼭지각 /

65, 65, 엇각

(2) 110, 동위각 /

110, 110 /

110, 110, 엇각

9 **평행선에서 엇각의 크기가 왜 같은지** 발견하는 문제입니다.
평행선과 엇각의 관계는 '평행선의 성질 2'로 구분할 정도로 매주 중요한 개념 중의 하나이고, 중고등까지 다양한 문제를 해결하는 데 활용됩니다.
'평행선에서 엇각의 크기는 같다'를 외우게 하지 마시고, **'동위각'과 '맞꼭지각'을 이용**하여 그 이유를 충분히 이해하고 스스로 설명할 수 있도록 지도해 주세요.

(수직 , (평행))한 두 직선이 다른 한 직선과 만날 때 생기는 엇각의 크기는 같습니다.

해설 참조

10

l — 48° ... 145° ...

m — **48°** ... 145° ... **90°**

평행선과 다른 한 직선이 만나 생기는 엇각의 크기는 각각 같습니다.

(1) **53°**

(2) **60°**

11 평행선에서 엇각의 크기는 각각 같습니다.

(1)

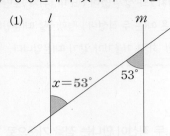

$x = 53°$

(2)

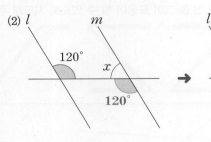

$$\angle x = 180° - 120° = 60°$$

134°, 134°, 45°, 45°

12

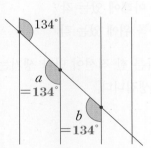

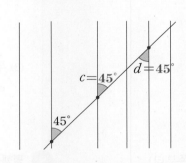

$\angle a = (134°의\ 엇각) = 134°$ $\angle c = (45°의\ 동위각) = 45°$

$\angle b = (134°의\ 동위각) = 134°$ $\angle d = (45°의\ 엇각) = 45°$

해설 참조

13 평행선을 지나는 직선을 그었을 때, 크기가 같은 각을 찾아 동위각, 엇각, 맞꼭지각의 관계를 한눈에 살펴보는 문제입니다.
같은 크기의 각을 찾는 것만으로 끝나는 것이 아니라, 평행선을 공부할 때 사용했던 기울기 개념을 다시 한번 연결하여 각의 크기가 같은 이유를 설명할 수 있도록 지도해 주세요.

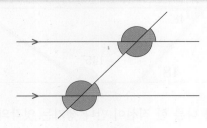

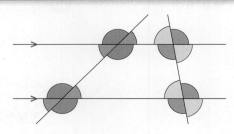

C와 D에 ○표,
엇각에 ○표

⑭ 평행선과 엇각의 관계는 다음과 같이 서로 역전개할 수 있습니다.

> 두 직선이 평행하면 엇각의 크기가 같다.
>
> ↕
>
> 엇각의 크기가 같으면 두 직선은 평행하다.

위 개념 역시 여러 가지 문제를 해결하고, 증명하는 데 활용되는 중요한 개념이므로 정확히 이해하고 문제를 통해 충분히 연습할 수 있도록 지도해 주세요.

두 직선이 다른 한 직선과 만나 생기는 엇각의 크기가 같으면 두 직선은 평행합니다.

> 각의 크기로 두 직선의 ((위치 관계) , 길이)를 알 수 있습니다.

d, h / h

⑮ '엇각은 평행과 관계없이 두 직선과 한 직선이 만날 때 모두 만들어지고, 그중 두 직선이 평행한 경우에만 크기가 같다'는 개념을 명확히 하기 위한 문제입니다.
'엇각의 크기가 항상 같다'라는 오개념이 생기지 않도록 지도해 주세요.

점을 기준으로 엇갈린 위치에 있는 각은 모두 엇각이고, 그중 두 직선이 평행한 경우에만 엇각의 크기가 같습니다.

> · 엇각은 ((크기) , 위치)와 상관없이 (크기 , (위치))로만 찾습니다.
> · 엇각의 크기가 같은 때는 두 직선이 평행 할 때뿐입니다.

+ 개념플러스

동위각과 엇각

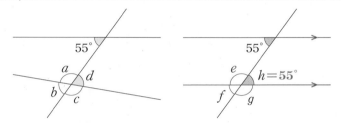

	동위각 ➡ 같은 위치	엇각 ➡ 엇갈린 위치
l // m	110° / 110°	65° / 65°
l // m이 아닐 때	80° / 110°	80° / 65°

(1) 35, 50

(2) 35, 50 / 85°

16 직선으로 각을 분할하거나 만들 수 있으므로 각의 꼭짓점에 평행한 보조선을 그으면 엇각, 동위각을 만들 수 있고, 이 전략은 여러 가지 응용 문제를 해결하는 방법으로 자주 사용됩니다.

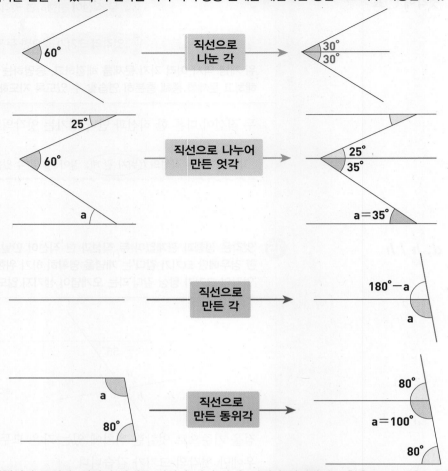

평행선과 동위각, 엇각의 관계를 직선과 각의 관계, 성질과 연결하여 도형을 보다 넓은 시각으로 바라보고 자유롭게 다룰 수 있도록 지도해 주세요.

(1) 평행선에서 엇각의 크기는 같습니다.

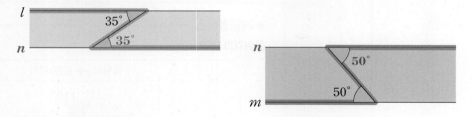

(2) 직선 l, m과 평행한 직선을 그어 $\angle x$를 두 엇각의 합으로 만들 수 있습니다.

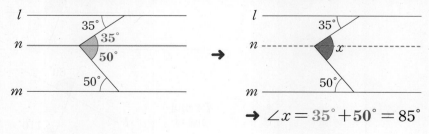

➡ $\angle x = 35° + 50° = 85°$

새로운 (수선 , (평행선))을 그어 (동위각 , (엇각))을 만들 수 있습니다.

한 평면에서 만나지 않는 두 직선의 기울기는 같다.

① 서로 다른 두 직선이 한 직선과 만날 때, 같은 위치에 있는 각을 ((동위각) , 엇각)이라고 합니다.

② 서로 다른 두 직선이 한 직선과 만날 때, 엇갈린 위치에 있는 각을 (동위각 , (엇각))이라고 합니다.

③ 평행선에서 동위각, 엇각의 크기는 각각 ((같습니다) , 다릅니다).
→ 평행선의 ((기울기) , 길이)가 같기 때문입니다.

---

3 한 평면에서 만나지 않는 두 직선의 기울기는 같다.

(1) 동위각에 ○표

(2) 엇각에 ○표

1 (1) 두 직선이 다른 한 직선과 만나서 생긴 각 중 같은 위치에 있는 각을 나타낸 것이므로 서로 동위각입니다.

(2) 두 직선이 다른 한 직선과 만나서 생긴 각 중 엇갈린 위치에 있는 각을 나타낸 것이므로 서로 엇각입니다.

$\angle e$, $\angle f$, $\angle d$, $\angle c$

2 두 직선이 다른 한 직선과 만나 생긴 각 중 같은 위치에 있는 각을 찾습니다.

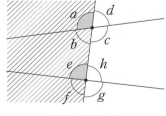
왼쪽 위의 각

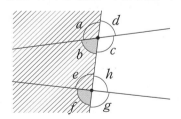
왼쪽 아래의 각

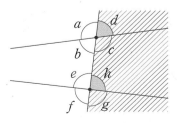
오른쪽 위의 각

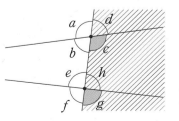
오른쪽 아래의 각

$\angle f$, $\angle c$

3

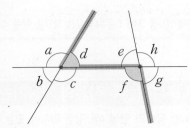 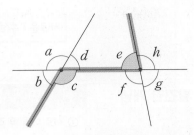

$\angle d$: 오른쪽 위에 있는 각 　　　$\angle c$: 오른쪽 아래에 있는 각

$\angle f$: 왼쪽 아래에 있는 각 　　　$\angle e$: 왼쪽 위에 있는 각

(1) **100**

(2) **80**

(3) **60**

(4) **120**

4

(1)

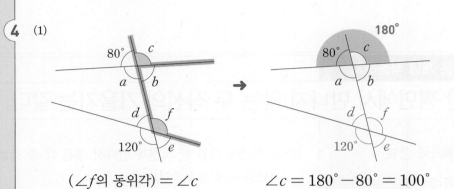

$(\angle f$의 동위각$) = \angle c$ 　　　$\angle c = 180° - 80° = 100°$

(2)

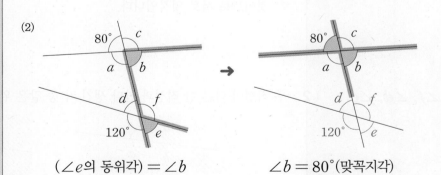

$(\angle e$의 동위각$) = \angle b$ 　　　$\angle b = 80°$(맞꼭지각)

(3)

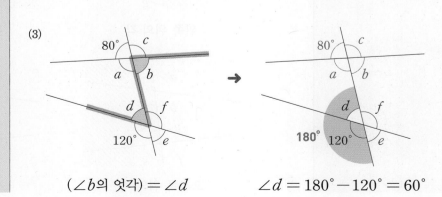

$(\angle b$의 엇각$) = \angle d$ 　　　$\angle d = 180° - 120° = 60°$

(4)

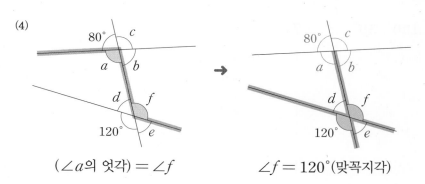

$(\angle a$의 엇각$) = \angle f$ $\angle f = 120°$(맞꼭지각)

| 주의 | 두 직선이 평행하지 않으면 엇각과 동위각의 크기는 각각 같지 않습니다.

120°

5

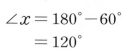

삼각자를 움직여 그린 직선이므로
기울기가 같습니다.

$\angle x = 180° - 60°$
$= 120°$

(1) **125, 55**
(2) **80, 100**

6

(1)

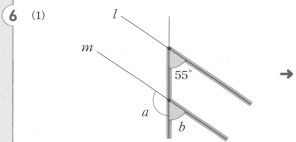

$l /\!/ m$이므로 동위각의 크기는 같습니다.
$\angle b = 55°$

$\angle a = 180° - 55°$
$= 125°$

(2)

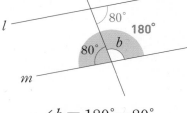

$l /\!/ m$이므로 엇각의 크기는 같습니다.
$\angle a = 80°$

$\angle b = 180° - 80°$
$= 100°$

130°, 130°, 50°

7 ①

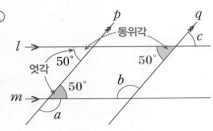

평행선에서 동위각과 엇각의
크기는 각각 같습니다.

②

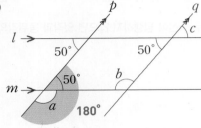

$\angle a = 180° - 50° = 130°$

③

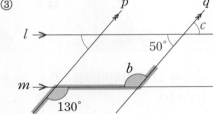

$\angle b = (\angle a$의 엇각$)$
$\qquad = 130°$

④

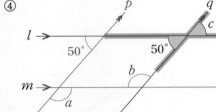

$\angle c = 50°$(맞꼭지각)

(1) $\angle a$, $\angle c$
(2) $\angle f$, $\angle h$

8 평행선에서 동위각의 크기는 각각 같습니다.

(1)

93°와 동위각인 각은
$\angle a$, $\angle c$입니다.

(2)

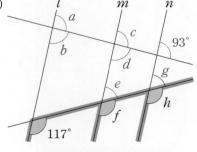

117°와 동위각인 각은
$\angle f$, $\angle h$입니다.

(1) **맞꼭지각, 동위각,**
    엇각, 맞꼭지각, 엇각

(2) (위에서부터)
    55°, 50° /
    55°, 75° /
    105°, 75° /
    105°, 75° /
    55°, 125° /
    55°, 125°

(1) • ⑧은 ⑩의 맞꼭지각

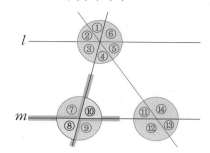

• ⑬은 ⑤의 동위각

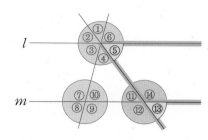

• ⑪은 ⑤의 엇각

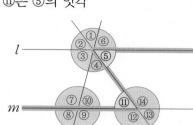

• ⑥은 ③의 맞꼭지각

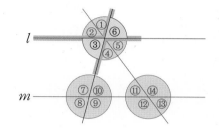

• ③은 ⑩의 엇각

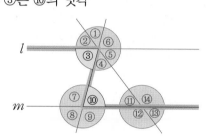

(2)

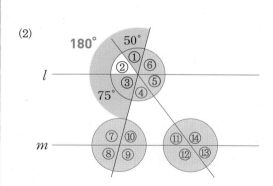

$\angle ② = 180° - (50° + 75°)$
  $= 55°$

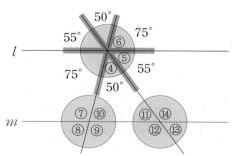

$\angle ④ = 50°$
$\angle ⑤ = 55°$
$\angle ⑥ = 75°$

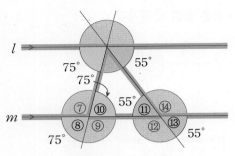

- ∠⑩ = 75°, ∠⑪ = 55°(엇각)
- ∠⑧ = (∠⑩의 맞꼭지각) = 75°, ∠⑬ = (∠⑪의 맞꼭지각) = 55°

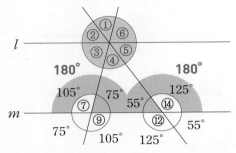

- ∠⑦ = 180° − 75° = 105°, ∠⑨ = (∠⑦의 맞꼭지각) = 105°
- ∠⑭ = 180° − 55° = 125°, ∠⑫ = (∠⑭의 맞꼭지각) = 125°

(1) 50°, 60°, 70°

(2) 180°

10 (1)

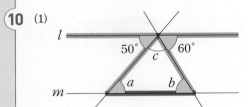 →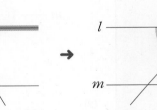

$l /\!/ m$이므로 엇각의 크기는 각각 같습니다.

→ ∠a = 50°, ∠b = 60°

∠c = 180° − (50° + 60°)
　　= 70°

(2) ∠a + ∠b + ∠c = 50° + 60° + 70° = 180°

| 참고 | 평행선의 성질을 이용하여 (삼각형의 세 각의 크기의 합) = 180°임을 알 수 있습니다.

45°, 50°

11 ①

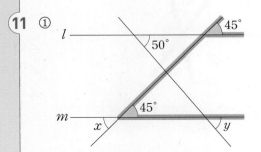 →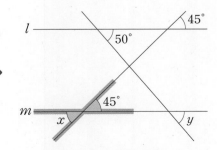

$l /\!/ m$이므로 동위각의 크기는 같습니다.

∠x = 45°(맞꼭지각)

② 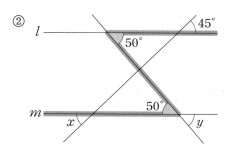 →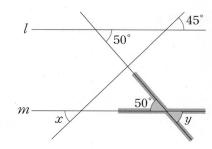

$l /\!/ m$이므로 엇각의 크기는
같습니다.

$\angle y = 50°$ (맞꼭지각)

12 두 직선의 동위각 또는 엇각의 크기가 각각 같으면 두 직선은 평행합니다.

①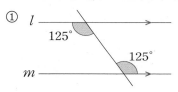

엇각의 크기가 같으므로
$l /\!/ m$입니다.

②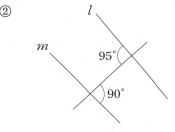

엇각의 크기가 다르므로
두 직선은 평행하지 않습니다.

③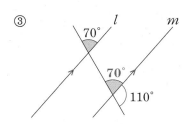

동위각의 크기가 같으므로
$l /\!/ m$입니다.

④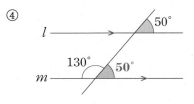

동위각의 크기가 같으므로
$l /\!/ m$입니다.

⑤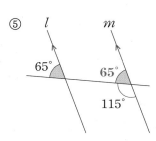

동위각의 크기가 같으므로
$l /\!/ m$입니다.

13

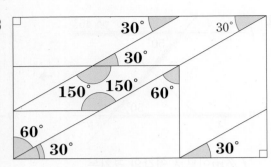

- 주어진 각 30°의 동위각 또는 엇각을 찾습니다.

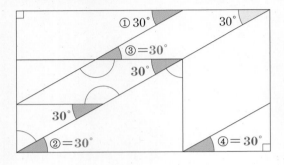

∠① = 30°(동위각)

∠② = 30°(엇각)

∠③ = (∠①의 엇각) = 30°

∠④ = (∠②의 동위각) = 30°

- 직각과 평각(180°)을 이용하여 각을 구합니다.

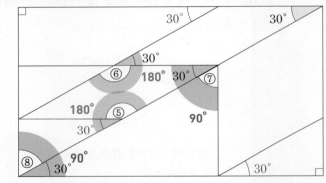

∠⑤ = ∠⑥	∠⑦ = ∠⑧
= 180° − 30° = 150°	= 90° − 30° = 60°

B∥D, C∥F **14**

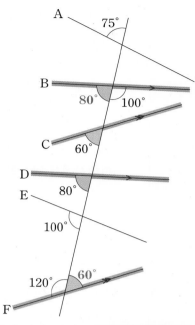

직선 B와 D가 다른 직선과 만나 생기는 동위각이 80°로 같습니다.

→ B∥D

직선 C와 F가 다른 직선과 만나 생기는 엇각이 60°로 같습니다.

→ C∥F

(1) 해설 참조

(2) **60°** **15** (1)

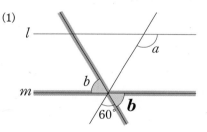

맞꼭지각의 크기는 같습니다.

(2)

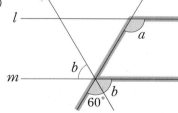

$l∥m$이므로 동위각의 크기가 같습니다.

$$∠a = ∠b + 60°$$

$$∠a - ∠b = 60°$$

(1) **100°**

(2) **55°** **16** (1)

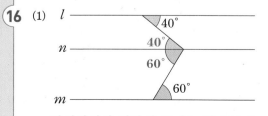

평행선에서 엇각의 크기는 같습니다.

$$∠x = 40° + 60° = 100°$$

(2) 직선 l, m에 평행하고 $\angle x$의 꼭짓점을 지나는 보조선 n을 그어 $\angle x$를 둘로 나눕니다.

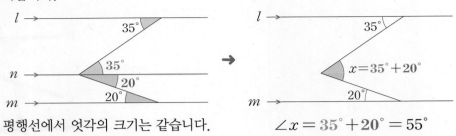

평행선에서 엇각의 크기는 같습니다.

$$\angle x = 35° + 20° = 55°$$

17 직선 l, m에 평행하고 68°인 각의 꼭짓점을 지나는 보조선 n을 그어 68°인 각을 둘로 나눕니다.

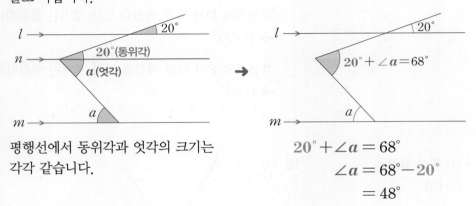

평행선에서 동위각과 엇각의 크기는 각각 같습니다.

$$20° + \angle a = 68°$$
$$\angle a = 68° - 20°$$
$$= 48°$$

48°

18 ①

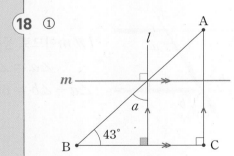

$\overline{BC}$와 평행한 직선 m을 그으면 $l \perp m$입니다.

②

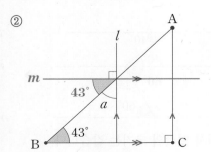

평행선에서 엇각의 크기는 같습니다.
→ $43° + \angle a = 90°$
$\angle a = 90° - 43°$
$\angle a = 47°$

47°

1 도형 사이의 거리는 선분 또는 수선의 길이다.

가장 짧은 곧은 선이 도형에서의 거리다. ≫ 두 도형 사이의 거리는 수직인 선분의 길이와 같다.

④

1 두 도형 사이의 거리는 두 도형을 잇는 가장 짧은 곧은 선의 길이입니다.
점과 점 사이의 거리는 두 점을 잇는 선분의 길이로, 도형과 도형 사이의 거리는 수직으로 이은 선분의 길이로 구합니다.

① $\overleftrightarrow{AD}$와 $\overleftrightarrow{GH}$ 사이의 거리: 6 cm

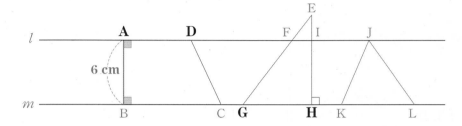

② 점 I와 $\overleftrightarrow{LK}$ 사이의 거리: 6 cm

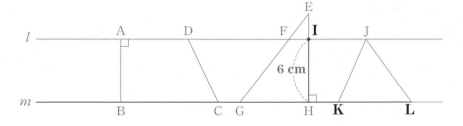

③ 점 A와 B 사이의 거리: 6 cm

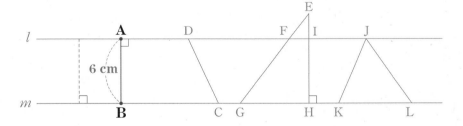

④ 점 J와 H를 이은 선분의 길이는 l, m을 잇는 수직인 선분의 길이와 같지 않으므로 6 cm가 아닙니다. → 주어진 도형에서 점 J와 점 H 사이의 거리를 알 수 없습니다.

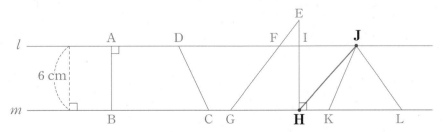

⑤ $\overleftrightarrow{FI}$와 $\overline{BC}$ 사이의 거리: 6 cm

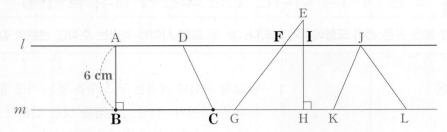

15, 9

2 ① 점 D와 $\overleftrightarrow{CF}$ 사이의 거리

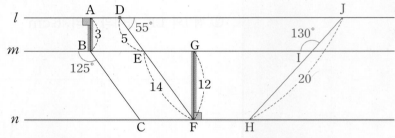

(점 D와 $\overleftrightarrow{CF}$ 사이의 거리) = (직선 l과 직선 n 사이의 거리)
$$= \overline{AB} + \overline{GF} = 3 + 12 = 15$$

② 점 B와 점 E 사이의 거리

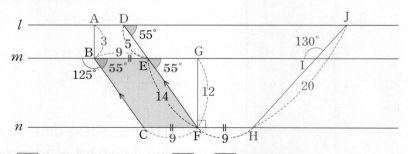

$\overline{GF}$가 $\overline{CH}$의 수직이등분선이므로 $\overline{CF} = \overline{FH} = 9$이고,
$m /\!/ n$이므로 (점 B와 점 E 사이의 거리) = $\overline{BE} = \overline{CF} = 9$입니다.

2 접은 부분과 접힌 부분의 각의 크기는 같다.

평행한 두 직선은 기울기가 같다. ≫ 평행한 두 직선과 한 직선이 만날 때, 동위각, 엇각의 크기는 각각 같다.

(1) **60°**

(2) **122°**

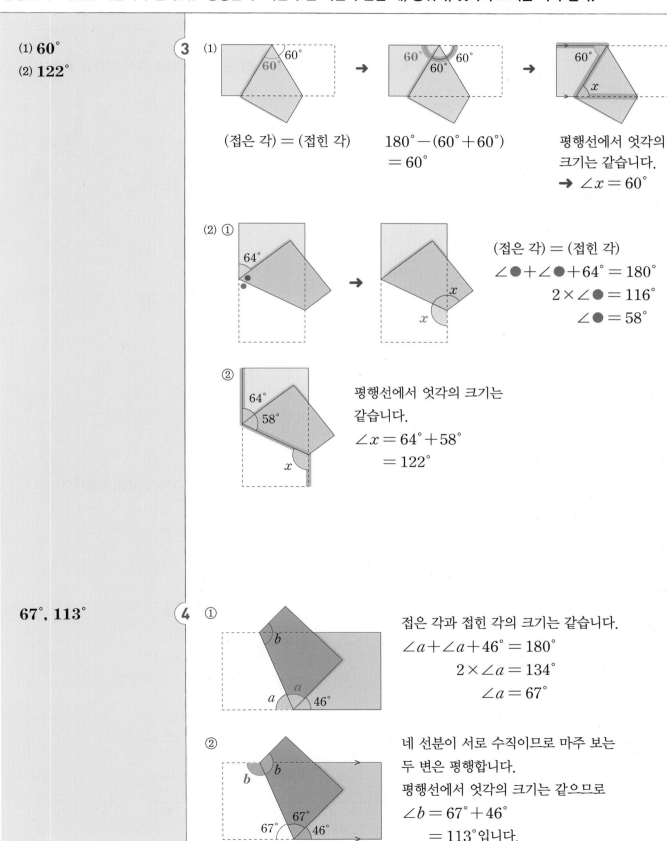

3

(1)

(접은 각) = (접힌 각)

$180° - (60° + 60°)$
$= 60°$

평행선에서 엇각의
크기는 같습니다.
→ $\angle x = 60°$

(2) ①

(접은 각) = (접힌 각)

$\angle \bullet + \angle \bullet + 64° = 180°$

$2 \times \angle \bullet = 116°$

$\angle \bullet = 58°$

②

평행선에서 엇각의 크기는
같습니다.

$\angle x = 64° + 58°$
$= 122°$

67°, 113°

4

①

접은 각과 접힌 각의 크기는 같습니다.

$\angle a + \angle a + 46° = 180°$

$2 \times \angle a = 134°$

$\angle a = 67°$

②

네 선분이 서로 수직이므로 마주 보는
두 변은 평행합니다.

평행선에서 엇각의 크기는 같으므로

$\angle b = 67° + 46°$
$= 113°$입니다.

3 평행선을 그어 새로운 엇각, 동위각을 만들 수 있다.

한 직선에 평행한 직선은 무수히 많다. » **평행한 직선의 기울기는 모두 같다.**
» **평행한 두 직선과 한 직선이 만날 때, 동위각, 엇각의 크기는 각각 같다.**

50°

5 ① $\angle x$의 꼭짓점을 지나고 직선 l, m과 평행한 직선을 그어 엇각을 찾습니다.

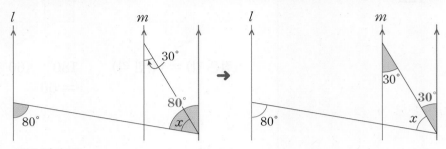

②

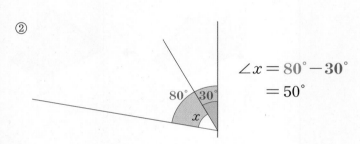

$$\angle x = 80° - 30°$$
$$= 50°$$

145°

6 ① 점 C를 지나고 $\overline{AB}$, $\overline{DE}$와 평행한 직선 $\overleftrightarrow{CF}$를 그어 엇각을 찾습니다.

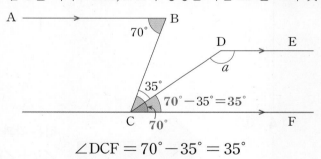

$$\angle DCF = 70° - 35° = 35°$$

② $\overline{DE}$의 연장선을 그어 엇각을 찾습니다.

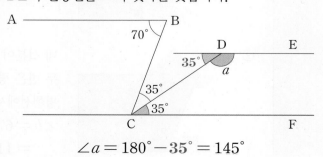

$$\angle a = 180° - 35° = 145°$$

4 평행선의 성질로 거리와 각의 크기를 구할 수 있다.

기본 도형의 위치 관계를 통해 각도와 넓이의 변화를 확인하는 고3 교육청 모의고사 문제입니다.
이와 같이 지금 배우는 기본 도형의 위치 관계, 특히 평행선의 성질에 대한 개념이 고등까지 이어진다는 것을 설명해 주시는 용도로 사용하고 본 문제는 풀지 않습니다. 단, 참고용으로 정답과 해설을 안내합니다.

정답 ④

해설 $\overline{AD} = \overline{CD}$이므로 삼각형 ADC는 이등변삼각형이고,
$\overline{AE} = \overline{CE}$이다. 또한, 선분 AC와 선분 DF가 평행하므로
$\angle BDF = \theta$이고, 삼각형 DEF는 직각삼각형이다.

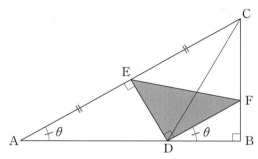

삼각형 ABC에서 $\overline{AC} = \sec\theta$이므로 $\overline{AE} = \dfrac{1}{2}\sec\theta$

삼각형 AED에서 $\overline{DE} = \overline{AE} \times \tan\theta = \dfrac{1}{2}\sec\theta\tan\theta$,

$\overline{AD} = \overline{AE} \times \sec\theta = \dfrac{1}{2}\sec^2\theta$이므로 $\overline{DB} = 1 - \dfrac{1}{2}\sec^2\theta$

삼각형 DBF에서

$$\overline{DF} = \overline{DB} \times \sec\theta = \sec\theta\left(1 - \dfrac{1}{2}\sec^2\theta\right)$$

$$S(\theta) = \dfrac{1}{2} \times \overline{DE} \times \overline{DF}$$

$$= \dfrac{1}{2} \times \dfrac{1}{2}\sec\theta\tan\theta \times \sec\theta\left(1 - \dfrac{1}{2}\sec^2\theta\right)$$

$$= \dfrac{1}{4}\sec^2\theta\tan\theta\left(1 - \dfrac{1}{2}\sec^2\theta\right)$$

$$\lim_{\theta \to 0+} \dfrac{S(\theta)}{\theta} = \lim_{\theta \to 0+} \dfrac{\dfrac{1}{4}\sec^2\theta\tan\theta\left(1 - \dfrac{1}{2}\sec^2\theta\right)}{\theta}$$

$$= \dfrac{1}{8}$$

60°, 6 cm

7 ① $\overline{AC} \parallel \overline{DF}$이므로 $\angle DCE = \angle CDF = 30°$(엇각)

$\angle EAD = \angle FDB = 30°$(동위각)입니다.

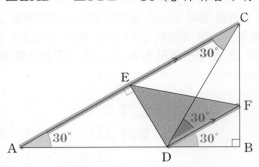

→ $\angle CDB = 30° + 30° = 60°$

② $\overline{ED}$는 $\overline{AC}$의 수직이등분선이므로 $\overline{ED} \perp \overline{AC}$입니다.

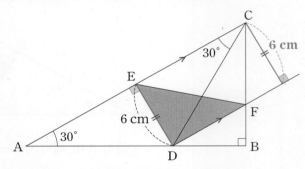

평행한 두 직선 사이의 거리는 항상 일정하므로

(점 C와 $\overleftrightarrow{DF}$ 사이의 거리) = ($\overleftrightarrow{EC}$와 $\overleftrightarrow{DF}$ 사이의 거리) = $\overline{ED}$ = 6 cm입니다.

찾은 개념 정리하기 A

101~109쪽

②, ③ / ⑧, ⑩

1 · 직선 l과 수직이 되도록 각 점을 지나는 직선을 긋고 그중에서 두 점을 지나는 직선 m을 찾습니다.

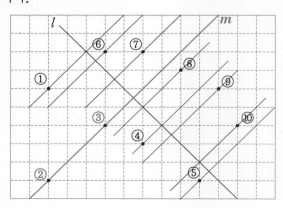

• 직선 l과 평행하도록 각 점을 지나는 직선을 긋고 그중에서 두 점을 지나는 직선
n을 찾습니다.

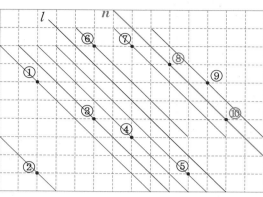

④

2 ④ $\overleftrightarrow{AC} \perp \overleftrightarrow{BD}$이지만 수직이등분선이 아니므로 $\overline{BO} = \overline{DO}$은 알 수 없습니다.

직선 B와 직선 D

3 서로 평행하지 않은 두 직선은 어느 한 점에서 만나므로 거리를 잴 수 없습니다.
따라서 주어진 직선 중 평행한 두 직선을 찾습니다.

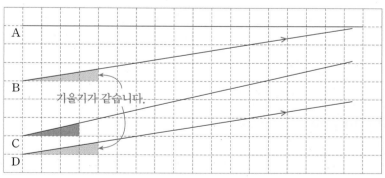

기울기가 같습니다.

6 cm

4 $\overline{CO}$가 $\overline{AF}$의 수직이등분선이므로 $\overline{AO} = \overline{OF}$입니다.

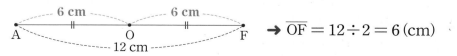

➡ $\overline{OF} = 12 \div 2 = 6\,(\text{cm})$

40°

5 ①
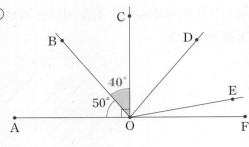
$\angle BOC = 90° - 50° = 40°$

②
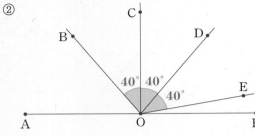
$\overline{OC}$와 $\overline{OD}$가
$\angle BOE$를 3등분하므로
$\angle BOC = \angle COD = \angle DOE$
$= 40°$입니다.

④

6 ① 점 C는 $\overline{BD}$의 중점이 아닙니다.

② 점 A와 점 B 사이의 거리는 선분 AB의 길이인 20 cm입니다.

③ 점 B에서 $\overline{AC}$에 내린 수선의 발은 점 C입니다.

⑤ (점 D와 점 B 사이의 거리) = (선분 DB의 길이)
$= 16 + 9 = 25 \,(\text{cm})$

(점 D와 $\overline{BA}$ 사이의 거리) = (점 D에서 $\overline{BA}$에 그은 수선의 거리)
$= 15 \,\text{cm}$

125°, 55°, 55°

7 ①
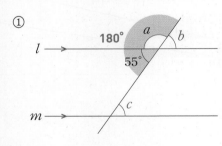
일직선이 이루는 각의 크기가
180°이므로
$\angle a = 180° - 55° = 125°$입니다.

②
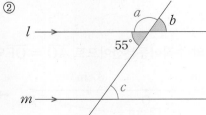
$\angle b = 55°$ (맞꼭지각)

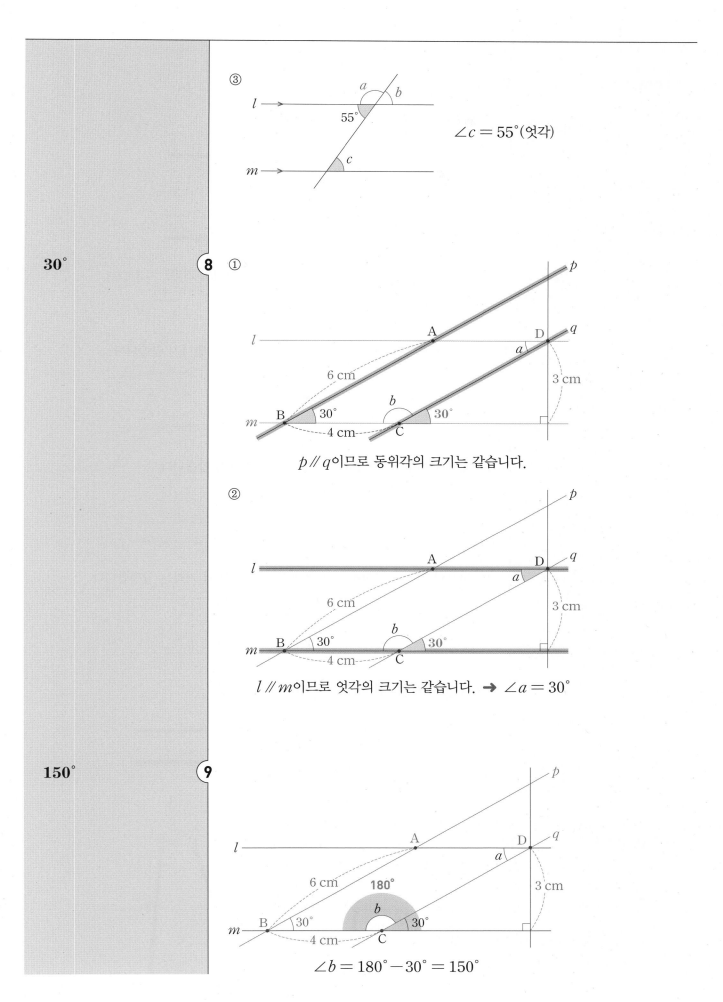

③

$\angle c = 55°$(엇각)

8 ①

$p /\!/ q$이므로 동위각의 크기는 같습니다.

②

$l /\!/ m$이므로 엇각의 크기는 같습니다. → $\angle a = 30°$

9

$\angle b = 180° - 30° = 150°$

3 cm

10

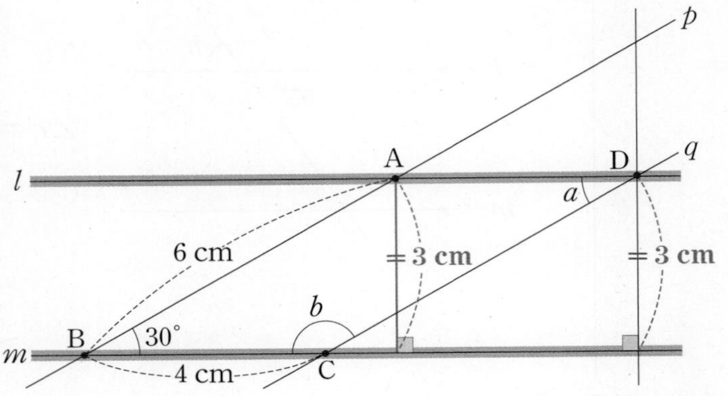

(점 A와 $\overleftrightarrow{BC}$ 사이의 거리) = (점 D와 $\overleftrightarrow{BC}$ 사이의 거리) = **3 cm**

③

11 ① 서로 다른 두 직선은 한 점에서 만나거나 서로 만나지 않습니다.

② 세 직선이 모두 평행하면 한 점에서도 만나지 않습니다.

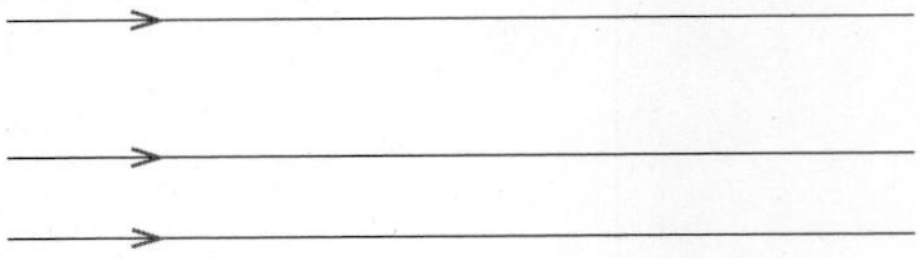

④ 직선의 길이는 무한하고 평행한 두 직선 사이의 거리는 일정합니다.

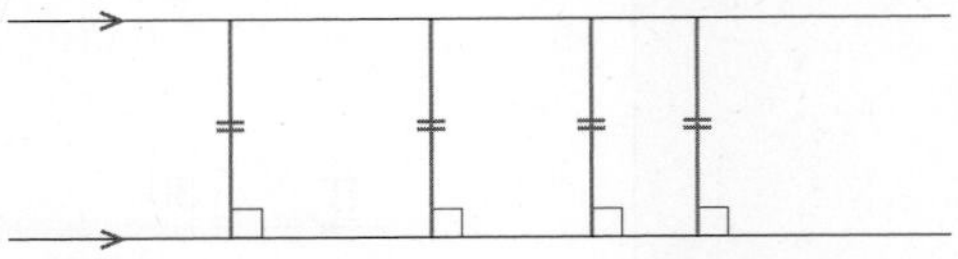

⑤ 한 직선에 수직인 두 직선은 서로 평행합니다.

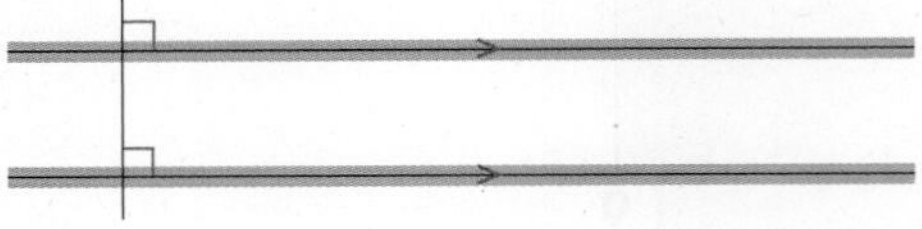

A // D, B // E

12

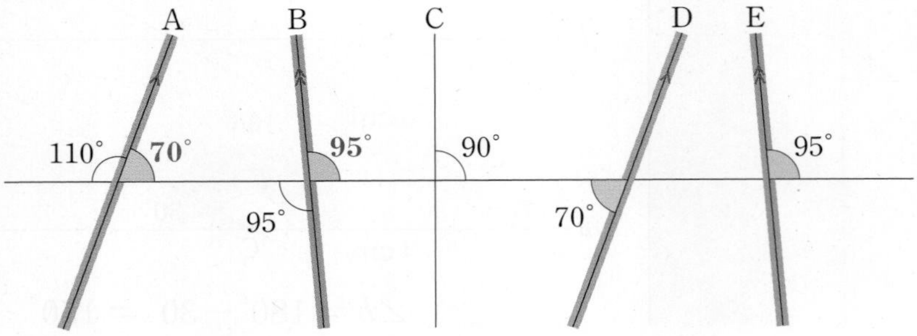

직선 A와 D가 한 직선과 만나 생기는 엇각이 70°로 같습니다.

→ A∥D

직선 B와 E가 한 직선과 만나 생기는 동위각이 95°로 같습니다.

→ B∥E

13 ①

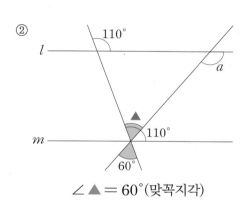

$l∥m$이므로 동위각의 크기가 같습니다.

→ $∠● = 110°$

②

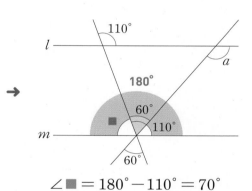

$∠▲ = 60°$ (맞꼭지각) $∠■ = 180° - 110° = 70°$

③

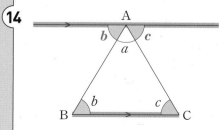

$l∥m$이므로 엇각의 크기가 같습니다.

→ $∠a = 70° + 60°$
  $= 130°$

14

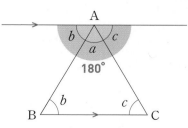

$∠b$와 $∠c$의 엇각을 표시하면 $∠a + ∠b + ∠c = 180°$입니다.

15 $\overline{\text{OB}} \perp \overline{\text{OC}}$이므로 ∠BOC = 90°입니다.

①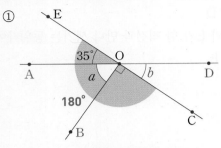

$$\angle a = 180° - (35° + 90°)$$
$$= 55°$$

②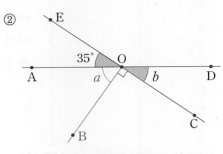

$$\angle b = 35° (맞꼭지각)$$

④

16 ①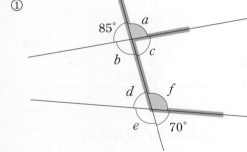

(∠a의 동위각) = ∠f
$$= 180° - 70°$$
$$= 110°$$

②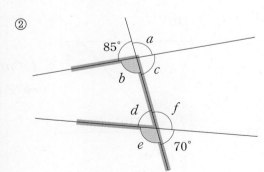

(∠e의 동위각) = ∠b

③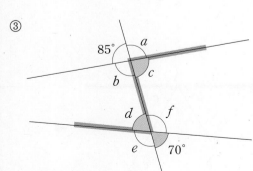

(∠c의 엇각) = ∠d
$$= 70° (맞꼭지각)$$

④ 엇각은 두 직선 사이의 각에서 찾을 수 있으므로 ∠a의 엇각은 없습니다.

⑤

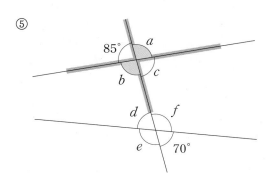

$(\angle b$의 맞꼭지각$) = \angle a$
$= 180° - 85°$
$= 95°$

③

⑰ ①

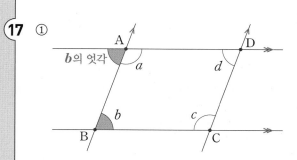

$\angle a + (\angle b$의 엇각$) = 180°$
→ $\angle a + \angle b = 180°$

②

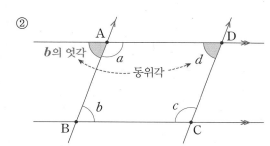

$(\angle b$의 엇각$) = \angle d$(동위각)
→ $\angle b = \angle d$

③

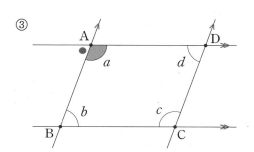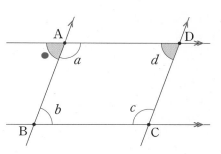

네 직선이 수직으로 만나지
않으므로 $\angle \bullet \neq \angle a$입니다.

$\angle \bullet = \angle d$(동위각)이므로
$\angle a \neq \angle d$입니다.

④

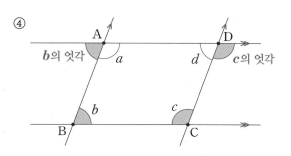

$(\angle b$의 엇각$) + \angle a = 180°$
$\angle d + (\angle c$의 엇각$) = 180°$
→ $\underset{180°}{\underline{\angle a + \angle b}} + \underset{180°}{\underline{\angle c + \angle d}}$
$= 360°$

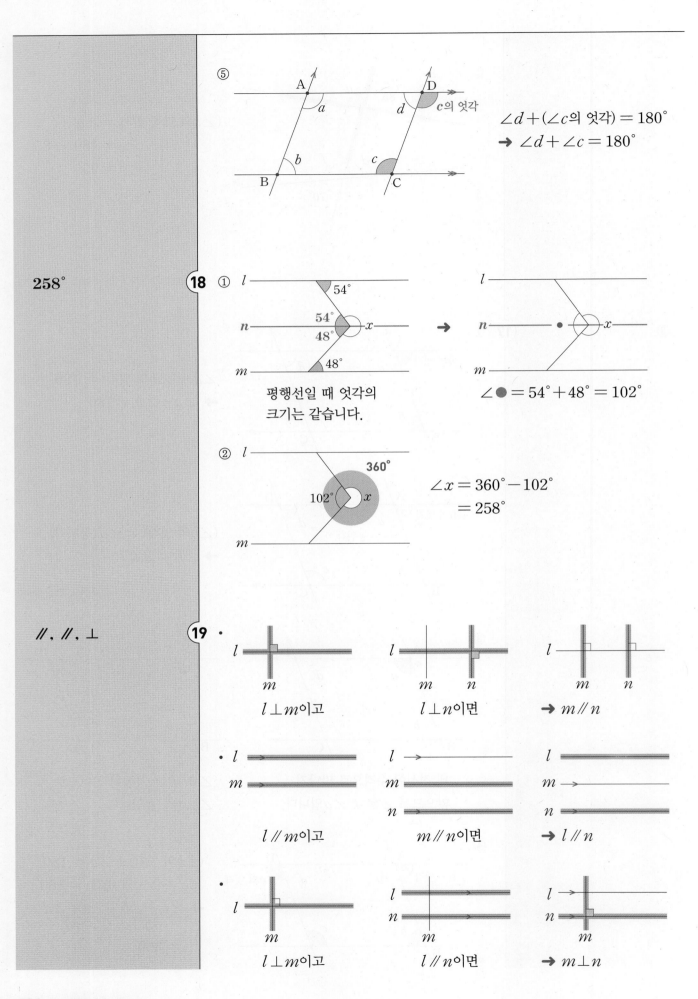

⑤

$\angle d + (\angle c$의 엇각$) = 180°$
→ $\angle d + \angle c = 180°$

258°

18

① 평행선일 때 엇각의
크기는 같습니다.

$\angle \bullet = 54° + 48° = 102°$

② $\angle x = 360° - 102°$
$= 258°$

$\parallel$, $\parallel$, $\perp$

19 ·

$l \perp m$이고

$l \perp n$이면

→ $m \parallel n$

· $l \parallel m$이고

$m \parallel n$이면

→ $l \parallel n$

· $l \perp m$이고

$l \parallel n$이면

→ $m \perp n$

129°

20 접은 각과 접힌 각의 크기는 같습니다.

①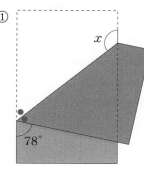

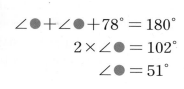

$\angle\bullet + \angle\bullet + 78° = 180°$
$2 \times \angle\bullet = 102°$
$\angle\bullet = 51°$

②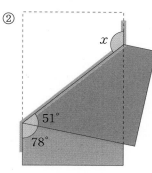

평행선에서 엇각의 크기는 같습니다.
$\angle x = 51° + 78° = 129°$

도형 사이의 거리 · **1** ⑩ 도형에서 거리는 두 도형을 잇는 가장 짧은 선분의 길이이고 그중 수직으로
이은 선분의 길이가 가장 짧기 때문입니다. /
두 도형 사이의 거리는 가장 짧은 선분의 길이를 뜻하기 때문입니다.

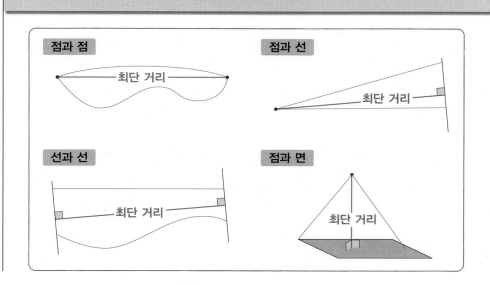

평행한 도형 사이의 거리 · 2 ㉘ 두 직선 사이의 거리가 일정하지 않기 때문입니다. /

평행선 사이의 거리는 평행선 사이의 수선의 길이이고, 그 수선의 길이는 항상 일정합니다. 하지만 평행하지 않으면 그 위치에 따라 수선의 길이가 달라지기 때문입니다.

평행하지 않은 두 직선 사이의 거리
→ 직선 위의 한 점에서 다른 직선에 수선을 그었을 때 생기는 선분의 길이가 모두 다릅니다.

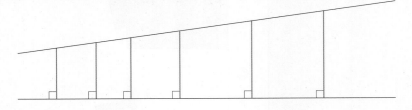

평행선에서 동위각과 엇각 · 3 (1) ㉘

평행한 두 직선과 한 직선이 만나 이루는 기울기가 같기 때문입니다.

(2) ㉘

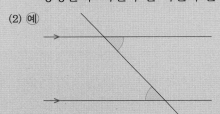

맞꼭지각의 크기는 서로 같고, 두 직선이 평행하면 동위각의 크기가 서로 같기 때문입니다.

(2)
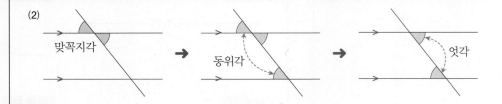

3 삼각형

문제 속 개념찾기　　114~116쪽

1 최소 3개의 점을 선분으로 이어야 면이 만들어져. 단, 3개의 점은 한 직선 위의 점이 아니어야 해.

해설 참조 /
3, 3, 직선에 ○표

① 삼각형은 가장 적은 개수의 점으로 만들 수 있는 면, 가장 적은 개수의 변으로 둘러싸인 다각형입니다.
점, 선, 면의 관계에서 면을 만들기 위한 점의 위치 조건을 생각하여 삼각형 개념으로 들어갑니다.

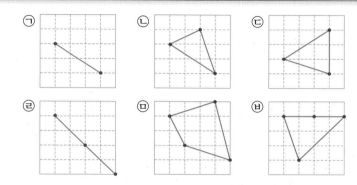

ㄱ 점이 2개이므로 선분이 만들어집니다.

ㄴ, ㄷ 최소 3개의 점으로 삼각형이 만들어집니다.

ㄹ 3개의 점이 한 직선 위에 있어 면을 만들 수 없습니다.

ㅁ 4개의 점으로 사각형이 만들어집니다.

ㅂ 3개의 점이 한 직선 위에 있으므로 점을 4개 이어도 삼각형이 만들어집니다.

해설 참조 /
변, 꼭짓점

② 각에서 학습했던 각 요소의 이름과 연결하여 삼각형의 각 용어를 알아봅니다.

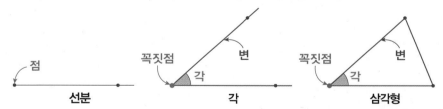

점과 점을 이은 곧은 선은 도형의 경계를 이룰 때, 가장자리를 뜻하는 한자 '변(邊)'으로 부릅니다.
따라서 각, 다각형을 둘러싼 선분을 변이라 하고 다각형 안에서 변이 아닌 곧은 선은 '선분'으로 표기합니다.

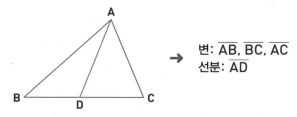

변: $\overline{AB}$, $\overline{BC}$, $\overline{AC}$
선분: $\overline{AD}$

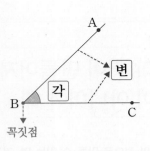

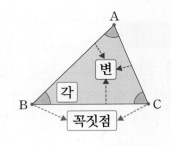

3 개의 선분으로 둘러싸여 만들어진 면을 **삼각형**이라고 합니다.
삼각형에는 꼭짓점, 변, 각이 각각 3 개씩 있습니다.

$\overline{AB}$, $\overrightarrow{AB}$, $\overleftrightarrow{AB}$,
∠ABC /
△ABC에 ○표

3 기호 □는 사각형을 나타낼 때 사용합니다.

도형은 그 특징을 이용하여 기호로 간단히 나타냅니다.
삼각형 ABC의 기호는 ((세모), 네모) 모양으로 씁니다.

해설 참조 / D

4 ·삼각형을 만들 수 있는 경우

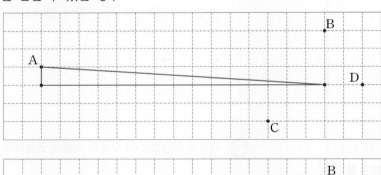

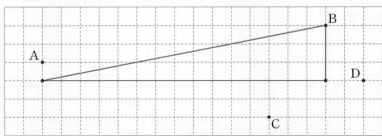

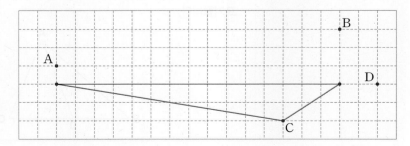

• 삼각형을 만들 수 없는 경우

→ 선분의 두 점과 점 D는 한 직선 위에 있으므로 면을 만들 수 없습니다.

해설 참조

5 교점의 개수에 따른 세 직선의 위치 관계를 직접 그려 봄으로써 '3개의 선분으로 둘러싸인 도형'이 되기 위한 조건(3개의 직선 중 2개 직선은 서로 평행하지 않다.)을 생각하기 위한 문제입니다.

예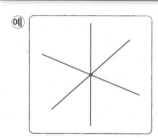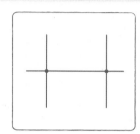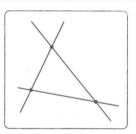

3 개의 점에서 만나는 3 개의 직선으로 삼각형을 만들 수 있습니다.

해설 참조 /
평행에 ○표

6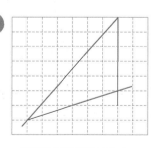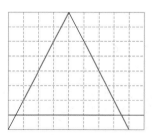

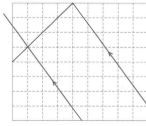 3개의 직선 중 두 직선이 서로 평행하여
만나지 않으므로 삼각형을 그릴 수 없습니다.

+ 개념플러스

세 점으로 삼각형을 그릴 수 없는 경우 ⌈ 세 직선 중 서로 평행한 직선이 있는 경우
                                      ⌊ 세 점이 한 직선 위에 있는 경우

7 모든 다각형은 삼각형으로 나눌 수 있고 다각형의 여러 개념(내각의 크기의 합, 대각선 개수 등)으로 연결됩니다. **7**번 문제에서는 삼각형을 2개의 도형으로 나누어 보면서 '**가장 적은 개수의 변으로 둘러싸인 평면도형**'임을 발견하고, 삼각형이 모여 변의 수가 많은 다각형을 만들 수 있음을 생각합니다.

(예)

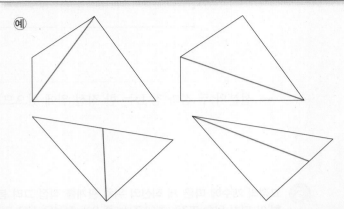

3개의 선분으로 둘러싸인 도형이 되도록 꼭짓점끼리 또는 꼭짓점과 변을 잇습니다.

문제로 발견한 개념

세 점으로 하나의 면이 정해진다.

① 3개의 선분으로 둘러싸인 도형을 [삼각형] 이라고 합니다.

② 삼각형에서 두 선분이 만나는 점을 [꼭짓점] , 두 점을 잇는 선분을 [변] 이라고 합니다.

③ 삼각형에는 [3] 개의 변과 [3] 개의 각이 있습니다.

④ 삼각형은 가장 (⊙적은 , 많은) 개수의 점으로 만들 수 있는 (점 , 선 , ⊙면)입니다.

문제 속 개념찾기　　　　　　　　　　　　　　　　117~120쪽

2 삼각형의 모양과 크기는 세 변의 길이에 따라 달라지고, 변의 길이로 이름을 정하기도 해.
하지만 가장 중요한 건, 가장 긴 변의 길이가 나머지 두 변의 길이의 합보다 짧아야 삼각형이 될 수 있다는 거야.

(1) (나), (다)

(2) **해설 참조**

1 삼각형의 세 변의 길이의 조건을 외우지 않고, 발견하기 위한 문제입니다.
삼각형이 '**세 선분으로 둘러싸인 도형**(닫힌 도형)'임을 다시 한번 짚어 보고, 변의 길이 조건뿐만 아니라 이어서 학습하는 삼각형의 각 개념으로도 연결합니다.

(1) 가장 긴 변의 길이가 나머지 두 변의 길이의 합보다 짧아야 삼각형을 그릴 수 있습니다.

㉮ 4 cm, 5 cm, 3 cm

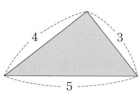

$4+3>5$

㉯ 2 cm, 6 cm, 3 cm

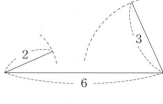

$2+3<6$

㉰ 3 cm, 6 cm, 3 cm

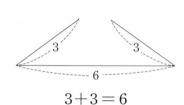

$3+3=6$

㉱ 4 cm, 5 cm, 4 cm

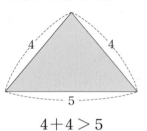

$4+4>5$

(2)

	가장 긴 변의 길이	>, =, <	나머지 두 변의 길이의 합
㉮	5 cm	<	7 cm
㉯	6 cm	>	5 cm
㉰	6 cm	=	6 cm
㉱	5 cm	<	8 cm

세 변 중 가장 (긴 , 짧은) 변이
나머지 두 변의 길이의 합보다 (길어야 , 짧아야) 삼각형이 됩니다.

$\overline{AC}$ /

$\overline{DE}$, $\overline{DF}$ /

$\overline{GH}$, $\overline{GI}$

② 삼각형은 ① 변의 길이, ② 각의 크기로 분류합니다.
그중 변의 길이가 종류별 삼각형을 정의하는 기준이 되므로 학습 순서를 그와 맞추었습니다.

	이등변삼각형	정삼각형
정의	두 변의 길이가 같은 삼각형	세 변의 길이가 같은 삼각형
성질	길이가 같은 두 변 아래의 각의 크기가 같다.	세 각의 크기가 같다.

반으로 접은 종이를 잘라 삼각형을 만들 때 겹친 선분의 길이는 같습니다.

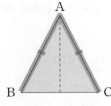

$$\overline{AB} = \overline{AC}$$

$$\overline{DE} = \overline{DF}$$

$$\overline{GH} = \overline{GI}$$

두 변의 길이가 같은 삼각형은 이등변삼각형입니다.

((두), 세) 변의 길이가 같은 삼각형을 **이등변삼각형**이라고 합니다.

(가), (다), (마), (사)

❸ 자로 각 변의 길이를 재어 비교합니다.

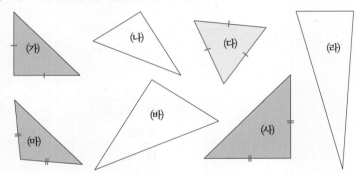

세 변의 길이가 같은 삼각형도 이등변삼각형입니다.

세 변의 길이가 같으면 두 변의 길이가 같으므로
이등변삼각형이라고 할 수 ((있습니다) , 없습니다).

| 참고 | 도형에서 길이가 같은 선분에는 같은 모양으로 표시합니다.

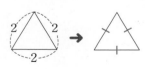

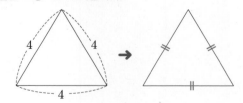

(위에서부터)
**2 cm, 2 cm, 2 cm /
5 cm, 5 cm, 5 cm /
6 cm, 6 cm, 6 cm**

❹ 정삼각형은 처음 접하는 정다각형입니다. 세 변의 길이를 구하는 것으로 그치지 않고,
세 정삼각형의 특징 '**모양은 모두 같고, 크기가 다르다.**'는 것을 생각할 수 있도록 지도해 주세요.

각 변의 눈금 수를 세어 크기가 다른 정삼각형의 변의 길이를 구합니다. 정삼각형
은 모양이 모두 같고 크기만 다릅니다.

(두 , (세)) 변의 길이가 같은 삼각형을 **정삼각형**이라고 합니다.

(가), (나), (다), (라), (바) /
(나), (다), (바) /
(바)

5 정삼각형은 세 변의 길이가 모두 같으므로 이등변삼각형이지만 이등변삼각형은 두 변의 길이가 같으므로 정삼각형이 될 수 없습니다.

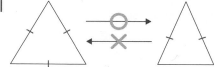

· 이등변삼각형은 (정삼각형입니다, ⟨정삼각형이 아닙니다⟩).
· 정삼각형은 (⟨이등변삼각형입니다⟩, 이등변삼각형이 아닙니다).

| 주의 |

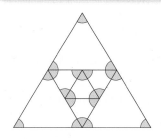

6, 6, 6, 6 /
정삼각형

6 | 학부모 가이드 | 이등변삼각형이라고 답할 수 있지만 '세 변의 길이가 같은 삼각형'에 집중하여 정확한 용어를 사용할 수 있도록 해 주세요.

모양에 ○표,
크기에 ○표

7 모양이 같고 크기가 다른 정삼각형의 성질을 발견하면서 삼각형의 각 개념으로 이어갑니다.

모양이 같은 삼각형의 각의 크기는 모두 같고,
변의 길이가 달라져도 각의 크기는 변하지 않습니다.

| 참고 | 각의 크기는 변의 길이와 관계없습니다.

| 문제로 발견한 개념 | **삼각형은 세 변의 길이로 정해진다.** |

① 삼각형의 가장 긴 변의 길이는 나머지 두 변의 길이의 합보다 (길어야 , ⟨짧아야⟩) 합니다.

② 두 변의 길이가 같은 삼각형을 [이등변삼각형] 이라고 합니다.

③ 세 변의 길이가 같은 삼각형을 [정삼각형] 이라고 합니다.

④ [정삼각형] 은 이등변삼각형이지만, 이등변삼각형은 정삼각형이 아닙니다.

3 세 선분으로 둘러싸여 닫힌 도형이 되면 세 선분이 이루는 각의 크기의 합이 180°로 일정하게 돼.

(1) 해설 참조 /
　　180°, 180°, 180°

(2) 해설 참조 /
　　180°, 180°, 180°

❶ 삼각형의 두 변의 길이가 줄어 작아져도 **세 각의 크기의 합이 일정하다**는 것을 발견하기 위한 문제입니다.
각도를 구하는 것에 집중하기보다, 세 각의 크기의 합이 일정할 때, 세 각의 크기가 어떻게 변하는지 살펴보고, '**삼각형＝선분으로 닫힌 도형**'의 개념과 연결하여 생각할 수 있도록 지도해 주세요.

(1) 각도기의 중심을 각 꼭짓점에 대어 각도를 잽니다.

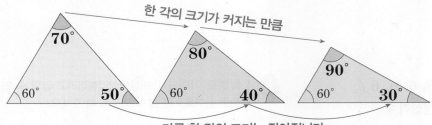

한 각의 크기가 커지는 만큼
다른 한 각의 크기는 작아집니다.

(2)

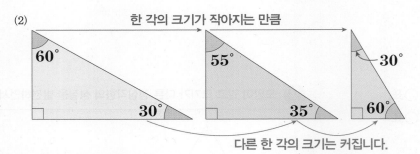

한 각의 크기가 작아지는 만큼
다른 한 각의 크기는 커집니다.

→ 변의 길이가 달라져도 삼각형의 세 각의 크기의 합은 180°로 일정합니다.

삼각형의 모양이 바뀌어도 세 각의 크기의 합은 | 180 |°로 일정합니다.

(1) 360°
(2) 180°

❷ ❷번~❹번에서는 삼각형의 세 각의 크기의 합이 180°인 이유를 각각 다른 방법으로 알아봅니다.
문제를 통해 '(삼각형의 세 각의 크기의 합)＝180°'를 외우는 것에 집중하기보다 그 과정을 충분히 이해하고, 스스로 설명할 수 있도록 합니다.
'**논리적으로 설명하기**'는 수학적 사고의 가장 중요한 부분으로 중고등 수학 학습의 기본기이자, 문제를 풀어나가는 동력이 됩니다.
따라서, 개념이 비교적 간단한 초등 수학에서 '논리적으로 설명하기'를 경험하고, 이와 같은 사고의 습관을 기를 수 있도록 지도해 주세요.

(1) 네 각이 모두 90°인 도형 ABCD의 안쪽 각의 크기의 합은

$90° + 90° + 90° + 90° = 360°$입니다.

(2) ∠BAD를 절반으로 나눈 각은 $90° ÷ 2 = 45°$,

∠BCD를 절반으로 나눈 각은 $90° ÷ 2 = 45°$이므로

△ABC의 안쪽 각의 크기의 합은 $90° + 45° + 45° = 180°$입니다.

| 다른 풀이 |

도형 ABCD를 절반으로 나눈 도형이므로 △ABC의 안쪽 각의 크기의 합은

$360° ÷ 2 = 180°$입니다.

(1) **180, 180**

(2) **180**

③ (1)

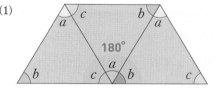 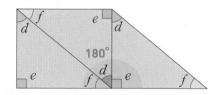

모양과 크기가 같은 삼각형 3개를 이어붙이면

∠a, ∠b, ∠c와 ∠d, ∠e, ∠f는 일직선 위에 놓이므로

∠a＋∠b＋∠c = 180°, ∠d＋∠e＋∠f = 180°입니다.

(2)

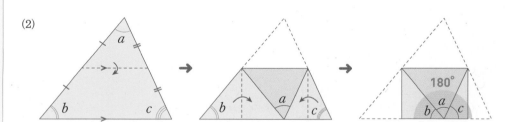

삼각형을 그림과 같이 접으면 세 각이 일직선 위에 놓이므로

∠a＋∠b＋∠c = 180°입니다.

④ '(삼각형의 세 각의 크기의 합)＝180°'임을 보이는 가장 수학적인 방법입니다.
종이를 접어 일직선을 만들어 보이는 방법보다 ④번과 같이 이미 알고 있는 개념을 이용하여
새로운 개념을 설명함으로써 논리적인 사고를 경험하고 수학 과목의 속성을 생각할 수 있습
니다.

(1)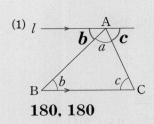

180, 180

(2)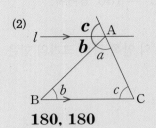

180, 180

55°, 35°, 35°

---

(1)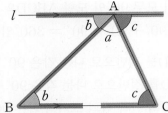

평행선에서 엇각의 크기
∠b, ∠c는 각각 같고

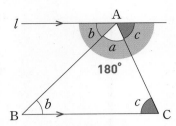

일직선이 이루는 각도는
∠a+∠b+∠c = 180°입니다.

➜ (△ABC의 세 각의 크기의 합) = ∠a+∠b+∠c = 180°

(2)

평행선에서 엇각 ∠b의 크기와
동위각 ∠c의 크기는 각각 같고

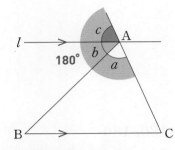

일직선이 이루는 각도는
∠a+∠b+∠c = 180°입니다.

➜ (△ABC의 세 각의 크기의 합) = ∠a+∠b+∠c = 180°

모든 삼각형의 세 각의 크기의 합은 ┃ 180 ┃°입니다.

5 삼각형의 크기와 관계없이 (삼각형의 세 각의 크기의 합)=180°임을 발견하기 위한 문제입니다.

①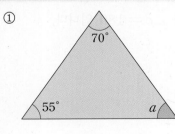

$$\angle a = 180° - (70° + 55°)$$
$$= 55°$$

②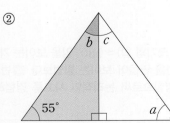

$$\angle b = 180° - (55° + 90°)$$
$$= 35°$$

③
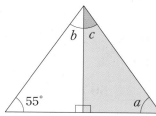

$$\angle c = 180° - (90° + 55°)$$
$$= 35°$$

| 다른 풀이 |

$$\angle b + \angle c = 70°, \angle c = 70° - 35° = 35°$$

(1) **0개**

(2) **(나), (다), (라), (마), (사)**

(3) **(바), (아) / (가), (자)**

(4) **1, 180, 2 /**
    1, 180, 90

6 각의 크기에 따라 삼각형을 분류했을 때, 삼각형의 세 각의 크기는 다음과 같고

삼각형의 종류	각 ①	각 ②	각 ③
예각삼각형	예각	예각	예각
직각삼각형	직각	예각	예각
둔각삼각형	둔각	예각	예각

이는 삼각형의 세 각의 크기의 합이 180°를 넘을 수 없기 때문입니다.
따라서 모든 삼각형은 적어도 2개의 예각을 갖습니다.

· 예각삼각형은 모든 각이 ((예각) , 직각 , 둔각)입니다.
· 직각삼각형에서 직각이 아닌 두 각은 모두 ((예각) , 직각 , 둔각)입니다.
· 둔각삼각형에서 둔각이 아닌 두 각은 모두 ((예각) , 직각 , 둔각)입니다.

(1) **해설 참조**

(2) **해설 참조**

7 접어서 자른 종이를 이용하여 길이가 같은 변과 크기가 같은 각의 위치를 이해하고, 이등변삼각형
으로써의 정삼각형을 함께 제시하여 이어서 학습할 정삼각형의 성질로 쉽게 연결할 수 있도록 하
였습니다.
본 단원에서는 완전히 포개어지는 종이로 이등변삼각형의 성질을 학습하지만 이는 '논리적으로
설명하기'에 적합하지 않은 방법이므로 [기하 I − ❷ B]에서 합동 개념을 배운 후, 이등변삼각형의
성질을 증명하게 됩니다.

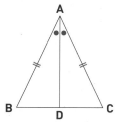

이등변삼각형 ABC에 ∠A를
이등분하는 $\overline{AD}$를 그으면

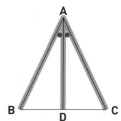

△ABD≡△ACD이므로
∠B=∠C입니다.(SAS 합동)

(1)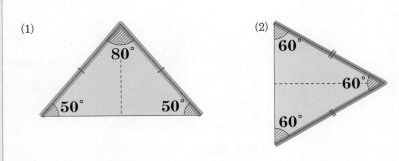

(2)

이등변삼각형에서 길이가 같은 두 변 ((아래), 위)에 있는
두 각의 크기는 ((같습니다), 다릅니다).

해설 참조

8 이등변삼각형에서 크기가 같은 두 각은 길이가 같은 두 변 아래에 있는 각입니다.

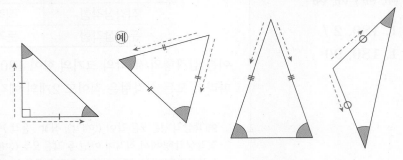

이등변삼각형은 두 변 의 길이가 같고, 두 각 의 크기가 같습니다.

$a, a, a / a$

9 이등변삼각형의 성질인 '길이가 같은 두 변 아래에 있는 두 각의 크기가 같다.'와 '삼각형의 세 각의 크기의 합' 개념을 연결하여 정삼각형의 성질을 발견합니다.

삼각형에서 길이가 같은 두 변 아래에 있는 각의 크기는 같습니다. 정삼각형은 세 변의 길이가 모두 같으므로 두 변씩 짝을 지어 각의 크기를 비교하면 세 각의 크기가 모두 같음을 알 수 있습니다.

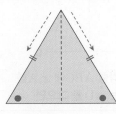 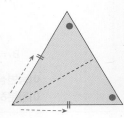 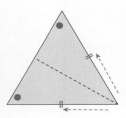

(왼쪽부터)
c, c, c, c, a, a /
$3, 60$

10 정삼각형 모양의 종이를 절반으로 접으면 완전히 포개어지므로 맞닿는 각의 크기가 같음을 알 수 있습니다.

세 방향으로 접었을 때 세 각이 둘씩 같게 되므로 세 각의 크기가 모두 같고 삼각형의 세 각의 크기의 합이 $180°$이므로 정삼각형의 한 각의 크기는 $180° \div 3 = 60°$입니다.

> 정삼각형의 세 각의 크기는 모두 $\boxed{60}$ °로 같습니다.

(1) $60°, 60°, 60°,$
$\quad 60°, 60°, 60°$
(2) $60°, 60°, 60°,$
$\quad 60°, 60°, 60°$

11 다음과 같은 개념의 연결을 통해 '정삼각형의 크기와 관계없이 한 각의 크기는 항상 $60°$'라는 것을 이해하고, 이후 정다각형으로 이어 개념 간의 관계를 완벽히 이해할 수 있도록 지도해 주세요.

> 각: 변의 길이가 길어지거나 짧아져도 각의 크기는 변하지 않는다.
>
> ↓
>
> 정삼각형이 커지거나 작아져도 각의 크기는 변하지 않는다.
>
> ↓
>
> 변의 개수가 같은 정다각형은 모두 닮은 도형이다.

정삼각형은 크기와 관계없이 한 각의 크기는 항상 $60°$입니다.

> 정삼각형의 변의 길이가 변해도 각의 크기는 (변합니다 , ⟨변하지 않습니다⟩).

$60°, 60°, 70°$ /
$70° + 50° + 60°$
$= 180°$

12 내각과 외각은 중등 교과에서 배우는 용어와 개념이지만 다각형의 성질을 이해하고 확장하는 데 반드시 필요하므로 초등 수준에서도 쉽게 이해할 수 있도록 구성하였습니다.
두 개념은 다각형에서 더욱 폭넓게 다루게 되므로 3개의 내각을 갖는 삼각형에서 기본 개념을 정확히 이해하고 다음 학습을 준비합니다.

일직선이 이루는 각($180°$)의 크기를 이용하여 각 내각의 크기를 구합니다.

13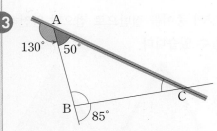

∠A의 내각: 50°
∠A의 외각: $180° - 50° = 130°$

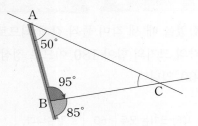

∠B의 내각: $180° - 85° = 95°$
∠B의 외각: 85°

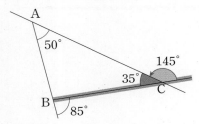

∠C의 내각: $180° - 145° = 35°$
∠C의 외각: 145°

일직선이 이루는 각이 │ 180 │°이므로 한 각의 (내각)＋(외각)은 │ 180 │°입니다.

14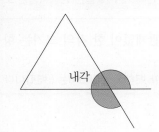

한 각에 대하여 외각은 2개입니다.

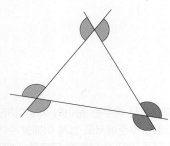

두 외각은 맞꼭지각이므로
크기가 같습니다.

한 각에서 외각은 │ 2 │ 개이고 크기는 (같습니다 , 다릅니다).

→ 두 외각은 (맞꼭지각 , 동위각)이기 때문입니다.

70, 110, 70, 110 /
x

15 다음과 같은 두 개념이 만나 삼각형의 외각과 내각의 관계를 등식으로 나타낼 수 있습니다.

(평각) = 180° (삼각형의 내각의 크기의 합) = 180°

삼각형의 (한 외각의 크기) = (이웃하지 않는 두 내각의 크기의 합)

①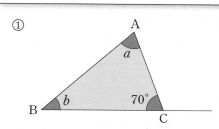

(삼각형의 세 각의 크기의 합) = 180°
→ $\angle a + \angle b + 70° = 180°$
$\angle a + \angle b = 180° - 70°$
$= 110°$

②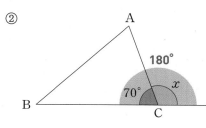

$\angle x = 180° - 70°$
$= 110°$

③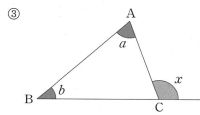

$\angle a + \angle b = \boxed{110°}$
$\angle x = \boxed{110°}$
→ $\angle a + \angle b = \angle x$

삼각형의 한 외각의 크기는 이웃하지 않는 두 ((내각) , 외각)의 크기의 합과 같습니다.
→ (삼각형의 세 각의 크기의 합) = (일직선이 이루는 각) = $\boxed{180}$ °이기 때문입니다.

문제로 발견한 개념

삼각형의 세 각의 크기의 합은 180°다.

① 삼각형의 모양과 크기가 달라도 세 각의 크기의 합은 $\boxed{180}$ °로 일정합니다.

② 예각삼각형은 세 각이 모두 $\boxed{예각}$ 인 삼각형입니다.

③ 직각삼각형은 한 각이 $\boxed{직각}$ 이고, 나머지 두 각은 모두 $\boxed{예각}$ 인 삼각형입니다.

④ 둔각삼각형은 한 각이 $\boxed{둔각}$ 이고, 나머지 두 각은 모두 $\boxed{예각}$ 인 삼각형입니다.

⑤ 이등변삼각형은 $\boxed{길이}$ 가 같은 두 변 아래에 있는 각의 크기가 ((같습니다) , 다릅니다).

⑥ 한 각이 $\boxed{직각}$ 이고, 두 $\boxed{변}$ 의 길이가 같은 삼각형은 직각이등변삼각형입니다.

⑦ 정삼각형은 세 각의 크기가 모두 $\boxed{60}$ °로 같습니다.

⑧ 삼각형의 내각은 도형 ((안쪽) , 바깥쪽) 각입니다.

⑨ 삼각형에서 이웃하는 변의 연장선과 이루는 바깥쪽 각을 $\boxed{외각}$ 이라고 합니다.

1 세 점으로 하나의 면이 정해진다.

변, 꼭짓점, 각

1 선분이 도형의 가장자리가 되면 변이 되고 끝점은 두 변이 만나는 꼭짓점이 됩니다.

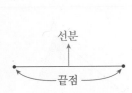 

해설 참조

2 모든 다각형은 삼각형으로 나누어집니다.

예

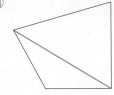 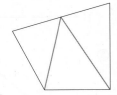 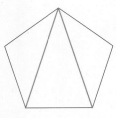

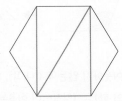 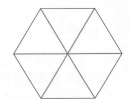 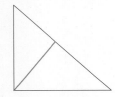

(1) (개), (내), (배)

(2) (✕)
　 (○)
　 (○)

3 (1) (대) 삼각형이 아닙니다.

(래), (매) 원의 중심과 원 위의 두 점을 이어 삼각형을 그린 것입니다.

(2) • (내)

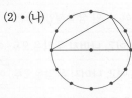

4개의 점 중 3개의 점이 한 선분 위에 있으므로
3개의 꼭짓점으로 이루어진 삼각형입니다.

• (대)

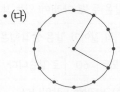

2개의 선분으로 이루어진 도형이므로
삼각형이 아닙니다.

• 원 위의 어떤 세 점을 선분으로 이어도 일직선 위에 놓이지 않으므로 삼각형의
세 꼭짓점이 될 수 있습니다.

②, ⑤

4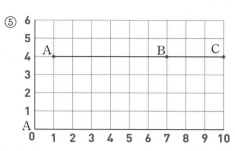

→ 한 직선 위에 있는 세 점으로는 삼각형을 그릴 수 없습니다.

(1) 해설 참조
(2) 해설 참조

5 (1) ㉐ **4개의 변, 각, 꼭짓점으로 이루어진 도형이기 때문입니다. /**
  3개의 변으로 둘러싸인 도형이 아니기 때문입니다.

  (2) ㉐ **선분과 곡선으로 둘러싸인 도형이기 때문입니다. /**
  3개의 선분으로 둘러싸인 도형이 아니기 때문입니다.

④

6 ② 수직인 선분의 끝점을 선분으로 이으면 직각삼각형을 그릴 수 있습니다.

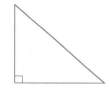

④ 평행한 두 직선과 만나는 한 직선으로 삼각형을 그릴 수 없습니다.

7개, 3개, 1개

7 • 한 변의 길이가 2 cm인 삼각형

    → 7개

• 한 변의 길이가 3 cm인 삼각형

 → 3개

• 한 변의 길이가 4 cm인 삼각형

 → 1개

(1) **3개**

(2) **2개**

(3) **103개**

8 (1) 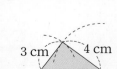 처음 삼각형을 만들 때 필요한 막대는 3개입니다.

(2) 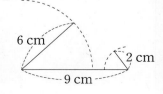 ⋯ 처음 삼각형에 막대를 2개씩 붙이면
삼각형은 1개씩 늘어납니다.

(3) 만들려는 51개의 삼각형 중에서 **처음 삼각형**은 3개의 막대가 필요하고
나머지 50개의 삼각형은 막대가 2개씩 필요합니다.
→ $3 + (2 \times 50) = 3 + 100 = 103$(개)

찾은 개념 적용하기　　　　　　　　　　　　　132~136쪽

2 삼각형은 세 변의 길이로 정해진다.

ⓛ

1 (가장 긴 변의 길이) < (나머지 두 변의 길이의 합)이어야 삼각형이 만들어집니다.

㉠ 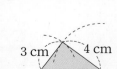 ㉡ 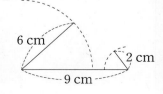 ㉢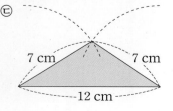

㉠ 3 cm, 4 cm, 5 cm

㉡ 6 cm, 9 cm, 2 cm

㉢ 7 cm, 7 cm, 12 cm

(1) △ABO, △COD,
　△KOL

(2) **5 cm**

③

2 (1) 원에서 반지름의 길이는 모두 같으므로 원의 반지름을 두 변으로 하는 삼각형
을 찾습니다.

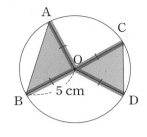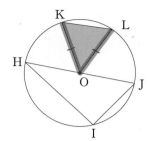

(2)

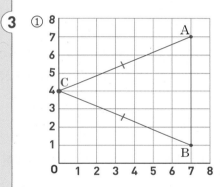

△COD가 정삼각형이면
$\overline{CO} = \overline{DO} = \overline{CD} = 5\,cm$입니다.

3 ①

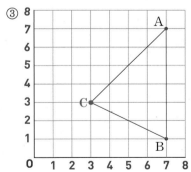

②

③

→ 길이가 같은 두 변이 없습니다.

④

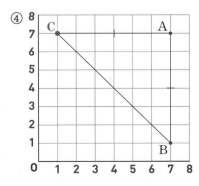

⑤

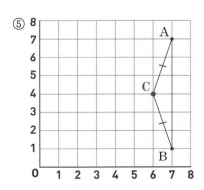

(1) 11

(2) 10 cm

4 (1) 이등변삼각형이므로 $\overline{AC} = \overline{AB} = 11\,cm$입니다.

(2)

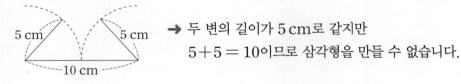

(△ABC의 세 변의 길이의 합)
$= 11 + 8 + 11 = 30\,(cm)$

(정삼각형의 한 변의 길이)
$= 30 \div 3 = 10\,(cm)$

②, ⑤

5 ① 3 cm, 3 cm, 3 cm

➡ 두 변의 길이가 3 cm인 이등변삼각형이 만들어집니다.

② 5 cm, 5 cm, 10 cm

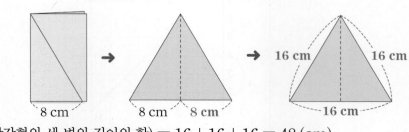

➡ 두 변의 길이가 5 cm로 같지만
$5 + 5 = 10$이므로 삼각형을 만들 수 없습니다.

③ 8 cm, 8 cm, 7 cm

➡ 두 변의 길이가 8 cm인 이등변삼각형이 만들어집니다.

④ 4 cm, 5 cm, 4 cm

➡ 두 변의 길이가 4 cm인 이등변삼각형이 만들어집니다.

⑤ 7 cm, 3 cm, 6 cm

➡ 길이가 같은 두 변이 없으므로 이등변삼각형을 만들 수 없습니다.

48 cm

6

(삼각형의 세 변의 길이의 합) $= 16 + 16 + 16 = 48\,(cm)$

6 cm | **7**

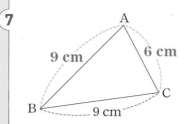

$\overline{AB} = \overline{BC} = 9\,\text{cm}$ (이등변삼각형)

→ $\overline{AC} = 24 - (9+9)$

$= 6\,(\text{cm})$

정삼각형 | **8**

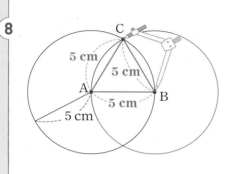

그린 두 원의 반지름이 모두 5 cm이므로

△ABC는 세 변의 길이가 같은

정삼각형입니다.

24 cm | **9**

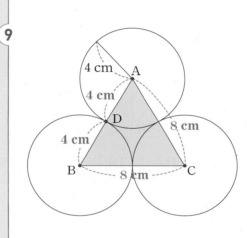

$\overline{AD} = \overline{BD} = 4\,\text{cm}$,

$\overline{AB} = \overline{AC} = \overline{BC} = 4+4 = 8\,(\text{cm})$

→ (△ABC의 세 변의 길이의 합)

$= 8+8+8 = 24\,(\text{cm})$

6 cm | **10** ①

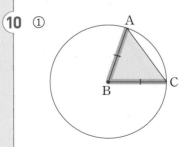

원의 반지름의 길이는 모두 같으므로

$\overline{AB} = \overline{BC}$ 이고

△ABC는 이등변삼각형입니다.

②

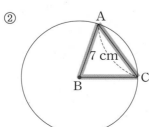

$\overline{AB} + \overline{BC} + \overline{AC} = 19$

$\overline{AB} + \overline{BC} + 7 = 19$

$\overline{AB} + \overline{BC} = 12$

→ $\overline{AB} = \overline{BC} = 12 \div 2 = 6\,(\text{cm})$

④

12

△ABC, △CDE,
△EGF /
△CDE

6 cm

11 ④ 두 변의 길이만 같은 이등변삼각형은 정삼각형이 될 수 없습니다.

12 ① 이등변삼각형은 두 변의 길이가 같은 삼각형이므로
$a = 6$ 또는 $a = 12$입니다.

② 가장 긴 변의 길이와 나머지 두 변의 길이의 합을 비교하면
· 6 cm, 6 cm, 12 cm ➜ 6+6 = 12
· 6 cm, 12 cm, 12 cm ➜ 6+12 > 12이므로 $a = 12$입니다.

13 한 원의 반지름의 길이는 모두 같으므로
$\overline{AC} = \overline{BC} = \overline{CD} = \overline{CE} = \overline{DE} = \overline{EF} = \overline{EG}$입니다.

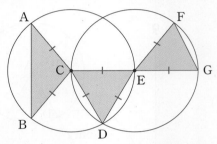

➜ 세 변의 길이가 같은 △CDE는 정삼각형이기도 하고 이등변삼각형이기도
합니다.

14 ①

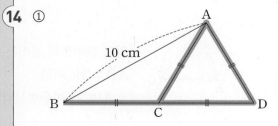

△ABC가 이등변삼각형이고
△ACD가 정삼각형이므로
$\overline{BC} = \overline{AC} = \overline{AD} = \overline{CD}$입니다.

②

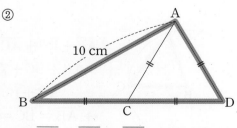

△ABD의 둘레가 28 cm이므로
$\overline{AB} + \overline{BC} + \overline{CD} + \overline{AD} = 28$
$10 + \overline{BC} + \overline{CD} + \overline{AD} = 28$
$\overline{BC} + \overline{CD} + \overline{AD} = 18$입니다.

➜ $\overline{BC} = \overline{CD} = \overline{AD} = 18 \div 3 = 6 \, (\text{cm})$

15 삼각형 (나)의 각 변의 길이는 삼각형 (가)의 3배입니다.

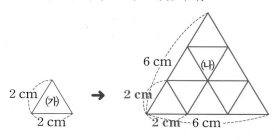

16

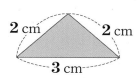 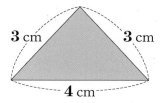

다음 두 조건을 모두 만족하도록 변의 길이를 정합니다.

> ① 두 변의 길이가 같다.
> ② 가장 긴 변의 길이가 나머지 두 변의 길이의 합보다 짧다.

17 ①

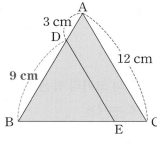

△ABC가 정삼각형이므로
$\overline{AB} = \overline{AC} = \overline{BC} = 12\,cm$이고,
$\overline{DB} = 12 - 3 = 9\,(cm)$입니다.

②

△DBE가 정삼각형이므로
$\overline{DB} = \overline{BE} = \overline{DE} = 9\,cm$입니다.
➡ (△DBE의 세 변의 길이의 합)
  $= 9 + 9 + 9 = 27\,(cm)$

32 cm

18 ①

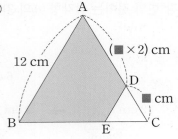

$\overline{DC}$의 길이를 ■ cm라고 하면
$\overline{AD} = (■ \times 2)$ cm입니다.

→ ■ × 2 + ■ = 12
　　■ × 3 = 12
　　　■ = 4

②

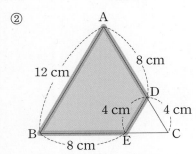

△ABC, △DEC가 모두 정삼각형이므로
$\overline{DC} = \overline{DE} = 4$ cm,
$\overline{BE} = \overline{DA} = 4 \times 2 = 8$ (cm)입니다.

→ (색칠한 부분의 둘레) = 12 + 8 + 4 + 8 = 32 (cm)

---

3 삼각형의 세 각의 크기의 합은 180°다.

(1) **27°**
(2) **30°**

1 삼각형의 세 내각의 크기의 합은 180°입니다.

(1) 한 각이 직각인 삼각형입니다.
　　$\angle a = 180° - (63° + 90°) = 27°$

(2) $\angle a = 180° - (40° + 110°) = 30°$

(1) **18°**
(2) **45°**

2 직각삼각형의 두 예각의 크기의 합은 180° − (직각) = 90°입니다.

(1) $\angle b = 90° - 72° = 18°$

(2) $\angle a = 90° - 45° = 45°$

| 참고 | 직각삼각형은 한 각이 직각이고, 나머지 두 각이 예각입니다.

④

3 ④ 이등변삼각형의 길이가 같은 두 변 아래에 있는 두 각의 크기가 같음을 나타내는 그림입니다.

(1) 예 C (9, 5)

(2) 예 C (4, 4)

(3) 예 C (3, 6)

4 (1) 둔각삼각형: 세 각 중에서 한 각이 둔각이 되도록 점 C를 정합니다.

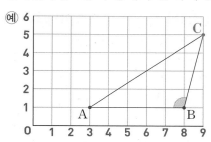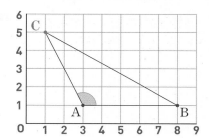

(2) 예각삼각형: 세 각이 예각이 되도록 점 C를 정합니다.

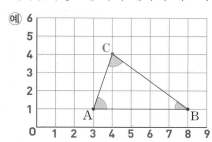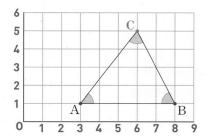

(3) 직각이등변삼각형: 한 각이 직각이고 직각을 낀 두 변의 길이가 같도록 점 C를 정합니다.

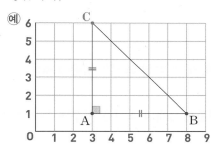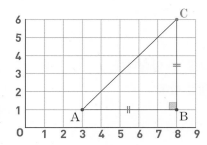

90°, 68°, 22°

5 삼각형의 세 내각의 크기의 합은 180°이므로 세 각의 크기의 합이 180°가 되도록 종이를 모읍니다.

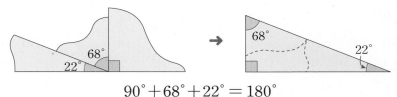

$$90° + 68° + 22° = 180°$$

②, ⑤

6 ② 삼각형에서 가장 긴 변과 마주 보는 각은 가장 큰 각입니다.

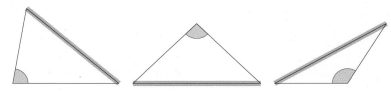

⑤ 둔각삼각형에서 둔각이 아닌 두 각은 모두 예각입니다.

→ 삼각형의 세 각의 크기의 합이 180°이기 때문입니다.

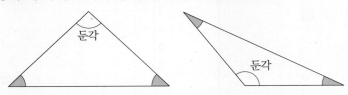

(1) 둔각삼각형
(2) 예각삼각형

7 두 각의 크기로 나머지 한 각의 크기를 구합니다.

(1) $180° - (45° + 40°) = 95°$ → 한 각이 둔각이므로 둔각삼각형입니다.

(2) $180° - (65° + 30°) = 85°$ → 세 각이 예각이므로 예각삼각형입니다.

**그릴 수 없습니다. /
해설 참조**

8 ㉘ 삼각형의 세 각의 크기의 합은 180°이고 직각이 2개이면 180°가 되기 때문입니다. /

세 선분이 2개의 직각을 이루면 두 선분이 평행하기 때문입니다.

(1) 28°
(2) 35°, 60°
(3) 146°
(4) 71°

9 (1)

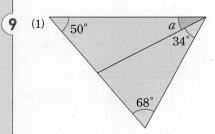

$50° + 68° + 34° + \angle a = 180°$
$\angle a + 152° = 180°$
$\angle a = 28°$

(2) ①

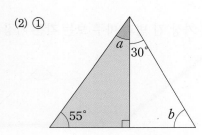

$55° + 90° + \angle a = 180°$
$\angle a + 145° = 180°$
$\angle a = 35°$

②

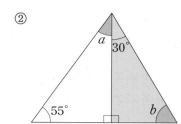

$30° + 90° + ∠b = 180°$
$∠b + 120° = 180°$
$∠b = 60°$

(3) ①

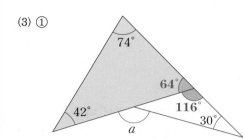

$180° - (74° + 42°) = 64°$
$180° - 64° = 116°$(평각)

②

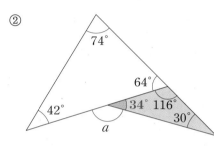

$180° - (30° + 116°) = 34°$

③

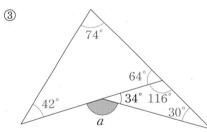

$∠a = 180° - 34°$
$= 146°$(평각)

(4) ①

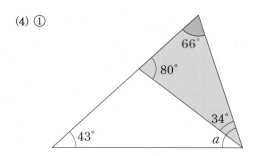

$180° - (80° + 34°) = 66°$

②

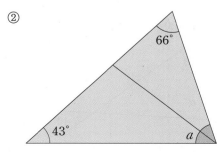

$66° + 43° + ∠a = 180°$
$∠a + 109° = 180°$
$∠a = 71°$

(1) **60°**

(2) **45°**

10 (1) 세 각의 크기가 모두 같으므로 정삼각형입니다.

→ $\angle x = 180° \div 3 = 60°$

(2) $\angle x + 2 \times \angle x + \angle x = 180°$ $\Big\}\, 2 \times \angle x = \angle x + \angle x$

$4 \times \angle x = 180°$

$\angle x = 45°$

나눌 수 없습니다. /

해설 참조

11 예 둔각삼각형의 한 꼭짓점에서 마주 보는 변에 선분을 그으면 둔각과 예각 또는 2개의 직각이 만들어지기 때문입니다.

• 2개의 직각

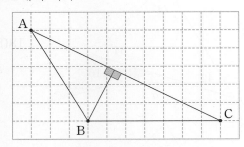

• 둔각과 예각

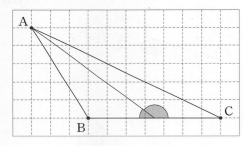 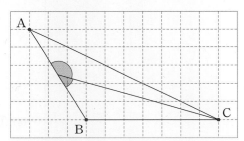

(1) **80°**

(2) **110°, 30°**

(3) **55°**

(4) **45°**

12 (1) ①

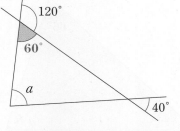 →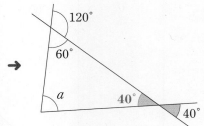

$180° - 120° = 60°$ (평각)　　맞꼭지각의 크기는 같습니다.

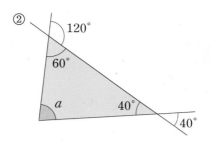

②

$60° + \angle a + 40° = 180°$
$\angle a + 100° = 180°$
$\angle a = 80°$

(2) ①

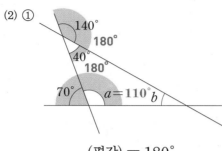

(평각) $= 180°$
➡ $\angle a = 110°$

②

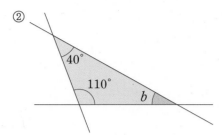

$40° + 110° + \angle b = 180°$
$150° + \angle b = 180°$
$\angle b = 30°$

(3) ①

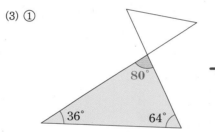 ➡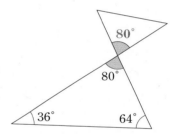

$180° - (36° + 64°) = 80°$ 맞꼭지각의 크기는 같습니다.

②

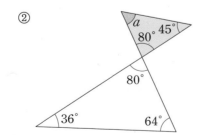

$\angle a + 80° + 45° = 180°$
$\angle a + 125° = 180°$
$\angle a = 55°$

(4) ①

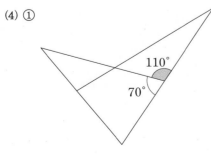

(평각) $= 180°$
➡ $180° - 70° = 110°$

②

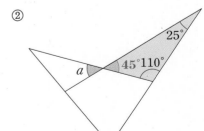

$180° - (25° + 110°) = 45°$
$\angle a = 45°$ (맞꼭지각)

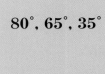

80°, 65°, 35°

13 ①

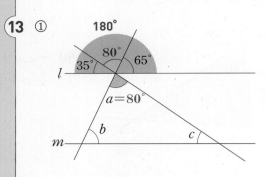

$180° - (35° + 65°) = 80°$

$\angle a = 80°$ (맞꼭지각)

②

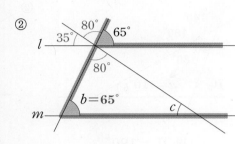

$\angle b = 65°$ (동위각)

③

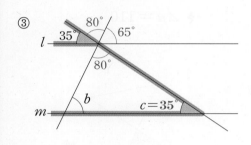

$\angle c = 35°$ (동위각)

| 다른 풀이 |

①

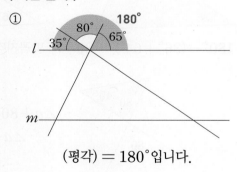

(평각) $= 180°$ 입니다.

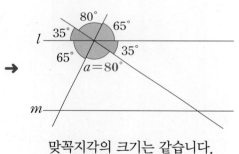

맞꼭지각의 크기는 같습니다.

$\angle a = 80°$

②

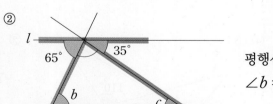

평행선에서 엇각의 크기는 같으므로

$\angle b = 65°$, $\angle c = 35°$ 입니다.

465°   **14**

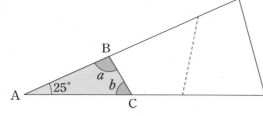

$$\angle a+\angle b=180°-25°$$
$$=155°$$

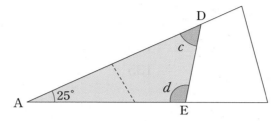

$$\angle c+\angle d=180°-25°$$
$$=155°$$

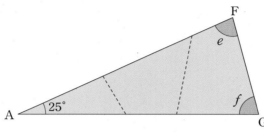

$$\angle e+\angle f=180°-25°$$
$$=155°$$

➜ $\underline{\angle a+\angle b}+\underline{\angle c+\angle d}+\underline{\angle e+\angle f}=155°\times3$
$$=465°$$

| 참고 | 삼각형에서 한 각의 크기를 알면 나머지 두 각의 크기의 합을 알 수 있습니다.

$$\angle\bullet+\angle\blacksquare=\angle\blacktriangle+\angle\bigstar$$
$$=180°-\angle a$$

④   **15** ① $(72°, 18°, \mathbf{90°})$ ➜ 직각삼각형

② 예각삼각형은 세 각이 모두 예각이므로 두 각의 크기의 합은 항상 90°보다 큽니다.

③ $(43°, 46°, \mathbf{91°})$ ➜ 한 각이 둔각인 둔각삼각형입니다.

④ $(35°, 54°, \mathbf{91°})$ ➜ 한 각이 둔각인 둔각삼각형입니다.

⑤ $180°\div3=60°$

(1) 15°   **16** (1)
(2) 135°, 45°
(3) 30°, 75°

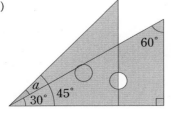

$$\angle a=45°-30°=15°$$

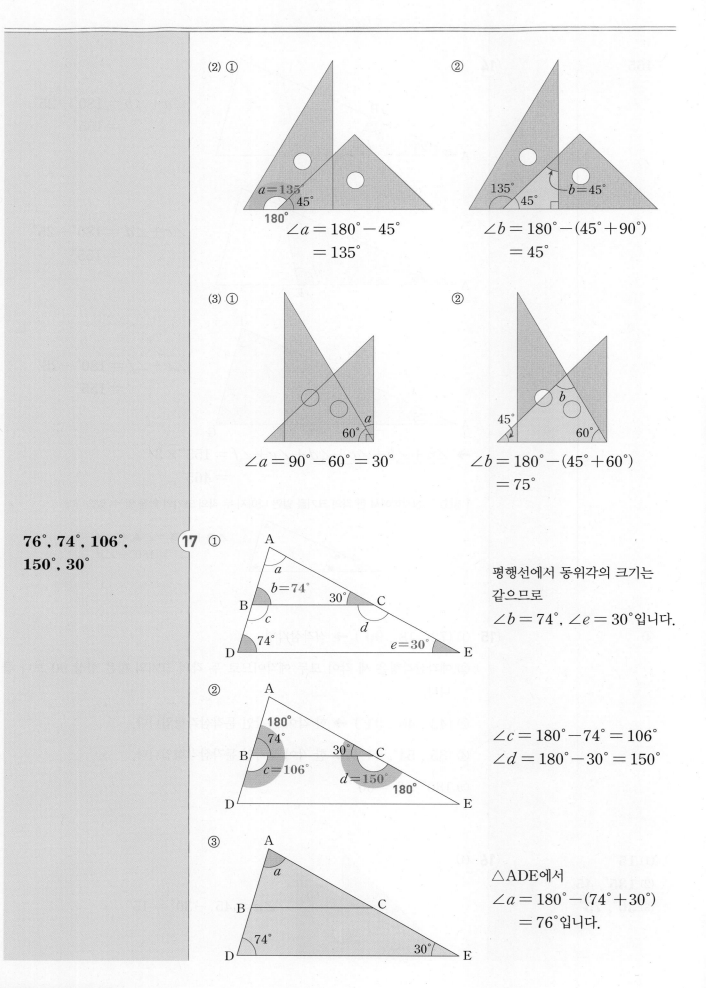

(2) ①

$\angle a = 180° - 45°$
$\quad\quad = 135°$

②

$\angle b = 180° - (45° + 90°)$
$\quad\quad = 45°$

(3) ①

$\angle a = 90° - 60° = 30°$

②

$\angle b = 180° - (45° + 60°)$
$\quad\quad = 75°$

76°, 74°, 106°, 150°, 30°

17 ①

평행선에서 동위각의 크기는 같으므로
$\angle b = 74°$, $\angle e = 30°$입니다.

②

$\angle c = 180° - 74° = 106°$
$\angle d = 180° - 30° = 150°$

③

△ADE에서
$\angle a = 180° - (74° + 30°)$
$\quad\quad = 76°$입니다.

27°, 60°

18 ①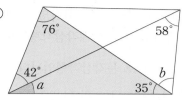

$76° + 42° + ∠a + 35° = 180°$
$∠a + 153° = 180°$
$∠a = 27°$

②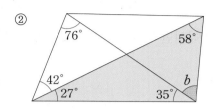

$27° + 35° + ∠b + 58° = 180°$
$∠b + 120° = 180°$
$∠b = 60°$

③, ④, ⑤

19 ① $∠a = 120°$
$∠b = 120° - 80° = 40°$
$∠c = 180° - (120° + 40°) = 20°$

② $∠a = 80°$
$∠b = 80° ÷ 2 = 40°$
$∠c = 180° - (80° + 40°) = 60°$

③ $∠a = 50°$
$∠c = 50° + 100° = 150°$
→ 두 각의 크기의 합이 180°가 넘으므로 삼각형을 만들 수 없습니다.

④ $∠a = 72°$
$∠b = ∠c = 72° ÷ 2 = 36°$
→ 세 각의 크기의 합이 144°이므로 삼각형을 만들 수 없습니다.

⑤ 삼각형의 세 각의 크기의 합이 180°이므로 둔각이 두 개인 삼각형은 만들 수 없습니다.

(1) **50°**
(2) **36°**

20 이등변삼각형은 길이가 같은 두 변 아래에 있는 두 밑각의 크기가 같습니다.

(1)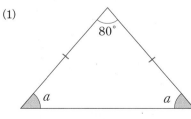

$∠a + ∠a + 80° = 180°$
$∠a + ∠a = 100°$
$∠a = 50°$

(2)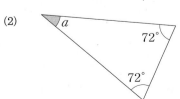

$∠a + 72° + 72° = 180°$
$∠a + 144° = 180°$
$∠a = 36°$

(1) ㉠, ㉣, ㉤

(2) ㉡

(3) ㉢, ㉣

21 (1) 세 변의 길이가 모두 같은 삼각형은 정삼각형, 이등변삼각형이고 정삼각형은 세 각이 모두 60°이므로 예각삼각형입니다.

(2) 102°는 둔각이므로 둔각삼각형입니다.

| **학부모 가이드** | 한 각이 102°이고 나머지 두 각이 (180°－102°)÷2＝39°인 이등변삼각형이 될 수도 있지만 항상 이등변삼각형이 되는 것은 아닙니다.

(3) 한 각이 직각이면 직각삼각형이고, 두 변의 길이가 같으면 이등변삼각형입니다.

직각삼각형 /

둔각삼각형 /

이등변삼각형, 둔각삼각형 /

정삼각형, 이등변삼각형,

예각삼각형

22 변의 길이와 각의 크기에 따라 삼각형이 정해집니다.

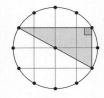

직각이 한 개 있으므로 직각삼각형입니다.

둔각이 한 개 있으므로 둔각삼각형입니다.

둔각이 한 개 있으므로 둔각삼각형이고 원의 반지름인 두 변의 길이가 같으므로 이등변삼각형입니다.

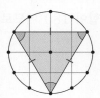

원을 똑같이 나눈 눈금 4칸마다 있는 점을 이어 삼각형을 그렸으므로 세 변의 길이가 모두 같은 정삼각형(이등변삼각형) 이고 세 각이 모두 예각이므로 예각삼각형입니다.

해설 참조

23

	각도			삼각형의 분류 기준	
	$\angle a$	$\angle b$	$\angle c$	각	변
①	20°	80°	80°	**예각삼각형**	**이등변삼각형**
②	33°	90°	57°	**직각삼각형**	삼각형
③	75°	62°	43°	**예각삼각형**	**삼각형**
④	**60°**	**60°**	**60°**	**예각삼각형**	정삼각형

① 세 각이 모두 예각이므로 예각삼각형이고, 두 각의 크기가 같으므로 이등변삼각형입니다.

② 한 각이 직각이므로 직각삼각형입니다.

③ 세 각이 모두 예각이므로 예각삼각형입니다.

④ 세 각이 모두 예각이므로 예각삼각형이고, 세 각의 크기가 모두 같으므로 정삼각형입니다.

(왼쪽부터)
(1) **7, 38**
(2) **8, 60**

24 (1)

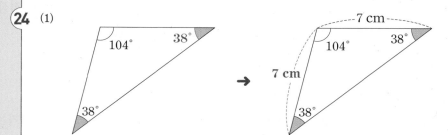

$180° - (104° + 38°) = 38°$

→ 두 각의 크기가 같으므로
  이등변삼각형입니다.

두 변의 길이가 같습니다.

(2)

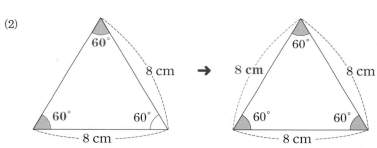

두 변의 길이가 같으므로
두 밑각의 크기가 같습니다.

$(180° - 60°) ÷ 2 = 60°$

→ 세 각의 크기가 같으므로
  정삼각형입니다.

세 변의 길이가 같습니다.

①, ⑤

25 ①, ② 이등변삼각형은 정삼각형, 예각삼각형, 직각삼각형, 둔각삼각형이 될 수 있습니다.

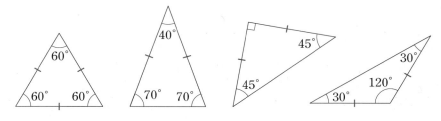

③ 이등변삼각형의 한 꼭짓점에서 수선을 그으면 똑같은 2개의 삼각형으로 나눌 수 있습니다.

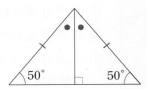

④ 정삼각형은 세 각이 모두 $\underset{\text{예각}}{60°}$이므로 예각삼각형입니다.

⑤ 세 변의 길이가 같은 삼각형은 정삼각형이고 정삼각형은 세 각이 모두 예각이므로 직각삼각형을 그릴 수 없습니다.

(1) **60°, 60°**
(2) **75°, 75°**

26 (1) 삼각형은 변의 길이가 3배로 늘어나도 각의 크기는 같습니다.
  → $\angle a = \angle b = 60°$

(2) 이등변삼각형은 길이가 같은 두 변 아래에 있는 밑각의 크기가 같습니다.
  → $\angle a = \angle b = (180° - 30°) \div 2 = 75°$

| 참고 | 각의 크기는 변의 길이와 관계없습니다.

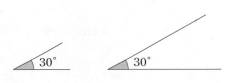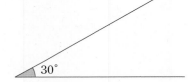

90°

27 ①

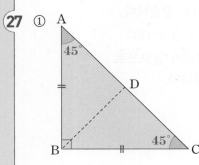

$\angle A = \angle C = (180° - 90°) \div 2$
$\qquad\qquad = 45°$

②

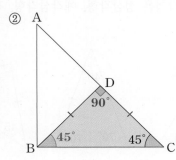

$\overline{DB} = \overline{DC}$이므로
$\angle DBC = \angle DCB = 45°$이고
$\angle BDC = 180° - (45° + 45°)$
$\qquad\qquad = 90°$입니다.

③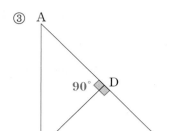

$\angle \text{ADB} = 180° - 90° = 90°$

28 ① 이등변삼각형과 정삼각형의 각의 크기는 다음과 같습니다.

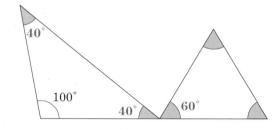

$(180° - 100°) \div 2 = 40°$

②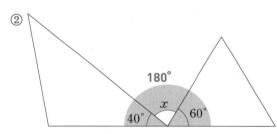

$\angle x = 180° - (40° + 60°)$
$\quad = 80°$

29 ①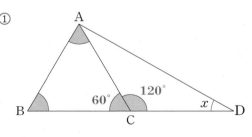

정삼각형 한 각의 크기는 $60°$이고
(평각) $= 180°$입니다.

➔ $180° - 60° = 120°$

②

$\angle x = (180° - 120°) \div 2$
$\quad = 30°$

80°

30°

⑤

30 ① 삼각형의 세 각의 크기의 합은 180°로 일정하므로 두 각의 크기를 알면 나머지 각의 크기를 구할 수 있습니다.

② 직각삼각형의 두 예각의 크기의 합은 90°이므로 한 예각의 크기를 알면 다른 예각의 크기를 구할 수 있습니다.

③ 정삼각형은 세 각의 크기가 모두 같으므로 180°÷3 = 60°입니다.

④ 이등변삼각형은 두 각의 크기가 같으므로, (세 각의 크기의 합) = 180°를 이용하면 나머지 두 각의 크기를 알 수 있습니다.

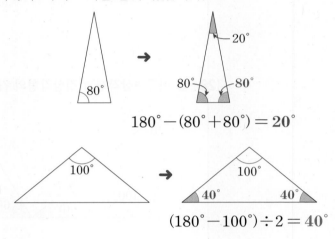

$$180° - (80° + 80°) = 20°$$

$$(180° - 100°) ÷ 2 = 40°$$

⑤ 정삼각형은 변의 길이가 늘어나도 한 각의 크기는 60°로 일정합니다.

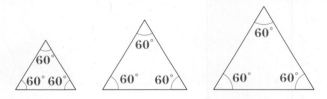

85°

31 ①

②

③

$$180° - (60° + 25°) = 95°$$

$$∠a = 180° - 95° = 85°$$

32 ①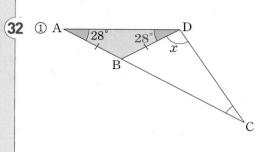

$\angle ADB = \angle DAB = 28°$

②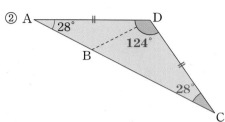

$\angle DAC = \angle DCA = 28°$
→ $\angle ADC = 180° - (28° + 28°)$
$= 124°$

③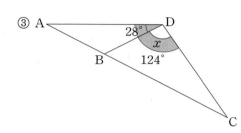

$\angle x = 124° - 28° = 96°$

33 ①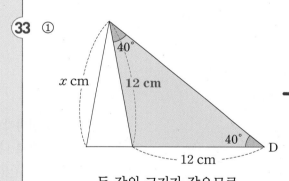

두 각의 크기가 같으므로
이등변삼각형입니다.

$180° - (40° + 40°) = 100°$

②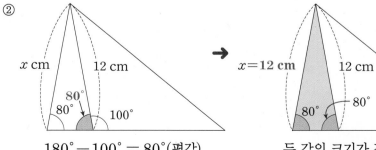

$180° - 100° = 80°$(평각)

두 각의 크기가 같으므로
이등변삼각형입니다.
→ $x = 12$

20, 90, 5 /
45, 90, 6 /
수직이등분선에 ○표

(1) 15°
(2) 80°
(3) 45°
(4) 80°, 40°

34 이등변삼각형의 꼭지각을 이등분하는 선이 밑변의 수직이등분선이 된다는 것을 발견하기 위한 문제입니다.
[기하 I-❷ B]에서 합동 개념을 배운 후에는 보다 수학적인 방법으로 해당 개념을 전개하지만 삼각형 학습에서는 '모양과 크기가 같은 2개의 삼각형'으로 이해하여 꼭지각을 이등분하는 선이 밑변과 수직이 된다는 것을 알 수 있도록 지도해 주세요.

모양과 크기가 똑같게 나누어진 삼각형에서 평각은 2로 나누어지므로 $\angle b = 90°$ 가 됩니다.

35 (1) ①

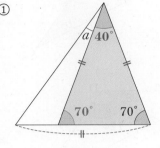

이등변삼각형의 두 각의 크기는 같으므로 나머지 한 각의 크기는
$180° - (70° + 70°) = 40°$입니다.

②

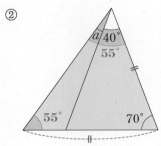

이등변삼각형의 두 각의 크기는 같습니다.
$(180° - 70°) \div 2 = 55°$

③ $\angle a + 40° = 55°$
$\angle a = 15°$

(2) ①

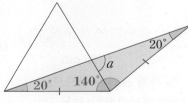

이등변삼각형의 두 각의 크기는 같으므로 나머지 한 각의 크기는
$180° - (20° + 20°) = 140°$입니다.

②

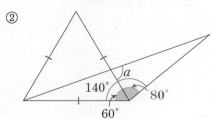

정삼각형의 한 각의 크기는 $60°$입니다.
$140° - 60° = 80°$

③

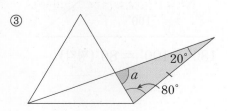

$\angle a + 80° + 20° = 180°$
$\angle a + 100° = 180°$
$\angle a = 80°$

(3) ①

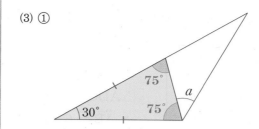

이등변삼각형의 두 각의 크기는
같습니다.
$(180° - 30°) \div 2 = 75°$

②

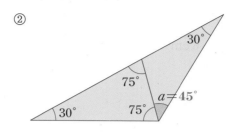

$30° + 30° + 75° + \angle a = 180°$
$135° + \angle a = 180°$
$\angle a = 45°$

(4) ①

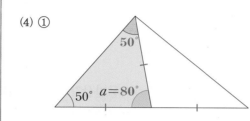

이등변삼각형의 두 각의 크기는 같고
삼각형의 세 각의 크기의 합은
180°입니다.
$\angle a = 180° - (50° + 50°)$
$= 80°$

②

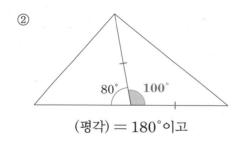

(평각) $= 180°$이고

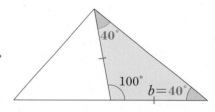

이등변삼각형의 두 각의 크기는
같습니다.
$\angle b = (180° - 100°) \div 2 = 40°$

12 cm

㊱ ①

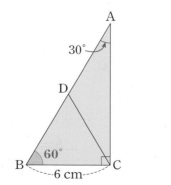

$\angle B = 180° - (30° + 90°)$
$= 60°(\triangle ABC)$

$\overline{DB} = \overline{DC}$이므로
➡ $\angle DBC = \angle DCB = 60°$이고
$\triangle DBC$는 정삼각형입니다.

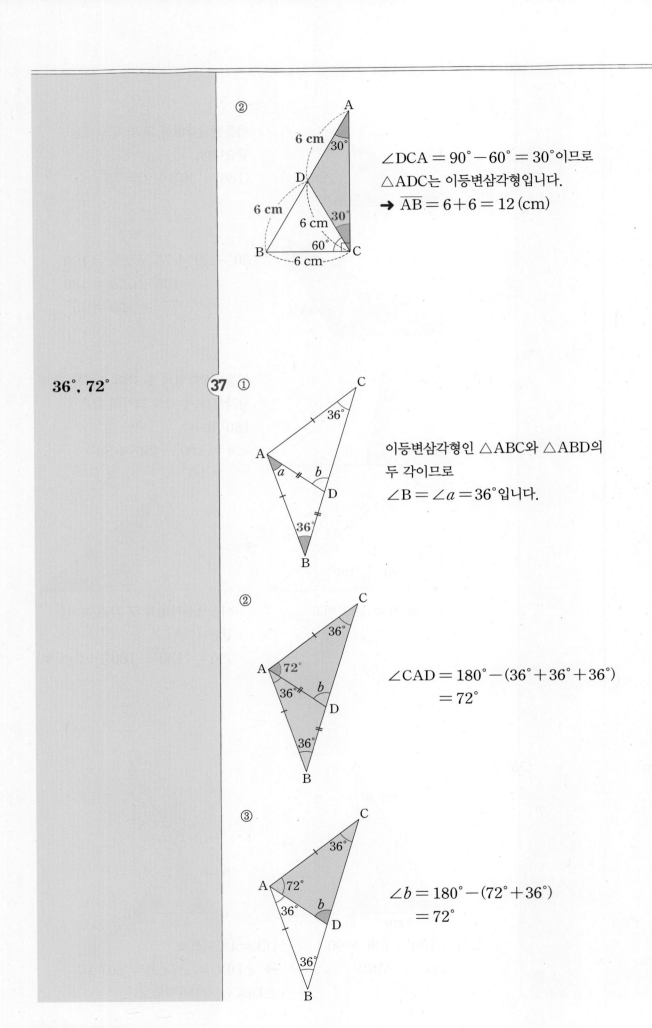

② ∠DCA = 90° − 60° = 30°이므로
△ADC는 이등변삼각형입니다.
→ $\overline{AB}$ = 6 + 6 = 12 (cm)

6 cm
30°
D
6 cm
30°
6 cm
60°
B ── 6 cm ── C
A

36°, 72°

③⑦ ① 이등변삼각형인 △ABC와 △ABD의
두 각이므로
∠B = ∠a = 36°입니다.

② ∠CAD = 180° − (36° + 36° + 36°)
= 72°

③ ∠b = 180° − (72° + 36°)
= 72°

58°

38 ①

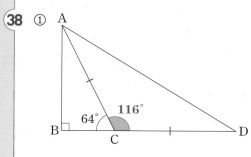

$180° - 64° = 116°$

②

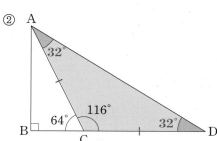

이등변삼각형의 두 각이므로
$(180° - 116°) \div 2 = 32°$ 입니다.

③

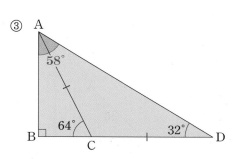

$\angle \text{BAD} = 180° - (90° + 32°)$
$= 58°$

(1) **35°**

(2) **10 cm**

39 (1)

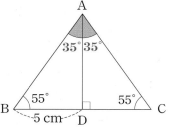

$\overline{\text{AD}}$는 $\overline{\text{BC}}$를 수직이등분하므로
$\angle \text{BAD} = \angle \text{CAD}$
$= 90° - 55°$
$= 35°$ 입니다.

(2)

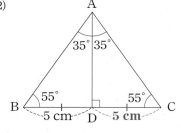

$\overline{\text{AD}}$는 $\overline{\text{BC}}$의 수직이등분선이므로
$\overline{\text{BC}} = \overline{\text{BD}} + \overline{\text{DC}} = 5 + 5$
$= 10 \, (\text{cm})$ 입니다.

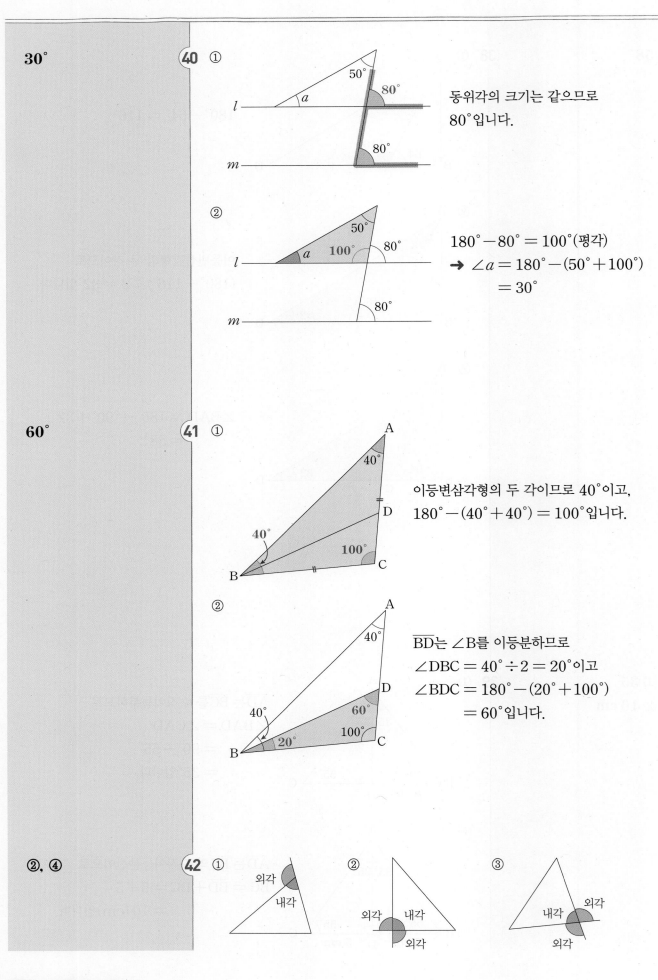

30° ④ ①

동위각의 크기는 같으므로
80°입니다.

②

$180° - 80° = 100°$ (평각)
→ $\angle a = 180° - (50° + 100°)$
$= 30°$

60° ④ ①

이등변삼각형의 두 각이므로 40°이고,
$180° - (40° + 40°) = 100°$입니다.

②

$\overline{BD}$는 $\angle B$를 이등분하므로
$\angle DBC = 40° \div 2 = 20°$이고
$\angle BDC = 180° - (20° + 100°)$
$= 60°$입니다.

②, ④ ④ ① 외각 내각   ② 외각 내각 외각   ③ 내각 외각 외각

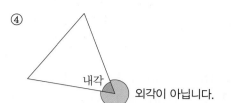

④

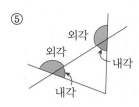

⑤

| 참고 | 한 내각에 대한 외각은 2개씩이고 맞꼭지각이므로 크기가 같습니다.

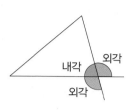 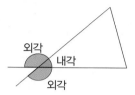 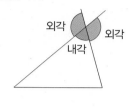

④

43 ④ 한 각에서 외각의 크기가 내각보다 항상 큰 것은 아닙니다.

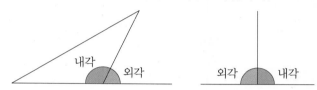

(1) **120°**

(2) **25°**

44 (1) $\angle a = 55° + 65° = 120°$

(2) $\angle a = 60° - 35° = 25°$

| 다른 풀이 |

(1)

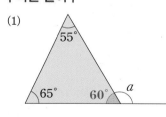

$180° - (55° + 65°) = 60°$

➡ $\angle a = 180° - 60° = 120°$

(2)

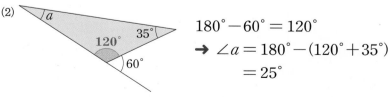

$180° - 60° = 120°$

➡ $\angle a = 180° - (120° + 35°)$
$= 25°$

| 참고 | (일직선이 이루는 각)=(한 각의 내각과 외각의 크기의 합)=180°

45 삼각형의 나머지 한 각의 크기는 $\angle a + \angle b + \angle c = 180°$로 구하고
$\angle d = \angle a + \angle c$로 구합니다.

① $\angle c = 180° - (35° + 45°) = 100°$
$\angle d = 35° + 100° = 135°$

② $\angle a + 72° = 120°$, $\angle a = 48°$
$\angle b = 180° - \angle d = 180° - 120° = 60°$

③ $\angle a = 180° - (43° + 55°) = 82°$
$\angle d = 82° + 55° = 137°$

④ $\angle b = 180° - (30° + 90°) = 60°$
$\angle d = 30° + 90° = 120°$

| 참고 | $\angle b = 180° - \angle d$, $\angle d = 180° - \angle b$로 구할 수도 있습니다.

46 ①

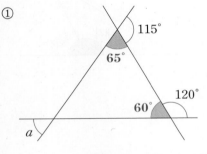

(내각과 외각의 크기의 합) $= 180°$
$180° - 115° = \mathbf{65°}$
$180° - 120° = \mathbf{60°}$

②

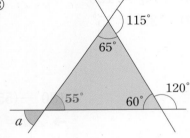

$180° - (65° + 60°) = \mathbf{55°}$
→ $\angle a = 55°$ (맞꼭지각)

47 (1)

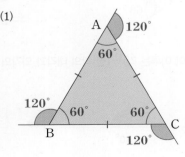

($\triangle$ABC의 세 외각의 크기의 합)
$= 120° + 120° + 120° = 360°$

(2)

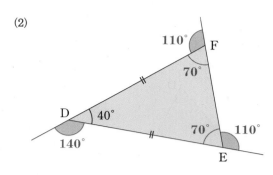

(△DEF의 세 외각의 크기의 합)
$= 140° + 110° + 110°$
$= 360°$

360°   **48** 삼각형의 세 외각의 크기의 합은 360°입니다.

(1) 80°
(2) 90°   **49** (1)

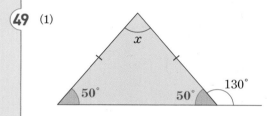

이등변삼각형의 두 각이므로
$180° - 130° = 50°$입니다.
→ $\angle x = 180° - (50° + 50°)$
    $= 80°$

(2)

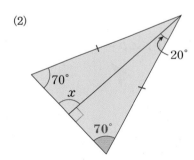

이등변삼각형의 두 각이므로 70°이고,
$180° - (70° + 20°) = 90°$입니다.
→ $\angle x = 180° - 90° = 90°$

| 참고 | 이등변삼각형의 꼭지각을 이등분하는 선은 밑변의 수직이등분선입니다.

65°   **50** ①

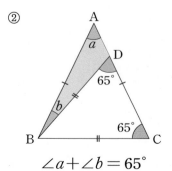

$\angle CDB = 65°$

②

$\angle a + \angle b = 65°$

| 다른 풀이 |

①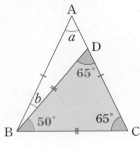

$$180° - (65° + 65°) = 50°$$

②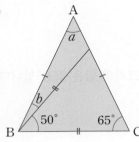

$$\angle a + \angle b + 50° + 65° = 180°$$
$$\angle a + \angle b + 115° = 180°$$
$$\angle a + \angle b = 65°$$

(1) $\angle \bullet + 30°$, $\angle \blacktriangle + 40°$

(2) **72°**

(3) **142**

51 (1) 삼각형의 한 외각의 크기는 이웃하지 않은 두 내각의 크기의 합과 같으므로
$\angle a = \angle \bullet + 30°$, $\angle b = \angle \blacktriangle + 40°$입니다.

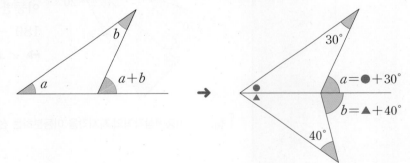

(2)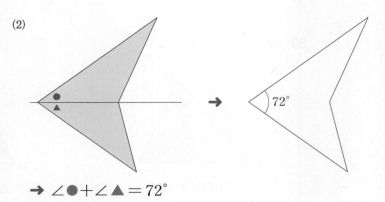

→ $\angle \bullet + \angle \blacktriangle = 72°$

(3)

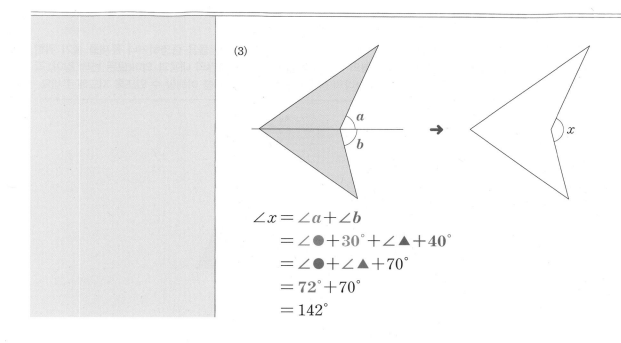

$$\angle x = \angle a + \angle b$$
$$= \angle \bullet + 30^\circ + \angle \blacktriangle + 40^\circ$$
$$= \angle \bullet + \angle \blacktriangle + 70^\circ$$
$$= 72^\circ + 70^\circ$$
$$= 142^\circ$$

문제 속 개념찾기 150~155쪽

4 모양과 크기가 하나뿐인 삼각형을 그릴 수 있는 조건이 있어야 해. 그걸 삼각형의 결정조건이라고 불러.

(1) 해설 참조 /
   무수히 많이에 ◯표

(2) 해설 참조 /
   1개입니다에 ◯표

❶ 유일한 삼각형을 그리기 위한 삼각형의 결정조건은 똑같은 삼각형을 판별하기 위한 삼각형의 **합동 조건**과 동일하고, 합동을 배울 때 같은 개념을 다시 다룹니다.

	결정조건	합동 조건
	조건을 알면 하나의 삼각형을 그릴 수 있다.	조건을 만족하면 두 삼각형은 **합동**이다.
	세 변의 길이	SSS 합동
	두 변의 길이과 그 끼인각	SAS 합동
	한 변의 길이와 양 끝 각	ASA 합동

단, 합동 조건에서는 해당 개념에 집중하기보다 다른 개념들을 증명하거나 문제를 풀기 위한 방법으로 사용되므로 삼각형의 개념을 학습할 때, **결정조건**의 내용과 의미(모든 변의 길이, 각의 크기가 주어지지 않아도 하나의 삼각형을 정할 수 있다.)를 이해할 수 있도록 지도해 주세요.

(1) 예
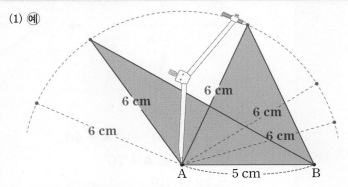

① 컴퍼스가 지나간 자리에 점을 찍습니다.
② 세 점을 선분으로 이어 삼각형을 그립니다.

(2)
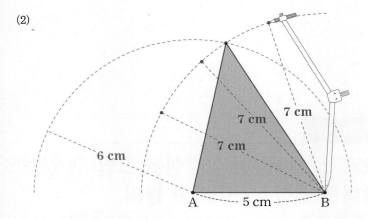

① 컴퍼스를 6 cm만큼 벌려 그린 초록색 점선과 컴퍼스를 7 cm만큼 벌려 그린 빨간색 점선이 만나는 곳에 점을 찍습니다.
② 세 점을 선분으로 이어 삼각형을 그립니다.

(1) ㈎, ㈒ / 세 변의 길이

(2) (　　)
　　(○)
　　(　　)

(3) 1가지

2

(1) 두 변의 길이가 주어진 삼각형이므로 자로 남은 한 변의 길이를 재어 세 변의 길이가 같은 삼각형을 찾습니다.

(2) 두 변의 길이가 주어졌을 때, 나머지 한 변의 길이를 알면 모양과 크기가 같은 삼각형을 그릴 수 있습니다.

(3)
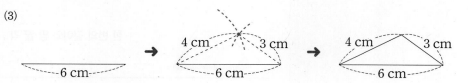

(두 , (세)) 변의 길이가 주어지면 하나의 삼각형을 결정할 수 있습니다.

| 주의 | 세 변의 길이가 주어질 때 다음과 같은 경우에 삼각형이 결정되지 않습니다.

① 두 변의 길이의 합이 나머지
한 변의 길이보다 작은 경우

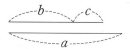

② 두 변의 길이의 합이 나머지
한 변의 길이와 같은 경우

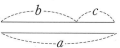

(1) 해설 참조 /
무수히 많이에 ○표

(2) 해설 참조 /
1개입니다에 ○표

3 (1) 예

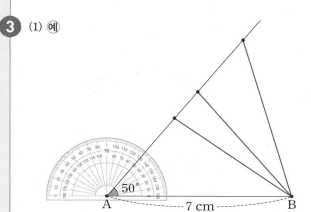

(2)

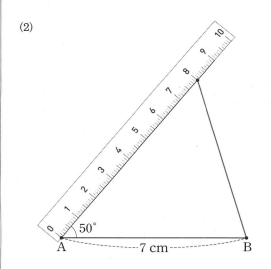

(다), 변, 각

4 (다) 길이가 주어진 두 변이 이루는 각의 크기가 90°이므로 모양과 크기가 같은 삼
각형을 그릴 수 있습니다.

(1) 무수히 많이 그릴 수
　　있습니다.

(2) 1가지

⑤ (1)

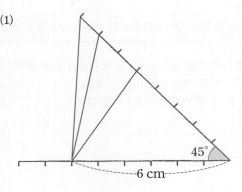

한 각의 크기와 한 변의 길이가
정해진 삼각형은 무수히 많이 그릴
수 있습니다.

(2)

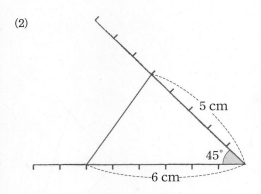

두 변의 길이와 두 변이 이루는 각의
크기가 주어지면 1개의 삼각형을 정할
수 있습니다.

두 변의 ┃길이┃와 두 변이 이루는 ┃각┃의 크기가 주어지면
하나의 삼각형을 결정할 수 있습니다.

┃주의┃
두 변의 길이와 한 각의 크기가 주어질 때 삼각형이 결정되는데 단 그 각은 끼인각이어야 합니다.

(1) 해설 참조 /
　　무수히 많이에 ○표

(2) 해설 참조 /
　　무수히 많이에 ○표

(3) 해설 참조 /
　　1개에 ○표

⑥ (1) 예

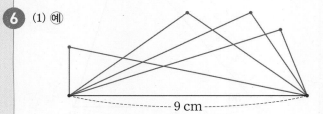

(2) 예

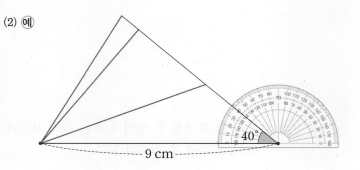

(3)

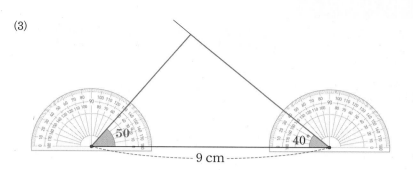

한 변의 길이와 (한쪽 각 , 그 양 끝 각)의 크기가 주어지면 하나의 삼각형을 결정할 수 있습니다.

| 주의 | 한 변의 길이와 양 끝 각의 크기가 주어질 때 주어진 양 끝 각의 크기의 합은 180°보다 작아야 합니다.

→ 삼각형이 만들어지지 않습니다.

(1) (   )
       (○)
       (   )

(2) **40°, 40°, 40°**

(3) **무수히 많이**에 ○표,
     변, 각

7 (2) 세 각의 크기가 같은 삼각형은 여러 가지 크기로 그릴 수 있습니다.

(3) 두 각이 주어지면 나머지 한 각의 크기를 알 수 있습니다. 하지만 세 각의 크기만으로 하나의 삼각형이 결정되지 않습니다. 세 각의 크기가 주어진 삼각형은 모양은 같고 크기가 다른 삼각형을 무수히 그릴 수 있습니다.

문제로 발견한 개념

모양과 크기가 하나뿐인 삼각형을 그릴 수 있다.

① (한 , 두 , 세) 변의 길이가 주어지면 하나의 삼각형을 그릴 수 있습니다.

② (한 , 두) 변의 길이와 (끼인각 , 마주 보는 각)의 크기가 주어지면 하나의 삼각형을 그릴 수 있습니다.

③ 한 변의 길이 와 그 양 끝각 의 크기가 주어지면 하나의 삼각형을 그릴 수 있습니다.

4 모양과 크기가 같은 삼각형을 그릴 수 있다.

②, ③, ⑤

1 ① $\overline{AC}$의 길이가 주어진 경우

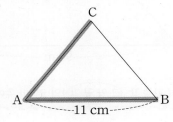

$\overline{AB}$, $\overline{AC}$의 길이를 알 때
두 변의 길이로는 무수히 많은 삼각형이 그려집니다.

② ∠CAB, ∠CBA의 크기가 주어진 경우

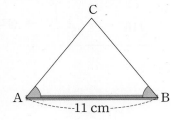

한 변의 길이와 양 끝 각의 크기로 하나의 삼각형이 그려집니다.

③ ∠ACB, ∠CBA의 크기가 주어진 경우

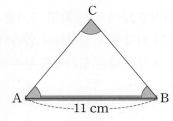

두 각의 크기로
∠CAB의 크기를 구할 수 있으므로
한 변의 길이와 양 끝 각의 크기로 하나의
삼각형이 그려집니다.

| 참고 |
삼각형 세 각의 크기의 합은 180°이므로 두 각의 크기를 알면 나머지 한 각의 크기를 알 수 있습니다.

④ ∠CAB의 크기가 주어진 경우

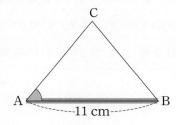

한 변의 길이와 한 각의 크기로는 무수히 많은
삼각형이 그려집니다.

⑤ $\overline{AC}$, $\overline{CB}$의 길이가 주어진 경우

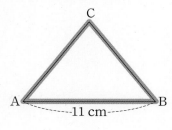

세 변의 길이가 정해진 경우 하나의 삼각형이
그려집니다.

②, ④

2 ① 세 변의 길이가 정해진 경우 가장 긴 변의 길이와 나머지 두 변의 길이의 합을 비교합니다.

➡ $4+4=8$이므로 삼각형을 그릴 수 없습니다.
(가장 긴 변의 길이)=(나머지 두 변의 길이의 합)

② 한 변의 길이와 양 끝 각의 크기가 정해진 경우 두 각의 크기의 합이 $180°$보다 작은지 확인합니다.

➡ $10°+5°=15°$이므로 삼각형을 그릴 수 있습니다.

③ 세 내각의 크기의 합이 $180°$지만 변의 길이에 따라 무수히 많은 삼각형을 그릴 수 있습니다.

④ 두 변의 길이와 그 끼인각의 크기가 주어진 경우이므로 삼각형을 그릴 수 있습니다.

⑤ 한 변의 길이와 한 각의 크기가 주어진 삼각형이므로 나머지 한 변의 길이나 나머지 한 각의 크기에 따라 무수히 많은 삼각형을 그릴 수 있습니다.

④, ⑤

3 ① 한 변의 길이와 양 끝 각의 크기가 정해진 경우이므로 모양과 크기가 같은 삼각형을 그릴 수 있습니다.

② 두 변의 길이와 그 끼인각의 크기가 주어진 경우이므로 모양과 크기가 같은 삼각형을 그릴 수 있습니다.

③ 세 변의 길이가 정해진 경우이므로 모양과 크기가 같은 삼각형을 그릴 수 있습니다.

④, ⑤ 한 변의 길이와 한 각의 크기가 주어진 삼각형은 여러 가지 모양으로 삼각형을 그릴 수 있습니다.

무수히 많이 그릴 수 있습니다. /
해설 참조

4 예 $\overline{AC}$와 $\overline{BC}$의 길이, $\angle A$와 $\angle B$의 크기에 따라 여러 가지 모양으로 그릴 수 있기 때문입니다.

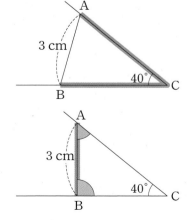
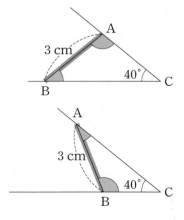

㉡

5 ㉠ 세 각의 크기가 주어진 삼각형은 하나로 정해지지 않고 무수히 많이 그릴 수 있습니다.

㉡ 삼각형의 모양과 크기에 관계없이 삼각형의 세 각의 크기의 합은 180°로 일정합니다.

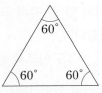

⑭와 ⑰, ⑮와 ⑱

6 각 도형에서 나머지 한 각의 크기를 구하면 다음과 같습니다.

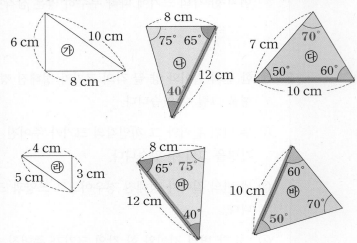

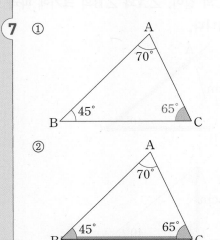

1가지

7 ①

삼각형의 두 각의 크기를 알면 나머지 한 각의 크기도 알 수 있습니다.

$\angle C = 180° - (70° + 45°) = 65°$

②

한 변의 길이와 그 양 끝 각의 크기를 알면 삼각형을 한 가지로 결정할 수 있습니다.

①, ③

8 삼각형이 하나로 정해지는 조건은

① 세 변의 길이

② 두 변의 길이와 그 끼인각의 크기

③ 한 변의 길이와 그 양 끝 각의 크기가 주어질 때입니다.

① $\overline{\text{AB}} = 7\,\text{cm}$, $\overline{\text{BC}} = 9\,\text{cm}$, $\angle\text{B} = 30°$

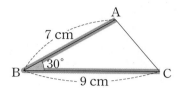

두 변의 길이와 그 끼인각의 크기가 주어져
있으므로 △ABC가 하나로 정해집니다.

② $\overline{\text{AB}} = 3\,\text{cm}$, $\overline{\text{BC}} = 5\,\text{cm}$, $\angle\text{C} = 70°$

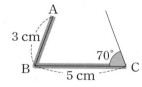 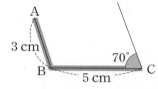

두 변의 길이와 한 각의 크기가 주어져 있지만 끼인각이 아니므로 △ABC가
하나로 정해지지 않습니다.

③ $\overline{\text{AB}} = 10\,\text{cm}$, $\angle\text{A} = 50°$, $\angle\text{B} = 45°$

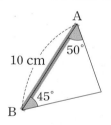

한 변의 길이와 그 양 끝 각의 크기가 주어져 있으므로
△ABC가 하나로 정해집니다.

④ $\overline{\text{AB}} = 4\,\text{cm}$, $\overline{\text{AC}} = 7\,\text{cm}$, $\angle\text{B} = 80°$

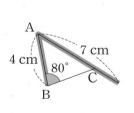 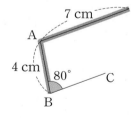

두 변의 길이와 한 각의 크기
가 주어져 있지만 끼인각이 아
니므로 △ABC가 하나로 정
해지지 않습니다.

⑤ $\angle\text{B} = 40°$, $\angle\text{C} = 40°$, $\angle\text{A} = 100°$

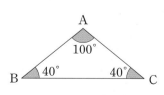 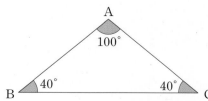

세 각의 크기가 주어졌을 때는 길이가 다른 삼각형을 무수히 많이 그릴 수 있으
므로 △ABC가 하나로 정해지지 않습니다.

⑨ 이유 예 양 끝 각의 크기의 합이 $180°$이기 때문입니다.

조건 바꾸기 예 한 변의 길이가 $9\,cm$이고, 양 끝 각의 크기가 $80°$, $40°$인 삼각형을 그립니다.

• 그릴 수 없는 경우

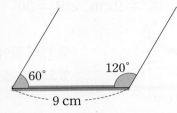

• 조건을 바꾸어 그린 경우

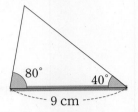

조건에서 두 각의 크기의 합이 $60° + 120° = 180°$이므로 두 각의 크기의 합이 $180°$보다 작게 되도록 조건을 바꾸어 삼각형을 그립니다.

(1) 무수히 많이 그릴 수 있습니다.

(2) 1가지

(3) 마주 보는에 ○표

⑩ 중등 교과에서 배우는 직각삼각형의 합동 조건 중 **RHA합동(빗변의 길이와 한 예각의 크기가 주어졌을 때)**을 발견해 보는 문제입니다.

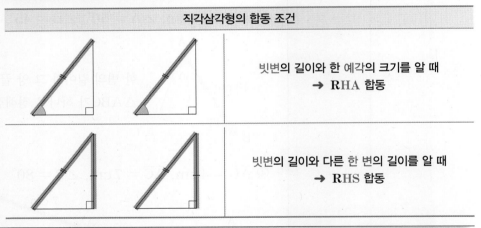

직각삼각형의 합동 조건

	빗변의 길이와 한 예각의 크기를 알 때 → RHA 합동
	빗변의 길이와 다른 한 변의 길이를 알 때 → RHS 합동

(1)

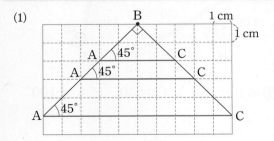

(2)

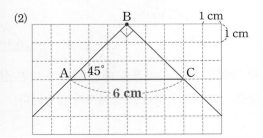

해설 참조

11 ⑩ 이등변삼각형의 한 밑각의 크기를 알면 나머지 두 각의 크기를 알 수 있기 때문입니다.

$\overline{BC}$에 ○표

12 삼각형의 결정조건을 기계적으로 외우지 않도록 하기 위해 세 조건 이외의 결정조건을 접해 볼 수 있도록 하였습니다. '변의 길이'가 특정한 경우에만 성립되지만 삼각형의 작도 개념과 연결하여 생각할 수 있도록 지도해 주세요.

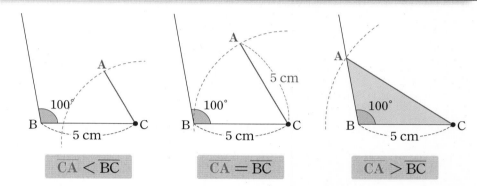

$\overline{CA} < \overline{BC}$ $\overline{CA} = \overline{BC}$ $\overline{CA} > \overline{BC}$

$\overline{CA}$가 $\overline{BA}$와 한 점에서 만나야 삼각형이 그려지는데 $\overline{BA}$와 $\overline{CA}$가 한 점에서 만나려면 $\overline{CA} > \overline{BC}$여야 합니다.

②, ③, ④

13 ① $\overline{BC} = 8$ cm, $\angle C = 50°$

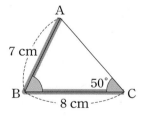

두 변의 길이와 그 끼인각이 아닌 다른 각의 크기가 주어질 때 삼각형이 하나로 그려지지 않습니다.
따라서 $\overline{AB}$와 $\overline{BC}$의 길이가 주어지면 $\angle B$의 크기를 알아야 합니다.

| 참고 | 두 변의 길이와 그 끼인각이 아닌 다른 각의 크기가 주어질 때 삼각형이 그려지지 않거나 2개로 그려집니다.

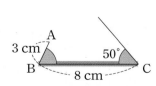   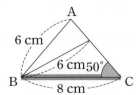

② $\angle C = 60°$, $\angle A = 40°$

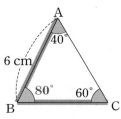

삼각형의 두 각의 크기가 주어지면 나머지 한 각의 크기도 알 수 있습니다. 두 변의 길이와 그 끼인각의 크기를 알므로 △ABC가 하나로 결정됩니다.

③ $\angle C = 90°$인 직각이등변삼각형

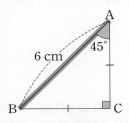

직각인 각과 한 예각의 크기, 마주 보는 변의 길이를
알면 $\triangle ABC$가 하나로 결정됩니다.

④ $\overline{BC} = 7 \text{ cm}$, $\angle B = 100°$

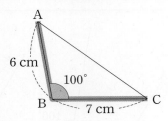

두 변의 길이와 그 끼인각의 크기를 알므로
$\triangle ABC$가 하나로 결정됩니다.

⑤ $\overline{AB}$를 밑변으로 하는 이등변삼각형

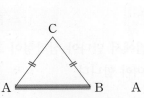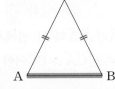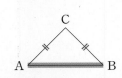

→ 밑변의 길이인 $\overline{AB}$만 정해진 이등변삼각형은 세 각 중 어느 각의 크기도 알
  수 없으므로 두 밑각의 크기에 따라 여러 가지로 그릴 수 있습니다.

찾은 개념 확장하기

159쪽

1 삼각형의 한 변으로 나머지 변의 길이를 알 수 있다.

삼각형은 3개의 변으로 둘러싸인 도형이다. ≫ **삼각형의 가장 긴 변의 길이는 나머지 두 변의 길이의 합보다 짧다.**

①, ④, ⑤

1 삼각형의 세 변의 길이에서 (가장 긴 변의 길이)<(나머지 두 변의 길이의 합)을
   만족시키는 a의 값을 찾아봅니다.
   ① $(3 \text{ cm}, 6 \text{ cm}, \underline{3 \text{ cm}})$ → $3 + 3 = 6$ (×)
   ② $(3 \text{ cm}, 6 \text{ cm}, \underline{4 \text{ cm}})$ → $3 + 4 = 7 > 6$ (○)
   ③ $(3 \text{ cm}, 6 \text{ cm}, \underline{7 \text{ cm}})$ → $3 + 6 = 9 > 7$ (○)
   ④ $(3 \text{ cm}, 6 \text{ cm}, \underline{9 \text{ cm}})$ → $3 + 6 = 9$ (×)
   ⑤ $(3 \text{ cm}, 6 \text{ cm}, \underline{10 \text{ cm}})$ → $3 + 6 = 9 < 10$ (×)

(6 cm, 6 cm), **(8 cm, 4 cm)**	**2** 세 변의 길이의 합이 20 cm인 이등변삼각형의 나머지 두 변의 길이의 합은 $20-8=12\,(\text{cm})$입니다. · 8 cm를 제외한 나머지 두 변의 길이가 같을 때: (8 cm, <u>6 cm, 6 cm</u>) · 길이가 같은 두 변이 8 cm일 때: (<u>8 cm, 8 cm</u>, 4 cm)
⑤	**3** ⑤ 한 변의 길이가 7 cm일 때 나머지 두 변의 길이의 합이 $14-7=7\,(\text{cm})$이 므로 삼각형을 만들 수 없습니다.

160쪽

찾은 개념 확장하기

2 평행선에서 동위각, 엇각의 크기는 각각 같다.

삼각형에서 길이가 같은 두 변 아래의 두 밑각의 크기는 같다. ➕ 정삼각형은 세 각의 크기가 같다.

80°	**4** ① 이등변삼각형의 두 밑각은 50°입니다. → $180°-(50°+50°)=80°$
	② 엇각의 크기가 같으므로 $\angle a = 80°$입니다.
(1) 25° **(2) 24°**	**5** (1) ① △ABC가 정삼각형이므로 세 각의 크기는 각각 60°입니다.

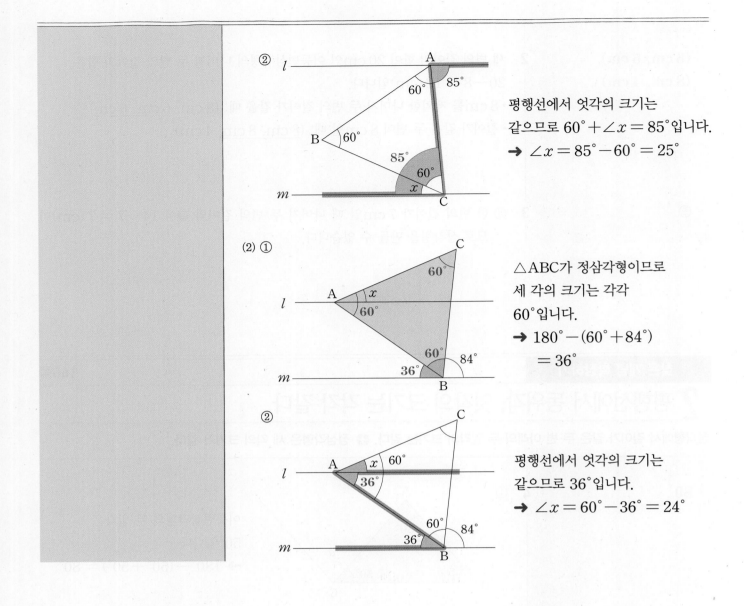

② 평행선에서 엇각의 크기는 같으므로 $60°+∠x=85°$입니다.
→ $∠x=85°-60°=25°$

(2) ① △ABC가 정삼각형이므로 세 각의 크기는 각각 $60°$입니다.
→ $180°-(60°+84°)$
  $=36°$

② 평행선에서 엇각의 크기는 같으므로 $36°$입니다.
→ $∠x=60°-36°=24°$

161쪽

찾은 개념 확장하기

3 모르는 수를 하나로 하여 식을 만들 수 있다.

삼각형의 세 각의 크기의 합은 $180°$다. ≫ 삼각형의 한 외각의 크기는 이웃하지 않는 두 내각의 합과 같다.

$20°$

6 이등변삼각형이므로 길이가 같은 두 변 아래 있는 두 밑각의 크기는 같으므로 $∠B=∠C=4×∠a$입니다.

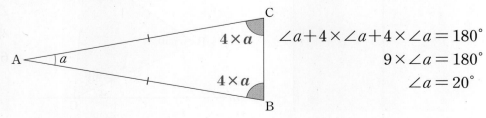

$∠a+4×∠a+4×∠a=180°$
$9×∠a=180°$
$∠a=20°$

7 ①

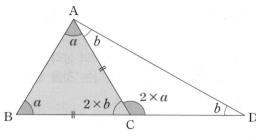

△ABC에서 ∠C의 외각은
$\angle a + \angle a = 2 \times \angle a$입니다.

②

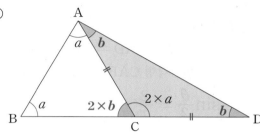

△ACD에서 ∠C의 외각은
$\angle b + \angle b = 2 \times \angle b$입니다.

③ $2 \times \angle a + 2 \times \angle b = 180°$
$2 \times (\angle a + \angle b) = 180°$
$\angle a + \angle b = 90°$

+ 개념플러스

분배법칙: 괄호를 묶어 같은 수를 한 번 곱하는 식으로 만들 수 있습니다.

$$A \times C + B \times C = (A + B) \times C$$

8 ① 이등변삼각형에서 길이가 같은 두 변 아래에 있는 두 각의 크기는 같고, 한 외각의 크기는 이웃하지 않는 두 내각의 크기의 합과 같습니다.

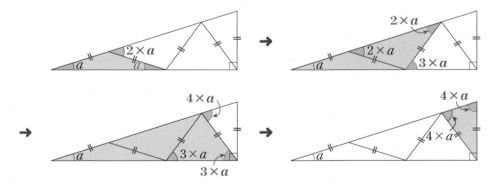

② 삼각형의 세 각의 크기의 합은 180°입니다.

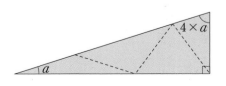

$\angle a + 4 \times \angle a + 90° = 180°$
$\angle a + 4 \times \angle a = 90°$
$5 \times \angle a = 90°$
$\angle a = 18°$

4 이등변삼각형은 똑같은 2개의 삼각형으로 나뉜다.

이등변삼각형의 꼭지각을 이등분하는 선의 성질로 직각삼각형에서의 삼각함수를 이용하여 해결하는 수능 문제입니다.
이와 같이 지금 배우는 삼각형 개념과 성질이 고등까지 이어진다는 것을 설명해 주시는 용도로 사용하고 본 문제는 풀지
않습니다. 단, 참고용으로 정답과 해설을 안내합니다.

정답 16

해설 $\overline{AC} = x$라 하면
$\overline{AC} = \overline{BC} = \overline{AD} = \overline{AP} = x$이다.

이등변삼각형 CAB에서

$$\sin\frac{\theta}{2} = \frac{2}{x}$$

$$\therefore x = \frac{2}{\sin\dfrac{\theta}{2}}$$

따라서, $\triangle BDP$의 넓이 $S(\theta)$는

$$S(\theta) = \triangle ADP - \triangle ABP$$

$$= \frac{1}{2}x^2\sin2\theta - \frac{1}{2}\times4\times x\sin2\theta$$

$$= \frac{2\sin2\theta}{\sin^2\dfrac{\theta}{2}} - \frac{4\sin2\theta}{\sin\dfrac{\theta}{2}}$$

$$\therefore \lim_{\theta\to+0}(\theta\times S(\theta))$$

$$= \lim_{\theta\to+0}\left(\frac{2\theta\sin2\theta}{\sin^2\dfrac{\theta}{2}} - \frac{4\theta\sin2\theta}{\sin\dfrac{\theta}{2}}\right)$$

$$= \lim_{\theta\to+0}\left(2\times\frac{\theta}{\sin\dfrac{\theta}{2}}\times\frac{\sin2\theta}{\sin\dfrac{\theta}{2}}\right) - \lim_{\theta\to+0}\left(4\theta\times\frac{\sin2\theta}{\sin\dfrac{\theta}{2}}\right)$$

$$= 2\times2\times4 - 4\times0\times4$$

$$= 16$$

5 cm

9 ①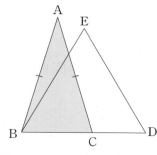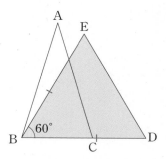

$\overline{AB} = \overline{AC} = \overline{BE} = \overline{BD}$이므로
$\triangle ABC$는 이등변삼각형이고,

$\angle B$, $\angle E$, $\angle D$는 $60°$이므로
$\triangle BDE$는 정삼각형입니다.

②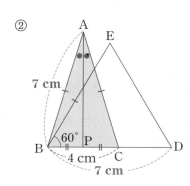

이등변삼각형 ABC의 둘레가 18 cm,
$\overline{BC}$가 4 cm이므로
$\overline{AB} = \overline{AC} = (18-4) \div 2 = 7$ (cm)입니다.
→ $\overline{BD} = \overline{AB} = 7$ cm

③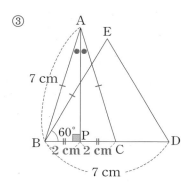

이등변삼각형의 꼭지각인 $\angle A$를 이등분하는
선분 AP는 $\overline{BC}$의 수직이등분선이므로
$\overline{BP} = \overline{PC} = 4 \div 2 = 2$ (cm)입니다.
→ $\overline{PD} = 7 - 2 = 5$ (cm)

해설 참조 /
$\angle BAC$, $\triangle ABC$

1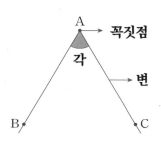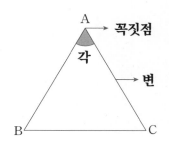

③ 기하 문제편 I - ❶

2 ① 점 C를 (2, 10)으로 정하면 세 점이 일직선에 놓이므로 삼각형을 그릴 수 없습니다.

② 점 C를 (6, 4)로 정하면 이등변삼각형이 됩니다.

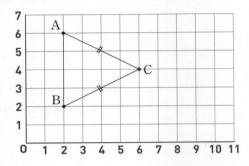

③ 점 C를 $(a, 2)$, $(b, 6)$으로 정하면 직각삼각형이 됩니다. $(a \neq 2, b \neq 2)$

④ 점 C를 (5, 7)로 정하면 둔각 1개, 예각 2개이므로 둔각삼각형이 됩니다.

⑤ 두 점 (9, 2), (9, 6)을 지나는 직선은 주어진 선분 AB와 평행하므로 삼각형의 변이 될 수 없습니다.

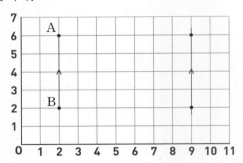

(위에서부터)
90°, 60°, 45°, 0° /
(라), (나), (다)

3 • (라)는 두 각의 크기의 합이 180°이므로 삼각형이 될 수 없습니다.
• (나)는 세 각의 크기가 같은 정삼각형이므로 세 변의 길이가 같습니다.
• (다)는 한 각이 직각이므로 직각삼각형입니다.

$\angle c$ /
$\angle a, \angle b$

4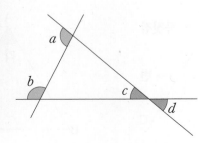

내각: $\angle c$ 외각: $\angle a, \angle b$
$\angle d$는 $\angle c$와 맞꼭지각

5

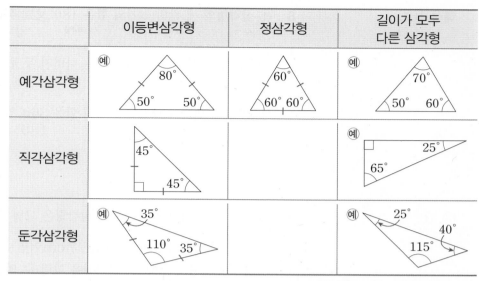

	이등변삼각형	정삼각형	길이가 모두 다른 삼각형
예각삼각형	예 80° 50° 50°	60° 60° 60°	예 70° 50° 60°
직각삼각형	45° 45°		예 25° 65°
둔각삼각형	예 35° 110° 35°		예 25° 40° 115°

• 세 변의 길이가 모두 같아도 세 변의 길이가 모두 달라도 세 각이 예각이기만 하면 예각삼각형입니다.
• 직각삼각형은 한 각이 직각이고 둔각삼각형은 한 각이 둔각이므로 정삼각형이 될 수 없습니다.

6 한 변이 5 cm이고 반지름이 5 cm인 두 원의 일부를 선분으로 연결하였으므로 세 변이 5 cm인 삼각형이 그려집니다.

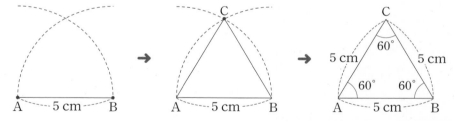

△ABC는 세 각이 모두 예각인 예각삼각형, 세 변의 길이가 같은 이등변삼각형, 정삼각형입니다.

7 크기가 같은 원의 반지름의 길이는 같습니다.

① 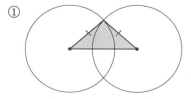   ③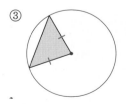

②, ④는 세 변이 원의 반지름인 정삼각형입니다.

⑤ 세 변이 원의 반지름의 2배인 정삼각형입니다.

해설 참조

8

(1) 삼각형의 세 각의 크기의 합은 180°~~보다 작습니다.~~
  입니다.

(2) 삼각형의 가장 긴 변의 길이는 나머지 두 변의 길이의 합보다 ~~길어야~~ 합니다.
  짧아야

(3) 한 각의 외각과 내각의 크기의 합은 ~~360°~~입니다.
  180°

---

③, ④

9

① 두 각의 크기가 각각 90°인 삼각형은 그릴 수 없습니다.

② 세 변의 길이가 3 cm, 3 cm, 7 cm이면
  3+3 = 6 < 7이므로 삼각형을 그릴 수 없습니다.

③ 한 각이 둔각이고 2개의 각이 예각인 삼각형은 둔각삼각형입니다.

④ 정삼각형은 세 각의 크기가 모두 같은 삼각형이므로 변의 길이와 관계없이
  한 각의 크기가 항상 60°입니다.

⑤ 두 각의 크기의 합이 55° + 125° = 180°이므로 삼각형을 그릴 수 없습니다.

20

10

①

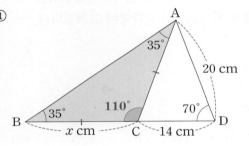

$180° - (35° + 35°) = 110°$

②

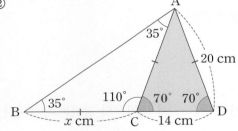

$180° - 110° = 70°$에서
두 밑각의 크기가 같으므로
△ACD는 이등변삼각형입니다.

③

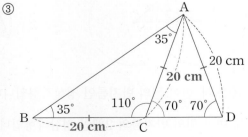

$\overline{AC} = \overline{BC} = \overline{AD} = 20$ cm
→ $x = 20$

11 · (이등변삼각형의 다른 한 각의 크기) $= (180° - 92°) \div 2 = 44°$

· 두 변이 $10\,\text{cm}$, $5\,\text{cm}$일 때 나머지 한 변의 길이는 $10\,\text{cm}$ 또는 $5\,\text{cm}$입니다.

$(10\,\text{cm}, 5\,\text{cm}, 10\,\text{cm}) \rightarrow 10 + 5 = 15 > 10\ (\bigcirc)$

$(10\,\text{cm}, 5\,\text{cm}, 5\,\text{cm}) \rightarrow 5 + 5 = 10\ (\times)$

12

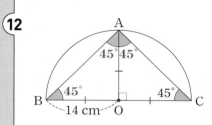

원의 반지름인 $\overline{AO} = \overline{BO} = \overline{CO}$이므로 $\triangle ABO$와 $\triangle AOC$는 두 밑각이 각각 $45°$인 이등변삼각형입니다.

$\rightarrow \angle BAC = 45° + 45° = 90°$

13

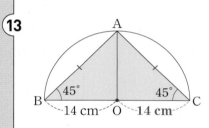

$\overline{BO} = \overline{CO} = 14\,\text{cm}$이고, $\triangle ABC$는 이등변삼각형이므로 $\overline{AB} = \overline{AC}$입니다.

$\rightarrow \overline{AB} = \{68 - (14 + 14)\} \div 2$
$\qquad\quad = 40 \div 2 = 20\,(\text{cm})$

14

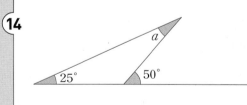

삼각형의 한 외각의 크기는 이웃하지 않는 두 내각의 크기의 합과 같습니다.

$\rightarrow \angle a + 25° = 50°$
$\qquad\quad \angle a = 25°$

15 두 변의 길이와 그 끼인각의 크기를 알면 삼각형은 한 가지로 결정됩니다.

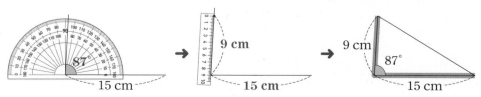

(1) **52°**

(2) **35°**

16 (1) ①

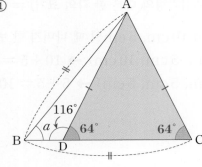

$180° - 116° = 64°$이므로
이등변삼각형 ADC의 두 밑각의 크기는
$64°$입니다.

②

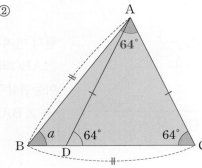

이등변삼각형 ABC의 두 밑각은
$64°$이므로
$\angle a = 180° - (64° + 64°)$
$= 52°$입니다.

(2) ①

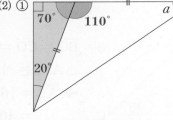

$180° - (90° + 20°) = 70°$
$180° - 70° = 110°$

②

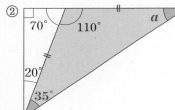

이등변삼각형의 두 밑각이므로
$\angle a = (180° - 110°) \div 2$
$= 35°$입니다.

| 다른 풀이 |

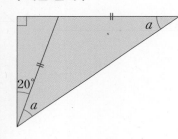

$90° + 20° + \angle a + \angle a = 180°$
$2 \times \angle a = 70°$
$\angle a = 35°$

90°

17 $\overline{CD}$는 $\overline{AB}$의 수직이등분선입니다.

→ $\angle a + \angle b = 180° - 90° = 90°$

| 다른 풀이 |

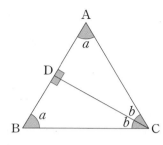

삼각형의 한 외각의 크기는 이웃하지 않는
두 내각의 크기의 합과 같습니다.
→ $\angle a + \angle b = 90°$

18 $\angle A$의 크기가 주어졌을 때

① $\angle C$의 크기, $\overline{BC}$의 길이가 주어진 경우

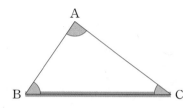

$\angle B$의 크기를 구할 수 있으므로
한 변의 길이와 양 끝 각의 크기가
주어진 것과 같습니다.
따라서 $\triangle ABC$가 하나로 정해집니다.

| 참고 | 삼각형 세 내각의 크기의 합은 180°이므로 두 각의 크기를 알면 나머지 한 각의 크기를
구할 수 있습니다.

② $\angle B$의 크기, $\overline{AB}$의 길이가 주어진 경우

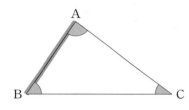

한 변의 길이와 양 끝 각의
크기가 주어졌으므로
$\triangle ABC$가 하나로 정해집니다.

③ $\overline{AB}$, $\overline{AC}$의 길이가 주어진 경우

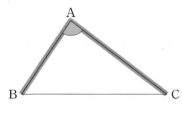

두 변의 길이와 그 끼인각의
크기가 주어졌으므로
$\triangle ABC$가 하나로 정해집니다.

④ $\overline{AB}$, $\overline{BC}$의 길이가 주어진 경우

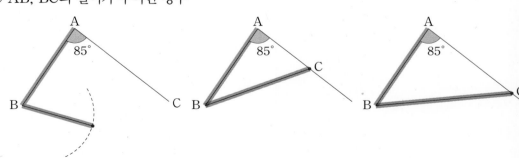

두 변의 길이와 그 끼인각이 아닌 다른 한 각의 크기가 주어지면 삼각형이 그려
지지 않거나 2개로 그려집니다.

①, ②, ③

⑤ ∠B의 크기, ∠C의 크기가 주어진 경우

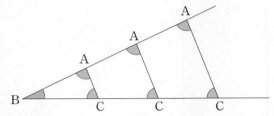

삼각형의 세 각의 크기가 주어지면 모양은 같고 크기가 다른 무수히 많은 삼각형이 그려집니다.

22°

(19) ①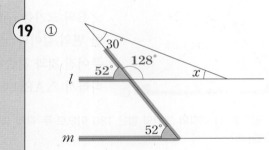

동위각의 크기는 같으므로 52°이고,
(평각) = 180°이므로
180° − 52° = 128°입니다.

②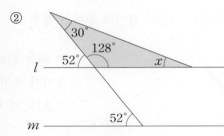

$$\angle x = 180° - (30° + 128°)$$
$$= 22°$$

55°

(20) ①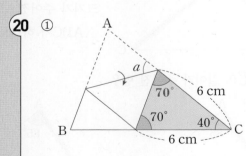

이등변삼각형의 두 밑각이므로
70°입니다.

②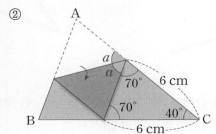

(접은 각) = (접힌 각)
➡ $\angle a = (180° - 70°) \div 2$
    $= 55°$

삼각형의 변의 길이 · **1** ⑩ 세 변의 각 끝점끼리 만나 세 꼭짓점이 되어야 하기 때문입니다.

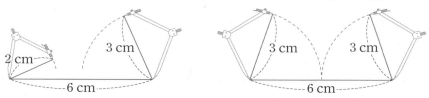

· 짧은 두 변의 길이의 합이 가장 긴 변보다 짧거나 같으면 두 선분이 만나지 않습니다.

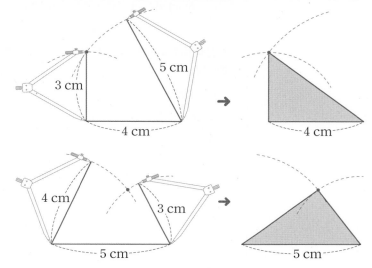

· 짧은 두 변의 길이의 합이 가장 긴 변보다 길어야 두 선분이 한 점에서 만나 삼각형이 됩니다.

삼각형 내각의 크기의 합 · **2** ⑩ 평행선에서 엇각의 크기는 같고 일직선이 이루는 각도는 180°이기 때문입니다.

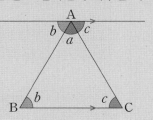

평행선에서 엇각, 동위각의 크기는 각각 같고 일직선을 이루는 각도는 180°이므로
삼각형 세 각의 크기의 합은 180°임을 알 수 있습니다.

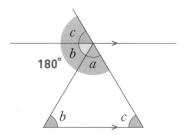

3 예 삼각형의 세 내각의 크기의 합은 $180°$이고 둔각은 $90°$보다 큰 각이므로 직각 또는 둔각이 2개씩이면 삼각형이 될 수 없기 때문입니다.

이등변삼각형 ·

4 예 정삼각형은 이등변삼각형이므로 길이가 같은 두 변의 밑각의 크기가 같습니다. 세 변의 길이가 같은 정삼각형은 세 각의 크기가 모두 같게 되므로 한 각의 크기는 $180° \div 3 = 60°$입니다.

정삼각형을 이등변삼각형으로 생각하여 세 변을 각각 밑변으로 볼 때, 밑각의 크기를 알아봅니다.

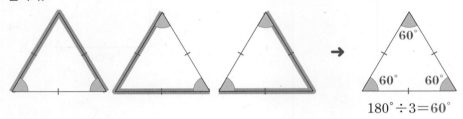

$$180° \div 3 = 60°$$

삼각형의 결정조건 ·

5 예 변의 길이를 여러 가지로 그릴 수 있기 때문입니다.

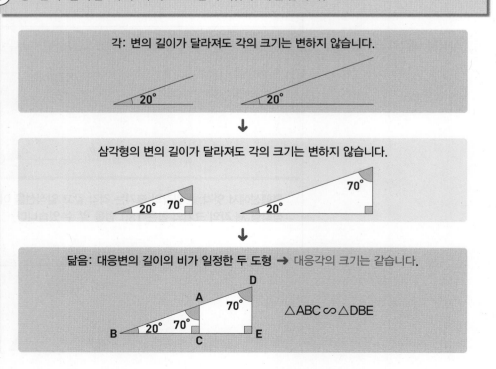

각: 변의 길이가 달라져도 각의 크기는 변하지 않습니다.

삼각형의 변의 길이가 달라져도 각의 크기는 변하지 않습니다.

닮음: 대응변의 길이의 비가 일정한 두 도형 → 대응각의 크기는 같습니다.

$\triangle ABC \backsim \triangle DBE$